mtb

Zum Buch:

Die betörende Amazone Neona lebt ausschließlich mit Frauen zusammen, fernab der modernen Welt in einem verschneiten Bergdorf. Männern wird nur Zugang gewährt, wenn sie als Erzeuger von Töchtern infrage kommen. Obwohl Neona mit diesen strengen Regeln hadert, ist sie entschlossen, an der jahrhundertealten Tradition festzuhalten. Bis Zoltan vor ihr steht. Die junge Kriegerin kann seinem männlichen Charme kaum widerstehen. Allerdings gibt es da ein kleines Problem: Zoltan ist ein 800 Jahre alter Vampir. Dennoch scheint die entflammte Leidenschaft zwischen den beiden grenzenlos …

„Kerrelyn Sparks schreibt sehr geschickt und mit einem wunderbar scharfen Verstand"

Booklist

Zur Autorin:

Kerrelyn Sparks ist New-York-Times-Bestsellerautorin der „Love at Stake"-Serie. Sie fühlt sich sehr geehrt, dass ihre Vampire und Gestaltwandler mittlerweile Liebe und Humor auf der ganzen Welt in vierzehn verschiedenen Sprachen verbreiten.

Lieferbare Titel:

Vampirzähmen leicht gemacht
Fluch und Vorurteil
Liebe auf den zweiten Biss

Kerrelyn Sparks

Zum Beißen verführt

Roman

Aus dem Amerikanischen von
Justine Kapeller

mtb

MIRA® TASCHENBUCH
Band 65122

1. Auflage: Juni 2017

Titel der amerikanischen Originalausgabe:
How To Seduce A Vampire (Without Really Trying)

erschienen by: Avon Books, New York
Deutsche Erstveröffentlichung

Published by arrangement with
Avon Books, an imprint of HarperCollins Publishers, LLC.

Umschlaggestaltung: büropecher, Köln
Umschlagabbildung: Alan Dyer/Stocktrek Images / Getty Images,
kiuikson / 123rf
Redaktion: Anna Hoffmann
Satz: GGP Media GmbH, Pößneck
Printed in Germany
Dieses Buch wurde auf FSC®-zertifiziertem Papier gedruckt.
ISBN 978-3-95649-708-7

www.mira-taschenbuch.de

An alle Leser von „Love at Stake“,
ich bin begeistert von euch!
Ihr erhaltet die Untoten seit fünfzehn
Büchern am Leben!

Danksagung

Wie man in der Widmung lesen kann, verdanken meine Charaktere und ich den Lesern so viel. Danke für all die fantastische Unterstützung und Ermutigung, die ich über die Jahre von euch erhalten habe! Ich möchte auch den Buchhändlerinnen und Bibliothekarinnen danken, die meine Serie und Liebesromane im Allgemeinen gefördert haben.

Vielen Dank außerdem an die Profis von Harper Collins, die mich klüger und cooler aussehen lassen, als ich es selbst je könnte: meine Lektorin, Erika Tsang, und ihre Assistentin Chelsey; Tom vom Art Department, der mich immer wieder mit den tollsten Covern überrascht; Pamela und Jessie aus dem Publicity Department; und viele andere, die hinter den Kulissen arbeiten. Ein großes Dankeschön an Michelle Grajkowski von der Three Seas Literary Agency, meine Cheerleaderin Nummer eins. Und mein Dank geht auch an Shelley und Peggy von Webcrafters, die meine Webseite aufgebaut haben und betreuen, und die meine Anzeigen und Werbegeschenke designen.

Auf persönlicher Seite bin ich weiterhin mit Unterstützung und Liebe gesegnet. Meine lieben Freundinnen und Kritikpartner, Sandy, M.J. und Vicky, sind einfach die Besten! Und mein Mann und meine Kinder inspirieren mich, bringen mich zum Lachen und geben mir Kraft. Euch gehört meine unsterbliche Liebe und Dankbarkeit!

1. Kapitel

Als Zoltan Czakvar die Waffenkammer seiner Burg in Transsilvanien betrat, richtete sein Blick sich automatisch auf den Pfeil, mit dem man seinen Vater ermordet hatte.

In seiner Nische an der gegenüberliegenden Wand kaum sichtbar, ließ der Pfeil ihn doch noch immer auf der Stelle innehalten. Und mit angespannten Nerven zurück. Verdammt. Er sollte das blöde Ding runterreißen, ins Feuer werfen und es damit endgültig loswerden.

Da er ein Mann war, der sich damit rühmte, nie aufzugeben, ehe er eine Aufgabe erledigt hatte, diente der Pfeil als schmerzliche Erinnerung an sein großes Versagen. Er hatte nie herausgefunden, wer verantwortlich war für den Mord an seinem Vater und die Zerstörung seines Dorfes. Leider war das alles bereits im Jahre 1241 vorgefallen, eine Chance auf Erfolg schien also schon lange begraben zu sein.

Er hatte es versucht. Bei Gott, wie hatte er es versucht. Seit seinem vierzehnten Lebensjahr war er mit diesem verdammten Pfeil herumgereist, jahrelang, verzweifelt auf der Suche nach jemandem, der wusste, wo er seinen Ursprung hatte. Ein merkwürdiges Muster war in den hölzernen Schaft des Pfeils geschnitzt, das ihn einzigartig machte. Aber es hatte ihn nie jemand erkannt. Bis zum heutigen Tag blieb der Pfeil ein Rätsel, das ihn verspottete und ihn daran erinnerte, was er verloren hatte.

Seufzend stellte er die Kühlbox hin, die er die schwach beleuchtete Wendeltreppe hinabgetragen hatte. Als dieser Teil der Burg im fünfzehnten Jahrhundert fertiggestellt worden war, hatte man diesen höhlenartigen Raum im Keller zur Waffenkammer gemacht. Mittelalterliche Piken und Streitäxte gab es dort nicht mehr, aber eine Sammlung Schwerter und Armbrüste war geblieben, und dazu kam eine moderne Ausstattung mit Schusswaffen und Munition.

Wie fast in der ganzen Burg hatte er auch in diesem Keller elektrische Leitungen verlegen lassen. Er schaltete das Licht an. Auch wenn die weiter entfernten Winkel des Raumes im Dunkeln blieben, leuchteten an den Wänden neben ihm eine beeindruckende Sammlung Schwerter auf, die das Licht spiegelten und seine düstere Laune aufhellten. Wie treue Freunde hatten sie ihm über die Jahrhunderte einen guten Dienst erwiesen. Das Schwert war noch immer die Waffe der Wahl für ihn und seine älteren Vampirfreunde. Bei seinen moderneren Kumpanen war es anders.

Er warf einen Blick auf seine Uhr. Zehn Minuten bis zum vereinbarten Zeitpunkt.

Die Vorräte, die er am Abend zuvor heruntergebracht hatte, lagen ordentlich aufgereiht auf einem langen Holztisch. Ein paar Messer. Eine Schachtel mit Patronen für eine automatische Handfeuerwaffe. Noch eine Schachtel mit Gewehrpatronen und Handgranaten. Und eine lange Schachtel mit modernen Pfeilen. Er stellte die Kühlbox an ein Ende des Tisches. Das Trockeneis darin würde das synthetische Blut tagelang kühl halten.

„Hey, Zoltan“, erklang eine Stimme von der Wendeltreppe, „bist du da unten?“

Verdammt. Das war Howard, sein neuer Wachmann. Zoltan drehte sich zu dem riesigen Wer-Bären um, der sich bücken musste, um sich am Eingang zum Kellerraum nicht den Kopf zu stoßen. „Du musst nicht nach mir sehen, es geht mir gut. Ich dachte, du willst deine Frau zum Essen ausführen.“

„Will ich auch. Sie wollte sich erst frisch machen.“ Howard ließ seinen scharfen Blick durch den Raum wandern und ihn dann auf dem Tisch voller Vorräte verweilen. „Das ist also die Waffenkammer.“

„Ja." Vor einer Woche hatte Zoltan Howards Frau, Elsa, und ihr Team von Renovierungs-Experten eingestellt, um Arbeiten am verfallenen Ostflügel und dem Turm zu erledigen. Sie hatten sich auf die Chance gestürzt, eine echte transsilvanische Burg in ihrer Fernsehsendung vorzustellen. Howard dagegen hatte seine Frau seit fast sechs Monaten nicht gesehen, weil er in Japan stationiert gewesen war. Sein Boss, Angus MacKay von MacKay Security and Investigation, hatte Zoltan gebeten, den Wer-Bären als seinen neuen Leiter des Sicherheitsdienstes zu akzeptieren, damit das Paar wieder etwas mehr Zeit zusammen verbringen konnte.

Zoltan wusste, dass es sich dabei nur um eine Ausrede handelte. Seit drei Jahrhunderten hatte er den Posten des Zirkelmeisters von Osteuropa inne. Zu seinen Pflichten gehörte es, seine Untergebenen vor den bösen Vampiren, die als Malcontents bekannt waren, zu beschützen, er hatte sich mit den Jahren also durchaus einige Feinde gemacht. Erst vor Kurzem hatte er einen Menschenhändler-Ring der Malcontents hochgehen lassen. Angus sorgte sich, dass sie auf Rache aus waren, weswegen er von Howard erwartete, die Sicherheitsvorkehrungen in Zoltans Burg und seiner Stadtvilla in Budapest auf den neuesten Stand zu bringen.

Zoltan hatte sich nur zögernd einverstanden erklärt. Wie hatte er ablehnen können, wenn Elsa ihn mit so hoffnungsvoller Miene darum gebeten hatte, zuzustimmen? Sie war den ganzen Tag aufgeregt gewesen und hatte ungeduldig auf ihren Mann gewartet, der vor ungefähr einer Stunde angekommen war. Schlechtes Timing, was Zoltan anging, denn er hatte in genau acht Minuten ein Treffen vereinbart, das geheim bleiben sollte.

„Ich bin mir sicher, du willst dringend bei deiner Frau sein", sagte er zu dem Wer-Bären, „ich werde dir also morgen Abend die ganze Burg zeigen. Oder wenn du willst, kann Milan, mein Assistent, mit dir morgen tagsüber die Tour machen."

Howard nickte. „Den habe ich gerade oben getroffen. Er redet ziemlich viel."

Zoltan zuckte innerlich zusammen. Milan musste sein Bestes getan haben, um Howard davon abzuhalten, in den Keller zu kommen. „Warum nehmt ihr nicht eines meiner Autos für die Fahrt in die Stadt? Milan kann euch zeigen, wo die Garage ist."

„Das hat er auch schon angeboten." Howard runzelte die Stirn. „Weißt du, als neuer Sicherheitschef muss ich sagen, dass ich schockiert bin, wie wenig Vorkehrungen du hier getroffen hast. Ich habe nur eine Überwachungskamera entdecken können, draußen am Eisentor …"

„Dem Fallgatter, ja."

„Und die funktioniert nicht einmal."

„Verstehe, na ja …" Zoltan ging auf ihn zu und deutete dabei auf die Treppe. „Darüber können wir morgen noch reden. Hab einen schönen Abend."

Howard rührte sich nicht. „Soweit ich es bisher sagen kann, weiß jeder hier in der Burg, dass du ein Vampir bist."

„Ja."

„Und das Restaurant, das du empfohlen hast – ich habe dort angerufen und die haben mich gefragt, ob ich beim hiesigen Vampir in der Burg untergekommen bin."

„Du musstest nicht anrufen. Es gibt nur zwei Straßen im Dorf und ein einziges Restaurant. Das kann man kaum übersehen."

„Darum geht es nicht! Zoltan, wie viele Menschen wissen, dass du ein Untoter bist?"

Er zuckte mit den Achseln. „Eine Menge, denke ich. Wir sind hier schließlich in Transsilvanien."

„Das Risiko ist viel zu groß. Du solltest euer Gedankenkontroll-Ding machen und ihre Erinnerungen löschen."

Seufzend sah Zoltan auf die Uhr. Ihm blieben nur noch sechs Minuten. „Ihre Erinnerungen sorgen für meine Sicherheit. Die

Leute in dieser Gegend wissen, dass sie und ihre Vorfahren seit Generationen in Sicherheit sind, weil ich sie beschütze. Ich habe sie gegen Mongolen, Ottomanen, Türken, Ungaren, Preußen, Deutsche, Russen und unzählige Banden von Dieben und Banditen verteidigt. Die Dorfbewohner würden nie zulassen, dass mir jemand schadet. Man könnte sie als meine erste Verteidigungslinie bezeichnen."

Howard legte den Kopf schräg und sah ihn neugierig an. „Deswegen behaupten also alle Sterblichen, mit denen ich hier spreche, du wärest ein Held? Trotzdem habe ich meine Bedenken ..."

„Die habe ich auch. Wenn ich so ein blöder Held sein soll, warum bin ich dann immer noch allein?"

Howard schnaubte. „Woher soll ich das wissen? Mich kümmert es, dass es hier an Sicherheitsvorkehrungen mangelt, nicht an Bettgeschichten."

„Eloquent ausgedrückt." Zoltan deutete auf die Treppe. „Und wo wir dabei sind, du solltest deine Frau nicht warten lassen."

„Ich meine es ernst, Zoltan. Egal, wie viele treue Freunde du hast, es braucht nur einen Feind, um dich umzubringen."

„Tatsache." Zoltan deutete wieder auf die Treppe. „Wir können uns auch morgen über mein kurz bevorstehendes Ableben unterhalten. Macht euch einen schönen Abend."

„Warum habe ich das Gefühl, dass du mich hier unten nicht haben willst?", fragte Howard.

„Er will nicht, dass du mich siehst", sagte eine Stimme aus einer dunklen Ecke.

Stöhnend drehte Zoltan sich nach dem Vampir um, der sich gerade hereinteleportiert hatte. „Du bist zu früh."

„Ich bin am Verhungern." Der Ankömmling trat ins Licht, stellte eine leere Kühlbox auf dem Tisch ab und nahm sich eine Flasche synthetisches Blut aus der vollen.

Howard erstarrte. „Russell."

Der ehemalige US-Marine sah ihn schief an, während er die Flasche öffnete. „Howard.“ Er nahm einen tiefen Schluck.

Howard betrachtete mit zusammengekniffenen Augen die Vorräte auf dem Tisch und sah dann wieder Zoltan an. „Wie lange versorgst du ihn schon?“

Zoltan zuckte mit den Achseln. „Ungefähr zwei Jahre.“

Stirnrunzelnd verschränkte Howard die Arme vor der Brust. „Du meinst, seit er sich unerlaubt von der Truppe entfernt hat?“

„Ungefähr. Wäre es dir lieber, wenn er verhungert? Oder Sterbliche beißen muss?“

„Es wäre uns lieber, wenn er sich ab und zu melden würde“, knurrte Howard.

Russell hielt inne, die fast leere Flasche nur ein kurzes Stück von seinen Lippen entfernt. „Beachtet mich einfach nicht. Sprecht ruhig weiter über mich, als wäre ich nicht da.“

Howard warf ihm einen verärgerten Blick zu. „Meinst du, wir machen uns keine Sorgen um dich? Angus schickt J. L. und Rajiv immer wieder nach China, um nach dir zu suchen.“

„Ich weiß.“ Russell trank die Flasche aus und wischte sich den Mund mit dem Handrücken ab. „Ich musste ihnen schon ein paarmal aus der Patsche helfen.“

Howard schnaubte. „Sie wären nicht in Schwierigkeiten geraten, wenn sie nicht auf der Suche nach dir gewesen wären.“

„Ich habe niemanden darum gebeten, nach mir zu suchen.“ Russell lud ein neues Magazin in seine Waffe und steckte sie sich dann in den Gürtel. „Ich nehme an, du wirst Angus erzählen, dass ich hier war.“

Howard sah sich nach Zoltan um. „Du hast Angus nie davon erzählt?“

Zoltan schüttelte den Kopf. „Ich arbeite nicht für Angus.“

„Er ist dein Freund. Und er ist Russells Schöpfer.“ Howard drehte sich zu dem Ex-Marine um. „Solltest du nicht so etwas wie Loyalität ihm gegenüber empfinden?“

„Er hat mich nicht verwandelt." Russell füllte die Taschen seines alten Mantels mit weiteren Magazinen für seine Waffe. „Das hat Master Han getan. Angus hat den Job nur zu Ende gebracht. Und Zoltan war es, der sich meiner angenommen und mir nach der Verwandlung geholfen hat."

„Wir alle würden dir helfen", stellte Howard klar. „Glaubst du, wir würden uns nicht um dich kümmern? Oder dich mit Vorräten versorgen?"

Russell räumte die Gewehrmunition in eine abgegriffene Segeltuchtasche. „Das würdet ihr, aber für einen Preis. Ihr würdet erwarten, dass ich eure Fragen beantworte."

„Das nennt sich Kooperation. Wir sind auf derselben Seite, weißt du. Wir wollen alle, dass Master Han stirbt."

Russells Augen blitzten wütend auf. „Er gehört *mir*. Eure Art von Hilfe ist mir nur im Weg. Ihr habt verdammt noch mal viel zu viel damit zu tun, seine Soldaten zu retten ..."

„Das sind Sterbliche", wandte Howard ein.

„Sie haben sich ihm freiwillig angeschlossen, im Tausch gegen Superkräfte." Russell steckte sich in jeden Stiefel ein neues Messer. „Sie haben ihre Wahl getroffen. Es ist nicht mein Problem, wenn sie dafür bezahlen müssen."

„Ihre Superkräfte kommen von einem Dämon. Wenn man sie umbringt, kommen sie in die Hölle."

„Wie gesagt. Nicht mein Problem." Russell befestigte die Handgranaten an seinem Gürtel.

Howard seufzte. „Kommst du wenigstens nach Japan, um dir anzusehen, was da passiert? Ich habe die letzten sechs Monate dort mit unserem Team aus Ärzten und Wissenschaftlern verbracht. Sie haben mehr als hundert von Master Hans Soldaten wieder zurückverwandelt."

Russell verzog verächtlich das Gesicht. „Brillant. Dann fehlen nur noch neunhundert."

„Howard?", rief Elsa die Treppe hinab. „Bist du da unten?"

„Einen Augenblick!" Howard blieb am Eingang zum Treppenhaus noch einmal stehen. „Komm morgen Abend wieder, Russell, damit wir uns unterhalten können."

„Nein danke." Russell öffnete die Schachtel mit den Pfeilen.

Howard sah Zoltan stirnrunzelnd an. „Wir unterhalten uns, wenn ich vom Abendessen zurück bin."

„Keine Eile. Hab einen schönen Abend." Zoltan sah zu, wie der riesige Wer-Bär die schmale Wendeltreppe erklomm. „Sobald er aus der Tür ist, ruft er Angus an."

„Falls er überhaupt so lange wartet." Russell nahm den Köcher von seinem Rücken und stellte ihn schwungvoll neben den Karton mit Pfeilen auf den Tisch. „Ich fülle nur noch schnell auf und verschwinde." Er sah Zoltan an. „Bekommst du deswegen jetzt Schwierigkeiten?"

Zoltan schnaubte. „Was soll Angus schon machen? Wenn er in Japan ist, ist dort wahrscheinlich sowieso schon Tag. Er ruft mich an, wenn er aufwacht, um mir Vorhaltungen zu machen, aber letztendlich wird er mir danken, weil ich mich um dich gekümmert habe. Er ist kein schlechter Kerl, weißt du."

Russell nahm sich eine Handvoll Pfeile aus der Schachtel. „Wir haben unterschiedliche Prioritäten."

Zoltan nickte. Angus und seine Angestellten, wie Howard, wollten Sterbliche vor bösen Vampiren beschützen, Russell wollte dagegen nichts weiter, als Master Han umbringen. Der böse Kriegsherr hatte Russell während des Vietnamkrieges angegriffen und ihn danach vierzig Jahre im Vampirkoma liegen lassen. Als sie Russell in einer Höhle in Thailand entdeckt hatten, hatte Angus den Prozess der Verwandlung vollzogen, damit Russell aufwachen und sich dem Kreis der Untoten anschließen konnte. Seit zwei Jahren durchsuchte Russell das riesige Territorium von Master Han und wartete auf seine Gelegenheit, den bösen Vampir zu töten.

Russell schob einen alten Pfeil zur Seite, um in seinem Köcher Platz für die neuen zu schaffen. Zoltan blinzelte, seinen Augen kaum trauend.

„Moment!“ Er stürzte sich auf den Köcher. Die Federn an dem alten Pfeil kamen ihm bekannt vor.

Er zog ihn heraus, und sein Herz fing an zu rasen, als er die Schnitzereien am Schaft entdeckte. Hatte er nach achthundert Jahren wirklich ein Duplikat gefunden? Er eilte zu dem an der Mauer hängenden Pfeil hinüber, um die beiden miteinander zu vergleichen. Die Spitze des neuen Pfeils war modern, aber ansonsten sahen beide genau gleich aus.

Er drehte sich zu Russell um. „Wo hast du den her?“

Ein misstrauischer Ausdruck legte sich auf Russells Gesicht, ehe er sich abwandte und die restlichen Pfeile in seinen Köcher stopfte. „Keine Ahnung. Ich teleportiere im ganzen südlichen China, im nördlichen Myanmar und in Tibet herum. Und auf dem Weg sammele ich alles Mögliche ein. Ich hätte ihn überall finden können.“

„Du musst dich daran erinnern.“ Zoltan ging auf ihn zu. „Es ist sehr wichtig.“

Russell setzte sich den Köcher wieder auf den Rücken. „Ich habe keine Ahnung.“

„Du versuchst es nicht richtig.“ Zoltan knirschte mit den Zähnen. „Ich muss wissen …“

„Ich kann es dir nicht sagen.“

Zoltans Herzschlag setzte aus. Russell hielt sein Gesicht bewusst ausdruckslos. „Du meinst, du *willst* es mir nicht sagen.“

„Ich muss los.“ Russell nahm sich die Kühlbox. „Danke für die Vorräte.“

„Warte!“ Zoltan sprang vor und packte gerade in dem Augenblick Russells Arm, als der sich zu teleportieren begann.

Sobald sie sich wieder materialisiert hatten, stieß Russell ihn von sich. „Was zur Hölle machst du da?“

Zoltan fing sich rasch und sah sich um. Natur. Baumlose Hügellandschaft. Gelbliches Gras, das ihm fast bis an die Knie reichte. Ein Halbmond und zahllose Sterne strahlten am wolkenlosen Himmel. „Wo sind wir?“

„Du hättest nicht mitkommen sollen. Geh nach Hause."

Zoltan zeigte ihm den Pfeil, den er immer noch fest in der rechten Hand hielt. „Das ist mein erster Hinweis seit fast achthundert Jahren. Sag mir, woher er gekommen ist."

„Das kann ich nicht."

Ein Blitz aus Wut durchzuckte Zoltan. „Ich helfe dir jetzt seit zwei Jahren, sag mir …"

„Ich kann nicht!"

„Verdammt, Russell!" Zoltan umklammerte den Pfeil noch fester. „Wegen genau so einem Pfeil bin ich zum Vampir geworden. Ich konnte den Gedanken nicht ertragen zu sterben, ohne zu erfahren, was passiert ist. Ich musste jung und gesund bleiben, um weiter nach der Wahrheit suchen zu können. Ich habe meine Sterblichkeit dafür aufgegeben, sag mir also, wo du diesen verdammten Pfeil gefunden hast!"

Russell verzog schmerzlich seine Miene. „Schön. Vor zwei Wochen habe ich Lord Liao und eine Gruppe Soldaten verfolgt, als sie von einer kleineren Einheit angegriffen wurden. Ich dachte mir, der Feind meines Feindes ist mein Freund, und sie haben schwere Verluste erlitten, also habe ich ihnen geholfen. Wir haben die meisten von Lord Liaos Soldaten umgebracht, aber er selbst hat sich natürlich in Sicherheit teleportiert. Ich war verwundet und habe das Bewusstsein verloren. Ich wäre bei Sonnenaufgang gestorben, aber sie haben mich gerettet."

„Wer waren sie?"

Russell stöhnte. „Das Einzige, was sie im Gegenzug verlangt haben, war, dass ich niemandem verrate, wer sie sind und wo sie leben. Es tut mir leid. Ich weiß wirklich zu schätzen, was du für mich getan hast, aber mehr kann ich dir nicht erzählen."

„Na schön. Dann halt den Mund und zeig nur in die richtige Richtung."

„Warum ist dir das so wichtig?"

Zoltan hob den Pfeil an. Mondlicht brach sich an seiner stählernen Spitze. „Ein Pfeil wie dieser hat meinen Vater getötet."

„Dann willst du Rache?"

Zoltan schüttelte den Kopf. „Ich bin mir sicher, dass der Schuldige schon lange tot ist. Ich will Antworten."

Russell trat von einem Fuß auf den anderen. „Manchmal gibt es keine. Geh wieder nach Hause. Sie wollen in Ruhe gelassen werden."

„Wer sind sie?"

„Geh nach Hause!" Russell teleportierte sich davon.

Zoltan stürzte ihm nach, aber er war verschwunden. „So ein Mist." Auch gut. Russell hätte ihm ohnehin nicht mehr verraten.

Sich im Kreis drehend versuchte Zoltan, sich zu orientieren. Mitten im Nirgendwo. Keine Waffe bei sich, bis auf den Pfeil. Er nahm sein Smartphone zur Hand und ließ seinen Aufenthaltsort per GPS bestimmen. *Tibet.*

Er überlegte sich, in seine Burg zurückzukehren und Waffen und einen Mantel zu besorgen. Auch wenn es Mitte Mai war, in Tibet kam der Frühling erst spät. Ein kalter Wind wehte von Norden her und zauste das Gras, das noch grün werden musste.

Auf seinem Telefon machte er das nächstgelegene Dorf aus, über hundert Meilen nach Südwesten. Warum Zeit damit verschwenden, noch einmal nach Hause zu gehen? Er konnte in einer halben Stunde in diesem Dorf sein und Fragen stellen.

Er machte sich eilig auf den Weg. In ihm wuchs die Aufregung. Das war viel interessanter als das, was er normalerweise jeden Abend tat: in seinem Büro in Budapest arbeiten. Er war für die Arbeit angezogen – weißes Hemd, rote Krawatte, ein teurer italienischer Anzug und Lederschuhe. Überhaupt nicht geeignet für ein Abenteuer in Tibet, aber wenn er in irgendwelche Schwierigkeiten geriet, konnte er sich einfach nach Hause teleportieren.

Tibet. Waren die Mörder seines Vaters wirklich den ganzen Weg aus Tibet gekommen? Als er vor Jahrhunderten nach ihnen gesucht hatte, hatte er dabei Osteuropa, Westrussland und den Nahen Osten abgedeckt. Im nordwestlichen Teil von Indien hatte er endlich aufgegeben, weil er nicht glauben konnte, dass irgendwer so weit gereist wäre, um jemanden in Transsilvanien zu töten.

Hatte der Mord an seinem Vater irgendwie mit dem geheimnisumwobenen Hintergrund seiner Mutter zu tun? Sie war aus dem Osten gekommen, aber niemand wusste, woher genau. Sein Vater, ein Händler, der die Seidenstraße bereiste, hatte sich in sie verliebt und sie mit nach Hause gebracht.

Konnte sie aus Tibet stammen? Zoltans Puls beschleunigte sich. Nach fast achthundert Jahren würde er vielleicht endlich Antworten finden.

Er teleportierte sich, so weit er sehen konnte, und wiederholte diesen Vorgang dann, bis er in der Nähe des Dorfes angekommen war. Die Landschaft veränderte sich Stück für Stück, wurde hügeliger und immer mehr bewaldet. Er teleportierte sich auf den hohen Ast einer Pinie, damit er das Dorf auskundschaften konnte. Es lag in ein Tal geschmiegt an den Ufern eines Flusses. Keine Elektrizität. Entlang der einzigen Hauptstraße waren ein paar Laternen angezündet. Er sah auf sein Handy. Kein Empfang. Wenn er noch einmal herkam, musste er ein Satelliten-Telefon mitbringen.

Er ließ sich wieder auf den Boden hinab, ordnete seinen Anzug und seine Krawatte und schlenderte dann gelassen in das Dorf hinein. Eine alte Frau war über einen handgemachten Besen gebeugt und fegte vor ihrer Haustür.

Als Zoltan sie begrüßte, richtete sie sich auf und sah ihn misstrauisch an.

Er begrüßte sie noch einmal auf Englisch und schenkte ihr ein Lächeln. Dann zeigte er ihr den Pfeil. „Wissen Sie, wo …"

Sie ließ eine Tirade aus wütenden Worten los, schüttelte ihren Besen nach ihm und rannte dann in ihr marodes Haus, die Tür hinter sich zuknallend.

Zoltan seufzte. Die Sprachschwierigkeiten hätten ihm klar

sein müssen. Über die Jahrhunderte hatte er neun Sprachen gelernt, aber das Tibetisch, das in diesem Dorf gesprochen wurde, gehörte nicht dazu.

Er entdeckte einen Mann, der vor einem anderen Haus saß und etwas aus einem Lederbeutel trank. „Guten Abend." Er hob den Pfeil. „Wissen Sie, wo …"

Der Mann stand stolpernd auf und murmelte leise etwas. Dann wedelte er mit den Armen, als wollte er Zoltan davonjagen. Als das nicht funktionierte, spuckte er auf den Boden, rannte ins Haus und schlug die Tür hinter sich zu.

Dummer Mensch will wohl umgebracht werden.

Zoltan drehte sich nach der Stimme um, sah aber nur einen Hund, der auf der Veranda vor einem Haus ein Stück die Straße hinab lag. Natürlich. Seit seiner frühesten Kindheit besaß Zoltan die seltsame Gabe, mit Tieren kommunizieren zu können. Oft waren sie seine beste Informationsquelle, da die Gespräche mit ihnen rein in Gedanken verliefen und es keine Sprachbarriere gab.

Er ging langsam auf den Hund zu und schickte ihm eine Nachricht. *Warum sollte man mich wegen meiner Fragen umbringen?*

Der Hund setzte sich mit einem Ruck auf. *Was war das?*

Ich war das. Zoltan blieb auf der Straße stehen, bereit, sich zu teleportieren, wenn es sein musste. Es war immer schwer vorherzusagen, wie ein Tier reagieren würde. Die meisten Hunde waren freundlich, aber ab und an fühlte sich einer von ihnen bedroht und ging zum Angriff über.

Was? Der Hund legte den Kopf zur Seite und spitzte die Ohren. *Redest du mit mir?*

Ja. Ich habe die Gabe, mit Tieren zu kommunizieren.

Soll das ein Witz sein? Der kleine gefleckte Hund sprang von der Veranda und trottete auf ihn zu. *Kannst du wirklich mit mir reden? Kannst du meine Gedanken hören?*

Ja. Und du meine.

Heiliges Hundehäufchen! Der Hund lief im Kreis um ihn herum. *Das ist ja klasse! Ich wusste nicht, dass Menschen auch denken. Manche von ihnen wirken nicht so helle, weißt du, deswegen habe ich mich immer gewundert. Konntest du das schon immer? Konntest du es schon als Welpe? Du musst ein seltsamer Mensch sein. Ich finde du riechst auch komisch. Isst du gerne? Ich mag Kaninchen. Wollen wir Freunde sein?*

Sicher, antwortete Zoltan, als der Hund ihn zum fünften Mal umrundete. Es handelte sich offensichtlich um einen von der freundlichen Sorte. *Kannst du dich ein bisschen beruhigen?*

Warum? Kommst du nicht mit? Ich hatte schon immer den Verdacht, Menschen sind ein bisschen langsam. Du riechst nicht so wie die Menschen, die ich kenne. Ich könnte dich anpinkeln, damit du besser riechst.

Nein danke.

Der Hund sprang plötzlich auf und sah sich um. *Was war das?*

Ich bin mir nicht sicher.

Ich glaube, das war ein Kaninchen. Kaninchen mag ich am liebsten. Hast du Hunger? Ich schon. Wenn du dein Stöckchen wirfst, bringe ich es dir zurück.

Zoltan zeigte dem Hund seinen Pfeil. *Ich wüsste gerne mehr über dieses Stöckchen und die Menschen, die es hergestellt haben.*

Der Hund setzte sich vor ihn hin und neigte den Kopf zur Seite. *Hast du was zu essen dabei?*

Nein. Aber ich könnte dir den Kopf kraulen.

Der Hund ließ seine Zunge hängen, während er überlegte. *Okay.*

Zoltan tätschelte ihm den Kopf. *Guter Hund. Also, was weißt du von den Machern dieses Pfeils?*

Der Hund schlug mit seinem Schwanz auf den Boden. *Das sind Jäger. Wilde Krieger. Die Menschen hier haben Angst vor ihnen. Du solltest dich von ihnen fernhalten.*

Zoltan rieb den Hund hinter den Ohren, bis er so fest mit dem Schwanz schlug, dass sein ganzes Hinterteil ins Wackeln geriet. *Warum sollte ich mich fernhalten?*

Weil sie dich umbringen werden.

Zoltan hielt inne. *Wo sind sie?*

Du hast mit dem Streicheln aufgehört. Und ich sollte es dir nicht verraten, weil die dich dann umbringen. Ich habe schon immer vermutet, dass Menschen nicht sehr schlau sind.

Zoltan kraulte ihm wieder den Kopf. *Was für ein kluger Hund du bist. Wo sind sie?*

In den Bergen im Süden. Willst du jetzt mit mir spielen?

Ich muss jetzt gehen. Danke für deine Hilfe.

Du gehst? Aber wir haben uns gerade erst kennengelernt. Und du bist jetzt mein Freund.

Du bist ein guter Hund. Zoltan tätschelte ihn noch einmal und sauste dann aus dem Dorf.

Wow! Die Stimme des Hundes wurde immer schwächer. *Du bist echt schnell für einen Menschen. Ich wette, du könntest ein Kaninchen fangen. Versuch, dich nicht umbringen zu lassen, okay?*

Neona presste die Hand auf den runden Erdhügel, unter dem ihre Zwillingsschwester Minerva begraben lag.

Zwei Wochen waren vergangen. Zwei Wochen, seit man ihr die halbe Seele entrissen hatte. Tränen sprangen ihr in die Augen, und immer wieder spulte sich die gleiche Litanei an Fragen in ihren Gedanken ab.

Wie soll ich ohne dich leben? Wie jeden Tag ertragen? Sie ballte die Faust um eine Handvoll Erde und drückte sie zu einem Ball zusammen, als ein wütender Blitz ihre Trauer durchschlug. *Warum hast du nicht härter gekämpft?*

Eine Träne lief ihr die Wange hinab, und Neona ließ den Erdklumpen wieder fallen. Sie kannte die Antwort. Sieben Jahre zuvor hatte ihre Schwester einen Sohn zur Welt gebracht.

Männliche Kinder waren in Beyul-La nicht gestattet, deswegen war Minerva gezwungen gewesen, den kleinen Jungen an das buddhistische Kloster abzugeben, das sich dreißig Meilen entfernt befand. Ihr gebrochenes Herz war nie ganz geheilt.

Am Anfang hatte Neona versucht, den Schmerz ihrer Schwester zu lindern, indem sie eine fröhliche Fassade aufsetzte. Aber je tiefer Minervas Trauer gegangen war, desto mehr hatten Frustration und Trauer auch Neonas Seele belastet. Sie und ihre Schwester hätten sich der Königin widersetzen und den kleinen Jungen behalten müssen.

Seufzend legte Neona sich auf den grasbewachsenen Hügel und sah hinauf zu den Sternen. Wie hätten sie sich der Königin widersetzen können, wo sie doch ihre Mutter war? Sie hätten deswegen aus Beyul-La verbannt werden können. Wie hätten sie ihr Zuhause verlassen sollen und alles, was es ihnen bedeutete?

Neona liebte Beyul-La. Es war das schönste Tal im ganzen Himalaya. Sie vermutete, in der ganzen Welt. Es schenkte ihnen Leben und einen Zweck, während die Welt dahinter nur Elend und Tod zu versprechen schien. Aber es hatte auch Zeiten gegeben, in denen sie im Gras lagen, zu den Sternen hinaufblickten und Minerva behauptete, dass sie Gefangene waren.

„Sieh dir an, wie weit der Himmel ist“, hatte Minerva gesagt. „Die Welt um uns herum muss ebenso weit sein. Sehnst du dich nicht danach, sie kennenzulernen?“

Neona hatte versucht, das Unglück ihrer Schwester zu lindern, indem sie die Worte wiederholte, die sie seit frühester Kindheit gehört hatten, das Mantra, das ihnen seit Jahren Trost spendete, weil sie sich dadurch besonders und wichtig fühlten. „Wir sind die erwählten Hüterinnen dieses heiligen Tales und seiner Geheimnisse. Unsere Mission ist edel und notwendig.“

„Was war edel daran, dass man mich gezwungen hat, mein Kind fortzugeben?“, hatte Minerva verbittert gemurmelt.

Seufzend wischte Neona sich die Tränen aus dem Gesicht. Das Mantra konnte sie nicht mehr trösten. Und ihre Schwester war auf die einzige Art entkommen, die sie kannte. Mit dem Tod. Die Schlacht vor zwei Wochen hatte ihr Leben und das von vier anderen gekostet.

„Neona!“, wies jemand sie mit scharfer Stimme zurecht. „Du solltest dein Leben nicht hier bei den Toten verschwenden.“

Neona setzte sich auf und sah Lydia auf sich zukommen. Ein paar Sekunden lang überlegte sie, ihrer alten Freundin in Erinnerung zu rufen, dass auch Mitglieder ihrer Familie hier bei den Toten begraben lagen. Eine Reihe aus fünf frischen Erdhügeln verschandelte die Landschaft, und daneben ein alter, mit Gras bewachsener Hügel. Aber der verhärmte Ausdruck auf Lydias Gesicht hielt Neona vom Reden ab. Lydia litt stumm.

Alle Kriegerinnen von Beyul-La litten. Die Schlacht vor zwei Wochen war vernichtend gewesen. Innerhalb von Minuten hatte sich ihre Zahl von elf auf sechs verringert.

Lydia blieb auf halbem Weg den Hügel hinauf stehen. „Die Königin hat den Alarm erklingen lassen. Es gibt einen Eindringling in unserem Territorium.“

Neona sprang auf und kam den Hügel hinabgelaufen. „Nur einen?“

„Es scheint so.“ Lydia begleitete sie in das kleine Dorf mit den sechs strohgedeckten Steinhäusern.

Die anderen Frauen waren bereits dort und zündeten einige Fackeln am Lagerfeuer an, ehe es gelöscht wurde, um das Tal in Dunkelheit zu tauchen. Dann eilten die fünf Frauen in die Höhle, wo Neonas Mutter, Königin Nima, bereits wartete.

Die Fackeln steckten sie in Halterungen an den Steinwänden, und der große Raum erhellte sich. Rosa und cremefarbene Tropfsteine hingen feucht glänzend von der hohen Decke, und aus einem Riss in der Steinwand ergoss sich glitzerndes Wasser in ein Becken darunter. Hinter dem Becken wand sich ein schmaler Pfad tief in das Innerste des heiligen Berges. Vor dem Becken befand sich ein großer Steinboden, der über die Jahrhunderte glatt abgetreten worden war.

Königin Nima ging dort auf und ab und deutete auf die Eule, die auf der Lehne ihres Thrones hockte. „Er hat einen männlichen Eindringling entdeckt, der unser Territorium von Norden her betreten hat."

Lydias Nichte, Winifred, fluchte leise. „Könnte es Lord Liao sein?"

„Möglich", antwortete Nima. „Oder ein Soldat von Master Han."

„So nahe sind sie uns noch nie gekommen", sagte Neona. Die Schlacht vor zwei Wochen hatte sich vierzig Meilen entfernt zugetragen. Die Kriegerinnen von Beyul-La hatten sich im benachbarten Dorf Pferde für den weiten Weg geliehen, um dem Feind entgegenzutreten, denn oberstes Gebot war, das heilige Tal geheim zu halten.

„Keinem Mann darf es gestattet sein, Beyul-La zu erblicken", warnte Nima sie, wie schon so oft. „Freya, du übernimmst den Bereich im Osten. Winifred, du den Westen, Neona den Norden. Und Tashi den Süden. Findet ihn. Wenn er ein Dorfbewohner ist, der sich verlaufen hat, weist ihm den Weg nach Hause. Droht ihm mit dem Tode, falls er noch einmal zurückkommt. Wenn es einer von Master Hans Männern ist, tötet ihn, ohne zu zögern."

Die vier Frauen deuteten mit einem Neigen ihrer Köpfe an, dass sie ihre Befehle entgegengenommen hatten.

Neona rannte in den Bereich, wo sie ihre Rüstungen und Waffen aufbewahrten. Sie trug immer den Brustpanzer und den Helm, die ihr Vater hinterlassen hatte, ein Krieger aus Griechenland.

„Jetzt sind wir nur noch zu sechst", sagte Winifred, während sie einen Brustpanzer aus mit Metallnieten besetztem Leder anlegte.

„Das wissen wir“, murmelte Lydia, die ihrer einzigen verbliebenen Tochter, Tashi, beim Anlegen ihrer Rüstung zusah.

„Ich denke, wir sollten alle in Betracht ziehen, eine Tochter zu bekommen“, fuhr Winifred fort.

„Vielleicht“, antwortete Königin Nima. „Darüber reden wir später. Erst müssen wir mit dieser Invasion fertigwerden.“

„Oh, ich verstehe, was Freddie meint“, sagte Freya, ihre Schwester verteidigend. „Der Eindringling hat vielleicht Potenzial.“

„Ganz genau!“ Winifred nickte. „Vielleicht ist er schmucken Antlitzes, stark und leichtfüßig.“

Lydia lachte spöttisch. „Eher ist er ein tollpatschiger Trottel, der sich verlaufen hat und nicht weiß, wie er wieder nach Hause kommt.“

„Aber wenn er doch ein gutes Exemplar ist“, wendete Winifred ein, „sollten wir uns überlegen, seinen Samen zu nehmen.“

Freya steckte ihr Schwert ein. „Ich hoffe, ich finde ihn.“

Winifred schnaubte. „Es war mein Vorschlag. Ich sollte diejenige sein, die ihn findet.“

Lachend reichte Tashi jeder von beiden ein Stück Seil. „Hier. Falls ihr ihn festbinden müsst.“

Neona runzelte die Stirn. Freddie und Freya schienen beide sehr begierig darauf, ein Kind zu bekommen. War es ihnen egal, dass sie das Kind weggeben mussten, wenn es ein Junge wurde? Neona hatte nur ein einziges Mal versucht, schwanger zu werden, und als der Samen in ihr keine Wurzeln geschlagen hatte, war sie heimlich erleichtert gewesen. Nachdem sie den Schmerz gesehen hatte, den ihre Schwester durchgemacht hatte, fürchtete sie, in das gleiche verzweifelte Loch zu fallen.

„Nun gut“, räumte Königin Nima ein. „Ihr könnt den Samen des Mannes nehmen, aber nur, wenn er ein Prachtexemplar ist. Unsere Töchter müssen Kriegerinnen sein, geistig und körperlich überlegen. Und vergesst nicht den Hauptgrund eurer Mission."

Neona nickte, und die anderen Frauen murmelten: „Ja, Euer Majestät."

Immer mehr Unbehagen machte sich in Neona breit, während sie den Helm ihres Vaters aufsetzte. Er war aus Messing mit einem schwarzen Kamm und verziertem Wangenschutz. Sie hatte sich immer gefragt, was aus dem mutigen griechischen Soldaten geworden sein mochte, der so weit von zu Hause fortgereist war und schließlich sie selbst und Minerva gezeugt hatte.

Als sie noch jung war, hatte sie ihre Mutter danach gefragt, und Nima hatte geantwortet, dass er nach Griechenland zurückgekehrt war. Dann hatte sie Neona gewarnt, nie wieder von ihm zu sprechen. Mit den Jahren war Neona der Verdacht gekommen, dass ihre Mutter nicht die Wahrheit gesagt hatte.

„Bleibt unserem edlen Zweck treu", rief Königin Nima ihnen in Erinnerung. „Wenn ihr mit dem Mann fertig seid, bringt ihn um."

2. Kapitel

Von seinem Standpunkt hoch auf einem zerklüfteten Gipfel überblickte Zoltan die Landschaft, in der er sich befand.

Je südlicher er gereist war, desto gebirgiger war das Gebiet geworden. Hoch oben konnte er weiter sehen, aber der kalte Wind schnitt durch seinen Anzug. Als Vampir konnte er das besser ertragen als die meisten Menschen, und weil er sich immer etwas darauf eingebildet hatte, nicht aufzugeben, bis er eine Aufgabe erledigt hatte, entschloss er sich weiterzumachen.

Ein großer Vogel flog vorbei, ein Falke, vermutete Zoltan. Es war zu schade, dass er nie in der Lage gewesen war, mit Vögeln zu kommunizieren, so wie seine Mutter es gekonnt hatte. Sonst hätte er den Falken fragen können, wo sich die wilden Krieger befanden, vor denen der Hund ihn gewarnt hatte. Oder vielleicht wusste der Vogel sogar etwas über die Federn am Ende des neuen Pfeils, den er immer noch in der Hand hielt.

Vor ein paar Jahren hatte er den alten Pfeil aus seiner Burg einigen Wissenschaftlern in Budapest gezeigt, damit sie ihn mit modernster Technologie untersuchen konnten. Das Ergebnis hatte sie alle überrascht. Die Pfeilspitze war uralt, ähnlich denen, die in der Armee von Alexander dem Großen benutzt worden waren. Die Schnitzereien waren unbekannt. Die Federn stammten von einem Goldadler, und das Holz kam von einer Zypressenart, die in Teilen von China und in Tibet vorkam. Die Wissenschaftler hatten bestimmt, dass der Pfeil im antiken Griechenland gefertigt worden sein musste, mit Holz, das aus dem Osten importiert worden war. Man hatte ihn gedrängt, den Pfeil einem Museum zu spenden, aber er hatte abgelehnt.

Jetzt fragte er sich, ob die Wissenschaftler es verdreht hatten. Was, wenn der Pfeil hier in Tibet gefertigt worden war und man dazu eine alte griechische Pfeilspitze benutzt hatte? Bedeutete das, diese sogenannten wilden Krieger waren den ganzen Weg von Tibet nach Transsilvanien gereist, um seinen Vater umzubringen?

Zoltan hatte sich immer gefragt, ob der Mord an seinem Vater ein Akt der Rache nach dem Tod seiner Mutter gewesen war, aber es kam ihm unwahrscheinlich vor. Im Jahre 1241 hätte eine solche Reise Monate beansprucht. Und sein Vater war nur wenige Stunden nach dem Tod seiner Mutter ermordet worden.

Es sei denn ... konnte der Mörder ein Vampir gewesen sein? Ein Vampir hätte sich nach Transsilvanien teleportieren können. Oder vielleicht stimmte auch die fantastische Geschichte, die von den wenigen überlebenden Dorfbewohnern erzählt worden war. Sie hatten ihm einen schrecklichen Bericht von Monstern geliefert, und von so wilden Kriegern, dass kein Sterblicher sich ihnen je hätte entgegenstellen können. Zoltan hatte immer vermutet, ihre ausgeschmückte Geschichte wäre nicht mehr als ein armseliges Märchen, mit dem sie sich rechtfertigten, weil sie ihr Dorf und ihre Angehörigen nicht hatten retten können. Wenn er sich nur besser an jenen schicksalhaften Tag erinnern könnte ... aber er war die meiste Zeit bewusstlos gewesen. Am nächsten Tag war er Meilen vom Dorf entfernt aufgewacht, ohne zu wissen, wie er dort hingekommen war.

Er atmete tief durch. Das war 1241 gewesen. Diese Krieger, wenn sie auch wild und monströs gewesen sein mochten, waren lange tot. Es sei denn, sie waren Vampire ... Aber wenn sie böse Vampire waren, warum hatten sie dann vor zwei Wochen gegen Lord Liao gekämpft? Warum hatten sie Russell gerettet?

Zoltan schwebte höher in die Luft, die Zähne gegen den kalten Wind zusammenbeißend. Höher und höher, bis er über die Berggipfel sehen konnte. Dort, gen Süden, waren das Lichter?

Er konzentrierte sich darauf, damit er sich zu ihnen teleportieren konnte, aber dann verloschen sie plötzlich. Verdammt.

Wie konnte er jetzt aufgeben? Er teleportierte sich durch das Tal auf den Gipfel des nächsten Berges und dann immer weiter auf die Stelle zu, an der er die Lichter vermutete. Nachdem er zehn Minuten so gereist war, landete er an einem schrägen Abhang, umgeben von Wald. Er musste ganz in der Nähe sein.

Totes Laub und Nadeln lagen wie ein weiches Polster auf dem Boden und dämpften beim Abstieg seine Schritte. Immer wieder lichtete der Wald sich um eine Felszunge aus großen Findlingen, die im Mondlicht silbern schimmerten.

Mit seinem übermenschlichen Gehör bemerkte er das Plätschern eines Baches ein ganzes Stück entfernt auf seiner rechten Seite. Er lief den Berg hinab bis in das Tal darunter. Und hinter ihm brach leise ein Zweig.

Tier oder Krieger? Er blieb stehen, um genauer hinzuhören. Ein Rauschen. Er duckte sich gerade rechtzeitig hinter einen Busch, um einem Pfeil auszuweichen, der knapp an ihm vorbeizischte und dumpf in einen Baumstamm eindrang.

Er sah zu dem Pfeil hinauf. Die gleichen Schnitzereien auf dem Schaft. Die Federn eines Goldadlers. Er hatte sie gefunden!

Oder vielmehr hatten sie ihn gefunden. Er teleportierte sich auf eine nahe gelegene Felszunge und sah sich, auf den Steinen hockend, im Wald um.

Dort. Ein messingfarbenes Aufblitzen im Mondlicht. Ein Krieger. Er war kaum hörbar, das musste Zoltan ihm lassen. Dem Krieger war es gelungen, sich an ihn heranzuschleichen, und das kam selten vor.

Aber sonst wirkte der Krieger wenig beeindruckend. Schmal gebaut. Ein wenig kleiner als der durchschnittliche Mann. Der Brustpanzer aus Messing war keine gute Idee, weil er das Mondlicht reflektierte und damit seinen Standort verriet. Der Helm war in der Mitte mit einem Kamm aus schwarzem Rosshaar verziert, und der Schutz für Wangen und Nase verdeckte fast das ganze Gesicht des Kriegers. Er war mit Pfeil und Bogen bewaffnet, einem Schwert und wenigstens einem Messer, das Zoltan entdecken konnte. Der Krieger sah durchaus wild aus, aber altertümlich, als sollte er Troja plündern, statt in Tibet umherzuwandern.

Die alte Pfeilspitze, die seinen Vater getötet hatte, war aus dem antiken Griechenland gekommen.

Zoltan rief auf Griechisch: „Ich komme in …“ Er warf sich gerade rechtzeitig flach auf den Felsen, ehe eine Sekunde später ein Pfeil über seinen Kopf hinwegsauste. „… Frieden“, flüsterte er. Der Krieger war nicht groß, aber er war schnell und konnte auch in der Dunkelheit ausgezeichnet zielen.

„Bist du ein Vampir?“, brüllte Zoltan auf Russisch und teleportierte sich dann, den Pfeil auf dem Felsen liegen lassend, damit er die Hände frei hatte, hinter den Krieger. In der Zwischenzeit beantwortete sein Feind die Frage, indem er einen weiteren Pfeil über den Steinhaufen hinwegschoss.

Zoltan atmete tief durch, um den Duft des Mannes aufzuspüren. Angefüllt mit Blut. AB negativ. Menschlich.

Der Krieger zog sein Schwert und schlich sich langsam auf die Felszunge zu.

Zoltan teleportierte sich hinter die Findlinge und wartete. „Ich komme in Frieden“, sagte er auf Ungarisch, als er den Krieger sehen konnte. „Pax?“ Er sprang zurück, um dem Schwerthieb des Mannes auszuweichen. Sich hinter einen Baum duckend, versuchte er es auf Rumänisch und Serbisch. Holzsplitter stoben auf, als der Mann sein Schwert gegen den Baumstamm schlug.

„Français? Deutsch?“ Er warf sich zu Boden und rollte sich in Sicherheit, als der Mann sein Schwert noch einmal nach ihm schlug. „Verdammt, ich will doch nur reden!“

Der Krieger zögerte, sein Schwert hoch in die Luft gehoben.

Zoltan richtete sich vorsichtig auf. „Das hast du verstanden?“

Das Schwert rauschte auf ihn herab, und er sprang zur Seite. Das reichte. Zoltan stürzte sich vor, packte den Schwertarm des Kriegers, hob ihn an und drückte zu, bis der Mann keuchte und seine Waffe fallen ließ.

Der Krieger schlug zurück, indem er die linke Hand um Zoltans Kehle legte. Starke Finger gruben sich in seinen Hals.

Zoltan packte das Handgelenk des Kriegers und riss dessen Hand von sich. „Du verstehst mich, oder? Hör auf, mich anzugreifen."

Der Krieger stieß einen frustrierten Laut aus, als er versuchte, sich aus Zoltans Griff zu befreien. Er ließ sich zurückfallen, zog Zoltan dabei mit sich, stemmte ihm dann die Füße in den Bauch und stieß fest zu, um ihn auf den Rücken zu drehen.

Zoltan landete mit einem dumpfen Aufprall auf dem Boden. Er drehte sich um und griff nach seinem Gegner. Leider erwischte er dabei nur seinen Bogen und den Köcher mit den Pfeilen, und als der Mann wieder aufsprang, riss er ihm beides vom Rücken.

Als der Krieger sich auf sein Schwert stürzte, sprang Zoltan dem Mann auf den Rücken und warf ihn zu Boden. Der Mann schrie auf, riss den Kopf zurück und traf Zoltan mit seinem Helm an der Stirn.

„Au!" Zoltan war nur eine Sekunde erstarrt, aber sie reichte dem Krieger aus, um sich zu befreien und wieder auf das Schwert zu stürzen.

Zoltan spürte, wie ihm etwas die Stirn herunterlief, und der Geruch nach Blut machte ihn wütend. Er hatte das lange genug mitgemacht. Brüllend sprang er auf. Dann benutzte er seine Vampirkraft, um den Krieger herumzudrehen und ihn gegen einen Baum zu schleudern.

Der Messinghelm prallte so fest gegen den Baum, dass der Krieger noch einmal keuchte. Zoltan hielt die Arme des Mannes über seinen Kopf gestreckt fest und beugte sich dicht an ihn heran.

„Jetzt hör auf …“ Zoltan stutzte über das Augenpaar, das ihn anblickte. Es waren die blauesten Augen, die er je gesehen hatte. Ein unwahrscheinliches Königsblau.

Er wich gerade rechtzeitig zur Seite aus, als der Mann versuchte, ihm sein Knie zwischen die Beine zu rammen. Trotzdem traf er seine Hüfte so heftig, dass es ihm einen Schmerzenslaut entlockte. Verdammt, was für ein ehrbarer Krieger wagte so einen Tiefschlag?

Er kniff die Augen zusammen. Die Laute, die der Krieger von sich gegeben hatte, waren ziemlich hoch gewesen. Konnte es sein …?

Zoltan ließ das Handgelenk des Mannes los und riss ihm den Helm vom Kopf. Langes schwarzes Haar ergoss sich über die Schultern des Kriegers und rahmte ein Gesicht ein, das feinzügig und feminin war. Ihre Miene war ebenso erstaunt wie seine. Der Helm glitt ihm aus der Hand und fiel mit einem dumpfen Aufprall zu Boden, während er einfach nur wie gebannt dastand. Sie war unvergleichlich. Die schönste Frau, die er jemals –

„Aaagh!“ Dieses Mal hatte ihr Knie sein Ziel getroffen, und er ging, sich krümmend, zu Boden.

Sie stürzte vor, um sich ihr Schwert zurückzuholen.

„Verdammt noch mal“, knurrte Zoltan, während er sie am Fußgelenk packte und sie mit einem Ruck zu Fall brachte. Sie fiel auf die Seite und rollte sich ab, das Schwert hoch erhoben.

„Genug!“ Die Zähne vor Schmerz zusammengebissen stürzte Zoltan sich auf sie, packte ihren Schwertarm und schlug ihn auf den Boden.

Mit der linken Hand versuchte sie wieder, an seinen Hals zu kommen, aber er packte ihr Handgelenk und hielt es fest. Sie wand sich unter ihm, aber er legte sein ganzes Gewicht auf sie.

„Genug“, flüsterte er, und sie wurde ganz ruhig und betrachtete ihn eingehend.

Er hatte das seltsame Gefühl, unter die Lupe genommen zu

werden. „Freut mich, dich kennenzulernen. Ich heiße Zoltan. Und du bist …?“

Sie starrte ihn einfach weiter an.

„Ich fürchte, wir haben auf dem falschen Fuß angefangen, aber ich versichere dir, ich will dir nichts tun.“ Er nahm ihr behutsam das Schwert aus der Hand und warf es zur Seite. Sie wehrte sich nicht, als er wieder ihre Handgelenke umfasste. „Das ist schon besser. Du wolltest mir gerade deinen Namen verraten …?“

„Du bist sehr kräftig und leichtfüßig“, sagte sie leise, als würde sie laut denken.

„Du sprichst also wirklich Englisch.“

Sie legte die Stirn in Falten. „Dein Antlitz ist schmuck, und scheinbar bist du auch intelligent.“

„Scheinbar?“

„Das ist noch unklar.“

„Dann erlaube mir, das für dich klarzustellen. Meine Intelligenz ist ausgezeichnet.“

Sie sah ihn an, als hätte er ihr gerade das Gegenteil bewiesen. „Es war nicht klug von dir, hierherzukommen.“

Er schnaubte. Wenigstens sein Antlitz hielt sie für erträglich. „Eigentlich fand ich es ziemlich klug von mir, wie ich euch gefunden habe.“ Auch wenn er dafür achthundert Jahre gebraucht hatte. „Ich habe einige Fragen, weißt du, einen Pfeil betreffend …“ Er sah zu der Felszunge, auf der er den Pfeil gelassen hatte, und erstarrte.

Ein Schneeleopard hockte auf den Steinen, zum Sprung bereit.

Langsam, ohne die Raubkatze aus den Augen zu lassen, stieg Zoltan von der jungen Frau und griff nach ihrem Schwert. „Wenn ich aufstehe, geh vorsichtig rückwärts. Dann lauf so schnell es geht nach Hause.“

„Du willst mich beschützen?“, fragte sie. „Warum? Ich hatte vor, dich umzubringen.“

„Ja, aber du hast es nicht geschafft." Er sah sie schief lächelnd an. „Keine Angst. Das werfe ich dir nicht vor."

Sie riss die Augen auf, lag sehr ruhig da und starrte ihn an.

Vielleicht hatte er sie zu hart angefasst. Sie schien sich nicht regen zu können. Er schüttelte sie vorsichtig. „Du solltest jetzt nach Hause gehen, okay? Ich kümmere mich um das hier." Er beschützte die Menschen seit fast achthundert Jahren, sodass er es nicht mehr infrage stellte. Er tat es einfach.

Er richtete sich auf und wendete sich dem Felshaufen zu, das Schwert fest in der Hand.

Der Schneeleopard fauchte.

„Du bist sehr mutig", sagte die Frau hinter ihm.

„Scheinbar", murmelte er und hob dabei das Schwert. „Und jetzt geh langsam rückwärts."

Schmerz explodierte in seinem Schädel, als etwas fest auf seinem Hinterkopf aufschlug. Er fiel vorwärts und ließ dabei das Schwert fallen. Warum? war das Letzte, was ihm durch den schmerzenden Kopf ging, ehe alles um ihn herum schwarz wurde.

„Gutes Kätzchen." Neona kraulte den jungen Schneeleoparden zwischen den Ohren. „Auch wenn ich mit dir schimpfen sollte, weil du auf den Zweig getreten bist. Du hast meinen Überraschungsangriff ruiniert."

Der acht Monate alte Leopard stieß seinen Kopf gegen ihr Bein.

„Na ja, du hast es wiedergutgemacht, deswegen will ich dir noch einmal verzeihen. Das war sehr klug von dir, so zu tun, als würdest du uns angreifen." Sie strich mit der Hand über Zhans gefleckten Rücken.

Der Schneeleopard war zu ihrem Gefährten geworden, nachdem sie ihn vor sieben Monaten während einer Wache gefunden hatte. Sie hatte das Kätzchen mit nach Hause genommen, wo zwei der Frauen mit ihm kommunizieren konnten. Zhans Mutter und seine Geschwister waren von einem Rudel Wölfe gerissen worden, ihm war es gelungen zu überleben, indem er sich in einem Kaninchenbau verkrochen hatte.

Auch wenn Neona nicht die Gabe besaß, mit Tieren kommunizieren zu können, bevorzugte Zhan sie deutlich vor den anderen Frauen. Wahrscheinlich, weil sie es gewesen war, die ihn gerettet und danach gesund gepflegt hatte. Sie vermutete, dass der Katze immer noch genug Wildheit blieb, um es unangenehm zu finden, dass die anderen Frauen seine Gedanken lesen konnten.

Im Augenblick jedoch sehnte sie sich nach jemandem, mit dem sie kommunizieren konnte. Denn sie musste entscheiden, was mit dem Mann zu tun war, der sich Zoltan nannte.

Er lag noch immer bewusstlos auf dem Bauch. Sie zuckte zusammen, als sie die riesige Beule entdeckte, die sich an seinem Hinterkopf bildete. Sie hatte mit dem stumpfen Griff ihres Messers fest zugeschlagen in der Vermutung, dass er einen besonders harten Schädel besaß.

Ihr Blick wanderte über seine breiten Schultern seinen Rücken hinab bis zu seinen Beinen. Er war kräftig gebaut und trotzdem sehr leichtfüßig. Wie er ihrem Angriff ausgewichen war, hatte sie beeindruckt. Er war ein ausgezeichnetes Exemplar, wie Winifred es ausgedrückt hätte.

Behutsam drehte Neona den Mann um, und es verschlug ihr die Sprache. Sie hatte sein Antlitz als schmuck beschrieben, aber das war eine Untertreibung. Noch nie im Leben hatte sie einen so schönen Mann gesehen. Auch keinen so schnellen und starken. Die Männer, die in der Nähe ihres Territoriums lebten, waren entweder arme Bauern oder buddhistische Mönche, nicht die Art Mann, die ihr eine Tochter geschenkt hätte, aus der eine Kriegerin werden musste. Und da ihre Gegend abgelegen war und die Hälfte des Jahres der Schnee sie von der Außenwelt abschnitt, kamen Fremde nur selten dorthin. Ein Mann wie dieser Zoltan sogar extrem selten. Kräftig, leichtfüßig und unfassbar gut aussehend. Als er sie vorhin angelächelt hatte, hatte es ihr den Atem geraubt.

Was für eine schöne Tochter sie haben könnte. Wenn sie es nur wagte. Die Tochter könnte auch den Mut dieses Mannes vererbt bekommen.

Sie kniete sich neben ihn und legte ihm die Hand auf die breite Brust. „Er wollte mich beschützen, obwohl ich ihn angegriffen habe. Er hat ein edles Herz."

Der Schneeleopard stieß ihre Hand mit seinem Kopf zur Seite, und sie musste lächeln.

„Bist du eifersüchtig? Keine Sorge. Wenn ich mit ihm fertig bin, werde ich ihn umbringen ..." Ihr stockte der Atem. Wie konnte sie das tun? Es war eine Sache, einen Mann im Eifer des Gefechts zu töten, aber mit ihm zu schlafen und ihn dann umzubringen? Das musste falsch sein. Ihre Mutter, die Königin, sah das anders. Sie sagte immer, dass nichts wichtiger war, als die Geheimisse von Beyul-La zu beschützen.

Neona schloss die Augen, als eine Welle der Trauer über sie hereinbrach. Ihre Schwester war wichtiger als alles andere gewesen, und jetzt war sie fort. Minerva hätte nie den Samen eines Mannes genommen und ihn dann umgebracht.

Nach einigen zittrigen Atemzügen traf Neona ihren Entschluss. Sie würde diesen Mann davon überzeugen, zu verschwinden und nie wieder zurückzukehren. Das könnte aufgrund seiner fraglichen Intelligenz schwierig werden, also musste sie streng sein. Sogar drohen, ihn umzubringen, falls er sich je wieder blicken ließ.

Um Erfolg zu haben, musste sie Herr der Situation bleiben. Immerhin war sie eine Kriegerin, sie konnte niemals einem Mann unterlegen sein. Wenn er einverstanden war, würde sie sich nehmen, was sie brauchte, und ihn dann fortschicken. Sie nahm ein Stück Seil aus einem Beutel an ihrem Schwertgürtel und band dem Mann damit die Hände zusammen. Dann schleppte sie ihn bis an einen Baumstamm und band ihn mit dem restlichen Seil daran fest.

Er stöhnte.

Wachte er auf? Ihr Herz klopfte wild, als sie sich neben ihn kniete. Wollte sie das wirklich tun? Feigling, rügte sie eine innere Stimme. Wenn eine der anderen Frauen ihn gefunden hätte, wäre sie jetzt schon fertig.

Sollte sie ihn ausziehen? Dringend nötig war es nicht, aber sie vermutete, dass er einen herrlichen Anblick bot.

Sie hob den schmalen Streifen aus roter Seide an, den er sich um den Hals geknotet hatte. „Er zieht sich merkwürdig an." Sie zog daran, schloss ihn damit aber nur enger um seinen Hals.

„Entschuldige." Sie steckte die Finger unter den Knoten und lockerte ihn wieder. Als sie die Hand zurückzog, strich sie dabei über sein Kinn und spürte das Kratzen seiner Bartstoppeln.

Neugierig berührte sie seine Wange. Wie seltsam der Bart eines Mannes war. Wie merkwürdig … anziehend. In ihrem Magen fing es an zu flattern, und sie zog schnell die Hand zurück. Dieser Mann sah viel zu gut aus. Obwohl ihm Blut aus der Schläfe tropfte. Sein Haar war schulterlang, in der dunkelbraunen Farbe frisch aufgeworfener Erde. Seine Augen waren gerade geschlossen, aber sie erinnerte sich an ihre Farbe – goldbraun, wie dunkler Bernstein. Seine Nase war gerade und kräftig. Seine Stirn breit und intelligent.

Scheinbar intelligent, dachte sie in sich hineinlächelnd, als sie sich daran erinnerte, wie empört er deswegen ausgesehen hatte. Anscheinend war es ihm wichtig, was sie von ihm dachte. Auch das fand sie anziehend.

Sie beugte sich vor, um sich die Wunde an seiner Schläfe anzusehen. Es wäre zu schade, wenn der arme Mann wegen ihr eine Narbe davontrüge. Besonders, wo er so gut aussah.

Er stöhnte wieder, und sie lehnte sich zurück und wartete ab, ob er die Augen öffnen würde.

Als er es nicht tat, ließ sie den Blick seinen Körper hinabwandern. Hatte er immer noch Schmerzen dort, wo sie ihn mit dem Knie getroffen hatte? Das war ein bedauerliches Manöver ihrerseits gewesen, besonders jetzt, wo sie diesen Teil von ihm voll funktionstüchtig brauchte.

Jede Frau in Beyul-La hatte eine besondere Gabe, und ihre war die des Heilens. Leider musste sie den Schmerz, um ihn zu lindern, für kurze Zeit selbst in sich aufnehmen.

Sie streckte die Hand bis kurz über seiner Hose aus. Wollte sie das wirklich tun? Sie biss sich auf die Unterlippe. Welche Wahl blieb ihr sonst? Der Mann war so nahe an Perfektion, wie sie es nur zu hoffen wagen konnte. Wann würde sie je wieder so eine Gelegenheit bekommen? In ihr entstand das Bild eines kleinen Mädchens mit langen dunklen Haaren und bernsteinfarbenen Augen. Mit mutigem, edlem Herzen und einem blendenden Lächeln.

Neona stiegen Tränen in die Augen. Sie hatte ihre Schwester verloren, aber sie konnte eine Tochter haben. Eine Tochter zum Lieben.

Oder einen Sohn, der ihr das Herz brach.

Eine Träne lief ihr die Wange hinab. „Bitte, Gott, lass mich ein Mädchen bekommen."

Sie legte ihm die Hand in den Schritt, schloss die Augen und spürte schon bald, wie ein dumpfer, pochender Schmerz in ihrer Hand vibrierte. Dem Mann würde es gut gehen. Der schlimmste Schmerz war bereits vergangen. Sie entzog ihm den verbliebenen Schmerz, der ihr den Arm hinauflief.

„Was zum …?"

Neona riss keuchend die Augen auf. Unfreiwillig schloss sie die Hand fester um sein bestes Stück.

Er sah sie skeptisch an. „Was machst du da?"

Sie riss ihre Hand los und zuckte zusammen, als sein Schmerz sich in ihrem Körper ausbreitete, ehe er verflog. „I-ich wollte nur …"

„Was zur Hölle machst du da?“, verlangte er zu wissen, nachdem er anscheinend gerade erst gemerkt hatte, dass seine Hände gefesselt waren und das Seil an einem Baum befestigt war.

„Ich kann das erklären …“

„Verdammt noch mal!“ Er zerrte an seiner Fessel. „Der Leopard ist direkt hinter dir! Mach mich los, damit ich dich beschützen kann.“

„Die Katze gehört zu mir.“

„Was?“

Behalt die Überhand, rief sie sich in Erinnerung. Sie reckte ihr Kinn und sah ihm fest in die Augen. „Bleib ruhig. Es wird nicht lange dauern.“

„*Was?*“

„Ich will deinen Samen nehmen.“

3. Kapitel

Zuerst war Zoltan sich nicht sicher, ob er sie richtig verstanden hatte.

Vielleicht hatte sie ihm so fest eins übergezogen, dass er halluzinierte. Aber was für ein Traum das wäre! Diese wunderschöne Frau wollte ihm an die Wäsche? Allein der Gedanke reichte aus, um ihn zu erregen.

Aber in welcher Welt war das normal? Sie war aus dem Nichts aufgetaucht, hatte ihn angegriffen, ihn bewusstlos geschlagen, und jetzt wollte sie seinen *Samen*? Wenn er bei Verstand wäre, sollte er sich in Sicherheit teleportieren vor ihr und ihrem zahmen ... Leoparden? Oder sich wenigstens per Teleportation von den Fesseln befreien, mit denen sie ihn an den Baum gebunden hatte.

Aber sobald er sich teleportierte, würde er sich ihr als Vampir zu erkennen geben. Das war ein Trumpf, den er lieber erst ausspielen wollte, wenn es notwendig war. Und außerdem, wenn er sich jetzt nach Hause teleportierte, würde er sie vielleicht nie wiedersehen. Wie konnte er gehen, ehe er mehr über sie erfahren hatte? Sie war die faszinierendste Frau, die ihm je begegnet war.

Also würde er noch etwas bleiben, aber zu seinen eigenen Bedingungen. Und das bedeutete, er musste die Situation unter Kontrolle bringen. Erstens, die größte Bedrohung beseitigen.

Er sah den Schneeleoparden an und schickte ihm in Gedanken eine Nachricht. *Bist du wirklich ihr zahmes Haustier, oder tust du nur so?*

Der Leopard schnaufte und wendete sich ab.

Ich weiß, dass du mich hören kannst, Kater. Schade einem

von uns, und ich ziehe dir bei lebendigem Leib das Fell über die Ohren.

Der Leopard drehte sich wieder zu ihm um, die goldenen Augen zu schmalen Schlitzen zusammengekniffen. *Große Worte für jemanden, der an einem Baum festgebunden ist. Was habe ich Angst.*

Solltest du auch. Du würdest ein hübsches Paar Hausschuhe abgeben.

Der Leopard machte einen Buckel und fauchte ihn an.

„Zhan." Die Frau schüttelte den Kopf über den Leoparden. „Benimm dich."

Die Katze trat dichter zu ihr und sah sie mit großen Augen unschuldig an.

„Braves Kätzchen." Sie kraulte ihm die Ohren, und er schnurrte. „Jetzt lauf und geh ein bisschen spielen."

Hast du gehört, Kater? fragte Zoltan den Leoparden. *Sie will, dass du verschwindest.*

Das Tier starrte ihn unverwandt an. *Ich bin ihr Liebling. Nicht du.* Der Leopard stapfte über die Lichtung zu einem Baum und schärfte sich ausgiebig die Krallen, ehe er sie in dem Holzstamm vergrub.

Schritt zwei, dachte Zoltan, die Führung des Gesprächs übernehmen. Er betrachtete die Frau. Sie saß stumm neben ihm und biss sich auf die Unterlippe. Nervös. Das war ein gutes Zeichen. Er wollte nicht glauben, dass sie so etwas oft machte. „Habe ich dich richtig verstanden? Du willst meinen *Samen*?"

Ihre Wangen röteten sich, aber sie sah ihm direkt in die Augen. „Ja."

„War das die ganze Zeit dein Plan? Mich niederschlagen, fesseln und vergewaltigen?"

Sie zuckte zusammen. „Das ist keine Vergewaltigung."

„Wie würdest du es sonst nennen, wenn du mit Gewalt versuchst, mir den Samen zu nehmen?"

„Ich habe angenommen, du würdest einverstanden sein."

„Mich vergewaltigen zu lassen?“

Sie verzog das Gesicht. „Es ist keine Vergewaltigung, wenn du einverstanden bist.“

„Was, wenn ich es nicht bin?“

Sie sah einen Augenblick lang verblüfft aus. „Ich dachte, Männer wären immer bereit.“

Er krallte die Hände fest um das Seil, als ein unerwarteter Wutschwall ihn erfasste. Wie viele *bereite* Männer hatte sie über die Jahre gefunden? Wahrscheinlich viele. Welcher Mann, der etwas auf sich hielt, würde sich nicht von einer schönen Frau in den Wäldern vernaschen lassen? *Verdammt noch mal.*

Er atmete tief durch. *Behalt die Kontrolle.* „Ehe ich über dein Angebot nachdenken kann, muss ich wissen, was genau du von mir erwartest.“

Ihr Blick senkte sich hinab auf seinen Schritt. „Ich dachte, das wäre offensichtlich.“

„Im Gegenteil, es gibt mehrere Punkte, die der Klärung bedürfen.“ Zum Glück sah sie ihm wieder ins Gesicht. Er wollte nicht, dass sie die anschwellende Beule in seiner Hose bemerkte.

Sie runzelte die Stirn. „Klärung?“

„Ja. Zum Beispiel, wie lange muss ich Leistung erbringen? Bekomme ich Entschädigung für etwaige Verletzungen, die ich mir während des Aktes zuziehe?

Sie riss die Augen auf. „Verletzungen?“

„Das kann passieren. Ich bin dafür bekannt, ziemlich wild zu werden. Glücklicherweise sieht es aus, als würdest du dich bester Gesundheit erfreuen, du solltest die Tortur also überleben. Würde es dir etwas ausmachen, eine Verzichtserklärung zu unterschreiben?“ Er genoss es, wie sie ihn immer entsetzter ansah. „Welche Position möchtest du benutzen? Oder wären dir verschiedene lieber? Wie viele Höhepunkte möchtest du erlangen?“

Daraufhin fiel ihr buchstäblich die Kinnlade herunter. Dann

jedoch schüttelte sie sich und funkelte ihn herausfordernd an. „Zehn."

Er blinzelte. Hatte sie gemerkt, dass er nur bluffte? „Zehn was? Positionen oder Höhepunkte?"

Sie zögerte eine Sekunde, reckte dann aber ihr Kinn. „Beides."

Er verkniff sich ein Lachen. Sie ließ sich von ihm nicht unterkriegen.

Idiot, grollte der Leopard. *Hör auf, mit ihr Katz und Maus zu spielen.*

Zoltan hob den Blick und entdeckte, dass die Katze sich auf dem Ast eines nahen Eichenbaumes rekelte. *Du solltest doch verschwinden.*

Sie schlug mit dem Schwanz gegen den Ast. *Ich verschwinde, wenn mir danach ist.*

Geht sie jede Nacht irgendeinem Mann so an die Wäsche? fragte Zoltan.

Was glaubst du denn? Der Leopard kniff die Augen zusammen. *Wer jetzt wohl eifersüchtig ist.*

Ich bin nicht – oder war er es doch? Zoltan schob diesen Gedanken zur Seite und wandte sich wieder der Frau zu. „Bist du sicher, dass du zehn Höhepunkte durchhältst?"Sie zuckte mit den Achseln. „Bist du sicher, dass du sie lieferst?"

Er lächelte. Es gefiel ihm, wie sie ihm die Stirn bot. „Ich würde mein Bestes geben. Aber es könnte schon eine Stunde dauern, je nachdem, wie …"

„Oh nein! Wir müssen schneller sein. Nicht mehr als fünf Minuten. Tatsächlich sollten wir lieber sofort anfangen, ehe Freddie und die anderen uns finden."

Wieder kochte die Wut in ihm hoch. „Freddie? Wer ist der schon wieder?"

„Freddie ist nicht …"

„Nicht an einen Baum gefesselt, was? War der deine fünf Minuten von gestern Abend?"

Sie starrte ihn entgeistert an.

Wie eifersüchtig kann man sein? Der Leopard sah ihn verächtlich an.

Bin ich nicht! Mist. War er doch. Eifersüchtig auf die unbekannten Liebhaber einer Frau, die er noch kaum kennengelernt hatte. Er musste den Verstand verlieren.

In den blauen Augen der Frau blitzte die Wut auf. „Du glaubst, ich mache das jede Nacht?"

„Woher soll ich wissen, wie viele Männer du schon gefesselt und missbraucht hast?"

„Ich habe dich nicht missbraucht!" Sie stand wütend auf. „Ich glaube, ich will nicht mehr."

Wollte sie wirklich gehen? „Es tut mir leid."

Sie sah ihn zweifelnd an.

Fleh um Vergebung, fauchte der Kater.

Verzieh dich, antwortete er mental und wandte sich dann wieder der Frau zu. „Ich habe dich beleidigt. Das tut mir leid." Als sie ihn wenig überzeugt ansah, seufzte er. Wenn er wollte, dass sie blieb, musste er ehrlich sein. „Mir gefällt die Vorstellung nicht, ein namenloser Mann zu sein in einer langen Reihe von …" Er unterbrach sich, ehe er „Liebhabern" sagen konnte.

Ihr Blick wurde weicher. „Das würde mir auch nicht gefallen. Wenn es dir dadurch besser geht, ich habe es erst einmal versucht, und es hat nicht das erwünschte Resultat erbracht." Sie runzelte die Stirn. „Ich bin mir auch jetzt nicht sicher, ob es funktionieren wird. Spontan fallen mir mehrere gute Gründe ein, aus denen wir uns nicht miteinander einlassen sollten."

„Irrsinn zum Beispiel?"

Sie sah ihn entsetzt an. „Bist du das?"

Er zuckte zusammen, ehe er sagte: „Nein."

Lügner, spöttelte die Katze.

Geh deinen Schwanz jagen, entgegnete er.

Die Frau blieb misstrauisch. „Ich würde nicht wollen, dass jemand wegen mir ein heiliges Gelübde bricht. Ein außerordentlicher Mann wie du ist wahrscheinlich verheiratet.“

Außerordentlich? Sein Herz machte einen Sprung. „Ich bin alleinstehend.“ Als sie erleichtert aussah, machte sein Herz einen weiteren Sprung.

„Du könntest Männer bevorzugen.“

„Nein.“

„Oder du hast eine Krankheit, die du nicht …“

„Nein!“

„Oder vielleicht kannst du nicht …“

„Das ganz bestimmt nicht!“

Ihre Mundwinkel zuckten. „Dann war diese ganze Prahlerei von wegen verschiedene Positionen und …“

„Keine Prahlerei.“

„Ich weiß, dass du mir nur Angst machen wolltest, damit ich es mir anders überlege. Es kann also nur noch einen weiteren Grund geben.“ Sie ließ die Schultern hängen und sah auf den Boden. „Du findest mich nicht begehrenswert.“

„Ich mache es.“ Was zur Hölle sagte er da?

Sie riss überrascht den Kopf. „Du bist einverstanden?“

„Ja, aber … unter drei Bedingungen.“

Sie kniff die Augen misstrauisch zusammen. „Welche wären das?“

Woher zum Teufel sollte er das wissen? Er improvisierte das alles aus dem Stegreif. „Erstens. Ich muss deinen Namen wissen.“

„Oh. Das ist ja leicht.“ Sie setzte sich mit verschränkten Beinen neben ihn. „Ich bin Neona.“

Neona. Er wiederholte ihren Namen in Gedanken. Ihm gefiel, wie er klang. „Griechisch für ‚Neumond‘?“

Sie ignorierte seine Frage. „Was ist die zweite Bedingung?“

„Du musst mich losbinden.“

Sie zuckte zusammen. „Das halte ich nicht für klug.“

„Wie soll ich dich zu zehn Höhepunkten bringen, wenn ich die Hände nicht benutzen kann?“

Sie schnaubte. „Das war nur ein Scherz von dir.“

„Glaubst du? Binde mich los und finde es heraus.“

Sie biss sich nachdenklich auf die Unterlippe und zog dann ein Messer aus einer Hülle an ihrer Wade. „Ich werde nicht zögern, das zu benutzen, wenn du mir etwas antust.“

„Ich würde dir nie schaden.“

Zweifel spiegelten sich auf ihrem Gesicht, aber sie schnitt schließlich durch das Seil, mit dem sie seine Hände gefesselt hatte.

Als er frei war, setzte Zoltan sich auf, rieb sich die schmerzenden Handgelenke und sah ihr dabei zu, wie sie das tückisch scharfe Messer wieder zurück in seine Scheide an ihrem Bein steckte. Ihre Leinenhose sah abgetragen und am Saum ausgefranst aus. Selbst gemacht, vermutete er, genau wie die mokassinartigen Lederschuhe, die sie an den Füßen trug.

Wo lebte diese Frau? Warum hatte sie ihn angegriffen? „Die dritte Bedingung ist, dass wir uns kennenlernen.“

„Ich finde nicht, dass das nötig ist.“

„Ist es aber. Ich finde dich sehr … interessant.“ Ganz zu schweigen von schön, mutig und faszinierend.

Sie schüttelte den Kopf. „Ich glaube nicht, dass du mich kennen musst, um mich zu …“

„Im Gegenteil. Ich muss in Stimmung sein, um Sex zu haben. Und meine Stimmung wird besser, je besser ich dich kennenlerne.“

„Ich kann dir nicht viel erzählen.“

„Hast du Geheimisse?“ Er beugte sich zu ihr. „Jetzt finde ich dich noch viel faszinierender.“

Sie zuckte zurück. „Können wir bitte einfach loslegen? Mir geht die Zeit aus.“

„Weil Freddie bald auftaucht? Wer ist das?“

„Eine Freundin. Winifred." Nach einer Pause fügte sie noch hinzu: „Sie ist also weiblich."

„Das hatte ich mitbekommen", murmelte er. „Wie hast du Englisch gelernt?"

Sie zögerte und sah in Richtung Wald, während sie sich eine Antwort überlegte. „Von einem Engländer."

Zoltans Mundwinkel zuckten. Sie war so klug, wie sie schön war. „Und wo ist dieser Engländer? Ist er irgendwo an einen Baum gefesselt?"

„Natürlich nicht. Er ist zurück nach Hause gegangen." Sie sah Zoltan an und ergänzte: „Nach England."

Er knirschte mit den Zähnen. Anscheinend zweifelte sie immer noch an seiner Intelligenz.

„Weißt du jetzt genug?" Sie löste die Verschlüsse ihres Brustpanzers. „Sollen wir anfangen?"

Er musste fest schlucken, als sie ihre Rüstung ablegte. Unter dem Panzer musste es heiß gewesen sein, denn der dünne Leinenstoff darunter war feucht von Schweiß und klebte an ihren Brüsten, die köstlich rund und doch fest waren. „Ich … ich bin noch nicht in Stimmung." Hoffentlich bemerkte sie die wachsende Beule in seiner Hose nicht.

Sie sah ihn stirnrunzelnd an. „Ist es normal, dass du so langsam bist?"

Er stöhnte innerlich auf, als er sah, wie ihre Brustspitzen sich an der kühlen Luft zusammenzogen.

Genieß es lieber, solange du kannst, grollte der Leopard. *Du hast schließlich nicht mehr lange zu leben.*

Zoltan sah zu dem Kater hinauf. *Was soll das heißen?*

Sie bringt dich um, wenn ihr fertig seid.

Du lügst!

Das hat sie mir selbst gesagt. Der Leopard schleckte sich eine Pfote. *Wenn sie mit dir fertig ist, wirst du auf den Müll geworfen.*

Zoltan lief ein kalter Schauer den Rücken hinab. Konnte

das stimmen? Hatte Neona vor, ihn umzubringen? Alles in ihm wehrte sich gegen diesen Gedanken. Er konnte es nicht glauben. Er würde es nicht.

Aber hatte sie nicht von Anfang an versucht, ihn umzubringen? War sie so herzlos, dass sie mit einem Mann schlafen und ihn danach hinrichten konnte? Wenn er mit ihr Sex hatte, konnte er sie dann ausreichend beeindrucken, dass sie sich anders entschied?

Er zuckte zusammen. Das verlieh der Angst, keine Leistung zu bringen, eine ganz neue Dimension. Er wäre dumm, es zu riskieren.

„Uns geht die Zeit aus", rief sie ihm in Erinnerung. „Diese Stimmung, die du brauchst – gibt es etwas, was ich tun kann, damit du sie erreichst?"

„Ja." Er musterte sie eingehend. Irgendwie kam sie ihm nicht wie eine kaltblütige Mörderin vor. „Ich brauche einen Kuss."

Sie hob die Augenbrauen. „Ich verstehe nicht, was das bringen soll, aber von mir aus." Sie beugte sich dichter zu ihm und gab ihm ein Küsschen auf die Wange.

„Ich meinte einen richtigen Kuss." Der Blick, den sie ihm schenkte, zog sein Innerstes zusammen. Verdammt noch mal. War sie nun unschuldig oder eine Mörderin? „Hast du nicht gesagt, du hast so etwas schon einmal gemacht?"

„Ja, einmal. Aber er brauchte vorher keine Küsse." Sie warf Zoltan einen ungeduldigen Blick zu. „Er war nicht langsam. Im Gegenteil, ich fand ihn beeindruckend schnell und effizient."

Zoltan schluckte hart. Und das war ihr erstes Mal gewesen? Dieses Schwein musste ihr wehgetan haben. Wenn sie ihn umgebracht hatte, hatte dieses Ekel es wahrscheinlich verdient. „Es sind nicht alle Männer gleich. Mach die Augen zu, und lass sie geschlossen, bis ich dir sage, dass du sie wieder aufmachen kannst."

Sie legte die Stirn in Falten. „Was hast du vor?"

„Ich will dich küssen." Er legte die Hände auf ihre Schultern. „Jetzt mach die Augen zu."

Ihre Lider schlossen sich flatternd, und er näherte sich ihr, bis sein Atem über ihre Wange strich. Sie erbebte leicht. Er fuhr ihr mit der Nasenspitze über die Wange, auf ihren Mund zu. Beim Hinabsehen bemerkte er die Bewegung ihrer Brüste, als sie schneller atmete. Sie reagierte auf ihn.

Er sah nach ihren Augen. Immer noch geschlossen. Er fuhr mit den Händen ihren Hals hinauf, um ihren Kopf zu umfassen. Leicht strich er mit seinen Lippen über ihre. Noch ein Beben.

Er küsste sie, die Lippen langsam und sanft bewegend. Als sie stöhnte, sah er auf und entdeckte, dass sie die Augen vor Staunen weit aufgerissen hatte. „Ist schon gut", flüsterte er.

Sie schüttelte den Kopf. „Ich fühle mich merkwürdig. In meinem Bauch … vibriert es."

War sie wirklich so unschuldig, oder lockte sie ihn in eine tödliche Falle? „Schließ die Augen und küss mich zurück." Als sie zögerte, nahm er ihre Hände und legte sie sich auf die Schultern. „Neona."

Sie sah ihm suchend in die Augen.

„Küss mich." Er zog sie eng an sich, und als sich seine Lippen dieses Mal an ihren Mund schmiegten, antwortete sie ihm. Zögerlich zuerst, und dann immer kühner. Er vertiefte den Kuss, drang mit seiner Zunge in ihren Mund ein. Sie zuckte zusammen, berührte dann aber seine Zunge mit ihrer eigenen.

Stöhnend legte er eine Hand auf ihre Brust. Sie keuchte gegen seinen Mund.

„Neona", flüsterte er, zu ihr hinaufsehend, um sicherzugehen, dass ihre Augen noch geschlossen waren. Er fuhr mit dem Daumen über ihre harte Brustspitze, und sie reagierte mit einem Stöhnen. „Vergiss mich nicht."

Er teleportierte sich auf die Spitze eines nahen Baumes.

Sie saß einen Augenblick da, die Augen noch geschlossen, die Lippen rosig und angeschwollen. Er wand sich wegen der unangenehmen Beule in seiner Hose. Selbst im Angesicht seines nahen Todes war er noch hart geworden. Er wollte sie. Er wollte glauben, dass sie süß und unschuldig war, keine kaltblütige Verführerin und Männermörderin.

Sie öffnete die Augen und sah sich keuchend um. „Wo bist du?“ Sie stand eilig auf. „Wie bist du verschwunden? Ich habe nichts gehört.“

Sich auf der Stelle drehend suchte sie den Wald nach ihm ab. „Zoltan? Wo bist du?“

Als links von ihr ein Geräusch ertönte, wirbelte sie herum. Der Leopard kam auf die Lichtung geschritten, und sie seufzte. „Ach, du bist es.“ Sie drehte sich um und sah sich noch einmal in den Wäldern um. „Warum ist er gegangen?“

Sie verschränkte ihre Arme, als wäre ihr auf einmal kalt geworden. „Ich dachte, er mag mich.“ Sie betrachtete die Stelle auf dem Boden, wo sie gesessen und sich geküsst hatten, dann sackten ihre Schultern zusammen. „Ich hätte wissen müssen, dass man Männern nicht vertrauen kann.“

Als sie ihren Brustpanzer wieder anlegte, stieß der Leopard mit dem Kopf gegen ihr Bein.

„Mach dir um mich keine Gedanken.“ Sie tätschelte dem Leoparden den Kopf. „Schließlich haben Männer keinen Platz in unserem Leben.“ Seufzend steckte sie ihr Schwert ein.

Ich weiß, dass du da bist. Der Leopard sah zu ihm hinauf. *Du bist kein normaler Mensch, was?*

Wollte sie mich wirklich umbringen?

Der Leopard streckte sich und machte einen Buckel. *Das werden wir wohl nie erfahren, da du den Schwanz eingekniffen hast und weggelaufen bist.*

Ich bin nicht weggelaufen. Zoltan zuckte zusammen. Den Schwanz eingezogen hatte er tatsächlich. Während sie sich dem Liebesspiel hingaben, hätte sie ihn überrumpeln können. Und wenn sie ihn zufällig mit dem Messer ins Herz gestochen hätte, wäre er zu Staub zerfallen.

Sie fand ihren Bogen und den Köcher, setzte sich beides auf den Rücken und nahm dann ihren Helm hoch. In schnellem Tempo ging sie den Hügel hinab, und der Leopard trottete neben ihr her.

Zoltan folgte ihr, indem er sich von Baum zu Baum teleportierte.

Ekel, rief der Leopard zu ihm herauf.

Er stöhnte innerlich auf. Er kam sich wirklich wie ein Ekel vor, wie er ihr hinterherspionierte, aber wie sonst sollte er herausfinden, wer sie war? Und wo sie lebte? Sie hatte deutlich gemacht, dass sie ihm nichts erzählen wollte.

„Neona!“, rief eine Frauenstimme vom Fuß des Hügels her. Drei Frauen, alle in Rüstungen gekleidet, warteten an einem schmalen Bach.

Neona begrüßte sie in einer Sprache, die er nicht verstand – höchstwahrscheinlich Tibetisch –, und sie unterhielten sich einen Augenblick, ehe sie das Tal durchquerten. Zoltan fragte sich, wer diese Frauen sein mochten. Alle vier hatten Köcher auf dem Rücken, mit Pfeilen gefüllt, die dem ähnlich sahen, der seinen Vater getötet hatte.

Was haben sie gesagt? fragte er den Leoparden.

Warum sollte ich dir das verraten? fauchte die Katze zurück.

Du bist männlich. Ich bin männlich. Wir sollten zusammenhalten. Es sei denn, du bist bloß ein riesiges Muttersöhnchen.

Der Leopard blieb stehen und sträubte sein Fell. *Sie hat gelogen. Sie hat gesagt, sie hätte niemanden gesehen.*

Sein Herz machte einen Sprung. Versuchte sie, ihn zu beschützen? Oder ihn zu vergessen?

Die vier Frauen gelangten ans andere Ende des Tals, wo eine Felswand sich hoch über sie erhob. Etwa in Schulterhöhe befand sich ein Loch in der Wand, aus dem sich Wasser ergoss, das im Tal mit dem Bach zusammenfloss. Über dem Loch befand sich ein Absatz. Der Leopard sprang auf diesen Absatz, und dann immer weiter auf den nächsten, bis er die Felswand erklommen hatte.

Anscheinend wartete dort oben jemand, denn eine Strickleiter wurde heruntergelassen. Eine nach der anderen kletterten die Frauen die Leiter hinauf und verschwanden über die Felswand.

Wohin gehen sie? fragte Zoltan den Leoparden.

Heim, antwortete der Leopard. *Denk nicht einmal daran herzukommen. Sie bringen dich um. Männer sind in Beyul-La nicht erlaubt.*

Zoltan wartete zehn Minuten, dann teleportierte er sich auf die Felswand. Ihm stockte der Atem. Vor ihm lag ein herrliches Tal, ganz von Bergen eingerahmt. Er entdeckte fünf Frauen, die auf ein Dorf zugingen, das aus einem halben Dutzend Steinhäusern bestand, die im Kreis gebaut waren. In der Mitte dieses Kreises entfachte eine weitere Frau gerade ein Feuer.

Die sechs Frauen standen am Feuer und unterhielten sich, während der Leopard sich auf dem Gras ausstreckte.

Das also war Neonas Heimat. *Beyul-La.* Wo Männer nicht gestattet waren. Zoltan schnaubte. Sie konnten ihn nicht davon abhalten zurückzukommen. Er hatte immer noch Fragen, die einer Antwort bedurften. Und er musste Neona wiedersehen. Ein Kuss war nicht genug.

4. Kapitel

„Ihr habt niemanden gesehen?“, fragte Königin Nima, während sie eine Pfanne über dem offenen Feuer erhitzte.

„Nein, Euer Majestät.“ Winifred benutzte ihr Messer, um die sechs Fische auszunehmen, die sie in dem kleinen Bach gefangen hatte, der durch ihr Tal floss.

„Keine Menschenseele“, ergänzte Freya und nahm ihrer Schwester die Fische ab, um sie zu entschuppen.

Neona warf Zhan einen nervösen Blick zu. Er hatte es sich auf dem Gras bequem gemacht und schnupperte mit zuckender Nase nach dem Abendessen. Tashi und ihre Mutter Lydia konnten beide mit Tieren kommunizieren, aber da sie beide nichts gesagt hatten, schien es, als hätte der Leopard, was Zoltan anging, den Mund gehalten.

„Die Eule hat gesagt, der Eindringling ist aus nördlicher Richtung gekommen.“ Nima sah Neona an. „Du hast ihn nicht gesehen?“

Neona schüttelte den Kopf und tat dann so, als wäre sie ganz darauf konzentriert, den Topf voll Reis umzurühren. Was in aller Welt machte sie da? Sie hatte ihre Mutter noch nie zuvor angelogen. Auch ihre Freundinnen nicht. Erst hatte sie sich eingeredet, dass sie sich einfach unnötige Peinlichkeit ersparen wollte. Welche von den Kriegerinnen hätte schon zugegeben, einen Eindringling gefangen genommen, ihn sogar gefesselt zu haben, nur um ihn dann wieder zu verlieren?

Es *war* peinlich, aber Neona musste jetzt auch zugeben, dass es noch mehr war als nur das. Zoltan zu begegnen, war etwas Besonderes gewesen, und das nicht nur wegen seiner außergewöhnlichen Kraft und seines guten Aussehens. Sie hatte noch nie erlebt, dass ein unbewaffneter Mann einen ihrer Angriffe überlebte. Er hatte sich auch in ihrem Wortgefecht als ebenbürtiger Gegner erwiesen.

Eine Herausforderung, genau das war er. Körperlich, intellektuell und sogar emotional. Sie hatte lange genug gelebt, um zu wissen, dass so etwas nur sehr selten vorkam. Es war sogar wertvoll. Deswegen wollte sie es für sich behalten, es hüten wie einen Schatz.

Aber gleichzeitig war sie auch wütend auf ihn und sich selbst. Er war einverstanden gewesen, sich mit ihr einzulassen, und dann war er weggelaufen. Warum sollte sie einen Mann beschützen, der sein Wort nicht hielt? Wie konnte er sie so küssen und dann einfach verschwinden?

Allein der Gedanke an den Kuss brachte ihre Magengrube zum Flattern. *Vergiss mich nicht,* hatte er geflüstert. Als könnte sie einen Mann wie Zoltan vergessen. So stark und schön. Furchtlos und edel …

Sie zuckte zusammen. Wie konnte sie sich so sehr zu einem Mann hingezogen fühlen, den sie kaum kannte? Vielleicht war es gut, dass er weggelaufen war. Sie durfte sich nicht erlauben, Gefühle für ihn zu entwickeln. Den Frauen von Beyul-La war es nicht erlaubt, Beziehungen mit Männern zu haben. Es war ein paarmal vorgekommen, jedes Mal mit verheerenden Folgen. Katastrophalen sogar.

„Ich würde mir deswegen keine Gedanken machen, Majestät“, sagte Lydia, während sie den Teig für das Fladenbrot knetete. „Wahrscheinlich nur ein Betrunkener aus dem Dorf, der eilig wieder nach Hause gelaufen ist, als ihm klar wurde, dass er sich auf unserem Gebiet befindet.“

Nima seufzte. „Wahrscheinlich.“ Sie ließ den Fisch in die heiße Pfanne gleiten.

„Wenn Ihr mögt“, sagte Tashi, „kann ich sie nächstes Mal, wenn ich im Dorf bin, daran erinnern, dass das Eindringen in unser Territorium den sicheren Tod bedeutet.“

Nima nickte. „Tu das."

„Ja, Euer Majestät." Tashi neigte den Kopf und lächelte.

Neona und Winifred sahen sich an. Freddie vermutete, dass Tashi sich im Dorf einen Liebhaber genommen hatte, und dass sie sich deswegen einmal im Monat freiwillig meldete, dorthin zu gehen, um um Reis, Mehl und manchmal auch einen Ballen Stoff zu feilschen.

Wochenlang hatte Neona sich geweigert zu glauben, dass Tashi einen Dorfbewohner in ihr Bett nehmen würde. Die Männer dort waren Bauern, keine Krieger. Ihre Samen würden nicht die herausragenden Töchter produzieren, die gebraucht wurden, um dieses heilige Tal zu beschützen. Außerdem war es gefährlich, sich auf eine Beziehung zu einem Mann einzulassen. Man durfte ihnen die Geheimnisse von Beyul-La niemals anvertrauen. Deswegen waren sie dort nicht gestattet. Und es war auch nicht sinnvoll, dass die Frauen von Beyul-La ihr Tal verließen, um mit einem Mann zusammenzuleben. Neona hatte mehrere Dörfer in Tibet und Nepal gesehen, und in allen lebten die Frauen armselige, unterwürfige Leben. Kein Leben, das eine Kriegerin je für sich akzeptieren konnte.

Aber jetzt war etwas Neues passiert, was Neona ihre Fassungslosigkeit über Tashis angebliche Affäre noch einmal überdenken ließ. Zoltan hatte sie geküsst. Selbst jetzt noch kribbelten ihre Lippen bei dem Gedanken an seinen Mund auf ihrem. Wenn es diese Art von Aufregung war, die Tashi genoss, dann konnte Neona verstehen, warum man sich einen Liebhaber nehmen wollte. Sie hatte nicht gewollt, dass Zoltan aufhörte. Seine Lippen und seine Hände hatten tief in ihr eine Sehnsucht geweckt. Sie schloss die Augen und erinnerte sich an das Gefühl seiner Hand auf ihrer Brust.

„Das Brot ist fertig", verkündete Lydia und riss Neona damit wieder zurück in die Wirklichkeit. Lydia stapelte die heißen Brotfladen in einen Korb und reichte ihn herum.

Neona löffelte Reis in sechs Schüsseln, die sie herumreichte, bis jede von ihnen eine hatte. Wieder wurde sie von Trauer erfasst. In diesen Augenblicken war es schwer, sich nicht daran zu erinnern, dass noch vor zwei Wochen elf von ihnen um das Feuer gesessen hatten. Jetzt war dort, wo neben ihr ihre Schwester Minerva gesessen hatte, ein leerer Platz.

Minerva konnte aus dem Gemüse, das sie in ihrem Garten anbauten, und den Wildkräutern und den Beeren, die im Tal sprossen, köstliche Salate zubereiten. Neona hatte noch nicht versucht, die Rezepte ihrer Schwester nachzuahmen. Allein der Gedanke daran trieb ihr Tränen in die Augen.

„Hier." Nima schnitt den Fischen die Köpfe ab und gab sie in eine hölzerne Schüssel. „Die kannst du deiner Katze geben, Neona."

„Danke." Neona brachte die Schüssel zu Zhan herüber. Glücklicherweise hatte die Königin ihr Haustier akzeptiert. Der Leopard hatte sich den Respekt von allen verdient, indem er jede Maus erlegte, die versuchte, in ihre Speisekammer zu kommen.

Neona stellte die Schüssel vor ihn hin und kraulte ihm die Ohren aus Dank dafür, dass er ihr Geheimnis bewahrt hatte.

„Der Kater beschwert sich schon wieder", murmelte Lydia, während sie sich eine Portion Fisch in ihre Schüssel füllte.

Tashi nickte. „Er sagt, er hat den Fisch satt und möchte lieber Kaninchen."

Neona warf ihrem Haustier einen eindringlichen Blick zu. Dieser Racker. Wollte er sie so wissen lassen, dass sein Schweigen einen Preis hatte? „Morgen gehe ich auf Kaninchenjagd, in Ordnung?"

Der Leopard stieß mit dem Kopf gegen ihre Hand und schnurrte.

Neona kehrte auf ihren Platz dicht am Feuer zurück und stocherte in ihrem Abendessen herum. Vielleicht sollte sie morgen Abend an der gleichen Stelle jagen, an der sie Zoltan begegnet war. Vielleicht würde sie ihn wiedersehen.

Vielleicht verlor sie den Verstand. Sie riss ihr Fladenbrot in zwei Stücke. Beziehungen zu Männern endeten immer auf die gleiche Weise. Katastrophal. Hätte sie nur einen Funken Verstand, würde sie sich wünschen, ihm nie wieder zu begegnen. Sie würde alles über ihn vergessen. Auch seine letzten Worte, die ihr immer wieder durch den Kopf hallten.

Vergiss mich nicht.

Nachdem er von seinem unerwarteten Abenteuer Hunger bekommen hatte, teleportierte Zoltan sich direkt in die Küche im Keller seiner Burg.

Aus dem Kühlschrank nahm er sich eine Flasche AB negativ, weil sie ihn an Neona erinnerte, und stellte sie dann in die Mikrowelle, wo ihm die Zeit auf der Uhr auffiel. Fast Mitternacht. Er war dreieinhalb Stunden fortgewesen.

Als sein Handy anfing, wieder und wieder zu läuten, sah er nach. Über dreißig verpasste Anrufe und Textnachrichten? Darum würde er sich später kümmern. Erst einmal brauchte er etwas zum Essen, eine Dusche und frische Kleidung.

Er stürzte die halbe aufgewärmte Flasche hinunter, ehe er die Treppe hinauf in die große Halle ging. Überrascht entdeckte er Elsa, die bei der Eingangstür auf- und abging. Sollte sie nicht mit ihrem Mann oben sein?

Er nahm noch einen Schluck Blut. „Alles in Ordnung?"

Keuchend wirbelte sie zu ihm herum. „Zoltan! Dir geht es gut!"

„Ja, natü…"

„Wir waren krank vor Sorge!" Sie kam mit großen Schritten auf ihn zu.

„Ist er wieder da?", dröhnte Howards Stimme von der Treppe, die in die Waffenkammer führte. Er musste mit seinem übermenschlichen Gehör mitbekommen haben, was seine Frau gerufen hatte. Der Wer-Bär kam von der Treppe in die große Halle gerannt.

„Guten Abend.“ Zoltan nahm noch einen Schluck aus seiner Flasche. „Hattet ihr einen schönen …“

„Wo zum Teufel bist du gewesen?“ Howard kam finster blickend auf ihn zu. „Als wir vom Abendessen zurückgekommen sind, warst du nicht da! Milan war außer sich, weil er dich nirgendwo finden konnte, und du hast einige wichtige Meetings in Budapest verpasst.“

„Ach ja, richtig.“ Zoltan zuckte schuldbewusst zusammen. Er hatte den Abschluss seines letzten Immobiliengeschäfts vollkommen vergessen. Und dann war da noch das Meeting mit der Gesellschaft für Denkmalschutz. „Keine Sorge. Das lässt sich alles nachholen.“

„Darum geht es nicht!“ Howard knirschte mit den Zähnen. „Das ist meine erste Nacht hier als Sicherheitschef, und ich habe meinen Kunden verloren!“

„Ich war nicht verloren. Ich wusste genau, wo ich war.“

„*Ich* aber nicht.“ Howard sah ihn fassungslos an. „Wir haben versucht, dich anzurufen, aber du bist nicht an dein verdammtes Telefon gegangen. Weißt du, wie peinlich es war, Angus zu berichten, dass du vermisst wirst?“

Zoltan stöhnte innerlich auf. „Du hast Angus angerufen?“

„Ja. Er war in Tiger Town in China, deswegen war er noch wach. Er ist sofort hergekommen und hat Mikhail mitgebracht. Angus und ich haben die Burg und das Gelände abgesucht. Mikhail und Milan sind in Budapest und suchen dich dort. Oh, ich muss ihnen sagen, dass es dir gut geht.“ Howard zog sein Telefon aus der Tasche und fing an zu schreiben.

„Ach du liebe Zeit!“ Elsa beugte sich dichter zu Zoltan heran. „Ist das getrocknetes Blut an deiner Stirn?“

Howard sah auf. „Wurdest du angegriffen? Ich brauche einen vollständigen Bericht.“ Er schickte seine Nachrichten ab und steckte das Telefon wieder in die Tasche.

Zoltan atmete tief durch. „Mir ist klar, dass du es gewöhnt bist,

Kinder zu beschützen wie Tino und Sofia, aber lass mich dir etwas erklären. Ich bin in meiner dritten Amtszeit als Zirkelmeister von Osteuropa. Ich bin Vorsitzender einer der größten Firmen in Ungarn und Rumänien. Und ich bin fast achthundert Jahre alt. Ich erstatte *niemandem* Bericht."

Howard starrte ihn ungerührt an. „Jetzt schon."

Zoltan runzelte die Stirn. Er hätte sich nie auf so etwas einlassen sollen. Howard und seine Frau verhielten sich wie Kindermädchen. Gerade jetzt ging Elsa um ihn herum und schüttelte den Kopf, als hätte sie ihn mit der Hand in der Keksdose erwischt.

„Sieh dir deine Sachen an!", nörgelte Elsa. „Deine Jacke ist zerrissen, und du bis voller Dreck und Laub."

„Milan kann den Anzug in die Reinigung bringen." Zoltan bewegte sich auf die Haupttreppe zu. „Wenn ihr mich jetzt entschuldigt, ich möchte ..."

„Ich bin noch nicht fertig." Howard vertrat ihm den Weg. „Wo bist du gewesen?"

„Es ist Freitagabend. Du bist nicht der Einzige, der eine Verabredung hatte."

Howard gab einen verächtlichen Laut von sich. „Vorhin hast du gesagt, du hättest keine Freundin. Und was für eine Verabredung schlägt einem den Kopf blutig? Wenn dir ein Feind auf der Spur ist, muss ich das wissen. Wo zum Teufel bist du gewesen?"

Zoltan schluckte seine wachsende Frustration herunter. Diese Leute würden ihn ja doch nicht in Ruhe lassen, bis er geantwortet hatte. „Na schön. Ich habe ... in Tibet gegen eine Amazonen-Kriegerin gekämpft."

Elsa riss erstaunt die Augen auf.

Howard starrte ihn ein paar Sekunden lang ausdruckslos an, dann schnaubte er. „Nein, im Ernst. Wo bist du gewesen?"

„Geht es ihm gut?", rief Angus, als er in Vampirgeschwindigkeit zur Tür hereingerast kam.

„Mit mir ist alles vollkommen in Ordnung", verkündete Zoltan. „Es gab keinen Grund, so einen Aufriss …"

„Du warst über drei Stunden lang vermisst." Angus' Kilt raschelte, als er abrupt vor Zoltan zum Stehen kam. „Und du hast Feinde. Wir hatten jedes Recht, uns Sorgen zu machen." Er kniff die grünen Augen zusammen. „Hast du einen Schlag auf den Kopf bekommen?"

Zoltan winkte ab. „Das heilt in meinem Todesschlaf."

„Warum bist du nicht ans Telefon gegangen?", fragte Angus.

„Ich war außer Reichweite. Wenn ich wieder gehe, nehme ich ein Satelliten-Telefon mit."

Angus nickte. „Und wohin wäre das?"

Zoltan runzelte die Stirn. Aus irgendeinem Grund scheute er sich davor, es jemandem zu erzählen. Neona hatte nichts von ihm verraten, und er wollte ihr den gleichen Gefallen erweisen.

„Vorhin hat er Tibet gesagt", murmelte Howard. „Aber ich weiß nicht, ob das ein Scherz sein sollte."

„Tibet?" Angus hob eine Augenbraue. „Hat das irgendetwas mit Master Han zu tun? Oder mit Russell? Ich habe gehört, du stattest ihn mit Verpflegung aus."

„Es hat mit keinem von beiden zu tun. Es ist etwas Persönliches. Wenn ihr mich jetzt entschuldigt …" Zoltan griff nach dem Geländer und fing an, die Haupttreppe zu erklimmen. Wenn er bloß fort von all diesen Leuten kommen konnte, würde er Zeit für sich haben, um in Ruhe an Neona denken zu können. Und seinen nächsten Schritt zu planen.

„Ist alles in Ordnung mit ihm?", fragte Mikhail.

Und noch einmal. Zoltan drehte sich um und sah, dass Mikhail sich gerade mit Milan zusammen in die große Halle teleportiert hatte.

„Sir!" Milan rannte auf ihn zu. „Wir haben ganz Budapest nach Ihnen abgesucht. Wir haben uns Sorgen um Sie gemacht."

„Mir geht es prächtig, wie ihr seht." Zoltan warf Angus einen wütenden Blick zu. „Mir war nicht klar, dass ich mir erst die Erlaubnis einholen muss, mein eigenes Haus verlassen zu dürfen."

Mikhail grinste. „Ja, dem geht es gut. Wenn es euch nichts ausmacht, kehre ich sofort nach Moskau zurück. Pam arbeitet heute, und ich lasse sie dabei nicht gerne allein."

Zoltan hob eine Hand. „Gute Nacht, alter Freund."

Mikhail lachte auf. „Ich hoffe, sie war es wert." Er teleportierte sich davon.

„Sie?", fragte Milan.

Zoltan zuckte mit den Achseln. „Mikhail mutmaßt nur etwas."

Angus betrachtete die Wunde an Zoltans Schläfe. „Wenn du dich wirklich mit einem Mädchen getroffen hast, ist sie nicht sehr glücklich mit dir."

„Nichts, womit ich nicht zurechtkomme", murmelte Zoltan.

Angus grinste. „Dann verschwinde ich wieder. Emma wartet in London auf mich. Ich habe meine Mädchen seit drei Wochen nicht gesehen." Er teleportierte sich davon, um bei seiner Frau sein zu können.

„Also, ist die Amazonen-Kriegerin echt?", fragte Howard. „War sie es, die dich angegriffen hat?"

Zoltan ignorierte seine Fragen. „Milan, in dreißig Minuten bin ich bereit für Budapest. Versuch, neue Termine für die Meetings zu machen, die ich verpasst habe. Und ruf die Agentur an, die für die Führung verantwortlich ist."

„Ja, Sir." Milan zog einen kleinen Block und einen Stift aus seiner Jackentasche und machte sich Notizen. „Gibt es ein Problem mit der Führung?"

„Führung?", fragte Howard. „Welche Führung?"

„Jeden Dienstag und Donnerstag finden hier am Nachmittag Führungen statt", erklärte Elsa.

Howard verzog das Gesicht. „Eine Meute Fremde, die durch die Burg tobt?"

„Eine geführte Tour für Touristen“, murmelte Zoltan. „Sie sind immer mit ihrem Führer zusammen.“

„Wie kannst du dir da sicher sein?“, wollte Howard wissen. „Hat der Führer eine Ausbildung im Umgang mit Menschenmengen? Ist er bewaffnet?“

„Das wäre nicht sehr einladend, oder? Zwei ältere Frauen aus dem Dorf verdienen sich ein bisschen was dazu als Burgführer.“

„Bei den Touristen ist das sehr beliebt“, fügte Milan lächelnd hinzu. „Sie wollen alle ein echtes Vampirschloss sehen.“

„*Was?*“ Howard erstarrte. „Du bewirbst diesen Ort als *Vampirschloss*? Heiliger Vater. Das ist ein Albtraum für die Sicherheit!“

Zoltan winkte lässig ab. „Das ist alles nur Spaß. Die Touristen glauben nicht wirklich daran.“

Howard sah ihn fassungslos an. „Es braucht nur einen Spinner mit einem Pflock und der Entschlossenheit, die Burg zu durchsuchen, bis er dich gefunden hat. Und du wärest komplett schutzlos in deinem Todesschlaf …“

„In meinem Haus in Budapest“, unterbrach Zoltan ihn. „An den Tagen, an denen die Führungen stattfinden, schlafe ich nicht hier, Howard. Ich bin nicht derart alt geworden, indem ich mich wie ein Idiot verhalte.“

Howard kniff die Augen zusammen. „Wie sehen deine Sicherheitsvorkehrungen in Budapest aus?“

Zoltan stöhnte. „Ich hatte keine Ahnung, dass du so gnadenlos sein kannst.“

„Ich wusste nicht, dass du so leichtsinnig bist, wenn es um deine eigene Sicherheit geht.“ Howard verschränkte die Arme. „Aber keine Sorge. Ich bringe das alles in Ordnung.“

Zoltan fragte sich, was man tun könnte, damit der Wer-Bär in seinen Winterschlaf fiel. „Milan, sag den Führern, der Ostflügel und der Turm müssen während der Tour ausgespart werden, solange dort renoviert wird. Die Arbeiten fangen Montag an, es wird also gleich die Tour am Dienstag betroffen sein."

„Wird gemacht." Milan machte sich eine Notiz und rückte dann seine Brille zurecht. „Wenn ich das anmerken dürfte, die Touristen werden sehr enttäuscht sein, die Hauptattraktion im Turm zu verpassen."

„Ach, das erinnert mich." Elsa drehte sich zu Zoltan um. „Alastair macht sich Sorgen, dass der Holzkasten, den wir um die Mumie gebaut haben, nicht als Schutz ausreicht, falls eine Steinmauer einbricht. Er meint, wir sollten sie lieber an einen sicheren Ort bringen, zum Beispiel in die Kapelle. Dann kann sie auch Teil der Tour bleiben."

Zoltan nickte. „In Ordnung, aber passt auf ..."

„Augenblick mal." Howard hob eine Hand, um ihn zu unterbrechen. Fassungslos sah er erst seine Frau an, dann Zoltan. „Hier gibt es eine Mumie?"

„Oh ja." Milan nickte. „Eine sehr alte Mumie. Sehr beliebt bei den Touristen."

Howard raufte sich die Haare. „Hier ist es ja verrückt."

Zoltan lächelte ihn schief an. „Willkommen in Transsilvanien." Er eilte die Treppe hoch und ließ den Wer-Bären stehen, dem es endlich die Sprache verschlagen hatte.

5. Kapitel

Der Junge lag im Sterben, sein Körper blutend und geschunden, eine erschreckend rote Brandnarbe quer über seinem Rücken.

Neona fuhr mit den Händen über seine Schnitte und Prellungen, nahm so viel von seinem Schmerz in sich auf, wie sie ertragen konnte. In der Ferne, wo das Dorf und die Burg sich befanden, stieg Rauch in den Himmel empor. Der Gestank verbrannter Körper erstickte sie. All ihren Mut zusammennehmend, legte sie dem Jungen die Hand auf den verbrannten Rücken. Feuer loderte ihren Arm hinauf.

Schreiend richtete Neona sich in ihrem Bett auf. Nach Luft ringend sah sie sich im einzigen Zimmer in ihrem dunklen Haus um. Sie war zu Hause in Beyul-La. Weit, weit fort von dieser schrecklichen Erinnerung. Sie hatte viele Jahre nicht mehr davon geträumt.

Mondlicht fiel durch das offene Fenster, gerade ausreichend, um die Umrisse von zwei Stühlen und einem kleinen Tisch vor der Feuerstelle auszumachen. Eine Kiste mit ihrer Kleidung befand sich am Fußteil des Betts. Eine weitere Kiste stand vor Minervas Bett am anderen Ende des Raumes. Ihrem leeren Bett.

Bei seinem Anblick erfasste eine weitere Welle der Trauer sie und ließ sie kalt und taub zurück.

„Minerva", flüsterte sie. „Wer hört mir jetzt zu in der Stille der Nacht? Wem kann ich meine Geheimnisse anvertrauen?"

Seit der Schlacht vor zwei Wochen fiel ihr das Schlafen schwer. Wenn Neona dann doch endlich einschlief, träumte sie von ihrer Zwillingsschwester. Erinnerungen an ihre Kindheit im Tal, wie sie über grüne Wiesen gelaufen waren, lachten und im Bach spielten. Aber der Traum nahm immer eine düstere Wendung, und dann sah sie, wie Lord Liaos Schwert in die Brust ihrer Schwester eindrang, sah, wie ihre Schwester zu Boden fiel. Dann wachte Neona mit tränenüberströmten Wangen auf, und ihr Herz schmerzte so sehr, dass sie glaubte, es müsste bersten.

Dieses Mal war es ganz anders gewesen. Warum sollte sie nach all den Jahren wieder von diesem Jungen träumen? Es war ein schrecklicher Tag gewesen, voller Tod und Zerstörung, ein Tag, den sie fest zu vergessen versucht hatte.

„Warum hatte ich diesen Traum?" Sie sah zu Minervas Bett herüber und stellte sich vor, was ihre Schwester antworten würde.

Ist dir heute etwas anderes passiert als sonst?

„Ja", flüsterte Neona. „Ich bin einem Mann begegnet. Einem Mann, der so besonders war, dass ich niemandem von ihm erzählen konnte. Aber dir hätte ich es erzählt."

Stille.

Tränen stiegen ihr in die Augen. „Das muss eine Warnung gewesen sein, um mich und meine Gefühle zu schützen. Damit ich mich daran erinnere, was passiert, wenn eine von uns sich für einen Mann entscheidet und gegen unsere heilige Pflicht."

Sich zusammennehmend wischte sie sich die Wangen ab. Es war gut, dass Zoltan verschwunden war. Sie war im Augenblick zu verletzlich, zu leicht beeinflussbar von einem falschen Gefühl der Zuneigung. Sie musste stark sein. Der Preis dafür, sein Herz an einen Mann zu verlieren, war immer der gleiche. Tod und Zerstörung.

Unschuldige oder Mörderin?

Die Frage hallte immer wieder in Zoltans Gedanken. Es war der nächste Abend, und er saß in seinem Büro in Budapest und las sich einen Bericht durch. Aber die Worte auf dem Papier verschwammen vor seinen Augen, während sein Gehirn immer wieder das Treffen von letzter Nacht abspielte.

Die Erinnerung begann immer mit dem besten Teil ihrer Begegnung. Dem Kuss. Er erinnerte sich daran, wie Neona geschmeckt hatte, wie stark und doch zerbrechlich sie sich in seinen Armen angefühlt hatte. Sie war die faszinierendste Kombination aus Kraft und Zärtlichkeit. Ihre Worte waren mutig gewesen, aber ihr Körper hatte unter seinen Berührungen gebebt. *Unschuldig.*

Dann aber fuhren die Worte des Leoparden wie ein Messer durch seine Erinnerung und zerfetzte sie in Stücke. Und dann erinnerte er sich daran, wie sie ihn zuerst angegriffen hatte. Er war unbewaffnet gewesen, aber sie hatte keine Gnade gezeigt. Nicht gezögert. *Eine Mörderin.*

Stöhnend warf er den Bericht auf seinen Schreibtisch. Unschuldige oder Mörderin? Was war sie? Wer waren die Frauen von Beyul-La? War es ein Kloster? Aber er hatte noch nie von Nonnen gehört, die Männer verführten und sie dann töteten. Vielleicht waren sie eine männerhassende Sekte? Warum benutzten sie Pfeile wie den, der seinen Vater getötet hatte? Waren sie Nachkommen jener, die ihn ermordet und das Dorf zerstört hatten? Es klang verrückt, aber er hatte vielleicht einen jahrhundertealten Kult weiblicher Kriegerinnen entdeckt, die an einem Ort namens Beyul-La lebten.

Hatte Neona ihn angegriffen, weil er ihrer Heimat zu nahe gekommen war? Der Leopard hatte gesagt, Männer wären dort nicht gestattet. Sie würden ihn umbringen, wenn sie ihn dort entdeckten.

Er suchte im Internet nach Beyul-La, aber genau wie er erwartet hatte, gab es keine Treffer. Das Wort „Beyul" allerdings gab es, es bedeutete „verborgenes Tal im Himalaya". Als Beispiel wurde das Barun-Tal gegeben, und das Foto glich dem Tal, das er gesehen hatte. Grün und üppig, umgeben von Bergen mit schneeweißen Gipfeln. Die Bewohner, die Sherpa, nannten diesen Ort heilig. Das Paradies auf Erden. Man berichtete Fantastisches von verborgenen Tälern wie Shangri-La, wo die Menschen nie älter wurden und die Ewigkeit in Frieden und Harmonie verbrachten.

Zoltan schnaubte. Neona hatte nichts Friedliches oder Harmonisches an sich. Er hatte ihr einmal den Rücken gekehrt, als er versucht hatte, sie zu beschützen, und sie hatte ihm prompt eins übergezogen. Wenigstens waren alle Verletzungen, die er sich zugezogen hatte, während seines Todesschlafes komplett verheilt.

Sollte er sie wiedersehen? Gott, er wollte es so sehr. Er hatte sich gerne mit ihr unterhalten. Wirklich gerne hatte er sie geküsst. Aber würde sie sich freuen, ihn zu sehen, oder würde sie versuchen, ihn umzubringen?

Er würde es nie erfahren, wenn er in Budapest blieb. Leider hatte er einen vollen Terminplan mit Meetings bis Mitternacht, und dann musste er zurück in sein Stadthaus, wo der Ballsaal zweimal im Monat als Gerichtshof für seinen Vampirzirkel diente.

Als Zirkelmeister von Osteuropa musste er den Prozessen vorstehen, richten und unter seinen Untergebenen Frieden stiften. Manchmal gerieten ein paar Malcontents außer Kontrolle, und er musste sich von Angus Vampire ausleihen, um mit ihnen fertigzuwerden. Jahrhundertelang hatte er für Recht und Ordnung gesorgt. Und er hatte eine erfolgreiche Firma aufgebaut. Ihm gehörten die alte Burg und das umliegende Gelände in Transsilvanien und dazu viele Immobilien in Budapest in Ungarn und Sofia in Rumänien.

Geschäfte bedeuteten Arbeit. Arbeit hielt ihn beschäftigt. So beschäftigt, dass er normalerweise vergaß, wie allein er war. Er löste die Probleme anderer Leute und beschützte sie vor den Malcontents, Kommunisten, Nazis, osmanischen Türken und Mongolen. Wieder und wieder, jahrhundertelang.

Er lehnte sich zurück und schloss die Augen. Er hatte es satt. Satt, ewig das Gleiche zu tun. In Zeiten wie diesen vermisste er seinen alten Freund Istvan am meisten.

Istvan war der ortsansässige Vampir und bereits alt und weise gewesen, als Zoltan ihn als Kind kennengelernt hatte. Und als Zoltan mit vierzehn Jahren plötzlich zum neuen Grafen von Czakvar geworden war, hatte Istvan ihm mit Rat und Vermögen zur Seite gestanden, damit er die Burg und das Dorf wiederaufbauen konnte. Im Alter von neunundzwanzig Jahren war Zoltan an dem Gedanken verzweifelt, alt zu werden und zu sterben, ohne die Wahrheit um den Tod seiner Eltern herauszufinden, und hatte Istvan deswegen angefleht, ihn zu verwandeln. Da Istvan ein Freund seines Vaters gewesen war und ebenfalls begierig darauf, das Geheimnis zu lösen, hatte er sich einverstanden erklärt, Zoltans Schöpfer zu werden.

Mit den Jahren war Istvan zu einem zweiten Vater für Zoltan geworden. Der alte Vampir hatte ihm eindringlich geraten, dass es für einen Vampir wichtig, sogar notwendig war, Reichtum anzuhäufen. Es bedeutete Sicherheit und Freiheit. Also hatte Zoltan ein kleines Vermögen verdient. Dieser Tage fühlte er sich sicher genug, trotz Howards Nörgelei, aber er fühlte sich nicht frei. Er war einfach nur … müde.

Istvan war im großen Vampirkrieg von 1710 gestorben, ermordet von dem bösen Casimir. Zoltan hatte sein Bestes getan, in die Fußstapfen seines Mentors zu treten, und sich freiwillig gemeldet, um dessen Posten als Zirkelmeister von Osteuropa zu übernehmen. 1750 hatte man Zoltan erneut gewählt, dann wieder 1850 und 1950. Anscheinend wollte niemand sonst diese Verantwortung übernehmen.

Istvan hatte Zoltan außerdem beigebracht, dass es seinem Leben einen Sinn geben konnte, die Sterblichen zu beschützen. Zoltan hatte das als seinen Daseinszweck akzeptiert. Doch je länger er lebte, desto mehr Sterbliche sah er alt werden und sterben. Vor dem Tod konnte er sie nicht beschützen. War sein Lebenszweck nichts weiter als Eitelkeit, um sich selbst besser zu fühlen?

Seufzend öffnete er die Augen, und sein Blick fiel auf den Computerbildschirm und das Foto des Barun-Tals. Das Paradies auf Erden. Ähnlich Beyul-La, nur dass die Gebirgskämme um Beyul-La herum unüberwindbar schienen, sodass das Tal komplett vom Rest der Welt abgeschnitten war. Wunderschön, aber so abgeschieden. Was brachte eine Handvoll Frauen dazu, allein an einem solchen Ort zu leben? Warum waren sie bereit zu töten, um sein Geheimnis zu bewahren?

Zoltan setzte sich auf. Genau das brauchte er. Eine neue Aufgabe. Er würde die Geheimnisse von Beyul-La lüften und das Herz von Neona gewinnen. Falls sie ihn nicht zuerst umbrachte. Und er könnte dabei auch das Geheimnis seiner ersten Aufgabe lüften und herausfinden, was an jenem schicksalsreichen Tag im Jahre 1241 geschehen war. Wegen des Pfeils hatte er das untrügliche Gefühl, dass alles miteinander verbunden war.

An der Tür klopfte es, und Milan spähte zu ihm herein. „Sir, es tut mir leid, Sie zu stören, aber Ihr Meeting in fünf Minuten muss verlegt werden. Sie haben gerade angerufen, weil es sich auf ihrer Seite verzögert. Sie können nicht vor einer halben Stunde hier sein ..."

„Das ist schon in Ordnung." Aufregung machte sich in Zoltans Innerem breit. In dreißig Minuten konnte er sich nach Tibet und wieder zurück teleportieren. „Ach, und Milan", sagte er, als sein Assistent die Tür schon wieder hinter sich schloss.

„Ja, Sir?" Milan sah wieder zu ihm herein.

„Sorg dafür, dass ich morgen frei habe. Nein, die ganze Woche."

Milan starrte ihn verblüfft an. „Sie wollen Urlaub nehmen?"

„Ja." Zoltan griff nach einem Stück Papier und einem Stift.

„Aber Sie nehmen sich niemals Urlaub. Nicht in den fünf Jahren, die ich jetzt für Sie arbeite."

„Fünf Jahre arbeitest du schon für mich?"

„Ja, Sir." Milan wurde etwas rot und schob seine Brille zurecht. „Sie haben mich gleich nach dem College angestellt."

„Oh." Zoltan erinnerte sich. Milans Großvater war jahrelang der Steward seiner Burg gewesen. Und Milans Vater, der Gärtner, hatte die Gärten zu einem der Highlights der Burgführung gemacht. Sie waren immer dort gewesen, jede Nacht, genau wie Milan. „Ich kann mich nicht erinnern, dass du jemals Urlaub genommen hättest."

Milan errötete noch tiefer. „S-Sie haben mir nie welchen gegeben. Nicht, dass ich mich darüber beschweren würde. Sie kümmern sich seit mehr Generationen um meine Familie, als wir uns erinnern können. Es ist eine Ehre, für Sie zu arbeiten."

Zoltan stöhnte innerlich auf. Er war so besessen von der Arbeit gewesen, dass er nicht gemerkt hatte, was mit den Sterblichen um ihn herum passierte. Und er rühmte sich damit, ihr Beschützer zu sein? „Meine Güte, Milan, du hättest mir sagen müssen, was für ein schrecklicher Boss ich bin."

„Das ist für einen Angestellten normalerweise nicht ratsam, Sir."

„Du nimmst dir Urlaub. Sofort."

„Tue ich das? Aber sollten wir beide zur gleichen Zeit fort sein, Sir?"

„Ach ja, richtig. Du musst bleiben."

Milan ließ die Schultern hängen. „Sehr wohl, Sir."

„Aber du bist befördert. Du weißt alles, was hier vor sich geht, oder? Du weißt, wer die Gebäude managt und kennst alle Geschäftskontakte?" Als Milan nickte, traf Zoltan eine Entscheidung. „Na gut. Dann hast du jetzt die Verantwortung. Verdopple, nein, verdreifache dein Gehalt. Und wenn ich wiederkomme, nimmst du dir Urlaub, okay?"

Milan starrte ihn mit weit aufgerissenen blauen Augen an.

Plötzlich fühlte Zoltan sich fünfzig Pfund leichter. Und voller Energie. *Frei.* „Wir sehen uns in dreißig Minuten, Herr Vizepräsident."

Milan nickte. „Jawohl, Sir." Er schloss die Tür.

Dank seines übermenschlichen Gehörs hörte Zoltan den Jubelschrei auf der anderen Seite der Tür. Lächelnd verfasste er auf Englisch einen kurzen Brief.

Liebe Neona,

Ich würde dich gerne wiedersehen. Bitte, triff dich mit mir hier um Mitternacht.

Zoltan

Er nahm den Zettel und teleportierte sich zurück auf die Lichtung, wo er am Abend zuvor mit Neona gekämpft und sie geküsst hatte. Von der Spitze des Felsvorsprungs holte er den Pfeil zurück, den er Russell abgenommen hatte. Dann benutzte er seine Vampirkraft, um ihn in einen Baumstamm zu rammen und seinen Brief damit festzumachen.

Doch was, wenn eine der anderen Frauen ihn entdeckte? War Neona dann in Schwierigkeiten? Er zog den Pfeil wieder heraus und schwebte zu dem Ast empor, auf dem der Leopard in der Nacht zuvor gelegen hatte. Dort machte er den Brief wieder fest. Zu hoch, um von den meisten bemerkt zu werden, aber der Leopard würde ihn hoffentlich finden und Neona den Brief bringen. Es war ein hohes Risiko, aber was sollte er sonst machen? Er konnte nicht einfach in Beyul-La hereinplatzen, wo er nicht gestattet war. Es sei denn, es gelang ihm, ungesehen zu bleiben.

Er ging an den Bach hinab, Augen und Ohren weit aufgesperrt, aber es war niemand außer ihm dort. Er betrachtete die Felswand, aus der das Wasser strömte. Dieses Wasser musste aus Beyul-La kommen. Er teleportierte sich auf den Felskamm, dann von Baumspitze zu Baumspitze, bis er das Dorf gut im Blick hatte.

Nur noch Glut war in der Feuerstelle in der Mitte des Dorfes übrig. In den Häusern war es dunkel. Die Frauen hatten sich wahrscheinlich schon schlafen gelegt. Er entdeckte den Leoparden, der den Berg zu einer Reihe kleiner Hügel hinauftrottete. Grabhügel? Es waren fünf. Nein, sechs. Der sechste war mit Gras bewachsen und in der Dunkelheit schlechter zu erkennen. Die anderen fünf waren braun von frisch aufgeworfener Erde und mit großen Steinen belegt, die im Mondlicht silbern schimmerten.

Neben einem der Hügel bewegte sich etwas. Eine der Frauen? Er teleportierte sich näher heran. Ja, eine Frau, in grünes und braunes Leinen gekleidet, das sich der Hügellandschaft so gut anpasste, dass sie fast unsichtbar wurde.

Er teleportierte sich in einen Baum in ihrer Nähe. War es Neona? Es war schwer zu sagen, weil alle Frauen lange schwarze Haare und schlanke Körper hatten.

Sie saß ganz still, die Hand auf dem Grabhügel abgelegt, den Kopf geneigt. Mit der anderen Hand wischte sie sich die Wangen ab. Sie weinte.

Zoltan zuckte zusammen. Fünf der sechs Gräber waren frisch. Soweit er wusste, waren nur noch sechs Frauen übrig. Russell hatte gesagt, dass sie schwere Verluste erlitten hätten, als er sich der Schlacht angeschlossen hatte. Warum kämpfte Lord Liao gegen diese Frauen?

Der Leopard kam zu ihr und stieß mit dem Kopf gegen ihr Bein. Sie streichelte ihn kurz, legte sich dann auf den Rücken ins Gras und starrte in den Himmel hinauf. *Neona.*

Um wen weinte sie mitten in der Nacht? Ein Familienmitglied oder einen engen Freund? Zoltan konnte ihre Trauer nur allzu gut nachempfinden. Er wusste, wie es sich anfühlte, seine ganze Familie und seinen engsten Freund zu verlieren.

Er musste gut auf ihr Herz aufpassen. Es war schon wund vor Schmerzen. Und er musste dafür sorgen, dass Lord Liao nicht noch mehr von diesen Frauen umbrachte. Eine innere

Stimme warnte ihn, dass er sich schon wieder die Verantwortung auflastete, Sterbliche zu beschützen, aber er ignorierte sie. Neona war etwas Besonderes. Er durfte nicht zulassen, dass ihr jemand etwas tat.

Wenn Russell das nächste Mal seine Vorräte abholte, würde er einige Fragen beantworten müssen. Wer waren die Frauen von Beyul-La? Und warum wurden sie von Lord Liao und den Soldaten von Master Han angegriffen?

Kater, rief er den Leoparden in Gedanken.

Zhan sah sich mit seinen glühend goldenen Augen um, bis er Zoltan im Baumwipfel entdeckte. *Du Trottel. Wenn sie dich hier erwischen, bringen sie dich um.*

Ich habe einen Brief auf dem Ast hinterlassen, wo du gesessen hast, als Neona und ich uns unterhalten haben.

Ihr habt viel mehr getan, als euch nur zu unterhalten. Der Kater funkelte ihn wütend an. *Tu ihr weh, und ich beiße dir den Fuß ab.*

Zoltan ignorierte die Drohung. *Hilf ihr morgen, den Brief zu finden. Ich will sie wiedersehen.*

Die Katze schlug mit dem Schwanz auf den Boden. *Warum sollte ich dir helfen?*

Weil sie traurig ist. Und weil ich sie glücklich machen will.

Die Katze blinzelte langsam. *Vielleicht helfe ich dir. Vielleicht auch nicht.*

Schön und gut, gab Zoltan sich zufrieden. *Pass auf sie auf, in Ordnung?*

Zhan antwortete nicht, legte aber eine Pfote auf Neonas Bein.

Zoltan warf noch einen letzten Blick auf sie, ehe er sich zurück in sein Büro teleportierte. Noch drei Minuten bis zu seinem Meeting. Er lächelte in sich hinein und rückte seine Krawatte gerade. Wenn alles gut ging, dann würde er Neona am nächsten Abend wiedersehen.

6. Kapitel

„Kannst du hier Kaninchen wittern?“, fragte Neona ihren zahmen Leoparden. „Ich habe keine Spuren gesehen.“

Zhan trottete vor ihr her, augenscheinlich dem Duft irgendeiner Beute folgend. Laut Tashi, die mit ihm kommunizieren konnte, wollte der Kater wieder seine Leibspeise fressen. Also hatte Neona ihn bei Sonnenaufgang mit auf die Jagd genommen.

Sie blieb stehen, als sie merkte, auf welcher Lichtung sie sich befanden. Hier war sie Zoltan begegnet. Die aufgehende Sonne sendete ihre gebrochenen Strahlen durch die Baumkronen und brachte den Morgentau auf den Grashalmen zum Funkeln. Es war ein wunderschöner Ort, der perfekte Hintergrund für eine Erinnerung, die sie nicht mehr loslassen wollte. Wer hätte gedacht, dass ein Mann so stark sein und doch so zart küssen konnte?

Ein heftiges Verlangen durchfuhr sie. Gott steh ihr bei, sie wollte für jemanden etwas Besonderes sein. In Beyul-La war sie von Freunden umgeben, aber seit ihre Schwester nicht mehr bei ihr war, fühlte sie sich so einsam. Es gab niemanden, dem sie ihr Herz offenlegen konnte, niemanden, der sie festhielt, wenn sie voller Leid war. Natürlich sollte sie als Kriegerin keinen Trost brauchen. Und ganz bestimmt sollte sie diesen Trost nicht bei einem Mann suchen. Auch nicht bei einem außerordentlichen Mann wie Zoltan.

Wo kam er her? Er sah ganz anders aus als die Dorfbewohner, die sie kannte. Hatte er sie wirklich küssen wollen? Oder hatte er nur gewollt, dass sie die Augen schloss, damit er entkommen konnte? Warum war er davongelaufen? Hatte ihm der Kuss nicht gefallen? Vielleicht mochte er sie nicht.

Sie schüttelte den Kopf. Warum sollte er sie mögen, nachdem sie ihn so verdroschen hatte? Sie atmete langsam aus und rief sich noch einmal in Erinnerung, dass sein Verschwinden am besten war. Sie durfte sich nicht in einen Mann verlieben und dafür ihre heilige Pflicht vernachlässigen. Besonders jetzt, wo sie am Beginn eines neuen Zyklus standen.

Aber warum musste sie sich das immer wieder in Erinnerung rufen? Selbst jetzt erwischte sie sich dabei, wie sie sich im Wald umsah in der Hoffnung, ihn dort zu erspähen.

Der Leopard lenkte sie ab, als er auf einmal einen Baum emporkletterte.

„Was machst du da? Ein Kaninchen wirst du da oben kaum finden." Ihr stockte der Atem, als sie entdeckte, dass ein Stück Papier mit einem Pfeil an dem Baum befestigt war. „Was ist das?"

Zhan riss mit seinen Krallen an dem Papier.

„Mach es nicht kaputt!" Konnte es ein Brief von Zoltan sein? Ein Teil des Papiers segelte zu Boden, und sie griff danach.

Liebe Neona,

Ich würde dich gerne wiedersehen. Bitte, triff dich mit mir hier um Mitternacht.

Zoltan

Das Herz schlug ihr bis zum Hals. „Er will mich wiedersehen!"

Zhan fauchte verärgert und sprang wieder auf den Boden.

„Wie klug von dir, den Brief zu finden." Sie umarmte den Leoparden und kraulte ihm dann die Ohren. „Du musst seinen Duft erkannt haben."

Zhan stieß sie mit seinem Kopf an.

„Braves Kätzchen", lobte sie ihn, als sie den Zettel zusammenfaltete und in die Tasche ihrer Tunika steckte. Wagte sie es, sich mit Zoltan zu treffen? Und die noch größere Frage, wagte sie es, seinen Samen zu nehmen?

Sie musste heftig schlucken. Warum nicht? Er war einverstanden gewesen, sich mit ihr einzulassen. Es wäre feige, vor einer so guten Gelegenheit davonzurennen. Trotzdem musste sie es sich gut überlegen. „Lass uns etwas fürs Abendessen finden." Auf der Jagd konnte sie ihren Plan schmieden.

Sie ging den Hügel hinab auf den Bach zu. Dort im Schlamm war es einfacher, Spuren zu finden. Mit jedem Schritt pochte ihr das Herz heftiger als sonst. Sie könnte noch diesen Abend Zoltan wiedersehen! Eine innere Stimme warnte sie, dass es nicht klug wäre, aber die schob sie zur Seite. Sie wollte sich ja nicht vor ihrer Pflicht drücken. Wenn sie eine Tochter bekam, würde sie sie sogar erfüllen.

Sollte sie ihn zu Frederics alter Hütte mitnehmen? Sie war nicht weit von hier. Die Frauen hatten die Hütte vor zwei Wochen benutzt, um den Vampir, Russell, darin unterzubringen, als er verletzt war. Sie hatten sich verpflichtet gefühlt, sich um ihn zu kümmern, nachdem er in der Schlacht Königin Nima das Leben gerettet hatte.

Neona nahm an, dass die Hütte für ihre Pläne geeigneter war als der Wald. Sie musste frische Laken und ein paar Vorräte aus Beyul-La dorthin bringen, ohne dass jemand etwas bemerkte. Und sie musste noch baden und sich die Haare waschen.

Sie presste sich die Hand auf die Brust. Es war alles so aufregend! *Sei vorsichtig*, warnte eine innere Stimme sie. *Du könntest dein Herz an ihn verlieren.* Sie schob diesen Gedanken zur Seite. Zwei Wochen lang hatte sie mit Schwermut und Verzweiflung gelebt. Es war an der Zeit, positiver zu denken. Es musste so zum Besten sein. Denn zum ersten Mal, seit sie ihre Schwester verloren hatte, fühlte sie sich wieder lebendig.

Nachdem er in seinem Schlafzimmer in der Burg aus seinem Todesschlaf erwacht war, dachte Zoltan als Erstes an Neona.

Wartete sie am vereinbarten Treffpunkt auf ihn? Hatte der Leopard ihr geholfen, seinen Brief zu finden?

Während er duschte und sich anzog, wurde er immer aufgeregter. Dieses Mal zog er sich etwas Passenderes an – Jeans, ein braunes T-Shirt, Wanderstiefel und eine grüne Kapuzenjacke mit Reißverschlusstaschen. Er teleportierte sich in die Küche hinab, um schnell etwas zu essen.

„Da bist du ja", sagte Howard, als er auftauchte.

„Guten Abend." Zoltan nickte dem Wer-Bären und seiner Frau zu, die am Küchentisch saßen und sich eine Schale Eiscreme teilten.

„Wir dachten uns schon, dass wir dich nach Sonnenuntergang hier finden", meinte Howard, während er Zoltans Wanderstiefel musterte. „Willst du weg?"

Ihn ignorierend nahm Zoltan eine Flasche AB negativ aus dem Kühlschrank, drehte den Deckel ab und stellte sie in die Mikrowelle.

„Wir haben gehört, dass du dir Urlaub genommen hast", hakte Elsa nach.

„Ja." Zoltan wühlte im Kühlschrank, bis er ein paar Beutel vakuumverpacktes Blut gefunden hatte. Er steckte sie in eine der Taschen an seiner Jacke. Ein Notvorrat, nur für alle Fälle.

„Milan steht unter Schock", fuhr Elsa fort. „Er sagt, du hast dir seit fünf Jahren keinen Abend freigenommen."

„Dann wird es wohl Zeit." Die Mikrowelle klingelte, also nahm Zoltan die Flasche heraus und goss sich das aufgewärmte Blut in ein Glas.

Howard löffelte sich etwas Eiscreme in den Mund. „Kommen wir gleich zur Sache, okay? Ich muss wissen, wohin du willst."

Zoltan sah ihn genervt an. „Ich nehme dieses Mal ein Satelliten-Telefon mit."

„Dann willst du wieder nach Tibet?" Howard legte seinen

Löffel hin. „Du triffst dich wieder mit deiner Amazonen-Kriegerin?"

„Vielleicht." Zoltan hob sein Glas und stürzte dessen Inhalt hinunter.

„Warum willst du eine Frau wiedersehen, die dich vermöbelt hat?"

Zoltan schluckte so heftig, dass ihm Tränen in die Augen traten. „Sie hat mich nicht – hör zu. Mit wem ich mich treffe oder nicht, geht dich überhaupt nichts an."

„Es geht mich etwas an, wenn es deine Sicherheit gefährdet", widersprach Howard. „Wie ich es bisher sehe, ist dir deine persönliche Sicherheit vollkommen gleichgültig. Hier gibt es keine Wachen. Keine funktionierenden Überwachungskameras. Du lässt Fremde in deiner Burg herumirren, die du als *Vampirschloss* bewirbst, und alle hier in der Gegend wissen, dass du ein Vampir bist."

Zoltan zuckte mit den Achseln und trank noch etwas Blut.

Howard lehnte sich zurück, die Arme vor der Brust verschränkt. „Ich habe viel darüber nachgedacht, und ich glaube, ich weiß, was hier los ist."

„Wirklich?" Elsa machte große Augen, während sie noch mehr Eiscreme aß. „Was denn?"

Howard beugte sich zu ihr und senkte die Stimme. „Gregori hat es mir erklärt. Wenn ein Vampir fünfhundert Jahre alt ist, überkommt ihn normalerweise eine tiefe Depression."

„Oh nein." Elsa warf Zoltan einen besorgten Blick zu.

Der schnaubte und trank den letzten Rest vom Blut.

„Und Zoltan hier ist ungefähr achthundert Jahre alt", fuhr Howard fort. „Er könnte also unter *schlimmsten* Depressionen leiden."

Elsa zuckte zusammen. „Der arme Mann."

Zoltan knirschte mit den Zähnen. „Ich bin nicht so alt, dass ich nichts mehr höre."

Howard beugte sich dichter zu seiner Frau. „Das erklärt

alles. Warum ihm seine eigene Sicherheit nichts bedeutet. Warum ihn sein Job nicht mehr interessiert. Warum er weiter zu einer Frau geht, die ihn vermö…"

„Sie hat mich nicht …" Zoltan atmete tief durch. „Das ist doch lächerlich. Ich bin nicht depressiv."

Elsa sah ihn mitfühlend an. „Es kann erst besser werden, wenn du zugibst, dass du ein Problem hast."

„Es geht mir *gut*!" Zoltan warf die leere Flasche so heftig in den Recycling-Container, dass sie zu Bruch ging. Er zuckte zusammen. Manchmal vergaß er, wie stark er war.

Howard und Elsa sahen sich wissend an.

Zoltan stöhnte auf. „Ich bin nicht depressiv. Ich bin nur … müde." *Und einsam.* „Ich gehe jetzt."

„Warte!" Howard sprang auf. „Du kannst nicht ohne ein Satelliten-Telefon gehen. Und du solltest der Amazonen-Kriegerin nicht ohne Waffen begegnen. Du brauchst ein Messer, ein Schwert und eine Schusswaffe."

„Ich kann doch nicht voll bewaffnet zu einer Verabredung gehen!"

Elsas Augen leuchteten auf. „Das ist eine Verabredung?"

Verdammt. Jetzt hatte er mehr gesagt, als er wollte. „Vielleicht."

Elsa lächelte ihren Mann an. „Das ist ein gutes Zeichen. Wenn er sich verabredet, ist er vielleicht doch nicht so depressiv."

„Aber wenn er klar denken könnte", flüsterte Howard zurück, „würde er sich nicht mit einer Frau verabreden, die ihn vermö…"

„Sie hat mich nicht vermöbelt!" Zoltan ging mit großen Schritten zur Tür. „Ich hole jetzt das Satelliten-Telefon, und dann verschwinde ich."

„Warte!" Elsa lief ihm nach. „Du solltest nicht mit leeren Händen zu einer Verabredung gehen. Hast du einen Blumenstrauß oder so?"

Zoltan zögerte. Elsa könnte recht haben. „Was sollte ich ihr mitbringen?“

Elsa runzelte nachdenklich die Stirn, doch dann erhellte sich ihre Miene. „Ich habe noch eine Schachtel Pralinen, die ich noch nicht aufgemacht habe.“

Howard erstarrte. „Die habe ich dir geschenkt.“

„Du kannst mir ja noch eine schenken.“ Sie drückte ihrem Mann den Arm. „Das ist ein Notfall. Zoltan braucht sofort etwas.“

Zoltan nickte. „Schokolade wäre bestimmt gut. Ich glaube nicht, dass sie viel davon bekommt.“

„Vielleicht hält es sie davon ab, dich wieder zu vermö…“ Howard unterbrach sich selbst, als Zoltan ihn nur wütend anstarrte.

„Die Schachtel ist bei uns im Schlafzimmer“, sagte Elsa schon auf dem Weg zur Tür. „Ich bin gleich wieder da.“

„Wir sind in der Waffenkammer“, rief Howard ihr nach.

Zoltan ging schnell hinab in die Waffenkammer. Howard blieb ihm dicht auf den Fersen und stellte ihm ununterbrochen Fragen.

„Wie heißt sie? Wo wohnt sie? Sieht sie aus wie Xena, die Kriegerprinzessin? Warum hat sie dich vermöbelt?“

Zoltan ignorierte ihn und nahm sich stattdessen ein Satelliten-Telefon aus dem Regal an der Wand.

„Lass mich das sehen.“ Howard nahm es ihm aus der Hand und fing an, auf den Knöpfen des Geräts herumzudrücken. „Okay. Es ist voll geladen und funktioniert einwandfrei. Ich programmiere meine Nummer ein und die von Angus und Mikhail. Wenn etwas schiefläuft, will ich, dass du anrufst. Entweder Angus oder Mikhail sollten sich sofort zu dir teleportieren können.“

„Verstehe.“ Zoltan streckte die Hand nach dem Telefon aus, aber Howard drückte weiter auf irgendwelche Knöpfe.

Als Howards Handy anfing zu klingeln, lächelte er. „Okay,

jetzt habe ich auch deine Nummer." Er reichte Zoltan das Satelliten-Telefon. „Ich würde empfehlen, mindestens ein Messer mitzunehmen."

„Ich komme schon zurecht." Er steckte sich das Telefon in eine Hosentasche. „Wenn ich wirklich in Schwierigkeiten gerate, teleportiere ich mich einfach hierher zurück."

„Weiß sie, dass du ein Vampir bist?"

Zoltan schüttelte den Kopf. „Ich glaube nicht." Obwohl ihre Katze wusste, dass er nicht normal war. Glücklicherweise konnte sie mit ihrem Haustier nicht kommunizieren.

„Weiß sie von Vampiren?"

„Wahrscheinlich. Sie haben vor zwei Wochen gegen Lord Liao und einen Teil von Master Hans Armee kämpfen müssen."

Howard kniff die Augen zusammen. „Was hat Lord Liao gegen sie?"

„Ich weiß es nicht." Zoltan zuckte mit den Achseln. „Es gibt vieles, was ich noch nicht weiß. Das ist einer der Gründe, warum ich noch einmal dorthin will."

Howard nickte. „Vielleicht werden sie uns gute Verbündete gegen Master Han."

„Hallo?" Elsas Stimme hallte die Wendeltreppe hinab, dann tauchte sie im Eingang zur Waffenkammer auf. Lächelnd reichte sie Zoltan eine in Goldfolie verpackte Schachtel. „Bitte sehr."

„Danke." Die Schachtel war zu groß für seine Taschen, also schloss er den Reißverschluss an seiner Jacke und steckte sie dort hinein.

„Viel Glück! Oh ..." Elsa hob eine Hand, um ihn aufzuhalten. „Das wollte ich dir noch sagen. Wir werden die Mumie am Dienstagmorgen verlegen, damit sie rechtzeitig für die Führung am Nachmittag in der Kapelle ist."

„In Ordnung." Zoltan nickte. „Einen schönen Abend." Er wurde allmählich nervös. Würde Neona auf ihn warten? Er wollte nicht aus dem Nichts vor ihr auftauchen, deswegen plante er, sich ein Stück entfernt in den Wald zu teleportieren und den Rest des Weges zur Lichtung zu Fuß zu gehen.

Neona strich das saubere Laken auf dem Bett glatt und sah sich dann noch einmal in der Hütte um.

In der Feuerstelle brannte ein Feuer. Der Kessel war mit frischem Wasser gefüllt und bereit, über den Flammen gewärmt zu werden. Das alte englische Teeservice war abgewaschen und der Tisch damit eingedeckt, dazu eine Schale frischer Beeren, die sie früher am Tag gesammelt hatte.

Sie rückte die Schärpe um ihre Tunika zurecht. Es waren die schönsten Kleider, die sie besaß, eine bestickte Seiden-Tunika und die passenden Hosen. Den anderen Frauen hatte sie erzählt, dass sie mit Zhan auf die Jagd gehen wollte, sie hatte das Tal also in ihrer üblichen grünen und braunen Leinenkleidung verlassen, mit ihren guten Sachen, einem Handtuch und einem Stück Seife in der Tasche, die sie auf dem Rücken trug.

Sie hatte sich an ihrer Lieblingsstelle gewaschen, wo der Bach aus Beyul-La in das benachbarte Tal rauschte. Dann hatte sie sich in Frederics Hütte umgezogen und sich auf Zoltans Besuch vorbereitet. Die Katze geriet ihr dabei immer wieder in den Weg, als glaubte sie, nicht genug Aufmerksamkeit zu bekommen.

Sie tätschelte Zhan den Kopf. „Ich weiß, dass ich mich nicht weiter mit ihm treffen darf. Aber wenn ich doch nur eine Tochter bekommen könnte …“ Sie spannte sich an, als die Angst, einen Sohn zu bekommen, in ihre Gedanken drang. Nein, sie musste positiv denken. Sie würde eine Tochter bekommen, eine wunderschöne Tochter mit Zoltans Haaren und Augen. Dann hatte sie jemanden, den sie lieben konnte. Und sie musste nicht den Rest ihres Lebens an einem gebrochenen Herzen leiden.

Zhan rollte sich vor der Feuerstelle zusammen, um ein Schläfchen zu machen. Sie atmete tief durch und machte sich dann auf den Weg zur Lichtung. Mit jedem Schritt wuchs ihre Aufregung. Denk daran, die Oberhand zu behalten, rief sie sich selbst in Erinnerung. *Nimm seinen Samen, wenn er willig ist, und dann schick ihn wieder fort. Fang nicht an, ihn zu mögen.*

Sie blieb stehen, und ihr stockte der Atem, als sie ihn sah. Er betrachtete den Nachthimmel, den Kopf in den Nacken gelegt, sodass sein Profil vom Mondlicht beleuchtet wurde. Der scharf definierte Umriss seines Kiefers, die Form seiner Wangenknochen und seiner Nase, sein kräftiger langer Hals. Wie konnte er noch besser aussehen als in ihrer Erinnerung? Sein schulterlanges braunes Haar war aus einer breiten Stirn zurückgestrichen. Die Wunde an seiner Schläfe war vollkommen verheilt.

Er drehte sich zu ihr um, und die Intensität seines Blicks brachte sie zum Erstarren. Es war ein Fehler gewesen, die Intelligenz dieses Mannes jemals infrage zu stellen. Sein scharfer Blick durchdrang sie, als wollte er ihre Haut durchdringen und ihre Seele betrachten. Er senkte den Blick zu ihrer Kleidung und hob ihn dann wieder zu ihrem Gesicht. „Ich bin froh, dass du gekommen bist."

Sie atmete tief durch, um sich Mut zu machen. „Zhan hat deinen Brief gefunden."

Er trat auf sie zu. „Du siehst heute Abend wunderschön aus." Er lächelte. „Aber andererseits würdest du an jedem Abend schön aussehen."

Ihr Herz setzte beim Anblick seines Lächelns einen Schlag aus. Wer war dieser Mann, dass er eine solche Wirkung auf sie hatte? „Wo kommst du her? Bist du in einem der Nachbardörfer untergekommen?"

Nach einigem Zögern antwortete er: „Ich bin nur zufällig hier vorbeigekommen." Er nahm eine Schachtel aus seiner Jacke. „Ich habe ein Geschenk für dich."

Sie blinzelte überrascht. Erst Komplimente und dann ein Geschenk? Hatte sie nicht deutlich gemacht, dass sie nur mit ihm ihr Bett teilen wollte? Es gab keinen Grund für ihn, sich so galant zu verhalten. Als würde er … ihr den Hof machen.

Ihre Nerven spannten sich an. Warum sollte er ihr den Hof machen, wenn er nicht ihre Zuneigung gewinnen wollte? Das konnte sie niemals zulassen. Nach dem heutigen Abend würde sie sich weigern, ihn wiederzusehen.

Sie sah auf die golden glänzende Schachtel. „Das war nicht nötig, aber vielen Dank."

„Magst du keine Schokolade?"

Sie dachte an all die Bücher zurück, die sie aus Frederics kleiner Bibliothek gelesen hatte. „Heiße Schokolade?"

„Nicht das Getränk." Zoltan sah sie neugierig an. „Hast du noch nie Schokolade gegessen?"

Sie spürte Hitze in ihre Wangen steigen. Als Frederic nach England zurückgekehrt war, war ihr einziger Kontakt zur Außenwelt verloren gegangen, und jetzt kam sie sich kläglich unwissend vor. „Komm mit mir, dann können wir Tee trinken." Sie drehte sich um und ging den Hügel hinab.

Zoltan ging neben ihr her. „Bringst du mich zu dir nach Hause?"

„Nein." Sie schüttelte den Kopf. „Das ist nicht erlaubt. Ich bringe dich zu Frederics Hütte."

„Ist er ein Freund von dir?"

„Er ist der Vater von Freya und Freddie. Er hat uns Englisch beigebracht."

„Das ist der, der nach England zurückgekehrt ist?"

Neona nickte und erinnerte sich daran, wie verzweifelt Freya und Freddie gewesen waren. Und Calliope, ihre Mutter, war am Boden zerstört gewesen. Für Königin Nima war es nur ein weiterer Beweis gewesen, dass man Männern nicht vertrauen konnte. Am Ende hintergingen sie einen immer.

Das würde sie nicht zulassen. Zoltan konnte ihr nicht wehtun, wenn sie ihn nicht in ihr Herz ließ.

„Die Hütte ist dort entlang.“ Sie deutete auf die Lichtung ein Stück den Bach hinab, wo die Steinhütte stand.

Er folgte ihr hinein und sah sich um. „Sieht dein Zuhause so ähnlich aus? Ohne fließend Wasser und Elektrizität?“

Sie war sich nicht sicher, was Elektrizität sein könnte. „Im Bach draußen fließt Wasser.“ Sie zögerte und fragte sich, ob sie ihm anbieten sollte, sich aufs Bett zu legen. Vielleicht sollte sie ihm Zeit lassen, damit er es sich bequem machen konnte. Er hatte letztes Mal gesagt, dass er erst in die richtige Stimmung kommen musste.

Sie hängte den Kessel über das Feuer. „Es dauert etwas, bis das Wasser kocht.“

„Das ist schon gut.“ Er legte die goldene Schachtel auf den Tisch vor dem Herd.

Zhan wachte aus seinem Nickerchen auf und fauchte.

„Schhh“, beruhigte sie den Kater. „Warum gehst du nicht nach draußen? Du kannst mich warnen, wenn jemand kommt.“

Auf seinem Weg zur Tür knurrte Zhan ihren Gast an. Zoltan folgte der Katze, lachend, als sie ihn noch ein letztes Mal anfauchte.

„Bis später, Kater.“ Er schloss die Tür und ging dann einmal um das Zimmer herum. „Hier ist es schön.“ Er blieb stehen, um ein seidenes weißes Banner zu bewundern, das jemand mit roten und rosa Blüten bestickt hatte.

„Frederics Frau hat das gemacht.“

„Lebt sie auch hier?“

„Sie … ist von uns gegangen.“

Zoltan drehte sich zu ihr um. „Das tut mir leid. Seid ihr euch nahe gewesen?“

Neona warf noch ein paar Zweige ins Feuer, um es weiter anzufachen. „Wir müssen nicht unbedingt über persönliche Dinge reden. Wenn wir unseren Tee getrunken haben, können wir … weitermachen.“ Sie deutete auf das Bett.

Er sah auf das Bett und dann wieder zu ihr, bevor er sie aus zusammengekniffenen Augen von oben bis unten musterte. „Was du anhast ist sehr hübsch. Hast du das selbst gemacht?"

„Ja." Sie zog ihre Schärpe zurecht. Warum fühlte es sich an, als würde er sich vorstellen, wie sie ohne ihre Kleider aussah? „Im Winter nähen wir viel. Manchmal sind wir monatelang eingeschneit."

„Seid ihr nicht einsam?"

Sie musste heftig schlucken. Der nächste Winter würde ihr ohne ihre Schwester endlos scheinen. „Wir beschäftigen uns. Wir machen unsere Kleidung und unsere Schuhe. Und neue Pfeile. Ich mache Salben und Medizin. Einige der Frauen töpfern. Und natürlich üben wir jeden Tag unsere Kampfkünste."

Seine Mundwinkel zuckten. „Da bin ich mir sicher. Man hat mir mehr als einmal versichert, dass du mich ordentlich vermöbelt hättest."

Sie reckte ihr Kinn. „Das ist korrekt." Sein Lächeln verursachte ein merkwürdiges Flattern in ihrem Bauch. Er schien nicht eingeschüchtert oder wütend wegen ihrer Machtdemonstration. Im Gegenteil, er verhielt sich so, als würde es ihm gefallen. Und das machte ihn nur noch anziehender.

Du darfst dich nicht in ihn verlieben, rief sie sich in Erinnerung. Sie richtete die Teetassen und die Untertassen auf dem Tisch ordentlich aus.

Er ging zu einer großen Holzkiste, auf der ein paar Bücher aufgereiht standen. „Die sind in Englisch."

Sie seufzte. Er schien entschlossen, mehr von ihrem Privatleben zu erfahren. „Die haben Frederic gehört."

Zoltan sah sich die einzelnen Titel an. „Ein Weltatlas. Eine Bibel. Ein paar Romane – ‚Ivanhoe' und ‚Eine Geschichte von zwei Städten'."

„Das waren seine Lieblingsbücher."

„Sie sehen alle gut gelesen aus. Dieses hier fällt fast auseinander." Er nahm das Buch hoch und las die verblassten Buchstaben auf seinem Rücken. „‚Stolz und Vorurteil'."

Sie nahm sich eine saftige wilde Beere aus der Schüssel auf dem Tisch. „Das ist mein Lieblingsbuch. Ich lese es jeden Winter."

„Interessant." Er legte es vorsichtig wieder hin und sah sie dann an. Einer seiner Mundwinkel hob sich langsam. „In deinem Lieblingsbuch geht es also darum, wie ein Mann und eine Frau sich ineinander verlieben."

Wärme stieg ihr in die Wangen, aber sie ignorierte das Gefühl und steckte sich die Beere in den Mund. Aus der Frucht platzte der Saft, als sie darauf biss, und sie legte sich schnell die Hand auf den Mund. Sie schluckte und leckte sich die Lippen, sich gänzlich bewusst, dass er sie eindringlich betrachtete, den Blick gebannt auf ihren Mund gerichtet.

Noch mehr Hitze stieg ihr ins Gesicht. Erinnerte er sich an ihren Kuss? Sie wendete sich der Feuerstelle zu. Das Wasser brauchte eine Ewigkeit zum Kochen. Aber so, wie er sie gerade ansah, könnte er gerade in der richtigen Stimmung sein.

Ihren Mut zusammennehmend, drehte sie sich zu ihm um und deutete auf das Bett. „Bitte mach es dir bequem."

Er überraschte sie, indem er sich an den Tisch vor der Feuerstelle setzte. „Möchtest du eine probieren?" Er öffnete die goldene Schachtel.

Sie trat näher an den Tisch heran und betrachtete neugierig die Pralinen. Sie kamen in verschiedenen Brauntönen und drei verschiedenen Formen – rund, quadratisch und rechteckig. Sie entschloss sich letztendlich für eine runde und biss hinein.

Augenblicklich füllte sich ihr Mund mit dem köstlichsten, cremigsten und süßesten Geschmack, den sie je gekostet hatte. „Meine Güte!" Sie leckte sich die Lippen, um nicht aus Versehen zu sabbern.

Er lächelte. „Es scheint dir geschmeckt zu haben."

Sie nickte und steckte sich den Rest der Schokolade in den Mund. Sie war wirklich himmlisch. Was für herrliche Dinge der

Außenwelt hatte sie sonst noch verpasst? Sie legte den Deckel wieder auf die Schachtel und ging dann wieder an die Feuerstelle, um nach dem Wasser zu sehen.

„Hier hat Frederic also gelebt?", fragte Zoltan.

Sie nickte. „Frederic Chesterton."

„Und seine Frau und seine Töchter auch?"

„Nein, die Frauen leben in … einem anderen Tal."

„Warum hat er nicht bei ihnen gelebt?"

„Das ist eine unserer Regeln. Männer sind nicht gestattet in …" Neona sah ihn entschuldigend an. „Unsere Art zu leben muss dir sehr merkwürdig vorkommen."

„Was ist mit *deiner* Familie?"

Neona wünschte sich seufzend, das Wasser würde schneller kochen. „Ich möchte lieber nicht über mich selbst reden."

„Das war aber meine dritte Bedingung, weißt du nicht mehr? Wir müssen einander kennenlernen."

Sie sah sich zu ihm um. Würde er sich wirklich weigern, bei ihr zu liegen, wenn sie ihm nicht mehr von sich erzählte? Vielleicht wären ein paar Informationen in Ordnung, solange sie keine Geheimnisse preisgab.

Sie ging zurück zum Tisch und öffnete die Dose, in der sich die Teeblätter befanden. „Meinen Vater habe ich nie gekannt. Er ist zurück nach Griechenland gegangen." War er das wirklich? Sie löffelte Teeblätter in die Kanne. „Meine Mutter ist unsere Anführerin. Königin Nima."

Zoltan riss die Augen auf und musste dann grinsen. „Dann bist du wirklich eine Kriegerprinzessin?"

Sie schnaubte. „Nein. Ich bin keine Thronerbin."

„Warum nicht?"

Der Kessel fing endlich an zu pfeifen, und sie eilte ans Feuer, erleichtert, kurze Zeit von seinen Fragen verschont zu werden. Sie wickelte sich ein Geschirrtuch um die Hand und trug den heißen Kessel dann an den Tisch.

„Warum kannst du nicht Königin sein?"

Sie goss das dampfende Wasser in die Teekanne. „Das … ist kompliziert."

„Dann erklär es mir. Ich habe die ganze Nacht Zeit." Er lächelte sie schief an. „Und ich bin scheinbar intelligent."

Neona lächelte, ohne es zu wollen. „Ja, das bist du." Sie setzte den Deckel auf die Kanne, um den Tee ziehen zu lassen. „Wir alle haben besondere Gaben, und ich habe die falsche."

„Wie kann eine Gabe falsch sein?"

Würde dieser Mensch nie mit seinen Fragen aufhören? Sie deutete auf das Bett. „Es ist spät. Vielleicht sollten wir … uns eine Weile ausruhen?"

Seine Augen leuchteten wie heiße Glut. „Immer versuchst du, mich zu verführen."

Sie musste heftig schlucken. Die Art, wie er sie ansah, brachte ihren Magen zum Flattern. „Willst du nicht verführt werden?"

Seine Mundwinkel hoben sich langsam. „Ich bin noch nicht in Stimmung." Er klopfte auf den Stuhl neben sich. „Rede mit mir. Ich möchte wissen, welche Gabe du hast und warum es die falsche ist."

Sie ließ sich vorsichtig auf den Stuhl sinken, sich dessen sehr bewusst, dass er seinen Arm auf der Rückenlehne abgelegt hatte. „Ich bin Heilerin. Wenn ich eine Verletzung berühre, kann ich ihr den Schmerz entziehen und sie zum Heilen bringen."

„Das ist eine ausgezeichnete Gabe."

„Nicht so richtig. Ich muss den Schmerz auch spüren."

„Oh. Das ist schlecht." Plötzlich setzte er sich auf. „Hattest du deswegen die Hand an meiner Hose? Hast du mich geheilt?"

Sie nickte. „Ich wollte, dass du tadellos funktionierst."

„Verstehe." Seine Mundwinkel zuckten, doch dann sah er sie mit großen Augen unschuldig an. „Ich fürchte, ich leide immer noch unter übrig gebliebenen Schmerzen."

„Von vor zwei Nächten?"

„Du hast mich wirklich fest getroffen. Ich könnte deine heilende Berührung gebrauchen."

Sie kniff die Augen zusammen. „Ich glaube, du lügst."

„Das stimmt." Er grinste. „Aber einen Versuch war es wert."

Sie erwiderte sein Lächeln.

„Du hast ein hübsches Lächeln."

Verlieb dich nicht in ihn. Bring es einfach hinter dich. „Dann funktionierst du jetzt also tadellos?"

„Aber sicher, sobald ich in Stimmung bin."

Wie konnte ein so starker Mann voller Lebenskraft so langsam sein? „Vielleicht sollte ich dich doch anfassen. Um dir zu helfen, in Stimmung zu kommen." Sie streckte die Hand nach seinem Schritt aus, aber er nahm ihre Hand in seine.

„Was für eine Gabe braucht man, um Königin zu werden?", fragte er und legte beide Hände um ihre Hand.

Innerlich stöhnte sie frustriert auf. „Warum musst du das wissen? Du kannst nicht Königin werden. Du bist ein Mann." Sie zog ihre Hand aus seinem Griff und warf einen argwöhnischen Blick auf seinen Schritt. „Ich meine, falls du jemals in Stimmung kommst."

„Ich bin ja bald so weit. Nur noch ein paar Fragen. Welche Gabe braucht die Königin?"

„Sie muss mit … geflügelten Wesen kommunizieren können." Neona zuckte zusammen. Jetzt hatte sie zu viel gesagt.

Zoltan atmete scharf ein. „Vögel meinst du? Deine Mutter kann mit Vögeln reden?"

„Ja." Sie sah ihn wieder misstrauisch an. „Das klingt wahrscheinlich seltsam."

„Nein. Tut es nicht." Er sah einen Moment ins Feuer. „Gibt es noch andere Frauen bei euch in der Gruppe, die diese Gabe haben?"

„Meine Zwillingsschwester, Minerva, aber sie …" Neona erstarrte in Erwartung der Welle aus Trauer, die über sie hereinbrechen würde. Sie nahm jedoch all ihren Mut zusammen und fuhr fort. „Winifred hat die Gabe, sie wird also unsere nächste Königin."

Zoltan drehte sich zu ihr um. „Du hattest eine Zwillingsschwester?"

„Lass mich nachsehen, ob der Tee schon fertig ist." Neona sprang auf und griff nach der Teekanne. Ihre Hände zitterten, sodass sie etwas Tee auf den Tisch verschüttete.

„Ist schon gut." Zoltan nahm ihr die Teekanne aus den Händen und stellte sie wieder hin. „Ich brauche nicht unbedingt Tee."

Sie setzte sich wieder hin und legte die Hände in ihrem Schoß zusammen. „Ich finde, wir haben genug geredet."

„Hast du deine Schwester verloren?"

Sie nickte. „Vor zwei Wochen."

„Das tut mir so leid." Er beugte sich zu ihr und nahm ihre Hände in seine. „Auch ich habe meine Familie verloren."

Sie sah zu ihm hoch und entdeckte den Schmerz, der in seinen bernsteingoldenen Augen schimmerte. „Das tut mir leid."

Er drückte ihr die Hände. „Was passiert, wenn du verletzt wirst? Kannst du dich dann selbst heilen?"

Sie schüttelte den Kopf. „Es gab noch eine weitere Heilerin. Frederics Frau, Calliope. Aber sie ist vor ungefähr sechs Jahren gestorben. Ich konnte ihr nicht helfen."

„Und jetzt bist du allein? Du nimmst allen den Schmerz, aber dir kann niemand helfen?"

Tränen stiegen ihr in die Augen. „Meinen Schmerz kann niemand heilen."

„Ich weiß." Er streckte die Hand aus und strich ihr das Haar aus der Stirn. „Aber ich würde dich trösten, wenn ich könnte."

Er war so verlockend. *Oh Gott, du darfst dich nicht in ihn verlieben.* Sie sehnte sich nach jemandem, der sie festhielt und sich um sie kümmerte. Aber das durfte nicht Zoltan sein. Sie musste eine Tochter bekommen. Eine Tochter konnte sie festhalten und liebhaben.

Was aber, wenn sie einen Sohn bekam? Würde Zoltan so reagieren, wie Frederic es getan hatte, nachdem Calliope ihm einen Sohn geboren hatte? Frederic hatte gewartet, bis der Junge alt genug war, um zur Schule zu gehen, und dann hatte er ihn nach England gebracht. Seine Partnerin und ihre Töchter hatte er zurückgelassen. Verlassen.

Eine Träne lief ihr die Wange hinab. Was, wenn sie sich in Zoltan verliebte? Wie sollte sie es ertragen, ihn zu verlieren? Lieber Gott, sie könnte ihn und einen Sohn verlieren. Der Schmerz, den sie jetzt schon empfand, könnte sich noch verdreifachen. „Ich kann das nicht." Sie sprang auf und rannte zur Tür.

„Neona!"

Sie rannte nach draußen, auf den Bach zu.

„Neona." Zoltan packte sie am Arm, um sie aufzuhalten. „Was ist passiert? Habe ich etwas Falsches gesagt?"

Sie schüttelte den Kopf. „Nichts an dir ist falsch. Alles an dir ist zu richtig! Ich könnte mich in dich verlieben."

„Wäre das so schlimm?"

Sie machte sich von ihm los. „Ich will deine Liebe nicht. Das Einzige, was ich von dir will, ist eine Tochter!"

Er erstarrte. „Was?"

„Ich habe es dir doch gesagt. Männer sind hier nicht gestattet." Ihr liefen Tränen die Wangen hinab, während sie sich weiter von ihm entfernte. „Ich wollte eine Tochter, aber ich habe es mir anders überlegt. Das Risiko ist zu groß. Ich darf dich niemals wiedersehen. Leb wohl."

7. Kapitel

Starr vor Staunen sah Zoltan ihr nach, wie sie den Bachlauf hinabrannte, ihr zahmer Leopard hinter ihr hertrottend.

Alles, was sie von ihm gewollt hatte, war eine Tochter? Hatte sie geplant, ihn in ihr Bett zu zerren und ihn dann nie wiederzusehen? War er nichts weiter als eine verdammte Samenbank?

Wut kochte in ihm hoch. Sie wies ihn zurück, ohne ihm eine richtige Chance gegeben zu haben. Noch wütender machte ihn der Gedanke, dass sie ihn von Anfang an zurückgewiesen hätte, wenn sie die Wahrheit wüsste. Sie hätte ihn für vollkommen nutzlos erachtet. Verdammt, wahrscheinlich hätte sie ihn umgebracht. Denn die Wahrheit lautete, sein Sperma war tot.

Verdammt noch mal. Er konnte ihr Juwelen und schöne Kleider geben. Herrenhäuser und Schlösser. Er konnte ihr Lust bereiten. Mit der Zeit hätte er ihr auch Liebe schenken können. Als Vampir konnte er ihr sogar Unsterblichkeit schenken. Aber sie wollte das eine, das er ihr nicht geben konnte. Ein Kind.

Wieder zurückgewiesen. Aus dem gleichen verdammten Grund. Mit den Jahrhunderten hatte er sich in ein paar Frauen verliebt. Die Affären hielten ein Jahr oder zwei, aber sie endeten alle auf die gleiche Weise. Der Lockruf der Unsterblichkeit verblasste, und dann verließen sie ihn jedes Mal für einen Mann, der ihnen Kinder schenken und mit ihnen gemeinsam alt werden konnte.

Vor ein paar Jahren war etwas passiert, das Zoltan die Hoffnung gegeben hatte, den Teufelskreis aus Zurückweisung durchbrechen zu können. Ein brillanter Vampir-Wissenschaftler, Roman Draganesti, hatte herausgefunden, wie man ihre Vampir-DNS in lebendiges menschliches Sperma einsetzen konnte. Jetzt zeugten die Vampire mit sterblichen Frauen Kinder wie verrückt. Theoretisch könnte er Neona also Kinder schenken, aber dazu mussten sie zu Romatech in New York reisen, wo Roman arbeitete.

Zoltan war sich nicht sicher, ob sie jemals einverstanden sein würde, so weit zu reisen, um sich künstlich befruchten zu lassen. Roman könnte ihr wahrscheinlich eine Tochter garantieren, wenn es das war, was sie wirklich wollte. Aber würde sie dann von Zoltan erwarten, sie mit ihrer Tochter zusammen zurück nach Tibet zu bringen und sie niemals wiederzusehen? Er würde weder sie noch ihr Kind im Stich lassen, verdammt noch mal!

Und warum zum Teufel konnte ihn eine Frau nicht einmal so mögen, wie er war? War es so unmöglich, ihn zu lieben, dass man ihn nur wegen der Kinder wollte, die er möglicherweise zeugen konnte? Deswegen war er in der Vergangenheit zurückgewiesen worden, aber er würde nicht einfach rumsitzen und das noch weiter mit sich machen lassen. Nicht von Neona. Sie war anders. Irgendwie war ihr Schicksal mit seinem verbunden. Sie hatten eine Verbindung. Er war sich nicht sicher, wie, aber er wusste in seinem tiefsten Inneren, dass sie zusammengehörten.

Er rannte Neona in Vampirgeschwindigkeit nach, um sie einzuholen. Sechs Fußlängen hinter ihr verlangsamte er sein Tempo zu einem schnellen Gehen.

Die Katze sah ihn an und fauchte. *Verzieh dich.*

Nein. Er sah Neonas Rücken finster an. „Das war es also? Du gibst einfach auf?"

Die Katze schnaufte. *Tolle Idee, sie anzubrüllen. Dadurch wird sie dich mit Sicherheit mögen.*

Halt den Mund, Kater. „Rede mit mir, Neona. Warum hast du plötzlich deine Meinung geändert?"

Sie ging immer weiter. „Ich habe beschlossen, dass es nicht klug wäre."

„Quatsch. Du hast Angst. Was für eine Kriegerin bist du? Ich dachte, die wären viel mutiger."

Sie wirbelte zu ihm herum, die geballten Fäuste erhoben und bereit, auf ihn einzuschlagen. „Ich habe dich einmal besiegt. Ich kann es wieder tun."

„Dann mach doch!" Er breitete die Arme aus, um sich ihr zu ergeben. „Fessel mich und fall über mich her."

„Ich möchte das nicht mehr!"

„Warum nicht?" Er trat näher auf sie zu. „Hast du Angst, du könntest Gefühle für mich entwickeln? Gott verhüte, dass du dich mir nahe fühlen könntest, während ich in dir bin."

Sie holte mit der Faust nach ihm aus, er aber sprang zurück.

Oh, du machst ja prima Fortschritte, spottete der Leopard.

Verzieh dich! „Weißt du, was mich richtig sauer macht?" Er kam noch näher. „Dass ich für dich nur eine blöde Samenbank bin. Ich bin mehr als meine Fähigkeit, Kinder zu zeugen. Und du bist auch verdammt viel mehr als deine Fähigkeit, ein Kind zu gebären!"

Sie starrte ihn blinzelnd an.

Die Katze fauchte. *Hör auf, sie anzuschreien, sonst reiße ich dir den Fuß ab.*

Erst nachdem ich ihn dir in den Hals gestopft habe. Zoltan warf der Katze einen genervten Blick zu, senkte dann seine Stimme und zeigte zurück auf die Hütte. „Warum gehen wir nicht wieder rein und unterhalten uns? Ich dachte, dass wir uns wirklich gut verstehen."

Sie ließ langsam die Fäuste sinken. „Ich kann nicht mit dir … befreundet sein."

„Warum nicht? Ich mag dich. Ich dachte, du magst mich auch. Wir haben angefangen, einander kennenzulernen. So machen Paare das, wenn …"

„Wir können kein Paar sein!"

„Doch!" Er packte sie sanft, aber energisch bei den Schultern. „Ich gebe dich nicht auf."

Ihr Gesicht verzerrte sich schmerzvoll. „Du musst. Für uns gibt es keine Zukunft. Männer sind hier nicht gestattet."

„Warum nicht?"

„Sie sind nicht … notwendig."

„Quatsch. Jede Gemeinschaft braucht ein paar Männer."

Sie löste sich aus seinem Griff und trat zurück. „Unsere nicht."

Er schnaubte. „Wie baut ihr eure Häuser?" Er deutete auf die Hütte. „Hat die nicht Frederic gebaut?"

„Er hat geholfen, aber wir können das auch ohne einen Mann. Wir haben unsere eigenen Häuser alle allein gebaut."

„Was ist mit Schutz? Ein Mann kann euch be…"

„Wir können uns selbst beschützen."

Nicht vor einer Armee. Aber Zoltan wollte sie nicht an den Tod ihrer Schwester erinnern. Das wäre zu grausam. „Männer können noch auf viele andere Weisen nützlich sein."

Sie sah ihn zweifelnd an. „Wirklich?"

„Natürlich. Ein Mann kann … Feuer machen."

Sie zuckte mit den Achseln. „Das kann ich auch."

„Ein Mann kann Nahrung für seine Familie besorgen."

„Ich bin eine ausgezeichnete Jägerin."

„Ein Mann kann pflügen und den Acker bestellen."

„Wir haben einen Esel."

Also bitte! „Einen Mann kann man nicht durch einen Esel ersetzen. Das sind sture Geschöpfe, die nicht machen, was man ihnen sagt."

Sie hob eine Augenbraue. „Und da gibt es einen Unterschied?"

Er knirschte mit den Zähnen.

Die Katze gähnte. *In diese Falle bist du mit offenen Augen getappt, Trottel.*

Geh deine Flöhe kauen. Zoltan stemmte die Hände in die Hüften. „Ein Esel hat keine Hände. Er kann keine Reparaturen im Haus vornehmen. Oder kochen. Oder putzen."

„Das kann ich alles selbst."

„Was ist dann mit den zehn Höhepunkten, die du möchtest? Kannst du das auch selbst?"

Sie reckte ihr Kinn. „Wer sagt, dass ich das nicht schon getan habe?"

Verdammt noch mal. Zoltan zermarterte sich das Hirn. „Ich weiß! Was, wenn du ein Einmachglas nicht aufbekommst? Dafür brauchst du einen Mann!"

Jämmerlich, murmelte die Katze.

Sie zuckte mit den Achseln. „Wir benutzen keine Gläser mit Deckeln. Wir binden ein Stück Tuch um …"

„Was, wenn du eine Umarmung brauchst? Und wage es nicht, wieder von dem blöden Esel anzufangen!"

Sie lachte.

„Na also! Siehst du? Du brauchst mich, damit ich dich zum Lachen bringe."

„Ehrlich gesagt hat der Esel mich schon einige Male zum Lachen gebracht."

Er warf ihr einen finsteren Blick zu. „Ich werde mich nicht an einem Esel messen lassen."

„Du musst dich überhaupt nicht messen." Ihre Miene wurde traurig. „Ich sollte dich nie wiedersehen."

„Ich gebe dich nicht auf." Er trat dichter zu ihr. „Wer wird dir mitten in der Nacht zuhören? Mit wem wirst du deine Geheimnisse teilen?"

Sie keuchte und riss die Augen weit auf. „Hast du mich gehört?" Sie schüttelte den Kopf. „Das kannst du nicht. Ich war allein."

„Was gehört?"

„Nichts." Ihr stiegen Tränen in die Augen.

„Du trauerst um deine Schwester, das verstehe ich."

Sie schloss kurz die Augen. „Du kannst nicht verstehen, wie lange wir zusammen waren, oder wie lange wir getrennt sein werden."

Der erste Teil des Satzes kam ihm merkwürdig vor, da er angenommen hatte, dass sie nur ungefähr zweiundzwanzig Jahre mit ihrem Zwilling verbracht haben dürfte. Doch den Rest ihres Lebens allein zu bewältigen, verursachte ihr offensichtlich Leid.

Als ihr eine Träne die Wange hinablief, strich er sie mit dem Daumen fort. „Ich könnte eine sehr lange Zeit bei dir sein. Vertrau mir." Er küsste sie auf die Wange.

Sie fing an zu beben. „Männern kann man nicht vertrauen."

„Ich würde dir niemals wehtun. Vertrau mir." Er küsste sie auf die andere Wange.

„Männern kann man nicht …"

Er brachte sie zum Schweigen, indem er ihren Mund mit seinem verschloss. Zuerst spannte sie sich an und legte ihm die Hände gegen die Brust. Aber als er sanft und beharrlich die Lippen bewegte, vergruben ihre Finger sich langsam in seiner Jacke. Er vertiefte den Kuss, und sie öffnete ihm stöhnend ihren Mund.

Ja. Er erkundete ihren Mund und machte ihn sich zu eigen. Sie würde ihm gehören. Das war kein Fehler. Der Pfeil, dessen Herkunft ihn seit fast achthundert Jahren beschäftigte, hatte ihn zu ihr geführt. Sie kannte die Antworten, die er so lange gesucht hatte. Sie hatte sein Herz berührt, das so lange erstarrt gewesen war. Ihr Schicksal war miteinander verbunden, das spürte er in seinen Knochen. Sie war die Frau, auf die er jahrhundertelang gewartet hatte.

Er verteilte Küsse auf ihrem Gesicht und ihren Hals hinab. Ihre Atemzüge wurden schneller und aufgeregter. Sie legte ihm die Hände in den Nacken.

Er wurde hart und fragte sich, wie weit er in dieser Nacht gehen wollte. So sehr er ihren Körper auch begehrte, es schien ihm nicht fair, sie zu nehmen, solange sie glaubte, dass sie dadurch schwanger werden konnte.

Aber er konnte für sie da sein. Ihr einen der Höhepunkte

schenken, auf die sie bestand. Er ließ seine Hand auf die Vorderseite ihrer Tunika gleiten und legte sie auf ihre Brust. Die Seide war so dünn, dass er spürte, wie ihre Brustspitze sich zusammenzog.

„Neona", flüsterte er ihr ins Ohr, „lass uns in die Hütte zurückgehen."

Sie lehnte sich zurück und sah ihn nervös an. „Jetzt bist du in Stimmung?"

„Ja." Er packte sie um die Hüften und zog sie fest an seine Härte.

Sie keuchte auf. „Du … du vibrierst."

„Tue ich?" Er sah an sich hinab und merkte dann, dass es das Satelliten-Telefon war, das in seiner Tasche vibrierte. *Verdammt noch mal.* Wenn er sich nicht meldete, würde Howard dann Mikhail schicken, um nach ihm zu sehen?

„Einen Augenblick nur." Er trat zurück und nahm das Telefon aus seiner Tasche. „Warum zur Hölle rufst du an, Howard?"

„Auch dir einen guten Abend", knurrte Howard. „Russell ist auf einmal hier aufgetaucht und besteht darauf, mit dir zu reden. Ich habe versucht, aus ihm herauszubekommen, was das Problem ist, aber er sagt, er müsse mit dir reden. Irgendwas wegen eines Pfeils."

Zoltan zuckte zusammen. Er würde gehen müssen. „Ich bin in ein paar Minuten da." Er legte auf.

Neona betrachtete neugierig das Telefon. „Du konntest mit jemandem reden, der weit weg ist?"

Hatte sie noch nie ein Telefon gesehen? „Ja." Er ließ es in seine Tasche gleiten. „Ich fürchte, ich muss gehen."

Sie nickte und trat zurück. „So ist es am besten. Ich sollte mich nicht mit dir …"

„Sag das nicht." Er berührte ihre Schulter. „Morgen Nacht komme ich wieder. Triff dich um Mitternacht in der Hütte mit mir."

Sie sah ihn traurig an. „Leb wohl, Zoltan." Sie drehte sich um und ging den Bach entlang.

Machs gut, Verlierer. Die Katze trottete ihr hinterher.

Ich werde sie gewinnen, Kater. Darauf kannst du dich verlassen. Zoltan sah ihr noch eine Minute nach und trat dann hinter einen Baum, um sich nach Hause zu teleportieren.

Neona kehrte zu der Felswand zurück, wo der Bach, der durch Beyul-La floss, als Wasserfall hinabtoste.

Die Strickleiter war noch da, aber ihr wurde klar, dass sie nicht nach Hause gehen konnte, nicht, solange sie noch ihre schönsten Kleider trug. Seufzend machte sie sich auf den Weg zurück zu Frederics Hütte, wo sie ihre Jagdkleidung gelassen hatte.

Auf ihrem Weg sah sie sich im Wald um. Wohin war Zoltan gegangen? Ins Dorf? Das war ungefähr fünfzehn Meilen entfernt, und nur ein Trampelpfad wies den Weg. Hatte er im Nachbartal ein Pferd angebunden?

Sie schüttelte den Kopf. Es hatte keinen Sinn, so viel über ihn nachzudenken. Auch wenn es ihr gefallen hatte, in seinen Armen zu liegen. Wenn er sie küsste, vergaß sie alle Logik. Warum hatte sie ihn nicht länger festhalten können? Voller Schmerz wurde ihr klar, dass es doch passiert war. Sie war dabei, sich in ihn zu verlieben. Sie begehrte ihn.

Aber wie konnte sie ihn jemals haben?

Sie betrat die Hütte und ließ ihren Blick durch den Raum wandern. Dort waren das bestickte Banner, das er bewundert hatte, die Bücher, die er sich angesehen hatte, und die goldene Pralinenschachtel, die er mitgebracht hatte.

Der Tee hatte zu lange gezogen, aber sie brauchte etwas Starkes. Sie trank ihn, während sie in der Hütte aufräumte, das Feuer löschte und die goldene Schachtel unter einigen Decken in der Holztruhe versteckte. Sie spülte die Teekanne und die Tasse draußen im Bach, und als sie wieder in die Hütte zurückgekehrt war, zog sie sich ihre braune und grüne Leinentunika und die Hose dazu an. Sie verstaute ihre gute Kleidung in ihrer Tasche und schwang sie sich gemeinsam mit ihrem Köcher voller Pfeile auf den Rücken.

Sie nahm ihren Bogen und ging zurück zu der Felswand. Zhan begleitete sie den ganzen Weg.

Sie tätschelte ihm den Kopf. „Zoltan musste gehen. So ist es am besten, denke ich. Ich sollte dankbar sein, dass nicht mehr geschehen ist." Sie hätte ihn lieben und dann verlieren können. Sie hätte einen Sohn verlieren können. Die Beziehung jetzt zu lösen war der einzige Weg, sich diesen Kummer zu ersparen. Und warum fühlte sie sich dann so elendig traurig und allein?

Während Zhan die Felswand erklomm, indem er von einem Vorsprung zum nächsten sprang, kletterte sie die Strickleiter hinauf. Oben angekommen, zog sie die Leiter ein. Und die Tränen begannen zu fallen. Mit jedem Zug verurteilte sie sich selbst zu einem langen Leben in Einsamkeit. In ihrem Leben gab es keinen Platz für einen Mann. Zoltan mochte in der nächsten Nacht wiederkommen, aber sie würde nicht auf ihn warten. Lieber einsam leben, als zu riskieren, dass ihr das Herz in Stücke brach.

Sie ließ das Ende der Leiter zu Boden fallen. Es war aus.

„Wie war die Jagd?", fragte eine Stimme hinter ihr.

Die Königin. Neona wischte sich schnell das Gesicht ab. „Kein Glück heute Abend, ich versuche es bei Sonnenaufgang wieder." Sie atmete tief durch und drehte sich zu ihrer Mutter um. „Ihr könnt gerne mitkommen, wenn Ihr mögt."

„Ich habe morgen in der Höhle zu tun." Königin Nima legte den Kopf zur Seite und musterte Neona. „Hast du auf unserem Gebiet irgendjemanden gesehen?"

Ihr zog sich der Magen zusammen. „Nein."

Nima sah auf das benachbarte Tal hinaus. „Die Eule ist auf meinem Fensterbrett gelandet und hat mir erzählt, dass sie einen Eindringling gesehen hat."

Neona musste schlucken. Hatte ihre Mutter sie in ihrer feinsten Kleidung gesehen?

„Wir müssen besonders wachsam sein", fuhr Nima fort, „besonders jetzt, wo wir am Anfang eines neuen Zyklus stehen."

„Ich verstehe", murmelte Neona.

„Ich fürchte, Lord Liao wird weiter nach unserem Tal suchen. Er hat vielleicht Spione geschickt." Nima drehte sich zu ihrer Tochter um. „Jeder Mann, der unser Tal oder unsere Geheimnisse entdeckt, muss hingerichtet werden."

Neona nickte. „Ja."

Ihre Mutter hob eine Augenbraue. „Die korrekte Antwort lautet ‚Ja, Euer Majestät'. Glaubst du, mir wäre nicht aufgefallen, dass du seit zwei Wochen meinen Titel nicht mehr benutzt?"

Neona schluckte eine plötzliche Wut herunter. „Ich hatte andere Dinge im Kopf."

„Den Tod deiner Schwester." Nima nickte. „Ich verstehe, dass du trauerst. Deswegen habe ich dich bisher für den Mangel an Respekt nicht gerügt."

Neona schnaubte verächtlich. „Trauert Ihr etwa nicht? Minerva wurde vor unseren Augen erstochen!"

„Wir alle riskieren den Tod, wenn wir in die Schlacht ziehen. Das weißt du. Lass uns jetzt nach Hause gehen." Nima fing an, den Pfad ins Tal hinabzugehen.

Neona ballte die Hände zu Fäusten. Wie konnte ihre Mutter es wagen, Minervas Tod einfach so abzutun. „Wir hätten ihr Baby nie weggeben dürfen!"

Nima blieb stehen und sah sich um, die Augen zu Schlitzen zusammengekniffen. „Das ist sieben Jahre her. Was getan ist, ist getan."

„Für Minerva war es nie getan." Neona ging auf ihre Mutter zu. „Sie hat sich nie davon erholt. Wenn wir ihr Kind behalten hätten, hätte sie besser gekämpft. Dann wäre sie jetzt noch am Leben!"

Nimas Augen blitzten wütend auf. „Lass solche lächerlichen Behauptungen. Außerdem konnte ihr Sohn auf keinen Fall bleiben. Männer sind hier nicht gestattet."

„Er war noch ein Baby! Welchen Schaden hätte er denn anrichten können?"

„Er wäre trotzdem zu einem Mann herangewachsen."

Neona deutete auf das benachbarte Tal. „Ihr habt erlaubt, dass Frederic hier in der Nähe bleibt."

„Aber er war nie im Tal gestattet." Nima machte ein angewidertes Geräusch. „Er hatte zwei Töchter mit Calliope und hat sie trotzdem verlassen. Ich hätte ihn umbringen sollen, als ich die Gelegenheit hatte."

„Das hätte seiner Frau und seinen Töchtern sicher gefallen."

„Spar dir den Sarkasmus", zischte Nima. „Wir alle kennen die Regeln und wissen, warum sie bestehen. Deine Unverschämtheit entsetzt mich, aber ich will sie dieses eine Mal tolerieren, da du dich in Trauer befindest."

Zu gütig von dir, verkniff Neona sich zu sagen. Ihre Wut wuchs noch mehr, als sie zusah, wie ihre Mutter sich umdrehte und fortging. „Was ist mit meinem Vater passiert?"

Nima blieb wie erstarrt stehen. „Du gehst zu weit. Ich habe dir verboten, je von ihm zu sprechen."

Neona ging zu ihr. „Habt Ihr ihn umgebracht?"

Ihre Mutter drehte sich zu ihr um. „Heuchelei steht dir nicht. Wir sind Kriegerinnen." Sie trat näher. „Wie viele Männer hast du umgebracht, Neona?"

„Im Gemenge der Schlacht ist es Selbstschutz. Wir müssen töten, um zu überleben."

Nima verzog spöttisch lächelnd den Mund. „Und warum denkst du, dein Vater hätte sich nicht gewehrt?"

Neona zog sich der Magen zusammen. Männer in der Schlacht zu töten war das eine, aber einen Mann umzubringen, nachdem man bei ihm gelegen hatte?

Die Königin tätschelte Neona die Wange. „Reiß dich zusammen. Wichtig ist einzig und allein, dass wir unsere heilige Pflicht erfüllen."

„Minerva war wichtig."

Nima schloss kurz schmerzerfüllt die Augen. „Am Ende war sie schwach. Sieh zu, dass es dir nicht auch so ergeht." Sie drehte sich um und ging den Pfad ins Tal hinab.

Neona blieb zurück. Tränen stachen ihr in den Augen. Zhan stieß mit dem Kopf gegen ihr Bein, und sie hockte sich neben ihn.

„Heilige Pflicht", murmelte sie. Ihr ganzes Leben lang hatte sie gehört, dass nichts wichtig war, außer das Tal und seine Geheimnisse zu beschützen. „Minerva war wichtig. Ihr Sohn war wichtig."

Und Zoltan war wichtig. Auch wenn es höllisch wehtat, durfte sie ihn nicht wiedersehen. Er kam Beyul-La schon viel zu nahe. Nicht nur ihr Herz war einem Risiko ausgesetzt. Sein Leben wäre vorbei, wenn man ihn entdeckte.

Sie umarmte Zhan. „Liebe ist wichtig."

8. Kapitel

Als Zoltan sich in die Küche teleportierte, fand er dort Russell, der mit Howard am Tisch saß.

Zwischen dem Ex-Marine und dem Wer-Bären herrschte angestrengtes Schweigen. Eine große Schachtel Donuts stand auf dem Tisch, und Howard war langsam dabei, sie zu vernichten. Vor Russell stand eine offene Flasche Blissky, eine Mischung aus synthetischem Blut und Whisky.

„Ah, da bist du ja. Ich hoffe, du hast nichts dagegen, dass ich mich einfach selbst bedient habe." Russell füllte sich sein Glas und goss ein weiteres für Zoltan ein.

„Was ist los?" Zoltan setzte sich Russell gegenüber.

„Willst du, dass er mithört?" Russell zeigte mit dem Kopf auf Howard.

„Ich werde nicht gehen." Howard griff nach einem weiteren Donut.

„Was mithört?", fragte Zoltan. „Ich war gerade beschäftigt, es sollte also lieber …"

„Es ist wichtig", erwiderte Russell. „Howard hat mir gesagt, dass du dich heute mit einer Amazonen-Kriegerin getroffen hast. Du hast also die Frauen gefunden, die den Pfeil gemacht haben, den du mir abgenommen hast?"

„Ja." Zoltan beugte sich vor, die Ellenbogen auf dem Tisch abgestützt. „Was kannst du mir über sie erzählen?"

„Nicht viel. Sie sind ein verschwiegener Haufen." Russell leerte sein Glas Blissky in einem Zug. „Sie sind in Gefahr wegen Master Han."

„Warum?", fragten Zoltan und Howard gleichzeitig.

„Ich weiß es nicht." Russell goss sich noch ein Glas ein. „Ich spioniere Lord Liao jetzt schon eine Weile aus. In seinem Lager kann ich mehr erfahren, weil er und seine Soldaten sich untereinander beschweren. In Master Hans Lager komme ich nicht an ihn heran. Er wird zu schwer bewacht, und niemand traut sich dort, irgendetwas zu sagen, aus Angst, dafür von Han umgebracht zu werden."

„Toller Typ", murmelte Howard.

Russell nickte. „Ich habe belauscht, wie Lord Liao mit seinen Untergebenen gesprochen hat, und er dreht langsam durch. Anscheinend hat Master Han gesagt, dass er die zwei Vampir-Lords, die umgebracht worden sind, nicht vermisst. Und er hat geprahlt, dass er den Dämon Darafer nicht braucht, um die Weltherrschaft an sich zu reißen. Er sagt, er schafft es auch allein. Also macht Liao sich Sorgen, dass seine Tage gezählt sind, wenn er Master Han seinen Wert nicht beweisen kann."

„Und den kann er beweisen, indem er die Frauen von Beyul-La angreift?", fragte Zoltan.

Russell riss die Augen auf. „Das sind sie also? Nicht einmal das haben sie mir verraten."

„Beyul-La?", hakte Howard nach, während er sein Telefon aus der Tasche zog. „Wie schreibt man das?"

„Online wirst du nichts finden", sagte Zoltan zu ihm. „Ich habe schon nachgesehen. Es ist ein verstecktes Tal im Himalaya. Ich weiß nicht, warum, aber Männer sind dort nicht gestattet. Als ich mich dem Ort zum ersten Mal genähert habe, hat eine der Frauen versucht, mich umzubringen."

„Meine Güte", flüsterte Howard. „Was haben die dort zu verbergen?"

Zoltan war ratlos. „Ich weiß es nicht."

„Was auch immer es ist", sagte Russell, „Master Han will es. Und Liao ist entschlossen, es für ihn zu besorgen."

Zoltan zuckte zusammen. „Sie sind jetzt nur noch zu sechst. Sie können sich nicht gegen eine Armee aus Supersoldaten wehren."

Russell nickte. „Deswegen bin ich hier. Um zu sehen, was wir unternehmen können.“ Er sah Howard genervt an. „Wahrscheinlich solltest du lieber Angus davon berichten.“

„Wir könnten eine Gruppe entsenden, die mit ihnen Kontakt aufnimmt“, schlug Howard vor. „Angus könnte mit …“

„Sie werden versuchen, jeden Mann umzubringen, der sich ihnen nähert“, unterbrach Zoltan ihn. „Sie glauben nicht, dass man Männern vertrauen kann.“

Howard lehnte sich stirnrunzelnd zurück. „Aber du hast dich mit einer von ihnen getroffen?“

Zoltan nickte. „Neona.“

„Der Heilerin?“, fragte Russell.

In Zoltan flackerte die Wut so heftig auf, dass es ihn selbst überraschte. *Verdammt noch mal.* Er war eifersüchtig, weil Russell ihr zuerst begegnet war. „Woher kennst du sie?“

„Ich kenne sie kaum, du kannst dich also entspannen“, meinte Russell trocken.

War es so offensichtlich? Zoltan lehnte sich zurück und setzte eine gleichgültige Miene auf. „Wie bist du ihr begegnet?“

„Ich habe ein paar Monate damit verbracht, Lord Liao durch Tibet zu folgen. Er hat in den Dörfern gefragt, wo er das versteckte Tal der Kriegerinnen finden kann. Anscheinend haben die Frauen davon gehört, denn sie haben angegriffen. Sie waren in der Unterzahl, aber so wilde Kämpfer, dass ich mich ihnen angeschlossen habe, um zu helfen.“ Russell stürzte sein Glas Blissky herunter und knallte es auf den Tisch. „Ich war so kurz davor, diesen Bastard Liao umzubringen, aber er hat sich teleportiert. Dann ist der Rest seiner Armee geflohen. Ich war verwundet und habe das Bewusstsein verloren. Als ich aufgewacht bin, war ich in einer Hütte. Frederics Hütte haben sie das Haus genannt.“

Zoltan nickte. „Ich weiß, wo das ist.“

„Später habe ich herausgefunden, dass ich ihrer Königin das Leben gerettet habe, und sie sich deswegen verpflichtet gefühlt haben, mich gesund zu pflegen", fuhr Russell fort. „Sie hatten sich Pferde aus einem benachbarten Dorf geliehen und sie benutzt, um mich und ihre Toten zurückzubringen. Ich lag bewusstlos in der Hütte, und als die Sonne aufging, habe ich also angefangen zu brutzeln. Sie haben gemerkt, dass ich ein Vampir bin und alle Fenster verrammelt."

„Was haben sie dazu gesagt, dass du ein Vampir bist?"

„Als ich aufgewacht bin, haben sie mich angestarrt, als wäre ich irgendein Monster. Dann haben sie mir eine Schale Blut zu trinken gegeben." Russell verzog das Gesicht. „Hat furchtbar geschmeckt. Sie hatten es von einem Esel entnommen."

Howard lachte.

Zoltan grinste nur in sich hinein. Der blöde Esel war doch zu etwas gut.

Russell schenkte sich ein weiteres Glas ein. „Sie waren erstaunt, dass mein Körper von selbst geheilt war. Die Wunden der Schlacht und die Verbrennungen durch das Sonnenlicht waren alle verschwunden, ohne dass ihre Heilerin etwas tun musste."

Zoltan nickte, erleichtert, dass Neona den Schmerz von Russell nicht hatte spüren müssen.

„Sie waren schockiert, dass ich mich in der Schlacht auf ihre Seite gestellt hatte. Sie wissen von Vampiren, aber sie dachten, wir wären alle böse. Ich habe versucht, ihnen zu erklären, dass es eine Gruppe guter Vampire auf der Welt gibt, die es sich zum Ziel gemacht haben, die Sterblichen zu beschützen. Und ich habe ihnen gesagt, dass ich entschlossen bin, Master Han eigenhändig umzubringen. Ihnen gefiel das. Sie fanden, ich wäre dafür besser geeignet als sie selbst, da ich ebenfalls untot bin. Nachdem ich also versprochen hatte, niemandem von ihnen zu erzählen, haben sie mich gehen lassen. Ich hätte mein Wort gehalten, aber ich befürchte, dass sie in Gefahr sind."

„Es war richtig, uns davon zu erzählen", versicherte Zoltan ihm. „Ich mache mir auch Sorgen um sie."

„Dieser Pfeil, über den du mehr wissen wolltest …“ Russell schenkte sich den Rest Blissky in sein Glas. „Die Heilerin hat ihn mir gegeben. Lord Liao hat ihre Schwester umgebracht, also hat sie mich gebeten, ihren Pfeil zu benutzen, um ihn zu töten.“ Er nippte an seinem Glas. „Und wenn du ihn noch hast, hätte ich ihn gerne zurück.“

„Ich hole ihn dir.“ Soweit Zoltan wusste, steckte er immer noch in dem Baumstamm, an den er die Nachricht geheftet hatte.

Howard griff nach einem Donut. „Ich glaube, diese Kriegerinnen werden uns gute Verbündete gegen Master Han sein.“

Zoltan nickte. „Ich treffe mich weiterhin mit Neona, um ihr Vertrauen zu gewinnen. Und ich werde die Frauen davon überzeugen, dass wir auf ihrer Seite sind. Sie sind so in der Unterzahl, dass sie unsere Hilfe dabei brauchen werden, Lord Liao und Master Han zu besiegen.“

„Klingt gut.“ Howard biss in seinen Donut. „Und Russell muss mehr Informationen herausfinden. Wir müssen wissen, was Han und Liao von diesen Frauen wollen.“

„Wird gemacht“, erwiderte Russell.

„Nimm ein Satelliten-Telefon mit, damit wir dich erreichen können“, fügte Howard hinzu.

Russell schnaubte. „Nein danke.“ Er verschwand.

„Verdammt noch mal“, murmelte Howard und stopfte sich den Rest von seinem Donut in den Mund.

Zoltan schob seinen Stuhl zurück und stand auf. „Ich mache mich auch auf den Weg.“

Howard sprang auf. „Wohin?“

„Nach oben in die Bibliothek. Brauche ich deine Erlaubnis?“

„Nein. Aber ich will mit dir über die Führungen reden. Sie sind ein riesiges Sicherheitsrisiko, ich frage mich also, warum du sie überhaupt gestattest. Soweit ich sagen kann, brauchst du das Geld jedenfalls nicht.“

„Brauche ich auch nicht", sagte Zoltan und brachte die leeren Gläser zur Spüle. „Aber die Dorfbewohner brauchen es. Das Restaurant, das Hotel und die Geschäfte laufen wegen der Touristen. Und die Frauen, die die Führung machen, bekommen einen guten Lohn. Der Busfahrer verdient den Lebensunterhalt für seine ganze Familie. Die Frauen, die die Schals und den Schmuck herstellen, der in den Läden ..."

„Okay, verstanden." Howard hob ergeben seine Hände. „Und du vertraust all diesen Leuten damit, dich zu beschützen?"

Zoltan warf die leere Blissky-Flasche in den Recycling-Container. „Es funktioniert seit Jahrhunderten. Ich beschütze sie, und sie erweisen mir den gleichen Gefallen."

„Es braucht nur einen unzufriedenen Dorfbewohner, der deine Geschichte für eine schöne Summe an die Medien verkauft."

„Und die anderen Dorfbewohner würden den Medien berichten, dass er verrückt ist." Zoltan seufzte. „Hör zu. Es wird immer Legenden über Vampire geben, besonders in diesem Teil der Welt. Wenn man versuchen würde, es völlig zu vertuschen, sieht es nur verdächtig aus. Es ist besser, einfach mitzuspielen, wie ein Scherz, an den keiner richtig glaubt."

„Kann schon sein." Stirnrunzelnd schloss Howard die Schachtel mit den Donuts. „Aber es ist immer noch mein Job, dich zu beschützen. Wie sieht es mit deinen Sicherheitsvorkehrungen in Budapest aus? Hast du dort Leibwächter?"

„Ich habe einen Butler und eine Haushälterin, die beide im Haus leben. Sie sind verheiratet und die Einzigen, die wissen, wo die geheime Tür zu meinem Schlafzimmer versteckt ist. Ich verschließe und verriegele die Tür von innen, es kann also niemand hereinkommen, wenn ich mich nicht vorher hineinteleportiere und aufschließe."

„Ein anderer Vampir könnte sich hineinteleportieren."

Zoltan schnaubte. „Dazu müssten sie erst wissen, wo das

Zimmer ist. Und tagsüber werden sie sich nicht teleportieren, weil sie ebenso tot sind wie ich. Vertrau mir, Howard. Mein Sicherheitssystem ist nicht hochmodern, aber es funktioniert."

„Das werde ich persönlich überprüfen müssen."

Zoltan winkte ab. „Nicht heute Nacht. Kümmere dich um deine arme vernachlässigte Frau."

„Sie wird nicht vernachlässigt!"

„Gute Nacht, Howard." Zoltan ging mit großen Schritten die Treppe hinauf in die Bibliothek neben der großen Halle. Er läutete, um seinen Steward, Milans Großvater, wissen zu lassen, dass er wieder in der Burg war. Dann ging er im Raum auf und ab, um über alles nachzudenken, was Neona ihm erzählt hatte.

Ihre Mutter, die Königin, konnte mit Vögeln kommunizieren. Auch Neonas verstorbene Schwester war dazu in der Lage gewesen, und eine weitere Frau, Winifred, konnte es ebenfalls. Es schien ein zu großer Zufall zu sein, dass seine eigene Mutter die gleiche Gabe besessen hatte wie diese drei anderen Frauen in Beyul-La. Seine Mutter war aus dem Osten gekommen, deswegen vermutete er, dass sie in Beyul-La gelebt hatte. Wenn dem so war, wie war es seinem Vater gelungen, sie zu finden? Wie hatte er sie davon überzeugt, nach Transsilvanien zu kommen?

Und dann wollte Neona, dass Lord Liao mit ihrem Pfeil umgebracht wurde. Gab es bei den Frauen eine lange Tradition darin, an jenen Rache zu nehmen, die eine von ihnen getötet hatten? Laut den wenigen Überlebenden von 1241 hatte eine Gruppe aus wilden Kriegern und Monstern seinen Vater und die meisten Dorfbewohner umgebracht, ehe sie die Gebäude in Brand gesteckt hatten. Waren diese Krieger die Frauen von Beyul-La gewesen? Waren sie die Monster, oder hatten sie noch etwas anderes mitgebracht? Wie waren sie eine so lange Strecke gereist? Wie waren sie hinterher verschwunden, ohne eine Spur zu hinterlassen, bis auf den Pfeil, der seinem Vater in der Brust gesteckt hatte?

„Mylord." Domokos klopfte an der Tür.

„Komm." Zoltan hatte jahrelang versucht, Milans Großvater dazu zu überreden, ihn nicht so förmlich anzureden. Aber für Domokos blieb Zoltan ein Graf in einer langen Reihe von Grafen, also hatten alle Angestellten ihm den Respekt zu erweisen, den er verdiente.

Domokos kam mit einem Tablett herein, auf dem eine angewärmte Flasche Blut und ein Glas standen, und stellte es auf einem Tisch vor dem Kamin ab. „Möchtet Ihr ein Feuer, Mylord?"

„Nein. Mir geht es gut, danke."

Domokos öffnete die Flasche und schenkte ein, bis das Weinglas halb voll war. Als seine Hand anfing zu zittern, eilte Zoltan ihm zu Hilfe.

„Wenn Ihr gestattet, Mylord." Domokos stellte die Flasche hin und sah Zoltan mit tränenfeuchten Augen an. „Darf ich sagen, wie sehr uns Milans Beförderung ehrt. Sein Erfolg wäre nicht möglich, hättet Ihr nicht für seine Ausbildung bezahlt und ihn unter Eure Fittiche genommen. Er wird sein Bestes tun, um Euch stolz zu machen."

„Da bin ich mir sicher. Danke, Domokos. Das wäre dann alles für heute."

„Ja, Mylord." Domokos verbeugte sich und humpelte zur Tür.

Wann hatte er angefangen, so zu gehen? Und wann war sein Haar silbern geworden? „Domokos."

„Ja, Mylord?"

Zoltan zögerte. Wie lange war Domokos jetzt sein Steward? Dreißig oder vierzig Jahre? „Achtest du auf deine Gesundheit? Du kannst dich zur Ruhe setzen, wann immer du willst, bei vollem Gehalt. Lass es mich einfach wissen."

Er lächelte. „Das weiß ich, Graf. Es gibt hier genug Angestellte, sodass ich nicht viel mehr machen muss, als sie zu beaufsichtigen. Ich übernehme diese eine Aufgabe am Abend, weil es mir ein Vergnügen ist, Euch persönlich zu bedienen."

Selbst nach achthundert Jahren konnte es Zoltan noch überraschen, wie treu ergeben ihm die Sterblichen waren, mit denen er sich umgab. Sicher, er kümmerte sich so gut um sie, wie er konnte, aber sie schienen ihm ein größerer Segen, als er verdient hatte. „Ich bin es, der dir Dankbarkeit schuldet, Domokos. Du kümmerst dich seit … Jahren um mich."

Domokos' Augen funkelten amüsiert. „Seit sechzig Jahren, Mylord."

Zoltan blinzelte. „So lange?"

Domokos lächelte. „Ja, Mylord. Gute Nacht."

„Gute Nacht, Domokos." Zoltan sah ihm nach, bis er die Tür hinter sich geschlossen hatte. Sechzig Jahre? Wie war die Zeit so schnell vergangen? Die fünf Jahre, die er mit Milan zusammengearbeitet hatte, fühlten sich wie fünf Monate an. Anscheinend war er zu einem solchen Workaholic geworden, dass die Jahre unbemerkt an ihm vorbeirauschten.

Irgendetwas in seiner Erinnerung nagte an ihm. Die sechs Frauen von Beyul-La. Er hatte sie aus der Ferne gesehen, als sie um das Feuer herumgesessen und zu Abend gegessen hatten. Sie hatten alle jung gewirkt, vielleicht Mitte zwanzig, aber das konnte nicht stimmen. Eine von ihnen war die Königin und Neonas Mutter.

Er ging an seinen Schreibtisch und schaltete den Computer ein. Er brauchte mehr Informationen. Etwas Konkretes, das er nachforschen konnte. Vielleicht Frederic?

Er setzte sich hin und gab Frederic Chesterton in die Suchmaschine ein. Überrascht fand er mehrere Artikel. Frederic Chesterton war Teil einer missglückten britischen Expedition ins Himalaya-Gebirge gewesen. Sie hatten einen nördlichen Zugang zum Mount Everest vermessen wollen, aber das ganze Team war bei einem plötzlichen Schneesturm in Tibet verschollen. 1922.

Zoltan starrte entgeistert auf den Bildschirm. Das konnte nicht stimmen. Er las weiter. 1933 hatte es eine überraschende

Entwicklung gegeben, als ein Mann, der sich Frederic Chesterton nannte, mit einem sechs Jahre alten Jungen in England auftauchte. Seine verbliebene Familie nahm ihn wieder auf und schwor, dass er wirklich Frederic Chesterton war. Er war um elf Jahre gealtert, hatte aber keine Erinnerung an diese Zeit. Als man versuchte, ihn für die Zeitung zu interviewen, hatte er angegeben, an Amnesie zu leiden und konnte niemandem sagen, wo er gewesen war oder wer seinen Sohn geboren hatte.

Zoltan musste schlucken. Laut Neona hatte Frederic mit Calliope zwei Töchter gehabt. Aber wenn die Mädchen in den 1920ern geboren worden waren, wären sie jetzt alte Frauen. Und alle Frauen in Beyul-La sahen jung aus.

Ein Schauer lief ihm über den Rücken. Basierte der Mythos von Shangri-La auf der Wahrheit? War Beyul-La das Tal, in dem niemand alterte?

Er erinnerte sich daran, was Neona über ihre Schwester gesagt hatte. Der Satz war ihm damals komisch vorgekommen, aber er hatte angenommen, dass es die Trauer war, die ihre Worte färbte. Jetzt fragte er sich, ob die Trauer sie vielleicht zur Ehrlichkeit getrieben hatte.

Du verstehst nicht, wie lange wir zusammen waren und wie lange wir getrennt sein werden. Sah Neona sich einer Ewigkeit ohne ihre Zwillingsschwester gegenüber? Saß sie deswegen nachts weinend neben dem Grab ihrer Schwester? Und wie lange waren sie vor dem Tod ihrer Schwester zusammen gewesen?

Eine Erinnerung an seine erste Begegnung mit Neona blitzte in seinen Gedanken auf. Sie hatte eine Rüstung getragen, in der sie wie ein Krieger aus dem alten Griechenland aussah, der die Trojaner besiegte.

„Lieber Gott“, flüsterte er. Wie alt war Neona?

9. Kapitel

Nach Sonnenuntergang am nächsten Abend beeilte Zoltan sich mit dem Duschen und Anziehen.

Er wollte Neona unbedingt wiedersehen, war aber nervös bei der Vorstellung, sie nach ihrem Alter zu fragen. Normalerweise wäre das schon eine unhöfliche Frage, aber in diesem Fall wäre sie vielleicht Grund zum Mord.

Bei ihrer ersten Begegnung hatte sie versucht, ihn umzubringen, und sie hatte mehrmals erwähnt, dass Männer bei ihnen nicht gestattet waren. Er nahm also an, dass die Frauen ein Geheimnis hüteten, das sie niemandem sonst anvertrauen konnten. Ewiges Leben wäre so ein Geheimnis.

War es das, wonach Master Han und Lord Liao suchten? Als Vampir stand ihnen schon die Möglichkeit des ewigen Lebens offen, aber vielleicht glaubten sie, das Geheimnis der Frauen würde ihnen auch erlauben, tagsüber zu leben. Damit hätten sie einen riesigen Vorteil gegenüber den guten Vampiren, die tagsüber tot und verletzlich waren. Wenn Master Han dieses Geheimnis besaß, konnte er über die ganze Vampirwelt herrschen.

Es würde ihm auch eine unfassbare Macht über die Sterblichen geben, da er entscheiden konnte, wem das Geschenk ewigen Lebens zuteilwurde und wem nicht. Er wäre unter den Sterblichen ein Gott.

Zoltan ging in die Küche, um schnell etwas zu essen, und fand dort am Tisch sitzend Howard, der eine Schachtel mit Donuts leerte.

„Du gehst wieder zu deinem Mädchen, richtig?“ Howard schob ein Satelliten-Telefon und ein Messer über den Tisch. „Neona war ihr Name?“

„Ja." Zoltan steckte sich das Telefon in die Tasche, ignorierte das Messer aber. Wie sollte er ihr Vertrauen gewinnen, wenn er mit einer Waffe ankam?

„Ich habe Angus einen Bericht per E-Mail geschickt. Er stimmt uns zu."

Zoltan trank sein Glas mit Blut aus. „Wo ist Angus jetzt?"

„Noch mit Emma in London."

Zoltan ging an den Kühlschrank, während er nachdachte. „Kannst du Angus bitten, etwas für mich zu überprüfen?"

„Sicher. Was denn?"

„Ich möchte wissen, was aus einem Mann namens Frederic Chesterton geworden ist. Er ist wahrscheinlich schon tot, aber sein Sohn könnte noch am Leben sein und sich an etwas erinnern."

„An was erinnern?", fragte Howard.

„An die ersten sechs Jahre seines Lebens."

Howard runzelte die Stirn. „Gehört diesem Frederic die Hütte, von der Russell erzählt hat?"

„Er hat elf Jahre lang dort gelebt." Zoltan steckte sich einen Plastikbeutel voller Blut in eine Jackentasche und schloss den Reißverschluss. „Ich sollte jetzt los."

Ehe Howard noch etwas einwenden konnte, hatte Zoltan sich schon auf die Lichtung teleportiert, wo er Neona zum ersten Mal begegnet war. Sie war ihm fast vier Stunden voraus, es würde also bald Mitternacht sein. Er schwebte zum Ast hinauf, um den Pfeil für Russell zurückzuholen, und eilte dann den Berg hinab zu Frederics Hütte im Tal.

Es war ein idyllischer Ort. Grüne Wiesen, bewaldete Hügel, ein gurgelnder Bergbach und der Wasserfall, der sich aus Beyul-La ergoss. Er verstand, warum Frederic Chesterton elf Jahre lang geblieben war. Besonders, wenn er eine der Frauen geliebt hatte.

Als Zoltan sich der Hütte näherte, konnte er seine Nervosität kaum noch verbergen. Noch nie hatte eine Frau ihn so sehr fasziniert, wie Neona es tat. Sie war eine verlockende Mischung – stark, aber unschuldig, wild und doch zärtlich. Wunderschön, aber ohne sich dessen im Geringsten bewusst zu sein. Er war noch nie jemandem begegnet, der so viel Liebe nötig hatte wie sie. Sie war eine einsame Seele, so wie er, und er vermutete, dass sie zudem ebenfalls eine alte Seele war.

Irgendwie waren ihre Pfade miteinander verschlungen. Das hatte er von Anfang an gespürt. Sie hatte die Antworten auf die Geheimnisse in seiner Vergangenheit. Und er wurde sich immer sicherer, dass sie seine Zukunft war. Er musste sie nur noch davon überzeugen.

Er würde sie in seinen Armen halten und mit seinen Küssen umwerben. Er würde ihr Vertrauen gewinnen. Und ihre Liebe. Bei der Vorstellung fing sein Herz vor Vorfreude an, wie wild zu pochen.

Er betrat die Hütte. „Neona?"

Die Enttäuschung wog schwer auf ihm. Die Hütte war leer.

Wartete er auf sie?

Neona sah zum Mond hinauf, der drei Viertel voll am klaren Sternenhimmel leuchtete. Zoltan hatte gesagt, er würde sie um Mitternacht treffen, aber sie konnte nicht wissen, wann genau das war. Ihr Kontakt zur Außenwelt war so beschränkt, dass sie die Zeit noch nie hatte messen müssen.

Sie hatte schon einmal eine Uhr gesehen. Frederic hatte eine Taschenuhr besessen, die er Calliope gegeben hatte, ehe er gegangen war. Freddie war jetzt ihre stolze Besitzerin, auch wenn sie schon vor Jahren kaputtgegangen war.

Neona ging zu dem grasbewachsenen Hügel, wo sie Calliope begraben hatten. Das Mondlicht ließ das Gras silbrig glänzen. Eine Brise wehte vom Berg hinab und raschelte in den Bäumen, die ein Stück den Abhang hinauf wuchsen.

„Ich vermisse dich", flüsterte Neona der anderen Heilerin zu.

Calliope war vor sechs Jahren gestorben, zu Beginn des neuen Zyklus. Ihr Tod hatte ihre drei Töchter schwer getroffen. Die älteste Tochter, Farah, Tochter eines Persers, der lange vor Frederic gekommen war, lag jetzt neben Calliope begraben. Farah war vor zwei Wochen in der Schlacht ums Leben gekommen, in der fünf Frauen von Beyul-La den Tod gefunden hatten. Nur Winifred und Freya waren aus Calliopes Linie noch übrig.

Neona blieb vor Farahs Grab stehen und verbeugte sich, um ihr Respekt zu erweisen, ehe sie weiter zu dem Hügel ging, unter dem ihre Schwester begraben lag.

„Minerva." Sie setzte sich neben den Hügel. „Ich hatte letzte Nacht wieder diesen Traum." Es schien ihr, als hätte die Erinnerung mit der Zeit verblassen müssen, aber sie sah den verletzten Jungen immer noch so deutlich vor sich. Er war die ganze Zeit, in der sie ihn behandelt hatte, bewusstlos geblieben. Er hatte einige schwere Schläge auf den Kopf abbekommen, Fleischwunden an den Schultern und eine schwere Verbrennung den ganzen Rücken hinab. „Warum träume ich immer wieder von ihm? Und von diesem schrecklichen Tag?"

Keine Antwort.

Neona seufzte. „Das muss eine Erinnerung daran sein, was passiert, wenn eine von uns ihre heilige Pflicht versäumt und einem Mann folgt."

Sie sah zu den Sternen hinauf. So sehr sie wollte, dass Zoltan anders war, sie konnte es sich nicht erlauben, ihm zu vertrauen. Wenn sie ihn weiterhin traf, riskierte sie es, die Geheimnisse von Beyul-La offenzulegen. Sie könnte alles zerstören, wenn sie nicht aufpasste.

„Ich weiß, dass ich nicht zu ihm gehen darf." Aber was, wenn Zoltan auf sie wartete?

Sie stellte sich vor, wie er in Frederics Hütte auf- und abging. Würde er wütend werden, wie er es letzte Nacht geworden war? Würde er sich hintergangen fühlen, wenn sie nicht kam?

Der Gedanke belastete sie schwer. Sie wollte ihm nicht wehtun. Von Natur aus war sie eine Heilerin. Sie nahm den Schmerz; sie verursachte ihn nicht. Aber weil sie eine der Hüterinnen dieses Tales und seiner Geheimnisse war, war sie auch dazu ausgebildet, eine wilde Kriegerin zu sein. Sie konnte gnadenlos sein, wenn es um ihr eigenes Leben ging.

Jetzt war es ihr Herz, um das es ging, sie musste also gnadenlos sein, was Zoltan betraf. Und sie musste ehrlich zu sich selbst sein. Sie fühlte sich hoffnungslos zu diesem Mann hingezogen. Es wäre viel zu einfach, sich in ihn zu verlieben.

„Warum fühle ich mich so von ihm angezogen? Ich weiß kaum etwas über ihn. Wo kommt er her? Warum will er so viel über mich wissen?“ Im Kopf hakte sie ab, was sie tatsächlich über ihn wusste. Gut aussehend, mutig, schnell, stark, intelligent, ehrbar, charmant, lieb.

Sie zuckte zusammen. Wie sollte man sich in so einen Mann nicht verlieben? Er hatte versucht, ihr das Leben zu retten, als er Zhan für eine Bedrohung gehalten hatte. Edel und beschützend fügte sie ihrer Liste noch hinzu. Dann lächelte sie bei der Erinnerung daran, wie beleidigt er gewesen war, als sie ihm gesagt hatte, dass Männer nicht notwendig wären. Er hatte etwas Verletzliches an sich, trotz seiner Stärke. Er schien Liebe genauso sehr zu brauchen wie sie.

„Habe ich dir schon erzählt, dass er mich wieder geküsst hat?“, flüsterte Neona, schloss dann die Augen und ließ sich von der Erinnerung an den Kuss von letzter Nacht überfluten. Er war so lieb gewesen, so zärtlich und auch unglaublich aufregend, weil sie unter der Fassade eine wilde Leidenschaft gespürt hatte, die bereit war, in Flammen auszubrechen und sie zu verschlingen. Er hatte sie fest an sich gezogen, und sie hatte seine harte Männlichkeit gespürt, groß und prall in seiner zu eng gewordenen Hose.

Wenn sie heute Nacht wieder zu ihm ging, würde sie vielleicht mit ihm im Bett landen. Haut an Haut. In seinen Armen.

Die Beine verschlungen. Die Bilder, die ihr durch den Kopf rasten, jagten einen angenehmen Schauer durch ihren Körper und weckten in ihr die Sehnsucht, ihrem Verlangen nachzugeben.

Aber es war zu gefährlich. Tief in ihrem Innersten wusste sie, bei Zoltan zu liegen würde sie unwiederbringlich verändern. Er würde nicht nur ihren Körper nehmen, sondern auch ihr Herz.

Das konnte sie nicht zulassen. Um ihrer beider willen. Wie konnte sie mit sich selbst leben, wenn sie seine Zuneigung zuließ und er deswegen umgebracht wurde? Jedes Mal, wenn er in ihr Gebiet eindrang, brachte er sein Leben in Gefahr.

„Ich darf nicht zu ihm." Sie zog die Knie an und legte die Arme darum. Es war die richtige Entscheidung. Die weise Entscheidung. Warum war ihr dann danach, vor Frustration zu schreien?

Hinter ihr zerbrach ein Zweig, und sie zog sofort ihr Messer aus der Hülle an ihrer Wade und wirbelte herum.

Es war nur Zhan, der aus dem Wald kam.

„Ach, du bist es." Sie steckte das Messer wieder ein. „Ich habe mich schon gefragt, wo du geblieben bist."

Der Schneeleopard kam näher, trat aus den Schatten heraus ins Mondlicht.

Sie setzte sich auf, als sie bemerkte, dass Zhan einen Pfeil in seinem Maul trug. Es sah aus wie der Pfeil, mit dem Zoltan die Nachricht am Baumstamm befestigt hatte.

Sie kniff die Augen zusammen, als sie das gefaltete Stück Papier entdeckte, das an der Pfeilspitze steckte. „Kommst du gerade von Zoltan?"

Zhan legte ihr den Pfeil vor die Füße, und sie gab einen empörten Laut von sich. „Du alter Schlingel. Auf wessen Seite bist du überhaupt?"

Zhan setzte sich hin und legte sich den Schwanz um die Vorderpfoten, während er sie eingehend anstarrte.

Sie schob den Pfeil mit ihrem Lederslipper zur Seite. „Ich will das nicht. Und ich kann nicht fassen, dass du zu ihm gegangen bist."

Zhan starrte sie einfach weiter an.

Ihr Blick wanderte zu dem Zettel. Dieser verfluchte Mann. Er wusste, dass ihre Neugierde sie überwältigen würde.

„Schon gut. Ich lese ihn ja." Sie nahm die Nachricht vom Pfeil. „Aber das bedeutet nicht, dass ich auch zu ihm gehe. Ich habe mich bereits entschieden. Er kann die ganze Nacht betteln, das wird mich nicht im Geringsten beeinflussen."

Zhan blinzelte langsam.

„Verräter", murmelte sie und faltete den Zettel auf.

Neona,

ich habe dieses Tal und die Hütte besetzt. Das Gebiet gehört jetzt mir.

„Was?" Sie las die ersten beiden Sätze noch einmal, um sicher zu sein, dass sie es sich nicht eingebildet hatte. „Er kann unser Gebiet nicht übernehmen!"

Frauen sind hier nicht gestattet. Wenn du versuchst, in mein Gebiet einzudringen, greife ich an. Mein Rat lautet, halte dich fern.

Zoltan

Neona keuchte erbost auf. Dieser Mann hatte vielleicht Nerven! „Er rät *mir*, mich fernzuhalten? Von meinem eigenen Land!"

Sie sprang auf und zerknüllte die Nachricht in ihrer Hand. „Wie kann er es wagen! Ich werde ihm zeigen …" Ihr kam plötzlich ein Gedanke, der sie innehalten ließ, woraufhin sie

Zhan fassungslos ansah. „Das macht er mit Absicht, oder? Er weiß, dass er mich damit zu sich lockt.“

Sie stopfte den Zettel in den Beutel, der von der Schärpe hing, die sie sich um die Hüfte gebunden hatte. „Dieser Dummkopf. Glaubt er, er kann mich manipulieren? Dieses lächerliche Spielchen bringt ihn noch um! Wenn die anderen Frauen ihn im Nachbartal erwischen, richten sie ihn auf der Stelle hin.“

Den Pfeil liegenlassend ging sie mit festen Schritten auf den Abhang zu, wo die Strickleiter lag. Wenn man sich vorstellte, dass sie noch vor Sekunden seine Vorzüge aufgezählt hatte. Ha! Sie würde der Liste noch stur, manipulativ und heimtückisch hinzufügen.

„Ich werde nicht auf diesen lächerlichen Trick von ihm hereinfallen. Ich werde ihn zwingen zu verschwinden, und wenn ich ihn fesseln und ihn wie lästiges Gepäck ins nächste Dorf schleifen muss.“

Sie ließ die Leiter an der Felswand hinab.

Zhan kletterte den steinernen Abhang hinunter und machte sich dann auf den Weg zur Hütte.

Als sie anfing, die Leiter hinabzuklettern, klopfte ihr das Herz so heftig, dass es ihr in den Ohren donnerte. Das ist nur die Wut, redete sie sich ein. Sie war nicht aufgeregt, weil sie ihn wiedersehen würde. Die Enge in ihrer Brust war Ärger, keine Sehnsucht.

Als die Hütte sichtbar wurde, blieb sie abrupt stehen, als sie entdeckte, dass Rauch aus dem Kamin kam. Er hatte sich häuslich eingerichtet. Als würde er dorthin gehören. Mit ihr.

Tränen ließen ihr die Sicht verschwimmen, die sie schnell fortblinzelte. Sie durfte ihn nicht wissen lassen, wie sehr er sie in Versuchung führte. Wenn er das wüsste, würde er nie wieder gehen. Und er musste gehen, ehe man ihn gefangen nahm und umbrachte.

Hast du das Essen? fragte der junge Schneeleopard sofort, als er in die Hütte gerannt kam.

Ja. Zoltan stellte den Plastikbehälter auf den Boden.

Riecht gut. Die Katze fing an zu essen. *Mmmm.*

Kommt sie? fragte Zoltan und spähte dabei durch die offene Tür. Die Katze machte ein Geräusch, das er als Bestätigung übersetzte.

Nachdem er in der leeren Hütte eine halbe Stunde auf- und abgegangen war, gestand Zoltan sich endlich ein, dass Neona nicht kommen würde. Glücklicherweise hatte er gehört, wie ihr Haustier sich in der Nähe herumtrieb, also hatte er mit ihm eine Abmachung getroffen. Die Katze brachte Neona eine Nachricht von ihm, und sie bekam dafür eine köstliche Mahlzeit. Als Zhan mit dem Pfeil und der Nachricht davongetrottet war, hatte Zoltan sich nach Hause teleportiert und aus der Speisekammer ein paar Dosen Thunfisch geplündert. Er hatte den Thunfisch in einen Plastikbehälter geschaufelt und sich wieder zurückteleportiert.

Wut mischte sich mit Sorge, während er auf Neona wartete. Ein Teil von ihm hatte Angst, sie zu verlieren. Ein weiterer Teil war wütend, weil sie sich weigerte, sich mit ihm zu treffen. War es so verdammt einfach, ihn zurückzuweisen?

Er entdeckte sie im Mondlicht, wie sie schnell den Bach entlangkam, jeder Schritt voller Entschlossenheit.

Er trat vor die Tür und sah auf seine Uhr. „Du bist siebenundvierzig Minuten zu spät."

Sie blieb ein Stück entfernt von ihm stehen und sah ihn misstrauisch an. „Ich kann die Zeit nicht so genau bestimmen."

Natürlich. Das hätte ihm klar sein müssen. „Morgen bringe ich dir eine Uhr mit."

„Ich habe nicht vor, dich morgen wiederzusehen. Ich wollte dich schon heute nicht sehen. Ich bin nur wegen dieser dummen Nachricht hier …"

„Morgen bringe ich dir eine Uhr mit", wiederholte er. „Gibt es sonst etwas, das du dir wünschst? Ein paar Bücher vielleicht?"

Schmerz flackerte in ihrem Gesicht auf, ehe ihre Miene verschlossen wurde, aber es reichte aus, um ihm zu bestätigen, dass er gut geraten hatte, wonach sie sich heimlich sehnte.

Sie schüttelte den Kopf. „Ich kann keine Geschenke von dir annehmen. Wie würde ich das den anderen Frauen erklären?"

„Erkläre es ihnen nicht. Versteck sie unter deinem Bett. Du bist doch gut darin, Geheimnisse zu wahren, oder nicht?"

Sie kniff die Augen zusammen. „Das bist du auch. Ich habe keine Ahnung, woher du kommst." Sie ging auf ihn zu. „Du stammst nicht aus China oder Tibet ..."

„Komm nicht näher." Er hob eine Hand, um sie aufzuhalten. „Das ist jetzt meine Hütte, und Frauen sind hier nicht erlaubt."

„Das ist doch lächerlich! *Männer* sind hier nicht gestattet, und dazu gehörst auch du. Meinst du wirklich, du kannst unsere Hütte stehlen, indem du einfach behauptest, sie gehöre dir?"

„Habt ihr es nicht genauso gemacht? Könnt ihr beweisen, dass euch das Land gehört? Dass ihr schon lange hier lebt, macht es nicht zu eurem Eigentum. Habt ihr eine Besitzurkunde?"

Ein entsetzter Ausdruck legte sich über ihr Gesicht. Er notierte sich in Gedanken, zu überprüfen, wem das Land vor dem Gesetz gehörte. Wenn die Frauen es nicht besaßen, würde er dafür sorgen, dass sie es taten. Das wäre ein guter Weg, ihr Vertrauen zu erlangen.

Sie reckte ihr Kinn. „Ich bin nicht hergekommen, um mit dir zu streiten. Ich möchte, dass du gehst. Sofort."

Er lehnte sich gegen den Türrahmen und verschränkte die Arme. „Nein."

Sie gab ein frustriertes Geräusch von sich. „Wenn eine der anderen Frauen dich sieht, wird sie nicht zögern, dich zu töten. Du musst noch heute Nacht gehen und nie zurückkommen."

„Versuchst du, mich zu beschützen?" Er richtete sich auf. „Weist du mich deshalb zurück?"

„Ich weise dich zurück, weil du unerträglich bist!" Sie beugte sich vor, um das Messer zu ziehen, das sie an ihrer Wade trug, und richtete es auf ihn. „Jetzt geh."

„Zwing mich doch."

Sie starrte ihn wütend an. „Na schön." Sie warf das Messer, das durch die Luft wirbelte, ehe es sich mit einem dumpfen Aufprall in den Türrahmen neben ihm grub. „Nimm das als Warnung. Das nächste Mal treffe ich deine Brust."

Er sah das Messer an. Sie hatte seine Schulter um weniger als eine Fußlänge verfehlt. Nach einer Schrecksekunde hatte er gemerkt, dass ihre Flugbahn nicht gerade verlief, also war er stehen geblieben.

„Da siehst du es! Jetzt verstehst du, warum ich hier keine Frauen zulassen kann. Eine kleine Meinungsverschiedenheit, und schon werdet ihr gewalttätig. Offensichtlich kann man Frauen nicht vertrauen."

Sie schnaufte. „Männer sind es, denen man nicht vertrauen kann."

„Frederic habt ihr elf Jahre lang hier leben lassen. Ich versuche, nur eine lausige Nacht zu bleiben, und schon wirfst du mit Messern nach mir?"

„Ich versuche, dir das Leben zu retten, du Dummkopf!"

„Jetzt beschimpfst du mich noch." Zoltan seufzte tief. „Armer Frederic. Habt ihr ihn auch so misshandelt?"

Sie biss die Zähne zusammen. „Männern kann man nicht vertrauen. Wir dachten, Frederic wäre anders, doch selbst er hat uns am Ende hintergangen."

„Er hat euch nicht hintergangen."

„Doch, hat er! Er hat Calliope das Herz gebrochen, als er gegangen ist."

„Er hat euch nie hintergangen. Er hat allen gesagt, dass er sich nicht daran erinnert, wo er gewesen ist oder wer ihm seinen Sohn geboren hat."

Neona riss die Augen auf. „Woher weißt du von seinem Sohn?"

„Deswegen ist er doch gegangen, nicht? Er wollte nicht, dass sein Sohn gezwungen ist, hier als Gefangener eurer verfluchten Geheimnisse zu leben."

„Wi-wir sind keine Gefangenen", flüsterte sie und schüttelte sich dann sichtbar. „Woher weißt du das alles? Kennst du Frederic?"

„Ich habe es aus dem Internet."

Sie runzelte die Stirn. „Was ist das?"

„Information. Was ich wirklich interessant fand ist, dass Frederic 1933 zurückgekehrt ist. Vor ungefähr achtzig Jahren. Und doch behauptest du, er hätte dir Englisch beigebracht."

Neona erstarrte und wurde bleich.

„Wie macht ihr es? Ist es eine besondere Pflanze, die nur bei euch im Tal wächst? Ist es in eurem Essen? Eurem Wasser?"

„Hör auf!" Sie rannte zu ihm und legte ihm die Hand auf den Mund. „Sag so etwas nicht. Bitte." Tränen glänzten in ihren Augen.

Er nahm ihre Hand in seine. „Neona."

Eine Träne lief ihr das Gesicht hinab. „Sprich das Geheimnis nicht aus. Wenn du es tust, bin ich aus Ehre verpflichtet, dich zu ..."

„Zu was?" Er sah ihr suchend in die Augen. „Glaubst du wirklich, du könntest mich umbringen?"

Sie zog ihre Hand aus seiner und riss das Messer aus dem Türrahmen. „Treib mich nicht zum Äußersten. Du weißt schon zu viel." Sie richtete das Messer auf seine Brust. „Geh. Jetzt. *Bitte."*

Verdammt, sie hatte die Spitze doch tatsächlich direkt auf sein Herz gerichtet! Er spannte sich an, bereit, sie in Vampirgeschwindigkeit zu packen. „Nein."

Sie drückte genug zu, um ihm ein Loch in seine Jacke zu schneiden, aber nicht so sehr, dass er blutete. „Geh."

„Nein."

Noch eine Träne lief ihr die Wange hinab. „Ich will dich hier nicht."

„Lügnerin."

Sie fuhr mit der Messerspitze sein Hemd hinab, an seinem Gürtel vorbei bis zu seinen Jeans. „Geh." Die Spitze kratzte am Metall des Reißverschlusses.

Er zuckte zusammen. „Was ist mit der Tochter, die du wolltest? Und den zehn Höhepunkten?"

„Ich habe doch gesagt, ich habe es mir anders überlegt."

„Dann ändere ich deine Meinung wieder." Als sie zu ihm hinaufsah, sah er seine Gelegenheit gekommen, nahm ihr in Windeseile das Messer ab und drehte sie um. Mit einem Arm hielt er sie um ihre Mitte herum fest, mit dem anderen umklammerte er ihre Schultern und presste ihr das Messer gegen den Hals.

Sie keuchte auf. „Wie hast du dich so schnell bewegt?"

Er legte seine Wange an ihre und flüsterte ihr ins Ohr: „Weißt du, warum ich mich weigere zu gehen?"

„Weil du ein sturer Dummkopf bist?"

„Das mag stimmen, aber solltest du so etwas wirklich sagen, während ich dir ein Messer an die Kehle halte?"

„Ich glaube nicht, dass du mir wehtun wirst."

„Ah. Vielleicht vertraust du mir also doch."

„Nein." Sie fing an zu beben, als er die Nase an ihrem Ohr vergrub.

„Der Grund, aus dem ich nicht gehe", er beschrieb eine Spur aus Küssen ihre Wange entlang, „ist, dass ich dich will. Ich will dein Partner sein und dich in alle Ewigkeit lieben."

„Das geht nicht", flüsterte sie.

„Wir machen es möglich." Er ließ das Messer mit der flachen Seite an ihrer Wickeltunika entlanggleiten und durchschnitt die Schleife, die sie an ihrer Brust zusammenhielt. „Fühlst du es nicht auch, Neona? Es war mir bestimmt, dich zu finden. Dich zu umwerben. Dich zu lieben."

Sie erschauderte. „Bitte …"

„Und es war dir bestimmt, mein zu werden." Er schob das

Messer unter ihre Schärpe und schnitt mitten hindurch. Sie keuchte, als ihre Tunika sich öffnete.

„Neona." Er warf das Messer zur Seite und ließ seine Hände in ihre Tunika gleiten, wo sie endlich auf ihre nackte Haut trafen. Ihre Rippen hoben sich mit jedem Atemzug.

Er küsste einen Pfad ihren Hals hinab. „Bleib heute Nacht bei mir. Bleib jede Nacht bei mir."

Ihr entkam ein Stöhnen. „Verstehst du nicht, warum ich will, dass du gehst?"

„Du hast Angst, dass eine deiner Freundinnen mich umbringt."

„Ja! Sie sind bereits misstrauisch geworden. Eine Eule berichtet meiner Mutter jedes Mal, wenn du unser Gebiet betrittst. Ich kann nicht zulassen, dass du dein Leben riskierst, nur um dich mit mir zu treffen."

„Ich bedeute dir etwas, oder?"

Sie schüttelte den Kopf. „Wir können nicht zusammen sein."

„Doch, können wir. Lass mich dich lieben." Er glitt mit der Hand höher, bis er ihre Brust umfasste.

Sie keuchte auf. „Wie kann ich dir vertrauen? Ich weiß so wenig über dich."

„Du weißt, dass du mich willst." Er massierte sanft ihre Brust und fuhr dann mit der Zunge die Kurve an ihrem Ohr entlang. „Lass dein Verlangen stärker sein als deine Angst."

Mit einem Aufschrei drehte sie sich zu ihm um und klammerte sich an seine Jacke. „Wenn du mir das Herz brichst, bringe ich dich eigenhändig um."

„Abgemacht." Er hob sie in seine Arme und trug sie in die Hütte.

Steh für uns Wache, befahl er der Katze und schloss die Tür mit einem Tritt, nachdem der Leopard nach draußen gerannt war.

10. Kapitel

Neona gestand sich ein, immer noch Angst zu haben, als Zoltan sich auf dem Bett neben ihr ausstreckte, aber ihr Begehren war stärker als ihre Angst.

Sie musste sich auf eine Art geliebt fühlen, die nur Zoltan ihr geben konnte. Wie er sie anfasste, als wäre sie ein seltener Schatz, wie er sie ansah, als verzehrte er sich nach ihrer Seele, wie er sie küsste, als könnten sie miteinander verschmelzen und eins werden.

Genau das tat er gerade. Er berührte sie. Er brachte ihren Bauch zum Kribbeln und ihren Puls zum Rasen. Sie schlang die Arme um ihn, wollte mehr. Mehr. Warum war sie bloß so verzweifelt? Fing sie an, sich in ihn zu verlieben? Oder war sie nur so hungrig nach Zuneigung, dass sie sich etwas vormachte?

Sie schauderte, als er anfing, an ihrem Hals zu knabbern. „Zoltan."

„Hmm?"

„Das geht alles sehr schnell. Ist das … normal?"

Er stützte sich auf einen Ellenbogen und sah sie an. Eine Sekunde wirkten seine Augen rot und glühend, und sie erstarrte. Aber nachdem er geblinzelt hatte, hatten sie wieder ihren normalen bernsteinfarbenen Ton angenommen. Das Feuer im Kamin musste sich in ihnen gespiegelt haben.

„Ich mache so langsam, wie du willst." Er strich ihr das Haar aus der Stirn. „Ich weiß, dass es schwer für dich ist, mir zu vertrauen."

„Ich bin mir nicht sicher, ob ich mir selbst trauen kann. Ich leide noch so sehr unter dem Verlust meiner Schwester, ich sehne mich vielleicht nur verzweifelt nach Liebe."

Er runzelte die Stirn. „Wenn das so wäre, könntest du ins nächste Dorf gehen und dir jeden beliebigen …"

„Nein, könnte ich nicht." Sie hatte in ihrem Leben viele Dorfbewohner gesehen, und keiner zog sie so an wie Zoltan. Sie berührte seine Wange. „Sie sind nicht du."

Er drehte den Kopf, um ihr die Handfläche zu küssen. „Wenn deine Schwester noch am Leben wäre, würdest du dann anders für mich empfinden?"

Sie fuhr ihm mit den Fingerspitzen über die Bartstoppeln. „Nein. Ich würde das Gleiche empfinden." Ihre Angst war also unbegründet. Das hätte sie schon vorher gewusst, wenn sie noch über alles mit ihrer Schwester sprechen könnte.

Von jetzt an wäre es Zoltan, dem sie ihre innersten Gedanken und Gefühle offenbarte. „Noch nie hat ein Mann auf mich so eine Wirkung gehabt wie du."

Einer seiner Mundwinkel hob sich. „Das ist gut. Denn ich bin verrückt nach dir."

„Verrückt?"

„Ich werde versuchen, es besser zu erklären." Er fuhr mit dem Finger ihre Nase hinab. „Ich denke die ganze Zeit nur an dich. Du bist die schönste, mutigste und verlockendste Frau, der ich je begegnet bin." Er fuhr ihr mit dem Finger über die Lippen. „Ich möchte die Freude zurück in dein Leben bringen. Immer, wenn ich spüre, dass es dir schlecht geht, leide ich mit dir."

Sie atmete scharf ein. Wie hatte sie ihre Gefühle für diesen Mann je infrage stellen können? „Ich will dich so sehr, dass es sich anfühlt, als müsste mein Herz zerspringen. Wie kannst du nur so perfekt sein?"

Er zuckte zusammen. „Das bin ich nicht. Es gibt Dinge an mir, die … dir nicht gefallen könnten."

„Ich weiß. Du kommst nur langsam in Stimmung." Sie vergrub ihre Finger in seinem langen weichen Haar. „Aber daran können wir arbeiten."

Die Muskeln an seinem Kiefer traten hervor.

Sie wickelte sich eine Strähne seiner Haare um den Finger. „Du bist auch unfassbar stur, aber das gefällt mir, weil du mich deswegen nicht aufgegeben hast."

„Das stimmt. Ich werde dich nicht aufgeben. Ich werde dich nicht hintergehen und dich nicht verlassen."

Gott, wie sehr wollte sie ihm vertrauen. War es wirklich so einfach? Ein Vertrauensvorschuss? Sie schlang ihm die Arme um den Hals. „Dann nimm mich, Zoltan. Liebe mich." Sie sah auf seine Hose hinab. „Wenn du so weit bist, meine ich."

Knurrend presste er sich an sie.

„Oh." Ihr stockte der Atem. Er war eindeutig bereit.

Er öffnete ihre Tunika und betrachtete ihre Brüste. Sie schauderte unter seinem heißen Blick. Wurden seine Augen wieder rot? Ehe sie genau hinsehen konnte, hatte er sich über sie gebeugt und umspielte ihre Brustspitze mit seiner Zunge.

Sie keuchte auf. „Oh! Ich wusste nicht …" Sie schrie auf, als er die Spitze in seinen Mund saugte.

„Zoltan!" Sie vergrub die Finger noch tiefer in seinem Haar.

Er saugte weiter an ihr und strich dann auf dem Weg zur anderen Brust mit den Bartstoppeln über die Haut an ihrem Brustbein.

Sie presste die Schenkel zusammen, als eine tiefe Sehnsucht zwischen ihren Beinen entbrannte. Hitze prickelte ihr durch die Adern, sodass sie sich die Kleider vom Leib reißen wollte. Sie zerrte an seiner Jacke –

Plötzlich setzte er sich auf und sah zur Tür.

Sie ging auf die Knie und zupfte an seiner Jacke. „Zieh sie aus."

„Warte." Er rannte zur Tür, als es draußen anfing, wild zu kratzen. „Sie kommen."

„Was?"

Er öffnete die Tür, und ihr Kater kam fauchend hereingerannt.

„Sie kommen!“ Er ging nach draußen, um ihre Schärpe und ihr Messer zu holen.

„Zoltan!“ Sie sprang aus dem Bett. „Du musst gehen!“

Er knallte die Tür zu, verriegelte sie und reichte ihr das Messer. Während sie es zurück in die Hülle steckte, die sie an ihr Bein gebunden hatte, knotete er rasch ihre Schärpe zusammen. „Zieh die schnell wieder an und mach die Schleife über den Knoten, damit man ihn nicht sieht.“

Sie nahm die Schärpe an sich. „Mach dir um mich keine Sorgen. Verschwinde sofort von hier.“

Er sah sich noch einmal im Inneren der Hütte um. „Ich will nicht, dass du in Schwierigkeiten gerätst.“

„Zoltan, sie bringen dich um, wenn sie dich hier finden. Klettre aus dem hinteren Fenster, sofort!“

Er nahm eines von Frederics Büchern von der Holztruhe und gab es ihr. „Erzähl ihnen, du konntest nicht schlafen und wolltest dir von hier ein Buch holen. Du hast es im Bett gelesen.“

Draußen wurden Rufe laut, gefolgt von dem Klirren von Schwertern, die aus ihren Hüllen gezogen wurden.

Neona wurde von Panik ergriffen und schob Zoltan zum hinteren Fenster.

„Mach dir um mich keine Sorgen“, flüsterte er, und hielt noch kurz inne, um den Plastikbehälter mit Essen vom Boden aufzuheben.

Jemand trommelte mit der Faust gegen die Tür.

„Neona!“, rief die Königin. „Öffne diese Tür!“

„Nur einen Augenblick.“ Neona stellte sicher, dass Zoltan am Fenster war, ehe sie den Riegel zurückschob. Sie öffnete die Tür einen Spalt. „Gibt es ein Problem?“

Königin Nima stieß die Tür auf, und Neona sprang zurück. Sie sah über die Schulter, aber Zoltan war verschwunden.

„Wer war hier?“, verlangte die Königin zu wissen, während sie den Raum umrundete, das Schwert gezogen und zum Angriff bereit.

Neona hob das Buch in ihren Händen. „Ich wollte nur …"

„Niemand draußen." Winifred blieb im Türrahmen stehen.

„Hast du bei diesem Fenster nachgesehen?" Nima deutete mit dem Schwert auf das hintere Fenster.

„Habe ich." Freya trat von außen vor das Fenster und spähte zu ihnen herein. „Ich habe hier gewartet, aber es ist niemand herausgekommen."

Nima sah ihre Tochter stirnrunzelnd an. „Was machst du hier? Warum berichtet die Eule mir immer wieder von einem Eindringling?"

Neona musste schlucken. „Ich hatte Probleme beim Einschlafen." Das stimmte immerhin. „Ich habe mein Haus so lange mit Minerva geteilt, und jetzt ist sie nicht mehr da. Deshalb bin ich hergekommen, ich dachte, ein Buch könnte vielleicht helfen."

Ihre Mutter kniff misstrauisch die Augen zusammen.

Freya sah sie mitfühlend an. „Ich bin mir sicher, es ist schwer für dich. Ich wüsste nicht, was ich machen sollte, wenn ich Freddie verlieren würde."

Winifred nickte. „Es war schon schlimm genug, unsere Mutter und Farah zu verlieren."

Königin Nima sah sich im Zimmer um und seufzte. „Wir hatten die Hütte umstellt. Uns wäre aufgefallen, wenn jemand sie verlassen hätte." Sie schüttelte den Kopf. „Ich weiß nicht, was in letzter Zeit mit dieser Eule los ist. Freddie, lösch das Feuer, und dann siehst du dich mit Freya noch kurz im Wald um."

„Ja, Euer Majestät", murmelten die beiden Frauen.

„Neona, nimm das Buch mit nach Hause. Und verlass das Tal nicht mehr mitten in der Nacht."

Neona folgte ihrer Mutter zur Tür hinaus, und Zhan trottete dabei neben ihr her. Sie sah zum Wald und fragte sich, ob Zoltan bis ins nächste Dorf rannte. Er hatte einen guten Vorsprung, sollte es also schaffen, ohne von Freddie und Freya eingeholt zu werden.

Aber sie hatten die Hütte umstellt gehabt. Sie sah sich noch einmal nach dem Haus um. Wie war Zoltan die Flucht gelungen?

Zoltan sah von einem Baumwipfel aus zu, wie Neona ihre Mutter zurück zu der Strickleiter begleitete.

Zwei der Kriegerinnen waren noch da und durchsuchten das Gelände.

Ein saurer Geschmack nach Selbsthass breitete sich in seiner Kehle aus. Er fühlte sich wie ein verdammter Feigling dabei, Neona allein mit den Nachwirkungen ihres Handelns zu lassen. Aber sie käme in noch viel größere Schwierigkeiten, wenn er geblieben wäre. Ganz zu schweigen davon, dass die Frauen aussahen, als hätten sie ihn erst aufgespießt und später Fragen gestellt. Diese Frauen nahmen ihre Regel, dass Männer im Tal nicht gestattet waren, sehr ernst. Ehe er sich ihnen zu erkennen gab, würde er beweisen müssen, dass er auf ihrer Seite war.

Er teleportierte sich direkt in die Bibliothek seiner Burg und beauftragte dann Milan damit, mehr über das Gebiet in Tibet herauszufinden, auf dem die Frauen von Beyul-La lebten.

„Wir müssen das Areal für sie absichern, dafür sorgen, dass sich niemand von außerhalb dessen bemächtigen kann", sagte er Milan, während er ihm die GPS-Daten von seinem Telefon per E-Mail schickte. „Und kauf auch so viel von dem umliegenden Gebiet, wie du kannst."

„Verstanden", antwortete Milan. „Ihnen ist klar, dass der Preis dafür in die Millionenhöhe gehen wird?"

„Ja, weiß ich. Halt mich auf dem Laufenden." Zoltan legte auf und rief Angus an. „Konntest du Frederic Chesterton ausfindig machen?"

„Aye", antwortete Angus. „Er ist hier in London während eines Bombenangriffes im Zweiten Weltkrieg ums Leben gekommen. Ich habe seinen Sohn, Franklin, aufgespürt, und er hat sich einverstanden erklärt, sich morgen mit mir zu treffen.

Ich wollte dich anrufen und fragen, welche Fragen ich ihm stellen soll.“

„Du wirst vorsichtig sein müssen. Franklin erinnert sich eventuell nicht an die ersten sechs Jahre seines Lebens. Wenn er der ist, für den ich ihn halte, war seine Mutter eine der Kriegerinnen von Beyul-La. Calliope. Sie ist vor sechs Jahren gestorben. Er hat zwei Schwestern, Freya und Winifred, die noch am Leben sind. Wenn er sich an sie erinnert, freut er sich vielleicht, von ihnen zu hören.“

„In Ordnung. Ich werde vorher etwas Gedankenkontrolle benutzen, um zu sehen, woran er sich erinnert, ehe ich weitermache.“ Angus hielt inne. „Howard hat mir alles gesagt, was er weiß. Dass diese Frauen etwas verstecken, was Master Han und Lord Liao wollen. Irgendeine Ahnung, was das sein könnte?“

Zoltan zögerte, noch nicht bereit, seinen Verdacht mitzuteilen, dass die Frauen so etwas wie den Quell der ewigen Jugend besaßen. Neonas heftige Reaktion schien es zu bestätigen. „Ich arbeite daran. Und daran, Neonas Vertrauen zu gewinnen. Ich habe mich gefragt, ob Emma vielleicht …“

Angus lachte leise. „Da dachten wir das Gleiche. Da sie Männern nicht vertrauen, sollten wir unsere eigene Kriegerin schicken. Emma ist abreisebereit.“

„Gut. Ich lasse euch wissen, wann.“ Zoltan legte auf und fing an, in der Bibliothek auf und ab zu gehen. Er zog an der Glocke, damit Domokos ihm seine späte Flasche aufgewärmtes Blut bringen konnte.

Während er im Raum umherging, fragte er sich, wie er bei den Frauen von Beyul-La einen guten ersten Eindruck machen konnte. Geschenke vielleicht? Aber was würde ihnen gefallen? Er dachte daran, was Neona ihm von den langen Wintern erzählt hatte. Sie machten ihre Kleider selbst. Sollte er ihnen einige Ballen Seide mitbringen? Stickgarn? Sie übten sich auch jeden Tag in Kampfkunst.

Natürlich! Waffen. Er hatte in seiner Waffenkammer einige neue Jagdmesser, die ihnen gefallen könnten. Und vielleicht einen Vorrat an Pfeilen? Ein paar neue Schwerter?

Was noch? Sein Blick fiel auf die Bücherregale seiner Bibliothek. Die Bücher in Frederics Hütte waren vom vielen Lesen kurz vorm Auseinanderfallen.

Er setzte sich an seinen Schreibtisch und fand im Internet einen Buchversand. Aber was sollte er kaufen? Anscheinend hatte den Frauen „Ivanhoe“ und „Die Geschichte zweier Städte“ gut gefallen, also bestellte er einige Bücher von Sir Walter Scott und Charles Dickens. Und Neona hatte gesagt, „Stolz und Vorurteil“ wäre ihr Lieblingsbuch, also bestellte er auch noch mehr von Jane Austen.

Domokos kam hereingeschlurft und stellte sein Tablett auf dem Tisch neben dem Kamin ab. „Kann ich sonst noch etwas für Euch tun, Mylord?“

„Nein, mir geht es gut. Morgen sollte ein Paket ankommen. Bücher.“

„Ja, Mylord.“ Domokos füllte das Weinglas mit synthetischem Blut.

„Kennst du Autoren, die so ähnlich sind wie Jane Austen?“

„Wie bitte?“

„Ich brauche Bücher, die so sind wie ‚Stolz und Vorurteil‘.“

„Ah.“ Domokos sah ihn neugierig an. „Interessiert Ihr Euch auf einmal für das England der Regency-Epoche?“

„Ich kaufe Geschenke“, murmelte Zoltan. „Ich muss mich mit einer Gruppe Frauen anfreunden.“

„Frauen?“

„Du hast richtig gehört.“ Zoltan warf seinem Steward einen genervten Blick zu, als der alte Mann ihm sein Weinglas brachte. „Fällt dir etwas ein?“

„Meine Frau liest gerne historische Liebesromane.“ Domokos reichte ihm das Weinglas. „Ich glaube, die sind ganz ähnlich.“

„In Ordnung. Dann besorge ich noch welche von denen." Er nahm einen tiefen Schluck.

„Besonders gern mag meine Frau Liebesromane mit Vampiren."

Zoltan schluckte so heftig, dass ihm Tränen in die Augen stiegen. „Ist das dein Ernst? So etwas schreiben die Leute? Und gelesen wird es auch?"

„Ich fürchte ja, Mylord. Sie scheinen sehr beliebt zu sein."

„Warum?" Zoltan stellte sein Glas hin. „Die halbe Zeit sind wir tot. Und bis vor Kurzem konnten wir keine Kinder zeugen."

Domokos' Mundwinkel zuckten. „Ich vermute, die Autoren konzentrieren sich auf Eure anderen Attribute, Mylord."

Zoltan starrte ihn verständnislos an.

Domokos räusperte sich. „Euer Können im Schlafzimmer, Mylord."

Er riss die Augen auf. „Woher wollen die wissen, was ich im Bett mache?"

„Tun sie nicht, Mylord. Das ist Fiktion."

„Oh. Richtig."

„Auch wenn die Helden grundsätzlich als sehr talentiert und gut bestückt dargestellt werden. Mit Fähigkeiten, die geradezu legendär sind." Domokos zuckte mit den Achseln. „Wie gesagt, Fiktion."

„Richtig, ja ..."

Domokos' Augen funkelten amüsiert. „Kann ich sonst etwas für Euch tun, Mylord?"

„Nein." Zoltan sah ihn zerknirscht an. „Du hast schon genug geholfen."

„Dann wünsche ich Euch einen guten Abend, Mylord." Domokos verbeugte sich und humpelte zur Tür.

„Fiktion", murmelte Zoltan vor sich hin, während er sich die meistverkauften Bücher in der Sparte historischer Liebesroman ansah. Er fügte seinem Einkaufswagen noch ein paar Bücher hinzu und bezahlte dann extra für deren Lieferung am nächsten Tag.

Bücher und Waffen. Was konnte er ihnen noch als Friedensgabe mitbringen? Es fühlte sich an, als hätte er etwas vergessen. Da Lord Liao auf der Suche nach ihnen war, war er versucht, sie mit Kurzstreckenraketen auszustatten.

Er trank seine Flasche Blut aus und brachte sie dann zusammen mit dem Weinglas in die Küche. Dort hinterließ er Howard eine Nachricht auf seiner Donut-Schachtel.

Heute Nachmittag Burgführung, schlafe deswegen in Budapest. Komme bei Sonnenuntergang wieder.

Du liebe Zeit, dieser blöde Bär hatte ihm schon antrainiert, sich abzumelden. Er ging in die Waffenkammer und wählte dort ein halbes Dutzend Jagdmesser und Schwerter aus, dazu eine Schachtel mit Pfeilen. Er ließ alles auf dem Tisch liegen und teleportierte sich in die Bibliothek in seinem Stadthaus. Dort ging er unruhig auf und ab und wünschte sich, er wäre noch bei Neona. *Liebe mich*, hatte sie ihn gedrängt. Würde sie immer noch so begierig sein, wenn sie erfuhr, dass er ein Vampir war?

Er schob diesen Gedanken zur Seite und konzentrierte sich stattdessen darauf, wie wundervoll sie sich in seinen Armen angefühlt hatte. Fest, muskulös, mit süßen Rundungen. Wie alt sie auch sein mochte, sie sah nicht älter aus als fünfundzwanzig.

In ihrer Rüstung hatte sie wie ein Soldat aus dem antiken Griechenland ausgesehen. Kam diese Rüstung von ihrem Vater? Wann war eine griechische Armee so weit nach Osten gekommen?

Er schaltete seinen Computer an und suchte danach. Alexander der Große war bis nach Indien gekommen, ehe seine Armee rebelliert und verlangte hatte, nach Hause zurückzukehren. War einer der Soldaten desertiert und nach Norden in die Berge geflohen? Als er das genaue Datum las, zuckte er zusammen: 326 vor Christus. Konnte Neona über zweitausend Jahre alt sein?

„Verdammt“, flüsterte er. Er war daran gewöhnt, immer der Ältere zu sein, aber dagegen wirkten seine achthundert Jahre fast mickrig.

Zweitausend Jahre, die sie in Beyul-La lebten und für den Schutz von … was genau verantwortlich waren? Die Tatsache, dass sie alt waren? Was hatte es für einen Sinn, so lange zu leben, wenn man dieses Leben in Gefangenschaft verbrachte? Es sei denn, es gab noch etwas anderes, das sie beschützten.

Was zum Beispiel? Gold und Juwelen konnten es nicht sein, so einfach, wie sie lebten, mit ihren handgemachten Kleidern und Schuhen. Er zermarterte sich das Hirn, aber ihm fiel einfach nichts ein.

Plötzlich kam ihm ein Gedanke, der ihm einen kalten Schauer über den Rücken jagte. Neona war vielleicht 1241 am Leben gewesen. Sie könnte eine der wilden Kriegerinnen gewesen sein, die den Tod seiner Mutter gerächt hatten. Sie könnte sogar den Pfeil geschossen haben, der seinen Vater getötet hatte.

„Mist.“ War er dabei, sich in die Mörderin seines Vaters zu verlieben?

11. Kapitel

Am nächsten Abend nach Sonnenuntergang erwachte Zoltan mit einem Ruck im versteckten Schlafzimmer seines Stadthauses.

Mit einem Schub frischer Energie duschte er, zog sich an und teleportierte sich in die Küche seiner Burg, um zu frühstücken. Das Gute daran, ein Vampir zu sein, dachte er, während er darauf wartete, dass seine Flasche Blut in der Mikrowelle warm wurde, war, dass er, egal wie viele Sorgen er hatte, immer schlief wie ein Toter. Wortwörtlich.

Jetzt war er wieder am Leben, und die Sorgen waren zurück. War Neona mit verantwortlich für den Mord an seinem Vater und den Tod so vieler Dorfbewohner im Jahre 1241? Wie konnte er ihr so eine Frage stellen?

Unschuldige oder Mörderin? Es kam immer wieder zu der gleichen Frage zurück. Er wollte an ihre Unschuld glauben, aber die Realität führte ihm etwas anderes vor – Neona, die ihn in jener ersten Nacht mit Pfeilen beschoss. Mit dem Schwert nach ihm schlug. Verdammt, gerade letzte Nacht hatte sie ihm das Messer an die Brust gesetzt. Aber damit hatte sie ihn überzeugen wollen zu verschwinden. Sie versuchte nicht mehr, ihn umzubringen. Sie wollte ihn beschützen.

Würde sich das ändern, wenn sie herausfand, dass er ein Vampir war?

Die Mikrowelle piepte, und während er seine Flasche herausnahm, warf er einen Blick auf die Uhr. Würde sie sich um Mitternacht wieder in der Hütte mit ihm treffen?

„Mist!“ Er knallte die Flasche auf den Tisch. *Die Uhr!* Er hatte ihr eine Uhr versprochen!

„Verdammt." Er hatte ja gewusst, dass er etwas vergessen hatte.

„Da bist du ja." Howard kam in die Küche, ein neues Satelliten-Telefon in der Hand. „Das habe ich dir mitgebracht."

Zoltan ignorierte ihn und kippte schnell seine Flasche mit Blut hinunter. Er würde sich in die Stadt teleportieren. In der Hauptstraße gab es einen Juwelier, der sich auf das Touristengeschäft spezialisiert hatte. Der alte Janos hatte sicher einige hübsche Uhren.

Howard stellte das Telefon neben ihn auf die Anrichte. „Heute sind Pakete für dich gekommen. Zwei Kartons voller Bücher. Aber ehe du gehst ..."

„Ich muss erst noch kurz weg."

„Was? Wohin?"

„In die Stadt." Zoltan warf die leere Flasche in die Recyclingtonne. „Ich muss eine Uhr kaufen."

„Du hast eine Uhr."

Zoltan knirschte mit den Zähnen. „Sind Bären immer so verdammt neugierig?"

„Ah. Die ist für deine Freundin."

„Tu mir einen Gefallen und pack die Bücher alle in eine Tragetasche. Und in der Waffenkammer liegen auf dem Tisch einige Waffen. Pack die auch für mich ein. Ich bin bald wieder da."

„Das solltest du auch besser", sagte Howard schnell, ehe er sich teleportieren konnte. „Wir haben die Mumie heute Morgen verlegt, und Elsa will sicher sein, dass du zufrieden damit bist."

„Schön." Zoltan teleportierte sich in eine dunkle Gasse in der Nähe des Dorfplatzes, wo die zwei Straßen, Hauptstraße und Dorfstraße, sich kreuzten.

Einige Dorfbewohner saßen vor dem Gasthaus und tranken, während andere vor dem Restaurant saßen und aßen. Einige winkten und grüßten ihn, als er sich auf den Weg zum Juwelier machte. Er winkte zurück und zog dann an der Tür. Abgeschlossen. *Verdammt noch mal.* Hatte Janos schon Feierabend?

Er teleportierte sich ins Innere des Ladens. „Janos!“ Der alte Mann wohnte hinter seinem Laden, konnte ihn also hören. „Janos?“

„Ich komme!“

Zoltan ging zur ersten Vitrine und suchte nach einer Damen-Uhr. Ketten, Ringe … ein Paar Eheringe stach ihm ins Auge. Schlicht, aber elegant.

„Mylord?“ Janos kam langsam in den Verkaufsraum gehumpelt. Er war vor langer Zeit im Zweiten Weltkrieg verletzt worden. „Ich wollte gerade zu Abend essen.“

„Entschuldige, dass ich dich gestört habe. Ich werde nicht viel von deiner Zeit in Anspruch nehmen. Ich brauche eine Uhr.

Janos’ Blick richtete sich auf Zoltans Handgelenk. „Ihr habt eine Uhr.“

„Ich brauche eine Damen-Uhr.“

Janos keuchte auf.

War das wirklich so schockierend? „Ich habe schon Schmuck für Frauen gekauft“, knurrte Zoltan.

„Nicht, solange ich am Leben bin.“ Janos trat näher. Seine Augen funkelten aufgeregt. „Ist es etwas Ernstes mit ihr, Mylord? Wird es in der Burg bald eine Gräfin geben?“

Zoltan verzog das Gesicht. Wirklich zu schade, dass er keine Zeit mehr gehabt hatte, die blöde Uhr im Internet zu bestellen. Jetzt würde Janos tratschen, und ehe die Nacht vorüber war, wäre das ganze Dorf mit seinen Hochzeitsvorbereitungen beschäftigt.

„Hier drüben habe ich einige sehr schöne Verlobungsringe.“ Janos eilte hinter die erste Vitrine, erstaunlich geschmeidig für einen Mann, der hinkte.

„Ich möchte eine Uhr“, murmelte Zoltan. „Und ich möchte, dass nichts davon an die Öffentlichkeit gerät.“

„Oh.“ Janos’ Schultern sackten zusammen. „Nun gut.“ Er humpelte zu einer anderen Vitrine, als würde er auf einmal wieder Schmerzen leiden. „Ich fürchte, es sind gerade nicht viele da. Der Reisebus heute Nachmittag war voller frisch verheirateter Paare, die haben die besten aufgekauft.“

„Was?“ Entsetzen breitete sich in Zoltan aus, als er sah, dass die Uhrenvitrine fast leer war. „Ich brauche nur eine. Eine hübsche.“

„Ich habe neue bestellt, nachdem der Bus wieder gefahren war. Sie sind in ein paar Tagen hier.“

„Ich brauche heute Abend etwas!“

Janos zuckte zusammen. „Nun, wie Ihr seht, haben wir noch einige Herrenuhren. Und diese hier.“ Er nahm eine Uhr aus der Vitrine und legte sie auf ein Stück schwarzen Samt. „Die sind sehr beliebt, besonders bei den jungen Frauen. Ich nehme an, Eure Freundin ist etwas jünger als Ihr?“

Zoltan verzog das Gesicht. Sie war vielleicht über zweitausend Jahre alt. Er betrachtete die Uhr mit ihrem grellen pinkfarbenen Armband und der glitzernden Verzierung. „Was ist das? Eine Katze?“

„Hello Kitty“, murmelte Janos. „Ich kann Euch dafür einen ausgezeichneten Preis machen.“

Zoltan nahm die Uhr in die Hand und betrachtete sie eingehend.

„Mag sie Katzen, Mylord?“

Er lachte auf. „Ich glaube schon. Pack sie ein. Und wenn die neue Lieferung kommt, leg mir die teuerste Uhr zurück.“

„Sehr wohl, Mylord. Selbstverständlich. Dann geht diese aufs Haus, ja?“

„Vielen Dank, Janos.“ Zoltan steckte sich die kleine Geschenkschachtel in die Jackentasche und teleportierte sich zurück in die Burg. Er fand Howard in der Waffenkammer, wo er gerade die Schachtel mit den Pfeilen in eine große Tasche stopfte.

„Gut, du bist wieder da." Howard legte die restlichen Bücher in die bereits übervolle Tasche und bemühte sich, den Reißverschluss zu schließen. „Ich habe Elsa versprochen, dass du in der Kapelle vorbeisiehst. Heute Morgen vor der Führung habe ich Alastair geholfen, die Mumie zu verlegen, und Domokos war uns die ganze Zeit auf den Fersen und hat uns gewarnt, dass du einen Wutanfall bekommst, wenn ihr irgendetwas passiert."

„Ich bekomme keine Wutanfälle."

Howard sah ihn neugierig an. „Domokos hat gesagt, sie bedeutet dir sehr viel, aber er hat nicht erklärt, warum."

„Ich gehe gleich hin."

Howard richtete sich auf. „Warte. Du brauchst noch …"

Zoltan aber hatte sich bereits in den Hof teleportiert und sah sich im Mondlicht um. Das Hauptgebäude, wo er und seine Angestellten lebten, war in ausgezeichneter Verfassung, da er es erst vor ungefähr zwanzig Jahren hatte renovieren lassen, aber der Ostflügel und der Turm sahen schlimm aus. Sie waren jetzt mit gelbem Band abgesperrt.

Er sauste zur Kapelle herüber. Vor fünfhundert Jahren errichtet, waren die Steinmauern immer noch die ursprünglichen, aber das Dach und die Buntglasfenster hatte er vor zweihundert Jahren ersetzen lassen müssen.

Im Inneren der Kapelle fand er Elsa, mit einer Sprühflasche Glasreiniger und einer Rolle Papiertücher bewaffnet, die fleißig dabei war, den Glaskasten zu polieren, in dem sich die Mumie befand. Die hölzernen Stühle hatte man entfernt, um Platz für den Glaskasten zu schaffen, der jetzt auf einigen Holzkisten ungefähr auf Hüfthöhe lag.

„Guten Abend", sagte Zoltan.

Elsa erschrank und drehte sich zu ihm um. „Oh, du bist gekommen." Sie stellte die Flasche und die Papiertücher auf das Fensterbrett. „Die Scheibe war ganz verschmiert von den Fingerabdrücken der Touristen. Ich wollte sichergehen, dass du mit dem neuen Zuhause der Mumie zufrieden bist."

Zoltan ging um den Glaskasten herum und betrachtete die vertraute Gestalt darin. „Sie sieht gut aus."

Elsa kam näher. „Ich dachte schon, dass es eine Frau sein könnte, aber ich war mir nicht sicher. Hast du sie gekannt?"

Zoltan nickte, und sein Mund verzog sich zu einem schiefen Lächeln. „Sie fände es wahrscheinlich amüsant, in einer Kapelle untergebracht zu sein."

„Warum? War sie sehr religiös?"

Ehe Zoltan antworten konnte, kam Howard in die Kapelle gerannt und kam aprupt zum Stehen.

Er starrte Zoltan finster an. „Musstest du dich unbedingt teleportieren? Weißt du nicht, dass Laufen gesund ist?"

„Als würde das meine Lebenserwartung verlängern! Warum hast du so lange gebraucht?" Die Ironie in seinen Worten war nicht zu überhören.

„Du hast dein Satelliten-Telefon in der Küche liegen lassen." Howard reichte es Zoltan.

„Weißt du was?" Elsa griff sich ihren Mann und zog ihn mit sich zu dem Glaskasten. „Zoltan hat mir gerade erzählt, dass die Mumie eine Frau ist. Das hatte ich aber schon vermutet. Siehst du die langen Haare? Und sie ist ziemlich klein, einen Meter fünfzig ungefähr, wobei Männer damals wohl auch kleiner gewesen sind."

Howard beugte sich über den Kasten und verzog das Gesicht. „Alles, was ich sehe, ist ein verschrumpeltes schreckliches Ding. Warum sollte man etwas so Gruseliges behalten wollen?"

Zoltan zuckte bei Howards Worten zusammen, während er das Telefon einsteckte.

„Oh nein", schimpfte Elsa mit ihrem Mann. „Sie ist wirklich interessant. Wenn man genau hinsieht, kann man jede Menge Details entdecken. Zum Beispiel ihr Kleid. Noch ein Grund, warum ich gleich dachte, es sei eine Frau, obwohl Männer früher glaube ich auch lange Roben getragen haben. Aber sieh dir die Ärmel und den Rocksaum an. Kannst du die

Stickerei erkennen? Sie ist mit der Zeit ziemlich abgewetzt, aber ich wette, sie war wunderschön, als sie noch neu war."

„Aber sieh dir das an." Howard deutete auf die rechte Hand der Mumie. Sie war ausgestreckt, die Finger gespreizt wie die Krallen eines Raubvogels. „Es sieht aus, als würde sie einen packen wollen. Wie gruselig ist das bitte?"

„Es sieht wirklich ein bisschen erschreckend aus", gab Elsa zu und drehte sich dann zu Zoltan um. „Weißt du, warum sie ihre Hand so hält?"

Er nickte. „Sie wurde mit einer Bibel unter der Hand begraben, damit ihre Seele nicht nach Rache suchend auf Erden wandelt. Mit den Jahrhunderten ist die Bibel verrottet, ihre Hand aber ist in dieser Haltung erstarrt."

„Gruselig", wiederholte Howard, und Zoltan warf ihm einen genervten Blick zu.

„Warum hat man geglaubt, dass sie Rache nehmen will?", fragte Elsa.

Zoltan trat dichter an den Kasten heran. „Sie wurde von den Dorfbewohnern ermordet."

Elsa keuchte entsetzt auf. „Warum?"

„Das ist eine lange Geschichte." Zoltan legte seine Hand auf die Glasscheibe, über die ausgestreckte Hand der Mumie. „Man hat geglaubt, sie wäre eine Hexe."

„Oh." Elsa riss die Augen auf. „Deswegen hast du gesagt, dass sie es komisch fände, hier in der Kapelle zu liegen."

„Sie wurde als Hexe hingerichtet?", fragte Howard.

Zoltan seufzte. Howard und Elsa sahen ihn beide fasziniert an, offensichtlich würden sie ihn mit Fragen löchern, wenn er ihnen nicht von sich aus mehr erzählte. „Die Dorfbewohner konnten sich nicht entscheiden, ob man sie steinigen oder verbrennen sollte, deswegen haben sie beides getan. Und dann konnte man sie natürlich nicht in heiliger Erde auf dem Kirchhof begraben, also hat man sie in eine Höhle gesteckt und darin versiegelt. Jahre später gab es einen Erdrutsch, bei dem die Höhle geöffnet wurde und die Dorfbewohner festgestellt haben, dass sich ihre Leiche mumifiziert hatte."

Howard verzog das Gesicht. „Also haben die sie rausgeholt und in einen Glaskasten gesteckt? Warum sollten die sich etwas so Gruseliges ansehen wollen?"

Zoltan versuchte sich seinen Ärger nicht anmerken zu lassen. „Sie meinten, es wäre die beste Möglichkeit, sie im Auge zu behalten. Um sicherzugehen, dass sie auch tot blieb."

„Aber du hast sie doch gekannt, oder?", fragte Elsa. „War sie wirklich eine Hexe?"

„Nein. Ich habe immer an ihre Unschuld geglaubt. Der Graf war damals ein Kaufmann, der auf der Seidenstraße nach China gereist ist. Er hatte seine Frau verloren, als sie ihm seinen Sohn gebar, also wird er einsam gewesen sein. Von einer seiner Reisen ist er mit einer neuen Frau aus dem Osten zurückgekehrt. Die Dorfbewohner wussten nichts mit ihr anzufangen. Sie sprach ihre Sprache nicht, sie war keine Christin, und sie sah fremdartig aus. Sie hat sich zwar zum Christentum bekehrt und sich Donna Maria genannt, aber die Leute waren weiter misstrauisch. Als die Mongolen das Dorf überfallen und die meisten seiner Einwohner getötet haben, zeigten die Überlebenden den Finger auf sie. Sie kam aus dem Osten, also musste sie für die Invasion der Mongolen verantwortlich sein."

„Sie wurde zum Sündenbock", schlussfolgerte Howard.

„Genau", stimmte Zoltan ihm zu. „Alle hatten den Großteil ihrer Familien verloren, sie waren also begierig darauf, jemandem die Schuld geben zu können. Sie haben Donna Maria auf dem Dorfplatz an einen Pfahl gebunden und entschieden, sie hinzurichten."

„Aber sie war mit dem Grafen verheiratet", protestierte Elsa. „Er muss sich doch für seine Frau eingesetzt haben."

Zoltan schüttelte den Kopf. „Der älteste Sohn des Grafen wurde von den Mongolen ermordet. Er war davon so tief erschüttert, dass der giftige Tratsch aus dem Dorf bei ihm auf fruchtbaren Boden fiel. Er hat angefangen, selbst zu glauben, dass er eine Hexe mit nach Hause gebracht hatte. Der Gedanke, dass der Tod seines Sohnes und der aller anderen letztendlich seine Schuld waren, ließ ihn tief verzweifeln. Also hat er nichts getan, um seine Frau zu retten."

„Die arme Frau", meinte Elsa, „sie muss sich so hintergangen gefühlt haben."

„Da bin ich mir sicher." Zoltan sah sie traurig an. „Aber gleichzeitig verstehe ich auch, warum die Leute dachten, sie wäre eine Hexe. Sie konnte mit Tieren und mit Vögeln kommunizieren."

Elsa erstarrte. „Ich kann mit Tieren kommunizieren. Und meine Tante mit Vögeln. Gott sei Dank leben wir jetzt, wo wir uns keine Sorgen mehr machen müssen, dass man uns deswegen zu Tode steinigt."

„Moment mal." Howard hob die Hand und sah Zoltan eindringlich an. „Kannst du nicht auch mit Tieren kommunizieren?"

„Was?" Elsa riss die Augen auf. „Kannst du das wirklich?"

Zoltan nickte. „Das liegt in meiner Familie." Er berührte das Glas über dem Gesicht der Mumie. „Das und die mandelförmigen Augen."

Elsa keuchte auf. „Oh mein Gott …"

Howard erstarrte. „Soll das heißen …?"

Zoltan nickte. „Deswegen hat mein Steward gesagt, sie sei mir wichtig."

Howard blinzelte und lachte dann auf. „Deine Mommy ist eine Mumie?"

Elsa gab ihm einen Klaps gegen den Arm und flüsterte: „Mach dich nicht lustig." Sie drehte sich zu Zoltan um. „Es tut mir so leid, dass deine Mutter derart leiden musste. Ich bin mir sicher, sie war eine gute Frau."

„Ja." Howard trat zerknirscht von einem Fuß auf den anderen. „Tut mir leid, dass ich sie gruselig genannt habe."

„Mehrmals.“ Zoltan sah ihn schief an. „Ich sollte jetzt gehen.“

Howard nickte. „Ich habe die Tasche mitgebracht. Sie steht draußen neben der Tür.“

„Danke.“ Zoltan warf noch einen letzten Blick auf seine Mutter. Er war sich zu neunundneunzig Prozent sicher, dass sie aus Beyul-La stammte. Das würde ihre seltsame Gabe erklären. Und auch, dass sie ein solches Geheimnis aus ihrer Vergangenheit gemacht hatte.

War Neona mit den anderen Frauen gekommen, um den Tod seiner Mutter zu rächen? Gehörte der Pfeil an der Wand seiner Waffenkammer Neona? Unschuldige oder Mörderin?

Er musste heftig schlucken. Zum ersten Mal seit Jahrhunderten war er dabei, sich in eine Frau zu verlieben. Er musste ihr Vertrauen gewinnen, aber sie war überzeugt davon, dass man Männern nicht vertrauen konnte. Basierte diese Vermutung auf dem, was seiner Mutter zugestoßen war? Denn für ihn gab es keinen Zweifel daran, dass sein Vater seine Mutter auf die grausamste Weise hintergangen hatte. Als sie ihren Ehemann am meisten gebraucht hatte, hatte er ihr den Rücken zugekehrt. Sie einem schrecklichen Tod überlassen.

Das war der Hauptgrund, warum Zoltan den Tod seines Vaters nie hatte rächen wollen. Er fand immer, dass der Graf bekommen hatte, was er verdiente. Trotzdem wollte er Antworten.

Was war an jenem Tag im Jahre 1241 geschehen? Er hatte versucht, seine Mutter zu beschützen, hatte sich vor sie gestellt und einige der Steine abgefangen, die man auf sie geschleudert hatte, sogar einige der Flammen. Doch irgendwie war er am nächsten Tag ein paar Meilen vom niedergebrannten Dorf entfernt aufgewacht, ohne sich erinnern zu können, wie er dorthin gekommen war. Wusste Neona etwas?

Aber wie konnte er sie das fragen, ohne dabei preiszugeben, wer er war? Würde sie ihm je vertrauen, wenn sie erfuhr, dass er der Sohn des Verräters war? Und ein Vampir noch dazu?

Nicht zum ersten Mal wurde ihm klar, dass es alles andere als einfach werden würde, Neona zu umwerben. Es war nicht so, als könnte er sie einfach mit Küssen und Schokolade verführen. Um sich für ihn zu entscheiden, musste sie eine Denkweise ablegen, die möglicherweise seit Jahrhunderten in ihr verankert war.

Schweren Herzens nahm er die Tasche in die Hand und teleportierte sich in die Nähe von Frederics Hütte.

Sie war nirgends zu sehen.

Zoltan stellte die schwere Tragetasche auf den Boden der Hütte und fragte sich, was er tun sollte. Die Strategie, die er am Abend zuvor benutzt hatte, würde nicht noch einmal funktionieren.

Die Sorge belastete ihn schwer. Was, wenn sie in Schwierigkeiten war? Wie weit würde die Königin gehen, um dafür zu sorgen, dass Neona Beyul-La nicht verließ? Er würde sie nicht aufgeben. Wenn er sich erst einmal etwas vorgenommen hatte, zog er es auch durch.

Ein Geräusch vor der Tür erregte seine Aufmerksamkeit. Stand die Hütte unter Beobachtung? Er teleportierte sich nach draußen und versteckte sich hinter einigen Bäumen. Bald wurde ihm klar, woher das Geräusch stammte. Der Schneeleopard wälzte sich in einem Laubhaufen.

Kater! rief er. *Wo ist Neona?*

Lass mich in Ruhe. Zhan rollte sich auf den Rücken. *Das Ende der Welt ist gekommen.*

Was? Zoltan rannte zu ihm. *Ist Neona in Schwierigkeiten?*

Verdammt. Ich bin verdammt. Du siehst mich vielleicht nie wieder.

Warum? Ist Neona irgendetwas passiert?

Sie lassen sie nicht mehr aus dem Tal. Also war sie heute nicht auf der Jagd. Der Kater drehte sich um und stieß ein verzweifeltes Heulen aus. *Meine Futterschüssel ist leer!*

Zoltan schnaufte verächtlich. *Deswegen machst du dir Sorgen? Du bist ein Leopard, du Memme. Geh dir dein eigenes Kaninchen jagen.*

Zhan schauderte und sträubte das Fell. *Das wehrt sich vielleicht und beißt mich.*

Du Riesenbaby. Zoltan stemmte sich die Hände in die Hüften. *Weißt du nicht, dass du ein gefährlicher Jäger sein solltest?*

Wirklich? Zhan sah ihn mit großen Augen an. *Zeigst du mir, wie das geht?*

Nicht jetzt. Ich mache mir Sorgen um Neona. Weißt du, wo sie ist?

Wie soll ich dir das beantworten, wenn ich am Verhungern bin?

Ich bringe dir etwas zum Essen.

Zhan setzte sich auf. *Wirklich?*

Zoltan teleportierte sich in die Küche zurück und leerte drei Dosen Thunfisch in eine Plastikschüssel. Da er sich vielleicht auf die Suche nach Neona machen musste, stopfte er sich auch ein paar Beutel mit Blut in die Jackentaschen, dann teleportierte er sich zurück. *Wow!* Der Leopard sprang zurück. *Wie hast du das gemacht? Hast du das Essen?*

Hier. Zoltan stellte die Schüssel vor den Leoparden hin, der sich sofort darauf stürzte. *Geht es Neona gut?*

Zhan sah zwischen zwei Bissen zu ihm hoch. *Als ich sie das letzte Mal gesehen habe, war sie bei den Grabhügeln.*

Ich weiß, wo das ist.

Nimm nicht die Strickleiter. Auch nicht den Weg am Wasserfall entlang. Oben auf der Felswand steht ein Wachposten. Sie wird dich sehen und voller Pfeile schießen.

Ich komme schon klar. Zoltan kam eine Idee, als er dem Leoparden beim Essen zusah. Er zog sein Satelliten-Telefon aus der Tasche und rief Milan an. „Gibt es etwas Neues von dem Stück Land in Tibet?"

„Ich fürchte, es sind schlechte Neuigkeiten, Sir“, antwortete Milan. „Das Land gehört der chinesischen Regierung, und die weigert sich, an einen Ausländer zu verkaufen.“

„Ich verstehe. Dann lass es uns anders versuchen. Wir machen aus dem Land ein Naturschutzgebiet für Schneeleoparden. Ruf Howard Barr in der Burg an.“

„Den Wer-Bären? Wie kann der helfen?“

„Er kann dich mit Rajiv in Tiger Town in Verbindung setzen. Rajiv ist dort der Anführer der Tiger, und er hat die chinesische Staatsbürgerschaft. Wenn er sich bereit erklärt, unser Vermittler zu sein, können wir das Geld über ihn laufen lassen.“

Es folgte eine kurze Pause, ehe Milan sagte: „Dann rufe ich also den Bären an, damit er den Tiger anruft, um ein paar ausgedachte Leoparden zu retten?“

Zoltan schnaubte. „Der Leopard ist echt.“

„Ist er auch ein Gestaltwandler?“

„Nein, Gott sei Dank nicht. Lass mich wissen, wie es läuft.“ Zoltan steckte das Satelliten-Telefon wieder ein und klopfte sich auf die Jackentasche, in die er die Uhr gesteckt hatte. *Kater, ich muss jetzt gehen. Versteck die Schüssel, wenn du fertig bist.*

Okay. Zhan blickte zu ihm hoch. *Letzte Nacht hat sie geweint.*

Zoltan sog zischend die Luft ein.

Lass dich nicht erwischen.

Habe ich nicht vor. Er teleportierte sich dicht an die Grabhügel heran.

12. Kapitel

Wartete er wieder in der Hütte auf sie?

Seufzend setzte Neona sich ins Gras neben das Grab ihrer Schwester. Heute Nacht war es unmöglich, sich mit ihm zu treffen. Ihre Mutter war misstrauisch geworden, also hatte sie den anderen Frauen befohlen, abwechselnd an der Felswand Wache zu stehen, wo sie die Strickleiter verwahrten.

Neona hatte ihren zahmen Leoparden mit dem Auftrag zur Hütte geschickt, Zoltan nicht in die Nähe der Felswand zu lassen, wo man ihn sehen konnte, aber sie wusste nicht, ob Zhan sie verstanden hatte. Immerhin war er in die richtige Richtung davongegangen. Sie hatte es nicht gewagt, ihm eine Nachricht mitzugeben, denn wer auch immer gerade Wache stand, könnte sie entdecken, und das wäre dann der Beweis, dass sie sich tatsächlich heimlich mit jemandem traf.

Am Abend zuvor hatte sie sich noch einen Vortrag von ihrer Mutter darüber anhören müssen, wie wertlos Männer waren. Man konnte ihnen niemals vertrauen. Sie wollten immer nur Sex und Macht. Und das konnten sie beides von den Frauen von Beyul-La bekommen.

Das Becken voll Wasser des Lebens im Thronsaal der Höhle erlaubte es den Frauen, ihre heilige Pflicht bereits seit vielen Jahrhunderten zu erfüllen. Männer würden nie akzeptieren, dass sie ihrer Pflicht ergeben waren. Alles, was sie sehen würden, war eine Möglichkeit, ewig zu leben als die reichsten und mächtigsten Männer der Welt. Deswegen musste jeder Mann, der von ihrem Geheimnis erfuhr, hingerichtet werden. Es war brutal, das gab die Königin zu, aber es funktionierte. Das Geheimnis war stets gewahrt geblieben.

In all den Jahrhunderten hatte es nur eine Ausnahme von der Regel gegeben. Frederic. Er war dem Tode nah gewesen, als Calliope ihn in den Bergen gefunden hatte. Sie hatte ihnen einen improvisierten Unterschlupf gebaut, und in den Tagen, die seine Heilung gebraucht hatte, hatten sie sich ineinander verliebt. Sie hatte Nima angefleht, ihn im benachbarten Tal leben zu lassen, und Frederic war es gelungen, sie davon zu überzeugen, dass er ihnen helfen konnte. Die Außenwelt wäre dabei, sich rapide zu verändern, hatte er gesagt, und sie wären hilflos in ihrem Umgang damit, wenn sie nicht darauf vorbereitet waren.

Nima hatte zuerst gezweifelt, aber nachdem Winifred geboren war und die Gabe zeigte, mit geflügelten Kreaturen kommunizieren zu können, hatte die Königin ihre Meinung geändert. Ein Jahr später wurde Freya geboren und besaß ebenfalls eine nützliche Gabe – sie konnte die Ernte gedeihen lassen. In der Zwischenzeit brachte Frederic ihnen Englisch bei und alles, was er von der Außenwelt wusste. Die Liebe zu seiner Frau und ihren Töchtern war so stark, dass er sein Exil aus seiner Heimat gerne hingenommen hatte. Aber das hatte sich nach der Geburt seines Sohnes geändert. Die Gefangenschaft, die er für sich selbst hingenommen hatte, konnte er für seinen Sohn nicht akzeptieren. Als Franklin sechs Jahre alt war, alt genug, um zur Schule zu gehen, hatte sein Vater ihn mit zurück nach England genommen.

Für Nima war sein Verlassen der Beweis dafür, dass alle Männer gleich waren. Letztendlich konnte man ihnen nicht vertrauen.

Doch Zoltan war davon überzeugt, dass Frederic ihr Geheimnis bewahrt hatte. Er war ihnen treu geblieben. Neona wollte glauben, dass man einigen Männern vertrauen konnte, denn sie hoffte, Zoltan wäre einer von ihnen. Er wusste zu viel. Sie konnte nur beten, dass er sich als vertrauenswürdig und verschwiegen erwies.

So sehr sie auch mit ihm zusammen sein wollte, wenn sie wollte, dass er am Leben blieb, war es am besten, die Sache mit ihm vollkommen zu beenden. Wie viele Jahre würde sie an ihn denken, von ihm träumen? Er wäre irgendwo auf der Welt, während sie hierblieb, für immer an ihre heilige Pflicht gebunden.

„Ich darf das Tal jetzt nicht mehr verlassen", flüsterte Neona ihrer Schwester zu. War sie zu einer Gefangenen geworden, wie Minerva sie immer gewarnt hatte? Konnte sie den Rest ihres Lebens ohne Liebe leben? Ohne Zoltan?

Sie legte die Hand auf die Erde über dem Grab ihrer Schwester. „Zu ihm fühle ich mich hingezogen wie zu keinem anderen Mann. Er ist aufregend. Er überrascht mich. Bringt mich zum Lachen. Und zum Brennen." Sie vergrub die Finger in der Erde. „Er lässt mich das Unmögliche herbeisehnen."

Und doch hatte er etwas an sich, das sich immer wieder in ihre Gedanken schlich. Letzte Nacht hatte er ihr das Messer abgenommen und sie herumgewirbelt, um sie zu packen, und das alles unglaublich schnell. Auch an seinen Augen war etwas merkwürdig gewesen. Sie war sich nicht mehr sicher, ob es nur eine Spiegelung des Feuers gewesen war. Und dann war es ihm noch irgendwie gelungen, aus der Hütte zu entkommen, ohne gesehen zu werden.

Ein geheimnisvoller Mann. Selbst das fand sie anziehend an ihm. Sie fand ihn geistig und körperlich im gleichen Maße aufregend.

Sie ließ den Klumpen Erde los und rieb ihre Hände aneinander. Es hatte keinen Sinn, darüber nachzudenken, wer er war oder wo er herkam. Sie durfte ihn nie wiedersehen. Tränen stiegen ihr in die Augen, aber sie blinzelte sie fort. *Denk an etwas anderes.*

Im Licht des drei Viertel vollen Mondes entdeckte sie den Pfeil, den Zoltan in der Nacht zuvor benutzt hatte, um ihr durch Zhan eine Nachricht zu überbringen. Er lag dicht neben ihr auf der Erde. Er musste ihn im Wald gefunden haben, wo sie in der ersten Nacht ein paarmal auf ihn geschossen hatte. Sie sollte zurückgehen, um die verschossenen Pfeile einzusammeln, aber sie durfte das Tal nicht verlassen. Sie durfte ihn nie wiedersehen.

Die Tränen begannen zu fallen.

„Neona“, flüsterte eine Stimme hinter ihr.

Eine männliche Stimme. Keuchend drehte sie sich um.

Er stand ein Stück den Berg hinauf am Waldrand. Seine Gestalt war noch halb in den Schatten verborgen, als er auf sie zutrat.

„Nein!“, flüsterte sie und sprang auf. Sie sah sich nervös um und rannte dann zu ihm. „Zoltan.“ Sie stieß ihn in den schützenden Wald zurück.

Er fasste sie an den Armen. „Geht es dir gut?“

„Nein! Du machst mir Angst. Wenn sie dich hier erwischen, bringen sie dich um!“

„Ich musste nachsehen, ob es dir gut geht.“

„Ja, bei mir ist alles gut. Jetzt geh bitte!“

„Du hast geweint.“ Er wischte ihr mit dem Daumen die Wange ab.

Diese einfache Geste ließ noch mehr Tränen kommen, und sie klammerte sich an ihn, während er sie fest in seinen Armen hielt. Nur ein paar Minuten, dachte sie, als sie ihm die Arme um den Hals schlang. Nach diesen paar Minuten würde sie ihn für immer loslassen.

„Ich habe mir Sorgen um dich gemacht“, flüsterte er, ihr den Rücken reibend. „Hast du Ärger bekommen?“

Sie schüttelte den Kopf. „Nur die übliche Ansprache darüber, dass man Männern nicht vertrauen kann.“

„Mir kannst du vertrauen.“ Er ließ sie los und nahm eine Schachtel aus seiner Jacke. „Ich hatte dir versprochen, dir heute eine Uhr mitzubringen, und das habe ich getan.“

Sie nahm die Schachtel von ihm an und drehte sich auf der Stelle um, die Umgebung absuchend.

„Es ist niemand in der Nähe“, versicherte er ihr. „Ich habe schon nachgesehen.“

„Aber wie bist du hergekommen? Es gibt nur einen Weg in dieses Tal, und der wird bewacht.“ Sie sah sich noch einmal um. „Man muss dich gesehen haben.“

„Niemand hat mich gesehen.“ Er deutete auf die Schachtel. „Ich habe schon die Zeit für dich verändert.“

Wie war ihm das gelungen? Neona sah den Berg hinauf. Das Gebirge um Beyul-La war hoch und heimtückisch. Es brauchte mehrere Tage, um auf diesem Weg ins Tal zu kommen. Die einzige Gruppe, die es je versucht hatte, war Frederics Expedition gewesen, und bis auf ihn waren alle Teilnehmer gestorben.

„Ist schon gut, Neona“, sagte Zoltan leise.

Sie schüttelte den Kopf. „Du bist hier nicht sicher. Du hättest nicht kommen dürfen.“

„Ich habe dir eine Uhr versprochen, also konnte nichts mich aufhalten.“

Sie war entzückt. Er hielt sein Wort. Sie öffnete die Schachtel und starrte hinein. Das war etwas ganz anderes als die Taschenuhr, die Frederic gehört hatte.

„Die ist nicht so toll, ich weiß“, murmelte Zoltan. „Ich habe eine bessere bestellt …“

„Sie ist wunderschön“, flüsterte Neona und berührte die glitzernde Katze. „Viel zu schön, um sie in der Tasche zu verstecken.“

„Man trägt sie am Handgelenk. Hier, ich zeige es dir.“ Er nahm die Uhr aus der Schachtel und machte sie an ihrem Handgelenk fest.

„Die Farben sind so leuchtend.“ Sie betastete das Armband und keuchte erstaunt auf. „Es ist ganz stark und doch biegsam. Was ist das für ein wundersames Material?“

„Plastik“, murmelte er.

„Das ist ja fantastisch!“

„Ich besorge dir eine aus Gold und Diamanten …“

„Nein! Ich liebe diese hier.“ Sie lächelte über das glitzernde Kätzchen. „Zhan wird sie auch gefallen.“

„Ich habe ihn unten bei der Hütte gesehen.“

„Oh, gut.“ Sie drehte ihr Handgelenk und bewunderte, wie die Uhr im Mondlicht funkelte. „Ich habe ihn geschickt, um dich von der Felswand fernzuhalten, damit man dich nicht sieht.“ Seufzend löste sie die Uhr von ihrem Handgelenk. „Die darf auch niemand sehen.“

„Versteck sie, wenn du musst, aber bitte akzeptier sie.“

Sie sah zu ihm hoch.

„Akzeptier mich.“

„D-das ist unmöglich. Du musst begreifen, dass sie dich umbringen, wenn sie dich hier finden.“

„Ich bleibe in Frederics Hütte.“

„Ich fürchte, selbst dort ist es nicht sicher.“ Sie steckte die Uhr in den Leinenbeutel, der von der Schärpe um ihre Taille hing. „Du weißt zu viel.“

„Frederic muss auch etwas gewusst haben. Und er durfte hier leben.“

„Er war der Einzige.“ Neona blickte den Hügel hinab zu den Gräbern. „Calliope hat auf Knien um ihn gefleht.“

„Wie haben sie sich kennengelernt?“

„Das ist eine lange Geschichte.“

„Wir haben die ganze Nacht lang Zeit.“ Zoltan setzte sich auf den Boden und klopfte auf den Platz neben sich.

Sie sah sich noch einmal um. Vielleicht war es hier wirklich sicher. Die anderen würden niemals glauben, dass es ihm gelungen war, sich an dem Wachposten vorbeizuschleichen. Sie setzte sich mit verschränkten Beinen neben ihn, während er die langen Beine ausstreckte und sich auf seine Ellenbogen stützte. Der Boden war weich durch ein dickes Polster aus getrockneten Nadeln der Pinien und Fichten.

Sie erzählte ihm die Geschichte von Calliope und Frederic,

achtete aber darauf, nichts von der heiligen Pflicht der Frauen zu verraten.

„Es tut mir leid, dass ich sie nicht kennenlernen durfte", sagte Zoltan. „Sie klingt sehr mutig."

„Das war sie." Neona deutete auf den Grabhügel auf der rechten Seite. „Das dort ist Calliopes Grab."

Er setzte sich auf, damit er die Hügel sehen konnte. „Welcher gehört deiner Schwester?"

Neona musste heftig schlucken. „Der dritte von rechts."

„Sie hätte ich auch gerne kennengelernt. Wer sind die anderen?"

Sie sah ihn misstrauisch an. „Willst du das wirklich wissen?"

„Ja. Das ist dein Leben, und ich möchte daran teilhaben."

Ihr stiegen wieder Tränen in die Augen. „Die anderen Hügel gehören zu denen, die in der Schlacht vor zwei Wochen gestorben sind. Nein, es sind jetzt schon fast drei Wochen. Vor fünf Tagen sind wir uns begegnet."

Er nickte. „Fünf herrliche Tage."

Sie lächelte ihn sehnsüchtig an und deutete dann auf die Grabhügel. „Neben Calliope liegt ihre älteste Tochter, Farah. Farahs Vater war ein persischer Soldat. Sie war ... ein wenig älter als Winifred und Freya."

„Ein paar Jahrhunderte älter?"

Nach einer Pause nickte Neona. Er wusste es bereits, es brachte also nichts mehr, deswegen zu lügen. „Neben Farah liegt meine Schwester, Minerva. Die nächsten beiden sind Lydias Töchter. Pemas Vater war Tibeter, und Mahimas Vater stammte aus Indien. Das letzte Grab gehört Lydias Mutter, Anjali."

Zoltan verzog das Gesicht. „Lydia muss untröstlich sein."

„Ja." Eine Träne lief Neona die Wange hinab. „Sie hat noch eine Tochter übrig. Tashi."

„Was passiert, wenn eine von euch einen Sohn bekommt?"

Neona seufzte. „Calliope ist das passiert und auch meiner Schwester."

Zoltan drehte sich zu ihr um. „Dann hast du einen Neffen? Wo ist er?“

„Die Königin hat ihn in ein buddhistisches Kloster dreißig Meilen von hier entfernt gebracht. Er müsste jetzt ungefähr sieben Jahre alt sein.“

Zoltan sah sie fassungslos an. „Die Königin ist seine Großmutter. Wie konnte sie ihn fortgeben? Wie könnte ein Kind euch hier schon schaden?“

Neona zuckte zusammen. Zoltans Einwände klangen so sehr wie ihre eigenen. „Ich weiß, unsere Gepflogenheiten ergeben keinen Sinn für dich.“

„Nein, tun sie nicht. Ihr beschwert euch, dass man Männern nicht trauen kann und dass sie euch verlassen, aber ihr habt selbst einen kleinen Jungen im Stich gelassen.“

„Ich weiß! Es hat meine Schwester fast umgebracht. Sie hat wochenlang nur geweint. Und danach war sie nie mehr ganz dieselbe. Ich glaube, sie hat in der letzten Schlacht nicht so gekämpft, wie sie gekonnt hätte.“

„Verdammt“, flüsterte er und nahm dann Neonas Hand. „Das tut mir leid.“

„Es war falsch. Das weiß ich jetzt.“ Sie blickte traurig auf das Grab ihrer Schwester, bis es ihr vor den Augen verschwamm. „Ich hätte für sie kämpfen müssen. Ich hätte darum kämpfen müssen, das Baby zu behalten.“

„Mach dir keine Vorwürfe. Du hast immer gesagt, dass Männer hier nicht gestattet sind. Es muss schwer sein, sich gegen jahrhundertealte Tradition aufzulehnen.“

„Ich mache mir aber Vorwürfe.“ Sie entzog ihm ihre Hand, als ihr eine Träne die Wange hinablief. „Ich schäme mich. Ich musste erst meine Schwester verlieren, ehe ich angefangen habe, die Dinge infrage zu stellen.“

„Kannst du mir sagen, was hier los ist? Was kann so wichtig sein, dass deine Schwester so ein Leid ertragen musste?“

Neona schniefte. „Wir haben eine … heilige Pflicht. Mehr kann ich dir nicht erklären. So ist es immer gewesen."

„Aber manchmal können die Dinge sich mit der Zeit ändern."

Sie schüttelte den Kopf. „Unser Pakt bindet uns in alle Ewigkeit."

„Ein Pakt? Mit wem?"

Verdammt. Sie redete wieder zu viel. Sie atmete langsam ein und aus, um ihre Nerven zu beruhigen.

„Wie hat das alles hier angefangen?", fragte Zoltan. „Warum seid ihr so überzeugt davon, dass Männer der Feind sind?"

Sie wischte sich die Wangen ab. „Das ist eine lange Geschichte."

„Ich muss nirgendwo hin."

Sie betrachtete ihn eingehend und fragte sich, wie viel sie ihm erzählen sollte, wie weit sie ihm vertrauen konnte. „Es hat angefangen, ehe ich geboren wurde."

„Und wann war das?"

Sie biss sich auf die Unterlippe, weil sie nicht wusste, wie er reagieren würde. „Frederic hat geschätzt, dass ich über zweitausend Jahre alt bin."

Zoltan atmete scharf ein. „Okay. Das habe ich mir auch in etwa gedacht."

„Hast du? Wie?"

Einer seiner Mundwinkel hob sich. „Ich bin scheinbar intelligent. Und wenn ich das sagen darf, für dein Alter siehst du wirklich gut aus."

„Stört es dich?"

Er schnaubte. „Ich bin der letzte Mann auf der Welt, der geglaubt hätte, dass er sich in eine ältere Frau verliebt." Er erstarrte plötzlich und sah sie entsetzt an. „Wenn du das Tal verlässt, wirst du dann zu einer zweitausend Jahre alten Leiche?"

„Nein. Ich würde nur anfangen, natürlich zu altern."

Er stieß seinen Atem aus. „Das ist eine Erleichterung. Dann könntest du mit mir gehen."

„Nein!"

Er nahm sie an den Händen. „Warum nicht? Du weißt, dass wir zusammengehören."

„Ich habe es dir doch gesagt. Wir haben einen heiligen Pakt geschlossen. Ich muss hierbleiben, um meine Pflicht zu erfüllen."

„Die da wäre?"

„Das kann ich dir nicht sagen."

Stöhnend ließ er ihre Hände los und sich zu Boden fallen.

Sie sah sich um, damit sie sicher sein konnte, dass niemand in ihrer Nähe war.

„Na schön", murmelte er. „Dann bleibe ich eben hier bei dir."

Sie drehte sich zu ihm um. „Das geht nicht. Es ist nicht sicher …"

„Verdammt noch mal." Er starrte sie wütend an. „Du machst es einem wirklich schwer, dich zu umwerben." Als sie lächelte, hob er die Augenbrauen. „Findest du das lustig?"

Sie lächelte noch breiter. „Ich kann nicht anders. Ich mag, dass du mich nicht aufgeben willst."

In seinen Augen funkelte es belustigt. „Dann hast du Glück, denn einen stureren Mann als mich wirst du nirgends finden. Ich gebe niemals auf."

„Und bescheiden bist du auch."

„Darauf kannst du dich verlassen." Er streckte sich und legte sich die Hände hinter den Kopf. „Erzähl mir, wie alles angefangen hat."

„Wie was angefangen hat?"

„Dass ihr ein Kult aus männerhassenden Kriegerinnen mitten im Nirgendwo geworden seid."

„Dich hasse ich nicht."

„Du hast ein paarmal versucht, mich umzubringen."

„Das war bedauernswert."

„Warum?" Seine Mundwinkel zuckten. „Weil es dir nicht gelungen ist?"

„Die Nacht ist noch jung."

„Du kleines ..." Er zog sie hinab, bis sie auf dem Rücken lag, und beugte sich über sie. Als sie zu ihm hochlächelte, lächelte er zurück. „Du bist *meine* männerhassende Kriegerin, vergiss das nicht."

Sie berührte seine Wange. „Werde ich nicht."

„Gut." Er gab ihr einen Kuss auf die Nase, legte sich dann neben sie und nahm sie in die Arme. „Dann erzähl mir die Geschichte."

„In Ordnung." Sie sah zu den Sternen hinauf. „Vor vielen Jahrhunderten haben die Männer angefangen, Schwerter aus Eisen zu schmieden und einander damit umzubringen, um Land und Macht zu gewinnen. Es gab einen Maharadscha dort, wo jetzt Nordindien ist. Seine Armee hat große Teile von Indien, Pakistan und Nepal erobert, hat getötet und zerstört, ohne Gnade zu zeigen. Je mehr Land und Macht er sich aneignete, desto grausamer wurde er. Die Menschen in den umliegenden Gebieten zitterten vor Angst, dass seine Armee als Nächstes über sie herfallen würde. Die Dörfer haben versucht, ihn zu beschwichtigen, indem sie ihm ihre schönsten Mädchen als Konkubinen schickten."

„Hat es funktioniert?"

Sie zuckte mit den Achseln. „Wenn die Konkubine ihm gefiel, ließ er ihre Familie am Leben. Drei junge Frauen wurden zu ihm geschickt, eine aus Indien, eine aus Nepal und eine aus Tibet. Vor Angst und Verzweiflung wendeten sie sich einander zu und wurden Freundinnen. Nachdem der Maharadscha sie vergewaltigt hatte, waren sie verstört und nicht mehr dazu in der Lage, ihm die Ehrerbietung entgegenzubringen, nach der er verlangte. Er hat ihre Familien umgebracht und sie dann seinen Wachen überlassen."

Zoltan verzog das Gesicht. „Was für ein Widerling."

„Es wurde noch schlimmer. Der Maharadscha ist in der Schlacht gefallen, und sein Sohn und Erbe beschloss, dass einige Konkubinen seines Vaters bei seiner Beerdigung als menschliches Opfer dargebracht werden sollten. Die drei Frauen waren unter den Auserwählten."

„Mist." Zoltan setzte sich auf. „Was wurde aus ihnen?"

Sie setzte sich ebenfalls auf. „Sie sind entkommen."

„Ja!" Er stieß seine Faust triumphierend in die Luft.

Sie lächelte, erfreut darüber, wie die Geschichte ihn fesselte. „Sie sind nach Norden in die Berge geflohen in der Hoffnung, die Soldaten, die sie verfolgten, dort von ihrer Spur abbringen zu können. Die Nepalesin wusste, wie man die Berge überquerte, und danach führte sie die Tibeterin. Sie fanden dieses Tal, genannt Beyul-La, und schworen, nie wieder einem Mann zu vertrauen."

„Sind sie noch am Leben?"

Neona seufzte. „Nur eine. Meine Mutter, Königin Nima. Sie war die Tibeterin, die dieses verborgene Tal gefunden hat. Irgendwann hat sie bei einem griechischen Soldaten gelegen und Minerva und mich zur Welt gebracht, aber das geschah aus Notwendigkeit. Ich glaube nicht, dass sie je verwinden konnte, was der Maharadscha ihr angetan hat."

„Wer waren die anderen?"

Neona deutete auf das letzte Grab auf der linken Seite. „Anjali stammte aus Nordindien. Sie hat bei einem griechischen Soldaten gelegen, um Calliope zu zeugen, und dann bei einem römischen Soldaten, um Lydia zu bekommen. Tashi, Winifred und Freya sind ihre Enkelinnen."

„Und die Dritte? Die Nepalesin?"

Neona zog ihre Knie eng an sich. „Wir reden nicht gerne über sie."

„Warum nicht?"

„Sie hat sich verliebt und uns verlassen. Die Königin hat sie gewarnt, dass man Männern nicht vertrauen kann, dass ihr Liebhaber sie hintergehen wird. Und das hat er getan. Er hat sie einen schrecklichen Tod sterben lassen."

Zoltan sog langsam die Luft ein. „Wie war ihr Name?"

„Dohna."

„Donna Maria", flüsterte er.

Neona sah ihn an. Er sah schrecklich blass aus. „Ist alles in Ordnung?"

Er nickte. „Ich glaube, es war mir bestimmt, hierherzukommen. All die Jahre des Suchens, und endlich bin ich hier. Bei dir." Er drehte sich zu ihr um und hielt sie sanft an den Schultern. „Du bist es, auf die ich gewartet habe. Ich bin dabei, mich in dich zu verlieben."

Ihr stockte der Atem. „Zoltan ..."

„Neona." Er nahm ihr Gesicht in beide Hände. „Liebst du mich auch?"

Ihr stiegen Tränen in die Augen. „Es ist unmög..."

„Wenn du mich liebst, ist nichts unmöglich."

„Ich ... ich möchte dir glauben."

„Dann tu es." Er küsste sie auf die Stirn. „Glaube mir." Er küsste sie auf die Nase. „Vertrau mir." Er küsste sie auf den Mund. „Liebe mich."

Sie schrie auf und schlang ihm die Arme um den Hals.

„Neona." Er zog sie fest an sich, strich dann mit der Nase ihre Wange entlang und ließ ihr Küsse folgen, bis er ihren Mund erreicht hatte.

Sie öffnete sich ihm, hieß ihn willkommen, liebkoste seine eindringende Zunge. Wie konnte sie ihn jemals aufgeben? Er war alles, wonach sie sich je gesehnt hatte, alles, wovon sie je geträumt hatte, alles, wonach ihr Körper sich je verzehrt hatte.

„Lass sie los! Sofort!"

Neona zuckte zusammen, als die Stimme ihrer Mutter erklang.

„Ihr seid umstellt." Nima stand hinter ihnen im Wald, das Schwert gezogen.

Neona sah sich entsetzt um. Winifred stand auf einer Seite, Freya auf der anderen, und beide hatten Pfeile angelegt und auf Zoltan gerichtet. Lydia stand ein Stück den Hügel hinab zwischen ihnen und den Gräbern, Pfeil und Bogen bereit. Auf diese kurze Distanz würde keine von ihnen danebenschießen.

Neona erfasste die Panik. *„Nein!"*

Zoltan drückte ihr die Schultern. „Bleib ganz ruhig."

„Lass sie los und tritt zurück!", brüllte Nima. Als er die Hände hob und ein paar Schritte zurückwich, deutete sie auf Lydia. „Töte ihn."

„Nein!" Neona warf sich vor ihn, als der Pfeil losgelassen wurde. Zoltan packte sie und drehte sich um, sodass er Lydia den Rücken zugekehrt hatte.

Sein Körper erstarrte, als der Pfeil ihn traf. Er fiel vorwärts auf Neona, und ein Zischen drang ihm dabei aus dem Mund. Er verzog das Gesicht, und den Bruchteil einer Sekunde sprangen seine Fangzähne heraus, ehe er den Mund schließen konnte.

Neona keuchte auf. Hatte sie das wirklich gesehen? Sie suchte in seinem Gesicht, entdeckte aber nur Schmerz in seinen Augen.

Er stöhnte vor Schmerzen, als Freddie und Freya ihn auf die Füße zwangen. Freddie fesselte ihn an den Handgelenken, während Freya ihm ein Seil um den Hals legte. Sie zerrten ihn zurück auf die mondbeschienene Lichtung, näher an die Gräber heran.

Neona erschrak beim Anblick des Pfeils, der ihm aus dem Rücken ragte, und dem dunklen Blutfleck, der sich auf seiner Jacke ausbreitete. Lydia legte einen weiteren Pfeil an und richtete ihn auf seine Brust. Nima ging auf ihn zu, das Schwert auf ihn gerichtet.

Neona rappelte sich auf. Sie musste die anderen irgendwie aufhalten. Aber hatte er wirklich Fangzähne gehabt? War er so etwas wie ein Monster?

„Wie geht es Ihnen? Mein Name ist Zoltan …“

„Habe ich dir die Erlaubnis zum Sprechen erteilt?“ Nima stieß ihn mit ihrem Schwert an.

„Tut ihm nicht weh!“ Neona rannte zu ihnen. Vielleicht hatte sie sich die Fangzähne nur eingebildet. Es war alles so schnell gegangen. Und es war dunkel.

Nima schnaubte verächtlich. „Bist du völlig von Sinnen? Dieser Mann hat unser Tal gesehen. Er wird noch heute Nacht sterben.“

13. Kapitel

Zoltan biss die Zähne zusammen, als das Seil ihm in den Hals schnitt.

Sie führten ihn mit sich wie einen verdammten Hund an der Leine. Der Pfeil in seinem Rücken tat höllisch weh. Glücklicherweise hatte die Königin nicht die Blutkonserven in seiner Jacke getroffen, als sie mit dem Schwert auf ihn eingestochen hatte. Sie hatte dabei kaum seine Haut angeritzt, die Wunde blutete viel weniger als die an seinem Rücken.

Trotzdem reichte der Duft nach so viel Blut aus, seine Vampirsinne zu stimulieren, und er brauchte jedes bisschen seiner Selbstkontrolle, um nicht der lodernden Kraft nachzugeben, die in seinen Adern schwelte. Ohne sie zu zügeln, hätten seine Vampirinstinkte dafür gesorgt, dass er sich freiteleportierte, der Königin ihr Schwert entriss und alle in Vampirgeschwindigkeit enthauptete. Innerhalb von Sekunden könnten sie alle tot sein. Na ja, alle außer Neona. Mit den Jahrhunderten hatte er ausgezeichnete Selbstkontrolle entwickelt.

Leise knurrend gestand er sich ein, dass es wahrscheinlich nicht die beste Möglichkeit war, ihr Vertrauen zu gewinnen, wenn er ihre Mutter und ihre Freundinnen enthauptete. Er musste diese Frauen davon überzeugen, dass er ihr Verbündeter war, also musste er freundlich zu ihnen sein. Keine glühenden Augen und Fangzähne.

Bei all den Schmerzen, die er ertrug, musste er sich fragen, ob er nicht eigentlich ein Idiot war. Er hätte sich direkt nach dem Abschuss des Pfeils fortteleportieren können. Doch nachdem Neona vor ihn gesprungen war, hatte sein einziger Instinkt daraus bestanden, sie zu retten. Er war so schockiert gewesen, dass er gehandelt hatte, ohne nachzudenken. In fast achthundert Jahren konnte er sich an niemanden erinnern, der je versucht hätte, ihn zu retten. Immer war er es gewesen, der für das Retten und das Beschützen zuständig gewesen war.

Aber Neona hatte versucht, ihn zu retten. Bedeutete es, dass sie ihn liebte?

Er sah sie von der Seite an, als sie an der Feuerstelle in der Mitte ihres kleinen Dorfes zum Stehen kamen. Vielleicht war ihre Liebe nur von kurzer Dauer. Er war sich nicht sicher, ob sie ihn noch einmal retten würde, wenn sich die Gelegenheit ergab. Er hatte das Entsetzen auf ihrem Gesicht gesehen, als seine Fangzähne herausgesprungen waren.

Jetzt zweifelte sie an ihm, das spürte er. In ihrer Haltung lag eine misstrauische Distanz, und sie zögerte dabei, ihm in die Augen zu sehen. Sie sagte nichts, als eine der Frauen sein Seil um einen Pfahl wand und daran zog, bis er nur noch eine Fußlänge entfernt war. Er drehte sich, um ihr kleines Dorf ins Auge nehmen zu können, aber der Pfeil in seinem Rücken stieß gegen den Pfahl und sorgte für eine weitere Schmerzexplosion.

Hatten sie vor, ihn hier hinzurichten? Die Ironie traf ihn wie eine Faust in den Magen. Seine Mutter hatte man auf dem Dorfplatz an einen Pfahl gefesselt, und sein Vater hatte nichts getan, um sie zu retten. Jetzt, achthundert Jahre später, spielte sich die gleiche tragische Szene noch einmal ab. Würde Neona ihm den Rücken zukehren und ihn sterben lassen? Hielt sie ihn für eine Kreatur des Bösen, wie sein Vater es von seiner Mutter geglaubt hatte?

Er blickte zu Neona, aber sie hatte den Kopf abgewendet. Sie weigerte sich, ihn anzusehen.

Teleportier dich einfach nach Hause. Rette dich selbst, und vergiss sie. Ihm stiegen Tränen in die Augen. Er hatte gedacht, sie wäre die Eine, die Richtige. Wenn er jetzt ging, gab er damit zu, dass es vorbei war, dass sie ihn aufgegeben hatte. Er ballte die Hände zu Fäusten. *Ertrag es nur noch ein paar Sekunden. Gib ihr eine Chance.*

Die drei Frauen, die Bögen trugen, richteten ihre Pfeile auf ihn, und die Königin hob einen Arm. Jede Sekunde würde sie diesen Arm fallen lassen, und dann würden die Pfeile fliegen. Er sah Neona noch ein letztes Mal an. Tränen liefen ihr die Wangen hinab.

„Halt!“, schrie sie und kam gerannt, um sich vor ihn zu stellen.

Ihm zog sich das Herz in der Brust zusammen. Sie glaubte noch immer an ihn.

„Zur Seite!“, brüllte die Königin.

„Tötet ihn nicht.“ Neona fiel auf die Knie und legte die Hände wie zum Gebet zusammen. „Ich flehe Euch an, erweist uns die gleiche Gnade wie zuvor schon Calliope. Dieser Mann ist mein Partner.“

Zoltan öffnete den Mund, um ihr zuzustimmen, wurde aber von der Königin unterbrochen.

„Wir haben keine Partner! Selbst Calliopes Partner hat sie verlassen.“

„Aber wegen ihm haben wir Freddie und Freya.“ Neona deutete auf zwei Bogenschützinnen. „Ich könnte uns weitere Töchter schenken. Wir brauchen mehr Frauen, das wisst Ihr auch.“

Eine der Frauen ließ ihren Bogen sinken. „Das stimmt. Was schadet es, ihn am Leben zu lassen, bis er ein Kind gezeugt hat?“

„Ich stimme Freddie zu.“ Eine zweite Frau ließ ihren Bogen sinken. „Er könnte in der Hütte unseres Vaters leben.“

Das muss Freya sein, dachte Zoltan. Sie sah ihrer Schwester, Winifred, fast zum Verwechseln ähnlich. Der einzige Unterschied war der goldene Schimmer in Winifreds braunen Augen, während die von Freya ins Grüne gingen.

„Zu gefährlich“, sagte die dritte Bogenschützin. „Er könnte entkommen und anderen von uns erzählen.“

Die Königin nickte. „Lydia hat recht. Wir können ihm nicht erlauben, dieses Tal lebendig zu verlassen."

„Er kann bei mir im Haus bleiben." Neona stand auf. „Bitte. Ich will so sehr eine Tochter." Sie sah sich nach Zoltan um, ohne ihm in die Augen zu sehen. „Dieser Mann ist stark und schmucken Antlitzes. Ich glaube, er könnte mir eine außerordentliche Tochter schenken."

„Er scheint stark zu sein", sagte Winifred. „Der Pfeil muss ihm schreckliche Schmerzen bereiten, aber er hat kein einziges Mal gestöhnt."

„Leichtfüßig muss er ebenfalls sein", fügte Freya hinzu. „Er hat es geschafft, sich an Tashi vorbeizuschleichen."

Die Königin starrte ihn wütend an. „Wie hast du es an unserer Wache vorbeigeschafft?"

„Ich komme in Frieden ..."

„Männer sind niemals friedlich", zischte Nima und sah dann ihre Tochter an. „Siehst du, wie er vermeidet, uns die Wahrheit zu sagen? Man kann ihm nicht vertrauen. Er verdirbt dich und sorgt dafür, dass du deine heilige Pflicht vergisst."

„Nein!" Neona schüttelte den Kopf. „Es ist Teil unserer Pflicht, Töchter für die Zukunft zu zeugen. Dieser Mann kann mir eine schenken."

Zoltan zuckte innerlich zusammen. War das nur eine Strategie, um ihn am Leben zu erhalten, oder empfand sie wirklich so? War er nicht mehr als ein Samenspender für sie?

Die Königin sah ihn angeekelt an. „Er wird dir nichts als Leid bringen. Lydia, bring Tashi her. Ich will wissen, wie dieser Mann sich an deiner Tochter vorbeischleichen konnte."

Lydia wurde blass. „Ja, Euer Majestät." Sie verließ das Dorf.

„Winifred, reiß ihm den Pfeil heraus", befahl die Königin. „Mal sehen, ob er so stark ist, wie du meinst."

„Ja, Euer Majestät." Winifred reichte ihren Pfeil und Bogen an ihre Schwester weiter und trat dann hinter ihn.

Das Gesicht verziehend wendete Neona sich ab. Zoltan war sich nicht sicher, was sie empfand. Sie versuchte offensichtlich, ihn am Leben zu halten, aber gleichzeitig weigerte sie sich auch, ihm in die Augen zu sehen.

Er spürte, wie Winifred die Hände fest gegen seinen Rücken presste, und machte sich mit zusammengebissenen Zähnen bereit. Jede Sekunde war es so weit. Er schloss die Augen, damit niemand ihr Aufglühen bemerken konnte.

Brennender Schmerz explodierte entlang seines Rückens. Er keuchte auf, aber es gelang ihm, ein Stöhnen zu unterdrücken und seine Fangzähne nicht hervorspringen zu lassen.

„Er ist draußen", verkündete Winifred hinter ihm. „Er verliert sehr schnell Blut."

Er atmete zischend ein. Er würde trinken müssen. Bald.

„Ich lege dir die Hände auf, um dich zu heilen", flüsterte Neona ihm zu. „Das stoppt die Blutung und nimmt dir den Schmerz."

Er öffnete die Augen und sah sie streng an. „Das wirst du nicht tun."

Sie hob den Blick, bis sie ihm in die Augen sah. „Es gibt keinen Grund für dich, Schmerzen zu leiden."

„Ich werde nicht zulassen, dass du meinen Schmerz in dir aufnimmst."

„Interessant." Winifred trat vor ihn und musterte ihn neugierig. „Ich glaube, er mag dich, Neona."

„Ich habe ihr versprochen, ihr kein Leid zu bringen", sagte Zoltan leise.

Neona wendete sich ab, aber in ihren Augen sah er Tränen glänzen.

„Das ist so … lieb." Winifred und ihre Schwester sahen sich amüsiert an.

Die Königin betrachtete ihn verächtlich. „Und schon fängt es an. Er wird euch täuschen, indem er euch Gefühle vortäuscht, und eure Zuneigung erschleichen, indem er lügt. Ich sollte ihn umbringen, ehe er euch alle verdirbt."

Zoltan betrachtete die Königin. Wie hatte sie all die Jahrtausende an ihrem Hass festhalten können? Man sollte meinen, dass jemand nach ein paar Tausend Jahren irgendwann gelassener wurde. „Ihr müsst mich nicht umbringen. Ich werde eh bald verbluten."

„Ich hole schnell Verbandszeug und Medizin." Neona rannte in eines der Gebäude.

Winifred betrachtete ihn, die Arme verschränkt. „Also, wie bist du Neona begegnet?"

„Wir haben uns vor fünf Tagen zum ersten Mal gesehen." Er versuchte sich an einer Verbeugung, aber das Seil um seinen Hals hielt ihn davon ab. „Höchst erfreut. Mein Name ist Zoltan."

„Ich bin Freddie, und das ist meine Schwe..."

„Still!" Die Königin warf Winifred einen wütenden Blick zu. „Er weiß jetzt schon zu viel."

„Ich habe mich darauf gefreut, euch alle kennenzulernen", fuhr Zoltan fort, als wären sie bei einem ganz normalen Zusammenkommen. „Ich habe auch Geschenke mitgebracht. Sie sind in der Hütte im benachbarten Tal. Eine Sammlung Jagdmesser und weitere Waffen. Ein paar Bücher ..."

„Waffen?", fragte Winifred.

„Bücher?" Freyas Augen fingen an zu leuchten.

„Genug!", befahl Nima verärgert. „Ist euch nicht klar, was er vorhat? Schmeichelei, Manipulation und Täuschung. Er versucht, uns zu vernichten."

„Ich will helfen", beharrte er. „Ihr seid in Gefahr durch Master Han und Lord ..."

„Ich wusste es!" Die Königin zog ihr Schwert und richtete es auf sein Herz. „Du bist ein Spion von Lord Liao."

„Nein. Ich bin auf Eurer Seite."

„Du lügst." Sie presste ihre Schwertspitze gegen seine Jacke.

Es würde ihm schwerfallen, die Königin zu überzeugen. Zoltan entschied, dass es Zeit war, seinen Trumpf auszuspielen. „Ihr könnt mir vertrauen. Ich bin diesem Ort durch mein Blut verbunden. Ich bin Dohnas Sohn."

Keuchend wich die Königin zurück. Das Schwert fiel ihr aus der Hand und mit einem dumpfen Knall zu Boden.

Winifred und Freya sahen sich schockiert an, ehe sie sich wieder ihm zuwendeten.

In der Zwischenzeit kam der Leopard auf die Lichtung gerannt. *Oh nein. Sie haben dich erwischt? Ich habe doch gesagt, du sollst dich nicht erwischen lassen. Warum bist du voller Blut?*

Zoltan knirschte mit den Zähnen. *Ich bin angeschossen worden.*

Was machen wir denn da? Zhan rannte im Kreis um ihn herum. *Ich weiß! Ich beiße die Königin in den Knöchel. Dann rennst du los. Neona kann mit uns zusammen im Wald leben, und wir gehen jeden Tag auf Kaninchenjagd! Das wird toll!*

Kater, ich bin an einen verdammten Pfahl gefesselt.

Oh. Das ist ein Problem. Zhan versuchte, den Pfahl zu erklimmen, fiel aber auf halber Höhe wieder auf den Boden. *Keine Sorge! Ich mache dich los.* Er griff den Pfahl an und hieb mit seinen Krallen danach.

Zoltan schnaubte. In diesem Tempo würde der Kater ihn in ungefähr zwölf Stunden befreit haben. Er würde sich vorher teleportieren müssen, um der Sonne zu entgehen. Und wenn er nicht bald etwas zu trinken bekam …

„Du lügst!" Königin Nima war aus ihrer Schockstarre erwacht, um ihn anzubrüllen.

„Es ist die Wahrheit", sagte Zoltan. „Mein Vater war Graf Czakvar aus Transsilvanien. Er hat eine neue Frau aus dem Osten mitgebracht, die man Donna Maria genannt hat. Als die Mongolen 1241 in das Dorf einfielen, wurden die meisten seiner Bewohner getötet. Die Überlebenden haben Donna Maria die Schuld gegeben und sie eine Hexe genannt. Mein Vater hatte gerade seinen ältesten Sohn in der Schlacht verloren, und in seiner Verzweiflung ..."

„Willst du seine Taten entschuldigen? Er war ein Monster!" Nimas Gesicht wurde rot vor Wut.

Zoltan musste schlucken. Er hatte das ungute Gefühl, dass Neonas Mutter seinen Vater umgebracht hatte. *Verdammt noch mal.* Nachdem er achthundert Jahre die Wahrheit gesucht hatte, zögerte er jetzt davor, die endgültige Frage zu stellen.

„Euer Majestät." Winifred zog die Königin zurück. „Lasst Euch nicht von ihm aufregen. Er muss lügen."

„Genau", stimmte Freya ihr zu. „Wie kann er 1241 schon gelebt haben?"

Die drei Frauen stellten sich dicht zusammen, sprachen eindringlich auf Tibetisch miteinander und warfen ihm dabei verstohlene Blicke zu.

Kater, was erzählen sie? fragte Zoltan.

Zhan ließ von dem Pfahl ab, um zuzuhören. *Sie fragen sich, wie du mehrere Jahrhunderte alt sein kannst. Die Königin ist sehr aufgebracht. Sie meint, Dohna hätte möglicherweise etwas von dem Wasser des Lebens mitgenommen, um es dir zu geben. Es darf nicht an einen Mann gegeben werden.*

Wasser des Lebens? Das also war ihr Jungbrunnen. Zoltan sah sich um. *Ist es der Bach, der hier durchs Tal fließt?*

Nein, der Teich in der Höhle. Geh da aber nie rein. Wenn sie dich da erwischen, bringen sie dich mit Sicherheit um.

In dem Moment verließ Neona das Gebäude mit den Armen voll Verbandsmaterial. „Tut mir leid, dass es so lange gedauert hat." Sie eilte auf Zoltan zu. „Ich musste noch Verbände machen. Wir haben die meisten vor drei Wochen nach der Schlacht aufgebraucht."

Zhan trottete auf sie zu und rieb sich an ihren Beinen. „Braves Kätzchen", flüsterte sie, während sie eine Schüssel und einen Krug neben Zoltan auf den Boden stellte. In einem Korb befanden sich in Streifen gerissenes weißes Leinen und ein

Tontopf. Sie zog das Messer aus der Hülle an ihrem Bein und schnitt durch die Seile, die seine Hände zusammenbanden.

„Neona", flüsterte er. „Danke."

Sie ignorierte ihn, ganz auf seine Hände konzentriert.

„Was machst du da, Neona?" Die Königin nahm das Schwert, das sie fallen gelassen hatte.

„Seine Hände müssen frei sein, damit ich ihm die Jacke ausziehen kann." Neona legte ihr Messer weg, zog ihm dann die Jacke aus und warf sie zur Seite. Der Leopard kam gerannt, um an ihr zu schnüffeln.

Die Königin steckte ihr Schwert ein. „Du hast seine neueste Lüge verpasst. Er behauptet, Dohnas Sohn zu sein."

Neona keuchte auf und sah ihm in die Augen. „Wie kann das sein?"

„Das fragen wir uns auch alle", murmelte Nima mit einem Blick auf Winifred und Freya. „Wie kann er so lange überlebt haben?"

Neona wurde blass.

Erinnerte sie sich an die Fangzähne, die sie gesehen hatte? Zoltan sah sie eindringlich an und fragte sich, ob sie allen verraten würde, dass er ein Vampir war.

Sie griff wieder nach ihrem Messer, schnitt mit zitternden Händen durch sein T-Shirt und riss es auf. „Wir wissen nicht, ob Dohna einen Sohn hatte."

„Du denkst also auch, dass er lügt?", fragte Nima.

„Ich weiß nicht, was ich von ihm denken soll", sagte Neona leise. Sie goss Wasser in die Schüssel, befeuchtete dann ein Stück Tuch und wischte das Blut aus der kleinen Stichwunde an seinen Rippen.

„Ich bin noch der Gleiche", flüsterte Zoltan.

Sie ignorierte ihn und öffnete den Tontopf, um etwas Salbe daraus auf die kleine Wunde zu schmieren.

„Woher weiß er überhaupt von Dohna?", verlangte die Königin zu wissen. „Hast du ihm von ihr erzählt?"

Neona zuckte schuldbewusst zusammen.

„Da siehst du, wie er deine Worte verdreht, um uns zu täuschen."

Neona antwortete nicht. Sie nahm einen Streifen Leinen und wickelte ihn um seinen Oberkörper, um die kleine Wunde zu verbinden.

„Ich sage die Wahrheit", erwiderte Zoltan. „Woher sonst sollte ich wissen, dass meine Mutter mit Vögeln und mit Tieren kommunizieren konnte? Die Dorfbewohner haben sie für eine Hexe gehalten und sie für den Angriff der Mongolen verantwortlich gemacht."

„Und dann hat dein sogenannter Vater sie umbringen lassen?", brüllte Nima. „Wenn du der bist, der du zu sein behauptest, dann bist du der Sohn des Mannes, der uns verraten hat!"

Neona sah ihn misstrauisch an, während sie den Verband verknotete.

„Auch ich mache meinem Vater Vorwürfe", sagte Zoltan. „Ich habe versucht, meine Mutter zu retten. Man hat Steine nach ihr geworfen, und ich habe mich ihnen in den Weg gestellt. Und als sie eine Fackel geworfen haben, bin ich auf die Scheite gesprungen, damit sie kein Feuer fingen. Es hat mir den Rücken verbrannt …"

Neona schrie auf und stolperte zurück. „Du … oh mein Gott, du bist der Junge?"

„Du bist dort gewesen?", fragte Zoltan. Es schien jetzt eindeutig, dass die Frauen von Beyul-La sein Dorf angegriffen hatten, aber ihm zog sich der Magen zusammen bei dem Gedanken an Neona bei einem Amoklauf.

„Du erinnerst dich an ihn?", fragte Nima ihre Tochter.

„Als wir angekommen sind, hatten die Dorfbewohner den Scheiterhaufen gerade in Brand gesteckt. Dohna war bereits tot, und vor ihr auf dem Boden lag ein Junge." Neona drehte sich mit weit aufgerissenen Augen zu Zoltan um.

„Du bist es. Deswegen habe ich angefangen, diesen Traum zu haben."

Sie zog ihm das T-Shirt aus, während sie hinter ihn trat, und benutzte es dann, um ihm das Blut vom Rücken zu wischen. „Oh Gott. Du bist es wirklich."

Sie stolperte vor ihn, und das blutige T-Shirt rutschte ihr aus der Hand und fiel zu Boden. „Ich habe dich nicht erkannt. Oder vielleicht doch. Ich habe angefangen, den Traum zu haben." Sie betrachtete sein Gesicht. „Kannst du dich an irgendetwas erinnern?"

„Nein." Er schüttelte den Kopf. „Ich bin am nächsten Tag ein paar Meilen vom Dorf entfernt aufgewacht."

„Also spricht er die Wahrheit?", fragte Nima.

Neona nickte mit tränenfeuchten Augen. „Ich erinnere mich an die Brandnarbe. Und die Narben an seinem Rücken und seinen Schultern. Ich habe sie alle berührt und ihnen den Schmerz genommen."

Zoltan konnte es kaum glauben. „Du ... du hast mich geheilt?"

Eine Träne lief ihr die Wange hinab. „Als ich dich zum ersten Mal sah, wie du vor Dohna gelegen hast, wusste ich, dass du versucht hast, sie zu retten. Du warst dem Tode nah, also habe ich dich da weggeholt, um dich zu heilen."

„Du hast mir das Leben gerettet", flüsterte er. Neona war bei ihm gewesen, weit vom Dorf entfernt. Sie war damit beschäftigt gewesen, ihn zu heilen, statt die Dorfbewohner umzubringen. Unschuldige oder Mörderin? Seine Neona war unschuldig.

Er sah die Königin an. Kein Zweifel, dass sie Teil des Massakers gewesen war. Und da sie die Anführerin war, schien es sehr wahrscheinlich, dass sie auch diejenige gewesen war, die seinen Vater umgebracht hatte.

Die Königin bemerkte seinen Blick und erstarrte. „Warum bist du hergekommen? Willst du deinen Vater rächen?"

Er stöhnte innerlich auf. Anscheinend stimmte seine Theorie. „Ich wollte nur Antworten.“ Er atmete tief durch. „Im Augenblick will ich nur aufhören zu bluten.“

„Oh, natürlich! Tut mir leid.“ Neona nahm das feuchte Tuch, um ihm den Rücken zu säubern. Dann schmierte sie ihn mit etwas Salbe ein und wickelte einen Verband um ihn. „Diese Medizin stillt die Blutung und hält die Wunde sauber.“

Winifred trat näher heran. „Dann bist du wirklich Dohnas Sohn?“

Er nickte. „Ich war vierzehn, als sie gestorben ist.“

„Wie kannst du so lange überlebt haben?“, verlangte Nima zu wissen.

Neona hielt mitten im Binden der letzten Bandage inne. „Er muss sich ausruhen. Es ist ein Wunder, dass er noch aufrecht steht.“

„Woher wusstet ihr, dass Dohna in Schwierigkeiten ist?“, fragte er. „Wie seid ihr so schnell nach Transsilvanien gekommen?“

In den Augen der Königin blitzte die Wut wieder auf. „Du bist unser Gefangener. Du hast keine Fragen zu stellen.“

Der Leopard fauchte die Königin an und rannte dann weg, um sich hinter Zoltan zu verstecken.

„Ich sollte ihn in meine Hütte bringen, damit er sich ausruhen kann“, schlug Neona vor.

„Können wir uns die Geschenke von ihm ansehen?“, fragte Winifred die Königin.

„Morgen. Heute Nacht müssen wir uns dabei abwechseln, Neonas Haus zu bewachen.“ Nima sah Zoltan voll misstrauischer Verachtung an. „Lasst euch von seiner falschen Großzügigkeit nicht täuschen. Er will etwas von uns.“

Freya schnaubte. „Er will Neona in seinem Bett.“

Errötend leerte Neona die Wasserschale. „Dafür ist er zu geschwächt.“

„Wollen wir wetten?“, fragte er leise. Sobald er die zwei

Plastikbeutel mit Blut getrunken hatte, die in seiner Jacke verborgen waren, würde er viel kräftiger sein.

Sie errötete noch tiefer, während sie ihr Verbandsmaterial einsammelte. Zhan stieß mit dem Kopf gegen ihr Bein.

„Wir sind zurück", verkündete Lydia, die sich ihnen mit ihrer Tochter näherte.

Tashi sah Zoltan stirnrunzelnd an und ließ sich dann auf die Knie fallen. „Vergebt mir, Majestät. Ich weiß nicht, wie er mir entgehen konnte. Erlaubt Ihr, dass ich ihn für Euch töte?"

„Es wäre mir eine Ehre, ihr dabei zur Seite zu stehen", bot Lydia an.

Zoltan stöhnte innerlich auf. Noch mehr blutrünstige Frauen.

„Ich habe entschieden, ihn leben zu lassen", verkündete Nima. „Er ist Dohnas Sohn."

Lydia keuchte auf und sah ihn mit weit aufgerissenen Augen an. „Wie ist das möglich?"

„Es stimmt", sagte Neona. „Er ist der Junge, den ich gerettet habe."

Tashi stand auf und sah ihn dabei neugierig an. „Jetzt ist er kein Junge mehr."

„Ich habe einen Namen. Zoltan."

Lydia trat näher und musterte ihn. „Er sieht ihr wirklich ein wenig ähnlich. Die Form der Augen …"

„Hast du meine Mutter gekannt?", fragte er.

Lydia seufzte. „Es hat uns allen das Herz gebrochen, als sie mit diesem Bastard gegangen ist."

„Es freut mich, dass wir die Gelegenheit haben, Dohnas Blutlinie dorthin zurückzuführen, wo sie hingehört." Nima winkte in seine Richtung. „Dieser Mann wird uns mit Neona Dohnas Enkelin schenken."

Lydia kniff die Augen zusammen. „Wenn er Dohnas Sohn ist, ist er auch der Sohn von diesem Bastard."

„Das stimmt“, pflichtete Nima ihr bei. „Sein Vater hat Dohna auf schlimmste Weise hintergangen. Wir können es nicht wagen, diesem Mann zu vertrauen.“ Sie zog ein Messer aus ihrem Gürtel, legte es Zoltan an die Kehle und zerschnitt damit dann das Seil an seinem Hals. „Er wird als Gefangener in Neonas Haus bleiben, bis sie schwanger ist. Dann bringen wir ihn um.“

14. Kapitel

Zoltan riss den Verschluss von der ersten Blutkonserve und stürzte sie gierig hinunter.

Er war jetzt in Neonas Haus, endlich allein. Es war ihm gelungen, seine Jacke an sich zu nehmen, ehe er dorthin geführt worden war. Lydia stand draußen Wache, und sie hatte die Fenster und Fensterläden fest verschlossen, damit er nicht entkommen konnte. Das einzige Licht im Haus kam von dem kleinen Feuer im Kamin.

Er quetschte den letzten Tropfen aus dem Plastikbeutel und nahm dann den zweiten. Ein Klopfen an der Tür ließ ihm eine Sekunde Zeit, den Beutel aufs Bett fallen zu lassen und seine Jacke darüberzulegen. Die Tür öffnete sich, und Tashi kam mit einem hölzernen Tablett herein.

„Wir dachten, du bist vielleicht hungrig.“ Sie stellte das Tablett auf den runden Tisch vor der Feuerstelle. „Der Tee ist noch heiß.“ Sie stellte die tönerne Teekanne auf einen Untersetzer auf dem Tisch.

„Danke.“ Zoltan neigte seinen Kopf.

Sie sah ihn neugierig an. „Bist du wirklich Dohnas Sohn?“

„Ja.“

Tashi sah zur Tür, trat dann auf ihn zu und senkte die Stimme. „Hat deine Mutter dir manchmal etwas … Besonderes zu trinken gegeben?“

Sie musste das Wasser des Lebens meinen. Die Frauen vermuteten, dass er deswegen noch am Leben war. „Wo ist Neona?“

Tashi schnaubte. „Du kannst es nicht abwarten, was?“ Sie ließ den Blick seine nackte Brust hinab zu seiner Jeans wandern. „Ich würde mich nicht so beeilen, wenn ich du wäre. Sobald sie schwanger ist, bist du …“

Die Tür öffnete sich, und Lydia spähte hinein. „Es gibt keinen Grund, mit ihm zu reden.“

„Ja, Mutter.“ Tashi ging eilig wieder nach draußen.

Lydia sah ihn noch einmal misstrauisch an und schloss dann die Tür.

Er nahm sich den zweiten Beutel Blut und riss den Verschluss ab. Nach der Hälfte fühlte er sich stark genug, um langsamer zu machen. Er nahm kleine Schlucke, während er sich umsah. Es war ein kleines Haus. Ein Zimmer. Jahre von Holzfeuern hatten die Wände und Möbel in einen rustikalen Duft gehüllt. Es gab zwei Betten an gegenüberliegenden Wänden, die mit etwas behängt waren, das wie eine Matte aus Schilf aussah. Wahrscheinlich isolierten sie so ihre Häuser. Die Winter hier dürften verdammt kalt werden, dachte er.

An den Wänden hingen ein paar gerahmte Bilder. Lange Rechtecke aus bunter Seide, bestickt mit Blumen und Schmetterlingen. Er lächelte bei der Vorstellung, wie Neona an einem kalten Winterabend vor dem Kamin saß und mit Nadel und Faden diese Kunstwerke schuf.

Die Bettwäsche war aus ungebleichtem Leinen, weich geworden nach jahrelanger Benutzung und vielen Wäschen. Die Kissen und die Bettdecke waren mit etwas Weichem ausgestopft. Lammwolle, ließ ihn der schwache Geruch vermuten. Zwischen den Betten stand ein kleiner Tisch. Darauf befanden sich ein Kerzenhalter und das Buch, das Neona am vorigen Abend aus Frederics Hütte mitgebracht hatte. Am Fuß der beiden Betten stand jeweils eine große Holzkiste.

Der Kamin war an der hintersten Wand, den zwei Betten gegenüber. Davor standen ein Tisch und zwei Stühle. Zwei Betten, zwei Truhen, zwei Stühle. Neona musste sich dieses Haus mit ihrer Zwillingsschwester geteilt haben.

Er trank den zweiten Beutel mit Blut aus und steckte dann

beide Beutel in eine Reißverschlusstasche in seiner Jacke. Dann schlenderte er an den Kamin, um ein neues Holzscheit aufzulegen. Das Feuer verschlang sein neues Brennholz gierig und ließ die Schatten im Raum aufflackern.

Er betrachtete das Essen auf dem Tablett. Eine Art Fladenbrot, Marmelade aus Beeren und dazu Käse. Er hob die Teekanne hoch, um sie sich anzusehen. Töpferei, bemalt mit einem schlichten Muster aus roten und grünen geometrischen Formen. Hatte eine der Frauen sie selbst gemacht?

Dann fiel ihm der Untersetzer ins Auge. Er war schwarz und glatt. Schiefer? Er stellte die Kanne auf den Tisch und nahm den Untersetzer in die Hand. Er war ein wenig biegsam, mit glatten Kanten. Kein Stein. Auch kein Ton. Leder? Dafür sah er zu dick aus. Er beugte sich über den Kamin und hielt eine Ecke des Untersetzers ins Feuer. Er fing weder an zu brennen noch zu schmelzen. Er fühlte sich kaum warm an. Der Boden des Kamins war aus den gleichen seltsamen schwarzen Kacheln gefertigt.

Wieder klopfte es an der Tür. Er legte den Untersetzer hin und nahm die Teekanne in die Hand, gerade als Tashi wieder ins Haus kam. Er schenkte etwas Tee in einen runden Becher ohne Henkel.

„Ich dachte, du willst dich vielleicht frisch machen." Tashi stellte eine Schüssel und einen Krug neben das Tablett und sah dann stirnrunzelnd den Teller an. „Du hast nichts gegessen."

„Ich habe auf Neona gewartet. Wann kommt sie?"

„Hast du es so eilig mit dem Sterben?" Tashi sah ihn spöttisch an. „Neona ist bei Freddie und Freya. Sie machen sie bereit für dich. Und machen eine riesige Sache daraus." Sie verdrehte die Augen. „Sie tun so, als wäre das eine Hochzeit."

Ihm blieb das Herz stehen. Würde Neona es auch so sehen? Konnte sie einen Vampir als Ehemann akzeptieren? Sein Schritt zog sich zusammen beim Gedanken an eine Hochzeitsnacht.

„Aber für dich ist es eher eine Beerdigung", fuhr Tashi fort. „Du hättest nicht herkommen sollen."

„Ich liebe Neona. Und ich will euch dabei helfen, Lord Liao zu besiegen."

Tashi erstarrte. „Wir brauchen deine Hilfe nicht."

„Doch. Ihr seid nur zu sechst."

„Du wirst die Königin nie dazu bekommen, dir zu vertrauen."

„Ich muss es versuchen." Zoltan sah sich in dem kleinen Haus um. Er würde vielleicht ein paar Tage darin verbringen müssen. Er musste sich nach Hause teleportieren und einen Vorrat Blut herbringen. Und er musste mit Angus zusammen einen Plan erstellen. „Wie lange wird es dauern, bis Neona hier ist?"

Tashi zuckte mit den Achseln. „Keine Ahnung."

„Ich sollte mich ausruhen, ehe sie hier ist. Kannst du sie bitten, mir dreißig Minuten Zeit zu geben?"

„Sehen wir aus, als hätten wir eine Uhr?"

„Neona hat eine. Ich habe sie ihr geschenkt."

Tashi riss die Augen auf. „Wirklich? Stimmt es, was Freya gesagt hat, hast du uns allen Geschenke mitgebracht?"

Er nickte. „Das stimmt. Ich würde hier gerne akzeptiert werden."

„Die Königin wird einen Mann hier niemals akzeptieren." Seufzend ging Tashi wieder zur Tür. „Manche Dinge ändern sich nie."

Die Traurigkeit in ihrer Stimme ließ Zoltan vermuten, dass sie einer Veränderung offen gegenüberstünde. „Sagst du es Neona?"

Tashi nickte. „Dreißig Minuten." Sie ging und schloss die Tür hinter sich.

Zoltan nahm seine Jacke und sah sich noch einmal um, während er sich zum Teleportieren bereitmachte. Der Untersetzer. Es ärgerte ihn, dass er nicht sagen konnte, aus was er bestand. Er nahm ihn, sah auf die Uhr und teleportierte sich direkt in die Küche seiner Burg.

Howard hatte seine Frau zwischen sich und die Küchenanrichte gepresst und fütterte sie mit einer schokoladenüberzogenen Erdbeere.

Zoltan ließ seine blutgetränkte Jacke und die schwarze Fliese auf die Anrichte fallen. „Tut mir leid, wenn ich unterbreche."

Howard zuckte erschreckt zusammen und wirbelte herum. „Was zum ... heiliger Vater! Was ist mit dir passiert?"

Elsa verschluckte sich und hustete, bis ihr Tränen in den Augen standen. „Oh mein Gott! Brauchst du einen Arzt?"

„Mir geht es gut." Zoltan sah an sich hinab. Seine nackte Brust war blutverschmiert, und noch mehr Blut sickerte durch den Verband, den Neona ihm angelegt hatte.

Howard sah ihn fassungslos an. „Warum triffst du dich weiter mit dieser Frau? Sie hat dich schon wieder vermöbelt!"

„Nein, hat sie nicht." Zoltan deutete auf die Stichwunde an seinen Rippen. „Ihre Mutter hat das getan. Und es war eine ihrer Freundinnen, die mit dem Pfeil auf mich geschossen hat."

„Und deshalb ist es in Ordnung?" Howard wirkte bestürzt. „Ich nehme das zurück. Du bist nicht depressiv. Du bist wahnsinnig." Er nahm sein Handy aus der Tasche. „Ich rufe Mikhail an. Er hat Verbandszeug."

„Ich muss nicht verarztet werden." Zoltan nahm eine Flasche Blissky aus dem Schrank. „Aber ruf Mikhail trotzdem an, und Angus, und jeden, der sonst Zeit hat, zu einer Strategiebesprechung zu kommen. Wir müssen uns einen Plan überlegen, wie wir den Frauen von Beyul-La helfen können."

Howard runzelte die Stirn. „Den gleichen Frauen, die dich gerade als Darts-Scheibe benutzt haben?"

„Das wird schon noch." Zoltan schenkte sich ein Glas Blissky ein und kippte es herunter. Das Blut verschaffte ihm einen Schuss Energie, und der Whisky half gegen die schlimmsten Schmerzen. Er griff nach der schwarzen Fliese. „Ruf sie alle hier zusammen. Ich bin gleich wieder da."

„Was? Wohin ..."

Zoltan teleportierte sich in sein Büro in Budapest. „Milan", rief er, als er das Büro seines Assistenten betrat.

Milan sprang auf. „Oh mein Gott! Was ist mit Ihnen passiert?"

Zoltan zuckte mit den Achseln, verzog dann aber das Gesicht vor Schmerz, als er seine Schulter bewegte.

„Sir!" Milan lief auf ihn zu. „Soll ich einen Arzt rufen?"

„Nein, es geht mir gut. Und ich habe es eilig. Ich muss zurück."

„Zu einer Schlacht?" Milan rückte sich die Brille zurecht, während er die Verbände betrachtete. „Sind Sie sicher, dass das vernünftig wäre, Sir? Wenn ich das sagen darf, es sieht aus, als würden Sie verlieren."

Zoltan lächelte. „Mir geht es gut. Wie läuft es mit dem Erwerb des Landes?"

„Rajiv hat sich mit den Regierungsvertretern getroffen. Er hat gesagt, sie wollten eine völlig überzogene Summe, um die zehn Millionen ..."

„Schick es ihm. Ich brauche die Urkunde sobald wie möglich."

Milan schluckte. „Ja, Sir."

„Und sieh mal, was du hierüber herausfinden kannst." Zoltan reichte ihm die geheimnisvolle schwarze Fliese.

Milan runzelte die Stirn und drehte die Fliese in den Händen. „Was ist das?"

„Ich weiß es nicht. Schick sie ans Labor in der Universität. Zu den gleichen Leuten, die den Pfeil untersucht haben. Und sag denen, sie sollen sich beeilen. Ich will es morgen Abend wissen."

„Ja, Sir."

„Wie laufen die Geschäfte? Hast du alles unter Kontrolle?"

„Ja, Sir!" Milan richtete den Blick wieder auf die blutigen Verbände. „Wie ist Ihr ... Urlaub?"

„Fantastisch! Wir sehen uns." Zoltan teleportierte sich zurück in die Küche seiner Burg.

Mikhail und seine Frau, Pamela, waren angekommen und saßen mit Howard und Elsa am Tisch. J.L. Wang nahm sich gerade ein Blier aus dem Kühlschrank, und Emma MacKay schenkte sich ein Glas Blardonnay ein.

Sie keuchte auf. „Was ist mit dir passiert?"

„Ich habe die anderen Kriegerinnen von Beyul-La kennengelernt", erklärte Zoltan. „Kommt Angus auch?"

„Ja, sobald er das Gespräch mit Franklin Chesterton beendet hat." Emma schenkte ein zweites Glas Blardonnay ein und reichte es Zoltan. „Ich bin mit Angus gegangen, weil meine mentalen Fähigkeiten sehr viel stärker sind als seine, wahrscheinlich, weil ich schon eine Telepathin war, ehe er mich verwandelt hat. Ich konnte sehen, dass Franklin sich an seine Kindheit durchaus erinnert. Anscheinend haben er und sein Vater oft über Beyul-La gesprochen."

„Das ist gut." Zoltan nahm einen tiefen Schluck von der Mixtur aus synthetischem Blut und Chardonnay, dann trat er an den Tisch. „Sollen wir anfangen?"

„Ich habe das Erste-Hilfe-Set mitgebracht", sagte Mikhail. „Willst du etwas gegen die Schmerzen?"

„Ich brauche nichts." Zoltan setzte sich neben J.L. Wang.

J.L., eigentlich Jin Long, hatte für das FBI gearbeitet, ehe er zum Vampir geworden war. Als Angestellter von MacKay S&I war er zuständig für die Sicherheit des Westküsten-Zirkels, der in seiner Heimatsstadt San Francisco ansässig war. In letzter Zeit hatte er auch einige Aufträge in China übernommen, weil er der Sprache mächtig war.

„Wir haben den Bericht von Angus gelesen", sagte J.L., „wir sind also alle auf dem neuesten Stand. Amazonen, die sich in einem geheimen Tal verstecken. Warum? Sehen sie so schrecklich aus?"

Zoltan schüttelte den Kopf. „Ganz im Gegenteil."

„Hast du schon herausgefunden, was Lord Liao von ihnen will?" Emma stellte die Flasche Blardonnay und ihr Glas auf den Tisch und setzte sich zu den anderen.

Zoltan schenkte sich erneut sein Glas voll. „Ich glaube schon. Die Frau, mit der ich mich treffe, heißt Neona. Sie sieht wie zweiundzwanzig aus, ist aber über zweitausend Jahre alt. Und ihre Mutter, die Königin, ist noch älter. Ich glaube, sie stammt aus der Eisenzeit."

Um den Tisch herum wurde scharf eingeatmet.

„Ach du liebe Zeit", murmelte Howard. „Und ich dachte, *du* wärest alt."

Zoltan sah ihn schief an. „Sie haben einen Jungbrunnen. Wasser des Lebens nennen sie es. Ich habe es noch nicht gesehen, aber ich glaube, es ist ein Teich in einer Höhle."

„Dann will Lord Liao also den Jungbrunnen?", fragte Elsa. „Aber er ist ein Vampir. Er ist bereits unsterblich."

„Ich denke, er will Master Han seinen Wert beweisen", erklärte Zoltan. „Wenn sie die Kontrolle über das Wasser des Lebens haben, hätten sie eine enorme Kontrolle über die Welt der Sterblichen."

J. L. nickte. „Han könnte die Regierung der Sterblichen nach seinem Willen beugen."

„Kein Wunder, dass die Frauen von Beyul-La niemandem vertrauen", sagte Emma. „Wer das Wasser des Lebens kontrolliert, könnte theoretisch die ganze Welt kontrollieren."

Mikhail stützte sich mit den Ellenbogen auf den Tisch. „Wir müssen ihr Vertrauen gewinnen. Wie viele von ihnen gibt es? Sechs?"

„Ja", sagte Zoltan nach einem weiteren tiefen Schluck. „Ich versuche, sie davon zu überzeugen, dass ich auf ihrer Seite bin. Da habe ich einen Vorteil, weil meine Mutter tatsächlich auch aus Beyul-La stammte."

Elsa keuchte auf. „Die Mumie war eine der Amazonen?"

„Welche Mumie?", fragte Pamela.

„Die Mumie in der Kapelle ist seine Mutter", flüsterte Elsa ihr zu.

J. L. grinste belustigt. „Seine Mommy ist eine Mumie?"

Zoltan seufzte. „Wie gesagt, ich bin der Sohn einer der ersten Gründerinnen von Beyul-La, sie schrecken also davor zurück, mich direkt umzubringen, wie sie es mit jedem anderen getan hätten. Seit Jahrhunderten leben sie in der Überzeugung, dass man Männern nicht vertrauen kann."

Emma runzelte die Stirn. „Wir können eine so tief verwurzelte Überzeugung nicht über Nacht ändern."

„Ich weiß. Zwei von den Frauen wollen mich immer noch umbringen – die Königin und Lydia. Ich glaube, Lydias Tochter, Tashi, wäre offen für Veränderungen. Und die zwei jüngeren, Winifred und Freya, sind in den 1920er-Jahren geboren worden, sie haben also die großen Geschehnisse nicht mitbekommen, die aus den anderen Männerhasserinnen gemacht haben. Und sie sind eine Weile mit einem Vater aufgewachsen, der sie geliebt hat, wir haben also eine gute Chance, die beiden davon zu überzeugen, dass wir die Guten sind."

„Das sind die Töchter von Frederic Chesterton?", fragte Emma, und Zoltan nickte.

„Das wären fünf der Frauen." J.L. sah Zoltan an. „Was ist mit der sechsten?"

Neona. Zoltan war sich nicht sicher, was sie für ihn empfand. „Ich glaube, sie ist auf meiner Seite."

Howard kniff die Augen zusammen. „Du scheinst nicht sehr überzeugt. Gibt es ein Problem?"

Zoltan trank noch etwas von seinem Blardonnay. Er schien gegen den Schmerz zu helfen. „Sie vertrauen Männern nicht. Vampiren vertrauen sie noch weniger."

„Du hast ihnen noch nicht gesagt, dass du ein Vampir bist?", hakte Pamela nach.

„Wie hast du ihnen erklärt, dass du alt genug bist, um der Sohn der Mumie zu sein?", fragte J.L.

„Sie glauben, meine Mutter hat mir von dem Wasser des Lebens zu trinken gegeben." Zoltan nahm noch einen Schluck.

„Ah." Pamela nickte. „Das würde es erklären."

Howard trank von seinem Bier. „Ich frage mich, was passieren würde, wenn ein Vampir von dem Wasser des Lebens trinkt."

„Das habe ich mich auch gefragt. Wenn es einem Vampir ermöglichen würde, tagsüber wach zu bleiben …", überlegte Zoltan.

„… hätte Master Han einen riesigen Vorteil uns gegenüber." J.L. verzog das Gesicht. „Er könnte uns in unserem Todesschlaf ermorden."

Pamela keuchte auf. „Das ist ja schrecklich!"

Mikhail tätschelte ihr die Schulter. „Entspann dich. Wir wissen noch gar nicht, ob das Wasser des Lebens überhaupt bei Vampiren Wirkung zeigt."

Jeder am Tisch drehte sich zu Zoltan um und sah ihn an.

Er musste fest schlucken. „Ihr wollt, dass ich es versuche?"

„Wir müssen wissen, was passiert", sagte Mikhail zu ihm.

Zoltan runzelte die Stirn.

„Kopf hoch." J.L. grinste ihn schief an. „Es ist nicht so, als könnte das Wasser dich umbringen."

Zoltan rutschte auf seinem Stuhl hin und her. Die Frauen würden ihn umbringen, wenn sie ihn in ihrer Höhle dabei erwischten, wie er von ihrem kostbaren Wasser trank.

Was hatten sie sonst noch zu verbergen? „Es fühlt sich an, als würde ich etwas übersehen. Sollte es nicht einen … Grund für ihr langes Leben geben? Warum im Geheimen ewig leben?"

Die anderen am Tisch dachten stumm über die Frage nach.

Zoltan erinnerte sich daran, was Neona erzählt hatte. „Sie hat gesagt, der Pakt hat sie auf ewig gebunden."

„Welcher Pakt?", fragte Mikhail. „Mit wem?"

Zoltan schüttelte den Kopf. „Das weiß ich nicht."

„Vielleicht beschützen sie jemanden?", schlug Emma vor. „Oder etwas?"

J.L. schlug mit der flachen Hand auf den Tisch. „Ich weiß es! Den Yeti!"

Zoltan lehnte sich zurück. „Was?"

Die Frauen am Tisch lachten, während Mikhail den Kopf schüttelte.

„Das ist mein Ernst", beharrte J.L. „Den gibt es im Himalaya."

„Den Yeti gibt es nicht", murmelte Howard.

„Sagt der Wer-Bär." J.L. lachte. „Vielleicht seid ihr verwandt."

Howard knurrte.

„Ich muss bald los." Zoltan sah auf die Uhr. „Emma, mach dich bereit, gleich zu kommen, wenn ich dich anrufe. Vielleicht morgen Abend, oder den darauf."

Sie nickte. „Ich werde bereit sein."

„Im Nachbartal gibt es eine Hütte, in der Frederic Chesterton gelebt hat. Ich werde versuchen, die Erlaubnis der Frauen zu bekommen, sie als unser Hauptquartier einzurichten." Zoltan stand auf. „Ich bin in ein paar Minuten wieder da."

Während die anderen sich unterhielten, teleportierte er sich in sein Schlafzimmer, schnitt sich die Verbände ab und ging schnell unter die Dusche. Dann zog er sich etwas an, warf ein paar Kleidungsstücke in eine Reisetasche, und teleportierte sich zurück in die Küche. Dort unterhielten sich immer noch alle.

Er trat hinter die Anrichte und füllte eine kleine Kühlbox mit Flaschen voll Blut und Eis.

Howard gesellte sich zu ihm. „Was machst du da? Du tust so, als würdest du nach Beyul-La umziehen."

„Ich muss ihr Vertrauen gewinnen."

Howard sah ihn finster an. „Du kannst so viel mit ihnen reden, wie du willst, aber bei Sonnenaufgang kommst du wieder her. Du solltest dort nicht in deinen Todesschlaf fallen."

Zoltan schloss die Kühlbox. „Neona hat alles getan, damit ich am Leben bleibe. Ich glaube, ich kann ihr vertrauen."

„Das *glaubst* du? Du willst dein Leben riskieren für eine Vermutung?" Howard zog ein Paar silberner Handschellen aus seiner Jacke. „Zwing mich nicht, die zu benutzen."

Zoltan wich zurück. Wenn es Howard gelänge, ihm die Handschellen anzulegen, würde er sich nicht mehr teleportieren können.

„Muss ich dich erst daran erinnern, wie vollkommen hilflos du sein wirst?“, fuhr Howard fort. „Wenn du gehen musst, nimm mich mit.“

„Ich kann dich doch nicht zu meiner Hochzeitsnacht mitbringen!“

Im Raum wurde es ganz still. Alle starrten ihn an.

Zoltan schalt sich innerlich.

Emma stand auf. „Hast du sie geheiratet?“

„Nicht ... richtig. Das ist ... eine lange Geschichte.“ Zoltan erinnerte sich an die Eheringe, die er beim Juwelier bewundert hatte. Er sah auf die Uhr. „Howard, sag Domokos, er soll Morgen zum Juwelier gehen und Janos bezahlen, was auch immer ich ihm schulde.“

Stöhnend fuhr Howard sich mit der Hand durch die Haare. „Ich weiß nicht, ob ich dir gratulieren oder dir die verdammten Handschellen anlegen soll.“

„Ich muss los.“ Howard nahm seine Reisetasche und die Kühlbox.

„Wenn du auch nur den Anflug von Gefahr spürst, teleportierst du dich wieder her“, warnte Howard ihn.

„Werde ich. Aber wenn ich auch nur den Anflug einer Hoffnung haben will, Neonas Vertrauen zu gewinnen, dann muss ich ihr zuerst vertrauen.“ Während Zoltan sich teleportierte, kamen ihm Tashis Worte wieder in den Sinn. Es war entweder seine Hochzeit oder seine Beerdigung.

15. Kapitel

Mensch oder Monster? fragte Neona sich zum hundertsten Mal.

Er sah menschlich aus. Küsste wie ein Mensch. Blutete wie ein Mensch. Fühlte Schmerz wie ein Mensch. Und er war der Junge, den sie vor all den Jahrhunderten geheilt hatte. Ein Junge, der fast gestorben war, um seine Mutter zu beschützen.

Er war noch die gleiche edle Person. Er war zu dem Mann herangewachsen, der versucht hatte, sie zu beschützen, als er dachte, sie würde von einem Leoparden angegriffen. Der Mann, der einen Pfeil in den Rücken hingenommen hatte, damit sie nicht verletzt wurde. Er war der Mann, nach dem sie sich noch immer sehnte. *Mensch.*

Aber sobald sie sich davon überzeugt hatte, kam ihr wieder eine Erinnerung in den Sinn. Fangzähne, scharf und tödlich, die ihm aus dem Mund sprangen. *Monster.*

Sie schauderte trotz des heißen Wassers, in dem sie saß. Freddie und Freya hatten sie in ihr Haus geschleppt, um sie auf das vorzubereiten, was sie ihre Hochzeitsnacht nannten. Während sie die Wanne mit heißem Wasser und Blütenblättern füllten, hatten sie sie mit anrüchigen Scherzen geneckt. Freya hatte darauf bestanden, Neona die Haare mit einer besonderen Seife zu waschen, die sie aus Wildblumen kochte, die jeden Frühling in ihrem Tal blühten.

„Du hast so ein Glück", sagte Freya, während sie Neona die Haare ausspülte. „Du hast dir so einen schönen Mann geschnappt!"

Mensch oder Monster? fragte Neona sich wieder, und ihre Panik stieg weiter an. Wie konnte sie die Nacht mit ihm verbringen?

„Er ist sehr stark und gut aussehend." Freddie suchte etwas in der Kiste am Fuß ihres Betts.

„Und dir so ergeben." Freya seufzte. „Wenn ich daran denke, wie er sein Leben riskiert hat, um hierherzukommen und dich zu sehen …"

„Ich weiß!" Freddie zog ein Paar Slipper aus roter Seide heraus. „Und dann hat er sich geweigert, sie seinen Schmerz aufnehmen zu lassen."

Freya seufzte wieder. „So ein schöner Mann!"

Oder ein schönes Monster. Neona zog in der kleinen Holzbadewanne die Knie an.

An der Tür klopfte es, und Tashi schlüpfte herein. „Er sagt, er möchte sich dreißig Minuten ausruhen."

Freya schnaubte. „Wofür wohl."

„Er sagt, er hat Neona eine Uhr geschenkt." Tashi sah sich im Raum um.

Neona zeigte auf ihre Kleider, die sie auf Freyas Bett abgelegt hatte. „In dem kleinen Beutel."

Tashi und Freddie stürzten sich auf ihre Sachen und durchsuchten sie.

„Gefunden!" Freddie zog die Uhr heraus. „Lieber Himmel! Ist die schön!"

Tashi berührte die Uhr ehrfürchtig. „Die Katze glitzert."

„Eine Katze?" Freya lief zu ihnen, um sie sich anzusehen. „Ich liebe Katzen!" Sie nahm ihrer Schwester die Uhr ab. „Ich wünschte, ein Mann würde mir solche Geschenke machen."

„Für uns sind auch Geschenke da, weißt du noch?" Freddie setzte sich auf die Bettkante. „In der Hütte unseres Vaters."

„Das ist so aufregend!" Freya bewunderte die Uhr und grinste Neona dann an. „Du hast so ein Glück!"

Neona seufzte. Wie konnte es Glück sein, sich in einen Vampir zu verlieben? Sie gab es nur ungern zu, aber genau das musste er sein. Es erklärte die Fangzähne und wie er sich so schnell bewegen konnte. Die rot glühenden Augen mussten echt gewesen sein. War das ein Zeichen von Hunger? Wenn sie die Nacht mit ihm verbrachte, würde er sie dann als seine Braut ansehen? Oder wäre sie der Hochzeitsschmaus?

Tashi setzte sich neben Freddie auf das Bett. „Vielleicht sollten wir Neonas Mann akzeptieren. Immerhin ist er Dohnas Sohn. Und er will uns dabei helfen, Lord Liao zu besiegen."

Freya legte die Uhr auf den Nachttisch. „Ich frage mich, ob er irgendwelche Freunde hat. Es ist so schwer, hier einen passenden Mann zu finden."

Tashi zuckte mit den Achseln. „Ich habe einen gefunden."

Freddie grinste. „Das haben wir uns schon gedacht."

Tashi nickte. „Ich kann mich nur ein Mal im Monat mit ihm treffen." Ihre Schultern sackten zusammen. „Ich habe es so satt, ein Geheimnis daraus zu machen. Und ich habe es satt, den ganzen Weg ins Dorf zu gehen, nur um ihn sehen zu können. Ich wünschte, ich könnte dort leben. Oder er könnte hier leben."

Freddie zuckte zusammen. „Das würde die Königin niemals erlauben."

Tashi seufzte. „Ich weiß."

Während Neona sich mit dem Kamm durch die langen nassen Haare fuhr, fragte sie sich, ob es an der Zeit war, dass ihre Welt sich veränderte. Warum musste Tashi eine so traurige Situation ertragen? Minerva war ebenfalls unglücklich gewesen. So unglücklich, dass sie den Lebenswillen verloren hatte.

Neona biss sich auf die Unterlippe. Sie wusste, ihre Gedanken grenzten an Meuterei. „Wenn du ihn liebst, solltest du bei ihm leben. Was soll die Königin dir schon antun? Dich rauswerfen? Das ist doch genau, was du willst."

Die anderen Frauen keuchten auf.

„Aber unsere heilige Pflicht", flüsterte Freya.

„Die würde weiterhin erfüllt werden, solange wir anderen noch hier sind." Neona sah Tashi mitfühlend an. „Ich will nicht, dass du unglücklich bist."

In Tashis Augen schimmerten Tränen. „Ich habe darüber nachgedacht, mit ihm wegzulaufen. Schließlich hatte ich noch zwei Schwestern, die sich um meine Mutter und meine Großmutter kümmern konnten. Aber ich hätte nie damit gerechnet, sie in der Schlacht zu verlieren. Großmutter auch. Meine Mutter leidet so sehr. Wie kann ich sie jetzt alleine lassen?"

Neona nickte. Fast drei Wochen waren seit der Schlacht vergangen, aber die emotionalen Wunden klafften immer noch weit offen in den Überlebenden.

Freya schniefte. „Ich wünschte, diese Schlacht wäre nie geschehen. Wie konnten wir *fünf* von uns verlieren?"

„Ich weiß!" Freddie sprang auf. „Wir haben noch nie jemanden verloren. Wir sind bisher immer siegreich gewesen!"

Tashi verzog das Gesicht. „Ich habe in mehr Schlachten gekämpft, als ich mich erinnern kann. Wir hatten noch nie Probleme dabei, den Feind zu besiegen."

„Wir mussten zuvor auch noch nie gegen einen Vampir kämpfen", murmelte Freya.

„Stimmt. Wir haben immer gegen sterbliche Männer gekämpft." Tashi schauderte. „Dieser verdammte Vampir!"

Freddie ballte die Hände zu Fäusten. „Ich *hasse* Vampire!"

Neona zuckte zusammen. Wie konnte sie den anderen Frauen je gestehen, dass Zoltan zu den Untoten gehörte? Ihre Mutter suchte bereits nach einem Grund, ihn umzubringen. „Vielleicht sind einige Vampire gut. Wie dieser Russell. Er hat der Königin das Leben gerettet."

Tashi legte nachdenklich den Kopf zur Seite. „Ich wusste nicht, was ich von ihm halten sollte. Es kommt mir komisch vor, dass ein Vampir gut sein soll."

Freya nickte. „Das ist, als würde man den Himmel grün nennen oder das Gras blau."

„Aber er hat meiner Mutter das Leben gerettet", beharrte Neona. „Und er hat versprochen, Lord Liao für uns zu töten."

Freddie zuckte mit den Achseln. „Wenn man dem Versprechen eines Vampirs glauben kann."

Seufzend wendete Neona sich wieder dem Kämmen zu. „Nicht nur Lord Liao ist das Problem. Seine Soldaten waren anders. Stärker und schneller als alle sterblichen Männer, die ich je gesehen habe."

Freddie nickte. „Das stimmt. Sie hatten etwas Bizarres an sich."

Freya winkte ab. „Lasst uns nicht mehr über die Schlacht reden. Wir sollten feiern! Neona hat einen herrlichen Mann gefunden, und bald werden wir ein neues kleines Mädchen haben!"

Wie konnte sie die Nacht mit einem Vampir verbringen? Mit zitternden Händen fiel es Neona schwer, den Kamm durch eine Klette in ihrem Haar zu bekommen.

Tashi sah sie besorgt an. „Ich hoffe, du verliebst dich nicht in ihn. Du weißt, was passiert, wenn du erst einmal schwanger bist …"

Der Kamm fiel Neona aus der Hand und platschend ins Badewasser. Sie könnte es nicht ertragen, Zoltan sterben zu sehen. Selbst wenn er Fangzähne hatte. Aber es gab einen einfachen Weg, seine Hinrichtung zu verhindern. Wenn sie nie mit ihm schlief, konnte sie auch nicht schwanger werden. Der Gedanke daran, mit ihm zu schlafen, war ohnehin zu beängstigend. Sie hatte gesehen, wie er auf einen Augenblick intensiven Schmerzes reagiert hatte. Was, wenn das Gleiche auch bei extremer Lust geschah? Würden seine Fangzähne hervorschnellen und sich in ihrem Hals vergraben?

„Lasst uns nicht an die Zukunft denken", beschloss Freya. „Es ist Neonas erste Nacht mit einem neuen Partner. Sie muss perfekt werden!"

Freddie trat wieder an die Kiste am Fuß ihres Betts. „Ich finde, sie sollte das hier anziehen." Sie nahm ein weißes Kleid heraus, das mit rosafarbenen Blüten bestickt war.

Tashi keuchte. „Daran kann ich mich erinnern! Es hat Calliope gehört. Sie hat es zu der Zeremonie getragen, die sie mit Frederic gefeiert hat."

Freddie legte das weiße Kleid auf ihr Bett. „Mutter hat uns davon erzählt. Vater hat sich geweigert, bei ihr zu liegen, ehe sie einander Treue geschworen hatten." Sie drehte sich mit leuchtend goldbraunen Augen zu Neona um. „Es wäre uns eine Ehre, wenn du es trägst."

„Oh ja!" Freya legte die Hände ineinander. „Sag ja, Neona. Unsere Mutter hat dich so gern gehabt."

Neona stiegen Tränen in die Augen. Sie hatte Calliope auch geliebt. Als Heilerinnen hatten sie viel voneinander lernen können. „Das werde ich."

„Ja!" Freya sprang auf. „Du wirst wie eine echte Braut aussehen!"

Freddie grinste. „Du musst so aufgeregt sein!"

Neona wurde noch angespannter. Bald würde sie Zoltan gegenübertreten müssen, und sie wusste nicht, was sie tun oder zu ihm sagen sollte.

Tashi nahm die Uhr in die Hand. „Wir haben noch fünfzehn Minuten übrig."

In Neonas Brust machte sich Panik breit. Mensch oder Monster? Wie konnte sie die Nacht mit ihm verbringen? Irgendwann würde er hungrig werden, und dann wäre sie die Einzige in seiner Nähe. „Habt ihr Wein da?"

Lachend griff Freddy nach dem Krug mit Reiswein. „Trinken wir etwas!"

Freya fand vier tönerne Becher und füllte sie. „Auf Neona und ihre Hochzeitsnacht!"

Zoltan teleportierte sich in Neonas Haus, als ihm nur noch drei Minuten blieben.

Eine der Truhen war fast leer. Minervas, nahm er an. Dort verstaute er seine Reisetasche und die kleine Kühlbox. Dann fing er an, zunehmend nervöser im Raum auf und ab zu gehen. Würde Neona ihn akzeptieren? Er erinnerte sich, wie entsetzt sie ausgesehen hatte, als seine Fangzähne herausgesprungen waren.

Er musste sie davon überzeugen, dass er ungefährlich war. Er sah hinab auf die Kleidung, die er sich neu angezogen hatte. Da er erwartete, ihr einen Heiratsantrag zu machen, hatte er sich schick angezogen, aber jetzt wurde ihm klar, dass die neuen Sachen sie erschrecken könnten. Es wäre besser, so auszusehen, wie sie ihn beim letzten Mal gesehen hatte. Ohne Oberteil, nur in Jeans.

In Vampirgeschwindigkeit zog er sich Anzug, Krawatte und Lederschuhe aus. Er nahm ein Paar Jeans aus der Reisetasche und zog sie an. Dann warf er die neue Kleidung in die Truhe, nicht ehe er daran gedacht hatte, die kleine schwarze Schachtel aus seiner Anzugtasche zu nehmen.

Er öffnete die Schachtel, um die Ringe zu betrachten. Hatte er den Verstand verloren, jemanden heiraten zu wollen, den er erst vor fünf Nächten kennengelernt hatte? Nein, berichtigte er sich. Begegnet waren sie sich zum ersten Mal im Jahre 1241, als Neona ihm das Leben gerettet hatte. Er konnte sich nicht daran erinnern, sie aber schon. Sie hatte von ihm geträumt. Und es war ihr Pfeil in Russells Köcher gewesen, der ihn hergeführt hatte. Es war seine Suche nach der Wahrheit, die ihn hergeführt hatte.

Die Wahrheit war, dass er sie liebte. Er hatte fast achthundert Jahre auf sie gewartet. Warum sollte er noch eine verdammte Nacht länger warten? Er hatte von Anfang an die Vermutung gehabt, dass ihre Schicksale miteinander verknüpft waren. Jetzt wusste er es mit Sicherheit.

Draußen klirrte etwas und dann wurde gelacht. Es klang, als würden Topfdeckel aus Metall aneinandergeschlagen. Er legte die Schmuckschachtel auf dem Bett ab und ging auf Socken zur Tür. Mit seinem Super-Gehör nahm er die Stimmen draußen wahr.

„Ihr seid alle betrunken", schimpfte Lydia. „Wie wollt ihr die Nacht über das Haus bewachen? Wir dürfen den Gefangenen nicht entkommen lassen!"

Jemand schnaubte. „Ich glaube kaum, dass er heute Nacht entkommen will!"

Die anderen lachten.

Lydia war empört. „Lasst euch von der Königin nicht so sehen. Sie hat heute in der Höhle zu tun."

Der Höhle? Wo das Wasser des Lebens war? Irgendwann würde Zoltan sich hereinschleichen müssen, um davon zu kosten. Er hatte dafür extra eine leere Flasche mitgebracht.

Der Riegel an der Tür quietschte. „Geh rein, Neona", befahl Lydia. „Ihr anderen schlaft euren Rausch aus. Ihr könnt die Tagwache übernehmen."

Zoltan trat zwischen die Betten zurück, damit es so nicht aussah, als hätte er gelauscht.

Als Neona hereingestolpert kam, stand ihm der Mund offen. Sie sah schöner aus als je zuvor. Sie roch nach Wildblumen und sah in weißer Seide einfach himmlisch aus. Den vorderen Teil ihrer Haare trug sie geflochten und um ihren Kopf gewickelt wie eine Krone. In den Zopf hatte sie Wildblumen gesteckt, die sie wie eine Märchenprinzessin aussehen ließen. Der hintere Teil ihrer Haare hing ihr offen den Rücken hinab wie ein glänzender schwarzer Vorhang. Eingestickt erblühten weitere Blumen auf ihrem weißen Seidenkleid und ihren roten Seidenschuhen.

Sie sah ihn an und riss die Augen auf. Als die Tür hinter ihr zuschlug, sprang sie erschreckt zur Seite und bekam einen Schluckauf. Sie zuckte zusammen und hielt sich eine Hand vor den Mund. Der trompetenförmige Ärmel ihres Kleides fiel zurück bis zu ihrem Ellenbogen und deckte auf, dass sie die Hello-Kitty-Uhr an ihrem Handgelenk trug.

Er lächelte. „Du siehst wunderschön aus."

Sie runzelte die Stirn. „Du auch." Sie betrachtete seine nackte

Brust und legte die Stirn in noch tiefere Falten. „Du hast den Verband abgemacht."

„Er war ein wenig blutig, und ich wollte mich waschen." Er trat einen Schritt auf sie zu.

Sie wich zurück. „Haben die Wunden nicht geblutet?"

Er schüttelte den Kopf. „Die Salbe, die du daraufgetan hast, hat gut gewirkt." Er trat noch einen Schritt auf sie zu. „Danke, dass du mich gerettet hast. Zweimal."

Sie trat an den Tisch. Die Schüssel und der Krug standen noch immer unberührt darauf. Sie spähte in den Krug und strich mit den Fingern über die trockene Schüssel.

Zweifellos fragte sie sich, wie er blitzsauber mit feuchtem Haar vor ihr stehen konnte. Sie sah ihn misstrauisch an und ging langsam um den Tisch herum.

„Vorsicht." Er trat auf sie zu, besorgt, dass ihr langes Kleid zu nah ans Feuer kam.

Sie nahm das Messer von dem nicht angerührten Teller mit Essen und richtete es auf ihn. „Komm nicht näher."

Er seufzte. So viel zu seiner Hochzeitsnacht. Und das Messer war eindeutig nur dazu gedacht, Marmelade auf Brot zu streichen. „Du solltest dir ein schärferes Messer suchen, wenn du mich umbringen willst."

Ihre Miene fiel in sich zusammen. „Ich will dich nicht umbringen."

„Das erleichtert mich."

„Ich weiß nicht, was ich mit dir machen soll." Traurig betrachtete sie das Messer in ihrer Hand. „Vielleicht sollte ich den Esel anstechen." Sie hatte wieder einen Schluckauf. „Armer Esel."

Zoltans Mundwinkel zuckten. „Ich glaube, du bist betrunken."

Sie kniff die Augen zusammen. „Ich glaube, du lachst über mich."

„Niemals." Er wischte sich das Lächeln vom Gesicht.

„Ich habe ein bisschen Wein getrunken. Vier Gläser. Nein, fünf." Sie reckte ihr Kinn. „Der ist jetzt in meinem Blut, ich warne dich. Ich schmecke bestimmt nicht gut."

Seine Mundwinkel zuckten wieder. Sie würde ihm immer noch köstlich schmecken. „Hast du deswegen getrunken?"

„Teilweise. Aber ich wollte auch den Mut, um mit …" Sie schwankte zur Seite und hielt sich gerade noch rechtzeitig am Stuhl fest.

„Mit mir zu schlafen?"

„Nein!" Sie richtete das Messer auf ihn. „Ich kenne dein Geheimnis. Du bist ein Monster!"

„Ich kenne *dein* Geheimnis. Du bist eine zweitausend Jahre alte Schrulle."

Sie keuchte empört auf. „Ich bin keine Schrulle!"

„Ich bin kein Monster."

„Du hast Fangzähne!"

„Du hast graue Haare."

„Wirklich?" Erstaunt griff sie sich in die Haare, ohne daran zu denken, dass sie noch das Messer in der Hand hielt.

„Vorsicht!" In Vampirgeschwindigkeit rannte er zu ihr, riss ihr das Messer aus der Hand und zog sie vom Kamin weg.

„Geh weg!" Sie schubste ihn gegen die Brust.

Er ließ sie los, blieb aber vor ihr stehen.

„Weg!" Sie schubste wieder, aber er rührte sich nicht. Sie schob ihn noch einmal von sich. „Du bist wie ein Felsen."

Sie hielt inne, die Finger noch gegen seine Brust gedrückt. Ihre Augen wurden groß. „So … hart." Ihre Fingerspitzen gingen auf Erkundungstour. „Und doch weich."

Er atmete zur Beruhigung tief durch, als sie mit den Fingern seinen Oberkörper hinabglitt und die nackte Haut streichelte. Er musste die Kontrolle behalten und durfte sie nicht damit verschrecken, dass seine Augen rot aufleuchteten.

„Du fühlst dich wie ein Mensch an", flüsterte sie.

„Ich bin menschlich."

„Nein!“ Sie ballte eine Hand zur Faust und schlug gegen seine Brust, um jeden Satz zu unterstreichen. „Du bist ein Vampir. Mit Fangzähnen. Du bekommst Hunger. Und du wirst mich beißen.“

„Werde ich nicht.“

„Ich vertraue dir nicht …“

„Ich werde dich nicht beißen. Hier, ich beweise es dir.“ Er ging zu der Holztruhe und nahm die kleine Kühlbox heraus. „Ich habe mir jede Menge Blut mitgebracht.“ Er zeigte ihr eine Flasche und öffnete sie, um ein paar Schlucke zu trinken.

Sie riss entsetzt die Augen auf.

Verdammt. Statt sie zu beruhigen, machte er ihr Angst. Er stellte die Flasche schnell zurück in die Kühlbox.

Sie hatte noch einmal einen Schluckauf. „Wo hast du das ganze Blut her?“

„Das ist synthetisches Blut. In einer Fabrik hergestellt.“

„Du hast es nicht … von jemandem abgezapft?“

„Nein, das wird künstlich hergestellt. Alle guten Vampire trinken synthetisches Blut. Wir greifen niemanden mehr an, um zu trinken.“ Er öffnete wieder die Holztruhe, um die Kühlbox hineinzustellen.

Sie stolperte näher, um schnell hineinzusehen. „Du hast Kleider hier? Wo hast du die her?“

„Ich bin kurz nach Hause gegangen. Ich kann mich innerhalb von Sekunden an einen anderen Ort teleportieren.“

Sie blinzelte ihn an. „So verschwindest du? Du tele…porkierst?“

Seine Mundwinkel zuckten. „Teleportierst.“

„Oh. Du hast dich also … nach Hause teleportiert?“ Als er nickte, sah sie ihn fassungslos an. „Warum bist du dann zurückgekommen?“

Ihm wurde ganz mulmig zumute. „Du … willst mich hier nicht haben?“

„Hier sind Menschen, die dich umbringen wollen. Wenn du auch nur ein wenig Verstand hättest, würdest du fortbleiben!"

„Dann machst du dir also Sorgen um mich?" Er lächelte. „Ich bedeute dir etwas?"

Sie verschränkte die Arme. „Ich will nicht darüber reden."

„Du meinst, du willst nicht zugeben, dass ich dir etwas bedeute."

Sie sah ihn unverwandt an. „Warum bist du zurückgekommen?"

„Ich kann dich nicht allein hier zurücklassen, um alle Schuld auf dich zu nehmen. Nicht, wenn ich will, dass du mir vertraust." Er drehte sich um und schloss den Deckel der Holztruhe.

Neona verzog das Gesicht, als sie die Schusswunde an seiner Schulter betrachtete. „Wenn du dich teleportieren kannst, wohin du willst, warum bist du dann nicht verschwunden, als Lydia den Pfeil geschossen hat?"

„Der Pfeil hätte dich getroffen." Er sah sie streng an. „Wirf dich nie wieder so vor mich!"

„I-ich habe nicht nachgedacht."

Er hob eine Augenbraue. „Man könnte auf die Idee kommen, dass ich dir etwas bedeute."

„Das heißt gar nichts. Ich bin eine Heilerin. Es ist von Natur aus mein Instinkt, Menschen vor Schmerzen zu bewahren." Sie streckte die Hand nach seiner Schulter aus. „Soll ich dich jetzt heilen?"

„Nein." Er griff nach ihrer Hand. „Es wird in meinem Todesschlaf heilen."

„*Todesschlaf?*" Schaudernd nahm sie ihre Hand zurück. „Wenn alles verheilt, während du … schläfst, warum hast du dann noch immer die alten Narben auf deinem Rücken?"

„Da war ich noch sterblich. Erst vierzehn Jahre alt."

Sie sah ihn einen Augenblick sehr ernst an und geriet dann wieder ins Schwanken.

Er hielt sie an den Schultern fest. „Vielleicht solltest du dich hinlegen."

Sie schüttelte den Kopf, und eine der Wildblumen löste sich aus ihrem Zopf und segelte auf den Boden. „Ich kann nicht glauben, dass du es wirklich bist. Der Junge. Weißt du, dass du der einzige männliche Mensch bist, den ich je geheilt habe?"

„Das wusste ich nicht."

Sie legte ihm die Hände auf die Brust und ging dann hinter ihn, wobei sie sich an ihm festhielt, um das Gleichgewicht zu halten. „Ich erinnere mich so deutlich daran." Sie berührte die Brandnarbe auf seinem Rücken. „Als wäre es gestern gewesen."

Er atmete tief ein. „Ich bin noch die gleiche Person. Nur ein wenig älter."

Sie berührte ein paar Narben an seinen Schulterblättern. „Diese habe ich zuerst geheilt." Sie fuhr mit der Hand seinen Nacken hinauf bis zu seinem Kopf und vergrub die Finger in seinem feuchten Haar, um ihm den Kopf zu streicheln. „Hier hattest du einen schlimmen Schnitt. Angeschwollen und blutend. Das war der Schlag, von dem du bewusstlos geworden bist."

Er schloss die Augen, um das Gefühl ihrer Finger zu genießen.

Sie fuhr mit der Hand seinen Hals hinab bis zu der roten Narbe, die seinen Rücken verunstaltete. „Hier hatte ich Angst, dich anzufassen. Ich wusste, es würde schrecklich wehtun."

„Aber du hast es getan. Du hast mich gerettet."

„Ich habe von diesem Tag geträumt, seit wir uns das erste Mal im Wald wieder begegnet sind. Irgendwie habe ich tief in mir drinnen gewusst, dass du es bist."

Er drehte sich langsam zu ihr um. „Dann bin ich der Mann deiner Träume."

Sie musste wieder hicksen. „Oder ein Albtraum."

Er zupfte ihr eine Wildblume aus den Haaren. „Ich würde dir niemals wehtun."

„Du tust mir weh. Mein Herz schmerzt wegen dir."

„Liebstes." Er fuhr ihr mit der Blume die Wange hinab. „Es muss nicht wehtun. Wenn du mich so akzeptieren kannst, wie ich bin …"

„Du bist ein Vampir."

„Der dich liebt." Er küsste sie auf die Stirn.

„Das solltest du nicht sagen."

„Aber es stimmt." Er küsste sie auf die Nase.

„Warum küsst du mich?"

„Weil ich dich liebe." Er fuhr mit den Lippen über ihre. „Wir waren von Anfang an füreinander bestimmt."

Sie schüttelte den Kopf. „Ich habe Angst, dass du mich beißt."

„Ich habe dich schon geküsst, ohne dich zu beißen." Er vergrub die Nase an ihrem Hals. „Ich habe an deinem Hals geknabbert, ohne dich zu beißen." Er legte die Hand um ihre Brust. „Ich habe deine Brüste geküsst, ohne dich zu beißen."

Sie stöhnte und sah ihn unter schweren Lidern an. Dann zuckte sie zusammen und schreckte zurück. „Deine Augen werden rot!"

„Das bedeutet nur, dass ich dich begehre …"

„Nein!" Sie griff nach dem Messer, das auf den Boden gefallen war. „Ich habe mich entschlossen, und nichts wird mich umstimmen." Sie richtete das Messer auf ihn. „Ich werde nicht mit dir Unzucht treiben."

Er hob seine Augenbrauen. „Gut. Ich würde dich auch viel lieber lieben."

„Das ist noch schlimmer!" Sie gestikulierte mit dem Messer. „Geh ins Bett."

„Komm mit mir."

„Nein! Das ist dein Bett. Das hier ist meins." Sie kroch auf das andere Bett und lehnte sich dann an die Wand, die Knie an die Brust gezogen. Sie hatte eine Hand um die Knie gelegt und richtete mit der anderen das Messer wieder auf ihn.

Seufzend setzte er sich auf die Kante des anderen Betts. „Das Messer brauchst du nicht, Neona. Ich verstehe, wenn man Nein zu mir sagt."

Sie runzelte die Stirn und schloss die Hand fester um den Messergriff. „Ich musste noch nie die Nacht allein mit einem Vampir verbringen."

„Ich werde dir nicht wehtun." Er nahm die schwarze Schachtel vom Bett und stellte sie auf den Nachttisch. Es sah nicht so aus, als würde er in dieser Nacht noch zu seinem Antrag kommen.

„Was ist in der Schachtel?"

„Das zeige ich dir später."

Sie gähnte.

„Du bist es gewohnt, in der Nacht zu schlafen, nicht? Du kannst schlafen, wenn du möchtest."

„Ich muss dich im Auge behalten."

Er schnaubte. „Meinst du, ich fliege durch den Raum und greife dich an?"

„Bist du nicht so zum Vampir geworden? Hat nicht ein anderer dich angegriffen?"

Er seufzte. „Manchmal passiert es so. In meinem Fall habe ich darum gebeten."

Sie riss schockiert die Augen auf. „Warum solltest du so etwas getan haben?"

„Ich habe innerhalb von einer Woche meinen Bruder und meine Eltern verloren. Ich war vierzehn Jahre alt und plötzlich ein Graf, verantwortlich für eine zerstörte Burg und ein niedergebranntes Dorf. Der einzige Freund, der mir noch blieb, war ein alter Vampir. Istvan. Er hat mir mit Rat und Geld zur Seite gestanden, damit ich die Burg und das Dorf wieder aufbauen konnte. Er hat mir dabei geholfen, die Mongolen zu schlagen, als sie ein zweites Mal eingefallen sind. Und er hat mein Reich beschützt, wenn ich auf der Suche nach Antworten war."

„Er war ein guter Freund“, flüsterte Neona.

Zoltan nickte. „Mein bester Freund. Und mir wie ein zweiter Vater. Ich hatte den Pfeil, mit dem mein echter Vater erschossen wurde, und habe jeden Sommer damit verbracht, nach jenen zu jagen, die ihn ermordet und mein Dorf zerstört haben.“

„Ich bin mir nicht sicher, wer deinen Vater umgebracht hat.“

„Ich weiß.“ Er lächelte sie an. „Du bist bei mir gewesen und hast mich geheilt. Aber ich wollte trotzdem Antworten, und ich habe nicht aufgegeben.“

Ihr Blick wurde weich. „Du bist schon immer stur gewesen.“

„Ja. Als ich neunundzwanzig wurde, habe ich angefangen, mir Sorgen zu machen, dass ich zu alt und gebrechlich werden würde, um mit der Suche weiterzumachen, deshalb habe ich Istvan gebeten, mich zu verwandeln. Und das hat er getan. Er sagte etwas davon, dass meine Mutter eine uralte Seele war und dass er immer gewusst hätte, mir stünde das gleiche Schicksal bevor. Für mich hat es damals keinen Sinn ergeben, aber jetzt tut es das.“

„Was ist aus Istvan geworden?“

„Er ist im großen Vampirkrieg von 1710 gestorben.“

Sie blinzelte. „Es gab einen Vampirkrieg?“

„Ja.“ Seine Mundwinkel hoben sich. „Keine Sorge, die Guten haben gewonnen.“

„Aber du hast deinen besten Freund verloren. Du musst daraufhin sehr einsam gewesen sein.“

„Jetzt nicht mehr.“ Er lächelte sie an. „Ich habe dich gefunden.“

Sie runzelte die Stirn. „Lächle mich nicht an. Das fühlt sich komisch an.“

Er lächelte noch breiter.

Sie biss sich auf die Unterlippe. „Dann gibt es wirklich gute Vampire, die gegen die bösen kämpfen?“

Er nickte. „Wir bekämpfen sie seit Jahrhunderten. In letzter

Zeit kämpfen wir gegen Master Han und seine Vampir-Lords. Du hast Russell kennengelernt. Er ist entschlossener als jeder andere, Master Han zu töten."

„Du kennst Russell?"

„Ja. Er kommt zweimal im Monat zu mir in die Burg, um sich mit Blut und Waffen einzudecken. Es war dein Pfeil in seinem Köcher, der mich dazu gebracht hat, in jener ersten Nacht nach euch zu suchen."

„Oh." Sie verzog das Gesicht. „Ich habe Russell gebeten, den Pfeil zu benutzen, um Liao umzubringen. Er ist das Monster, das meine Schwester ermordet hat."

„Wir werden ihn erwischen. Die anderen beiden Lords haben wir bereits umgebracht. Und wir haben den Dämon Darafer vernichtet."

Sie zuckte zusammen. „Einen Dämon gab es auch?"

„Ja. Keine Sorge. Wir werden Lord Liao und Master Han besiegen. Du kannst uns vertrauen." Zoltan spürte, wie die aufgehende Sonne anfing, ihn in den Schlaf zu zerren. Er stand auf und ließ seine Jeans fallen.

Sie erstarrte. „Was machst du da?"

„Die Sonne geht bald auf." Er warf die Jeans auf die Holztruhe. „Ich mache es mir bequem." Er streckte sich auf dem Bett aus und zog sich die Decke bis zur Hüfte, sodass sie mit dem Saum seiner schwarzen Boxershorts abschloss.

„Du schläfst gleich ein?"

„Todesschlaf." Er drehte sich auf die Seite, um sie anzusehen. „Ich werde vollkommen ungeschützt sein. Ich vertraue darauf, dass du mich beschützt."

Sie sah ihm suchend in die Augen. „Warum vertraust du mir?"

„Du hast mich zweimal gerettet. Ich glaube nicht, dass du mich jetzt auf einmal sterben lassen würdest."

„Was bedeutet Todesschlaf?"

„Ich werde tot sein. Und bei Sonnenuntergang wache ich wieder auf."

„Wie kannst du aus dem Tod wieder erwachen?“

„Ich bin mir nicht sicher. Nur verdammt dankbar, dass es immer wieder passiert.“

Sie runzelte die Stirn. „Tut es weh? Wenn du stirbst?“

„Ein wenig“, log er. Dann setzte er sich entsetzt auf. „Wenn es aussieht, als hätte ich Schmerzen, wenn ich in den Todesschlaf falle, fass mich nicht an. Verstanden? Das ist der Schmerz des Todes, und wenn du den in dich aufnimmst, würdest du wahrscheinlich selbst sterben.“

Sie wurde blass und nickte.

Er legte sich wieder hin, als ihn eine neue Welle der Müdigkeit überkam. „Warum keine Unzucht?“

„Ist das nicht offensichtlich? Sie bringen dich um, sobald ich schwanger bin. Ich kann dein Leben also am besten schützen, indem ich dafür sorge, dass ich nie schwanger werde.“

„Du weist mich also zurück, weil ich dir etwas bedeute.“

„Ich will nicht, dass du wegen mir umgebracht wirst.“ Sie zog ihre Knie enger an sich. „Und ich vertraue dir nicht. Ich habe gesehen, wie deine Fangzähne unter starken Schmerzen hervorgesprungen sind. Sie tun es vielleicht wieder, wenn du … starke Lust empfindest.“

„Du glaubst, ich würde dich während des Höhepunkts beißen?“

„Ja.“ Ihre Wangen färbten sich rosa, während sie ihn misstrauisch ansah. „Kommt das gewöhnlich vor?“

Er gähnte. „Ich habe es unter Kontrolle.“

„Es wäre leichtsinnig von mir, dir zu vertrauen.“

„Ich verstehe. Vertrauen muss man sich verdienen.“ Er spürte, wie die Sonne ihn stärker in das tiefe schwarze Loch zerrte, aber er kämpfte darum, noch bei Bewusstsein zu bleiben. „Wir fangen klein an. Wenn ich dich dann nicht beiße, machen wir mit etwas Größerem weiter. Einverstanden?“

Sie nickte schläfrig. „Ich glaube schon.“

„Schön. Dann bekommst du morgen von mir einen kleinen Höhepunkt, und ich werde dich nicht beißen."

Sie blinzelte. „Was?"

„Ich weiß." Er gähnte. „Du wolltest zehn. Wenn wir alle zehn Höhepunkte hinter uns gebracht haben, ohne dass ich dich beiße, dann weißt du, dass du mir vertrauen kannst. Und dann lieben wir uns."

„Was? Dem kann ich nicht zustimmen!"

„Das hast du aber schon." Eine letzte Welle ergoss sich über ihn und riss ihn schmerzhaft mit sich. Mit seinem letzten Atemzug flüsterte er: „Morgen."

16. Kapitel

Der Junge war dem Tode nahe, sein Körper blutbeschmiert und von Prellungen übersät, ein wütendes rotes Mal in seinen Rücken gebrannt.

Neona fuhr mit den Händen über Wunden und Prellungen und nahm dabei so viel Schmerz von ihm auf, wie sie ertragen konnte. In der Ferne, wo sich das Dorf und die Burg befanden, stieg Rauch in den Himmel auf. Der Gestank nach brennenden Leibern erstickte sie. All ihren Mut zusammennehmend, streckte sie die Hand nach dem roten Mal auf seinem Rücken aus.

Plötzlich packte er sie, zog sie zu sich hinab und rollte sich über sie. Es war Zoltan, erwachsen geworden, der zu ihr auf diese Art hinablächelte, die ihren Magen immer zum Flattern brachte. „Neona", flüsterte er, „Zeit für deinen ersten Höhepunkt."

Mit einem Ruck wachte sie auf. Dann stöhnte sie. Ihr tat der Kopf weh. Sie lag auf ihrer Bettdecke, die Knie an die Brust gezogen. Vorsichtig warf sie einen Blick auf das andere Bett. Zoltan lag reglos und ruhig darin. Noch einmal stöhnend, streckte sie die Beine aus. Sie waren steif und taten weh davon, dass sie zu einer Kugel zusammengerollt geschlafen hatte.

Sie setzte sich auf. Ihr weißes Seidenkleid war ein zerknittertes Durcheinander. Sie hätte es vor dem Schlafen ablegen sollen, hatte es aber nicht gewagt, sich vor Zoltan auszuziehen. Er lag auf der Seite, ihr zugewandt, kaum sichtbar im schwachen Licht, das durch die Tür und Fenster ins Zimmer fiel.

Draußen war Tag. Sie hatte die Nacht mit einem Vampir verbracht. Und sie hatte es ohne einen einzigen Biss überlebt.

Sie stieg trotz ihrer protestierenden Beine aus dem Bett. Er schien zu schlafen. Todesschlaf hatte er es genannt. Sie erinnerte sich daran, wie Russell angefangen hatte zu brutzeln, als das Sonnenlicht seine Haut berührte.

Aufgeschreckt sprang sie zu ihm, um sicherzugehen, dass alles in Ordnung war. Ein schmaler Spalt Licht fiel etwa eine Fußlänge von seinem Rücken entfernt auf das Bett. Wenn er sich umdrehte, könnte er sich verbrennen. Sie sah auf seinem Rücken nach und atmete erleichtert aus. Keine Verletzungen.

Die Schusswunde war fast vollkommen verheilt. Nur ein roter Fleck blieb dort zurück, wo das Loch gewesen war. Sie presste die Finger an seinen Hals. Kein Puls. Sie zuckte zusammen. War er wirklich tot? Wie konnte er tot sein, obwohl sein Körper noch heilte? Um diese Veränderung zu erwirken, musste ein Teil seines Körpers noch lebendig sein. Sie hatte Geschichten von buddhistischen Mönchen gehört, die ihren Herzschlag verlangsamen konnten, bis er nicht länger wahrnehmbar war. Vielleicht war es bei Vampiren ebenso.

Sie schüttelte ihn vorsichtig, aber es kam keine Reaktion. Er war nicht ansprechbar. Schutzlos und verletzlich. Und er vertraute darauf, dass sie ihn beschützte. Er vertraute ihr. Und Gott stehe ihr bei, sie wollte ihm auch vertrauen. Die Anziehung war immer noch da. Die Sehnsucht. Ihre Gefühle hatten einen Schock bekommen, als ihr klar wurde, dass er ein Vampir war, aber sie waren nicht verloschen.

Er hatte die Augen geschlossen, und sein dichter Wimpernkranz sah so hübsch aus, dass sie ihre Finger ausstrecken wollte, um ihn zu berühren. Sie strich ihm die schulterlangen Haare aus der Stirn. Sein Haar war weich und seidig. Sie fuhr mit der Fingerspitze über seine Augenbrauen, dann seinen stoppeligen Kiefer hinab bis zu seinem eckigen Kinn. Ein stures Kinn, dachte sie lächelnd. Und ein breiter, sinnlicher Mund. Sie berührte seine Lippen. Viel zu schön.

Zu gefährlich. Ihr Blick wanderte an seiner muskulösen Brust hinab bis an den Saum seiner Unterwäsche, die tief auf seinen Hüften saß. Sie konnte den Umriss seiner langen Beine unter dem Laken erkennen. Er glaubte also, ihr Vertrauen durch einen Höhepunkt nach dem anderen gewinnen zu können. Typisch. Das war genau die Art Plan, die sich ein Halunke wie er überlegen würde.

Ihr Blick richtete sich wieder auf die Schusswunde. Statt sich davonzuteleportieren, hatte er den Pfeil abgefangen, um sie zu schützen. Er hatte auch versucht, sie vor ihrem zahmen Leoparden zu beschützen. Und obwohl er bei sich zu Hause in Sicherheit hätte bleiben können, war er zu ihr zurückgekehrt. Egal, wie oft sie versucht hatte, ihn zu entmutigen, er weigerte sich, sie aufzugeben. Seufzend wurde ihr klar, dass er schon die ganze Zeit dabei war, ihr Vertrauen zu gewinnen.

Sie zog das weiße Seidenkleid aus und legte es über eine Stuhllehne. Dann zog sie sich einen Leinenmantel über das weiße Unterkleid aus Seide, auf das Tashi bestanden hatte, weil es ihrer Meinung nach leicht zu zerreißen war. Immer noch mit steifen Beinen humpelte sie zu den Fenstern, um die schweren Wollvorhänge vorzuziehen, damit kein Licht mehr ins Haus fiel. Im Zimmer wurde es dunkler. Das Feuer im Kamin war lange erloschen.

Sie schlüpfte in ihre Lederslipper und öffnete dann vorsichtig die Tür, darauf aufpassend, dass kein Sonnenlicht Zoltan berührte. Sie schlüpfte nach draußen und verzog das Gesicht aufgrund des hellen Lichts, das ihr entgegenschien.

„Du bist wach!“, rief jemand von der Feuerstelle.

Nachdem sie sich die Hand über die Augen gehalten hatte, um das blendende Sonnenlicht abzuschirmen, entdeckte sie Tashi, Freddie und Freya, die ums Feuer saßen.

„Wir beobachten dein Haus schon seit Sonnenaufgang.“ Tashi sah sie neugierig an. „Hören konnten wir nichts.“

„Es ist schon Nachmittag“, sagte Freddie. „Ihr habt Frühstück und Mittagessen verpasst.“

„Geht es dir gut?“, fragte Freya.

Neona nickte. „Wir haben geschlafen.“

„Erschöpft, was?“ Freya und die beiden anderen grinsten sich an.

Neona machte sich, immer noch mit protestierenden steifen Beinen, auf den Weg zum Klohäuschen.

„Du lieber Himmel“, flüsterte Freddie laut. „Sie kann kaum gehen.“

„Er muss gut gewesen sein“, sagte Tashi, und alle lachten.

Neona stöhnte genervt und ging weiter.

„Sollen wir ihm ein Tablett mit Essen bringen?“, rief Freddie ihr nach.

„Nein!“ Neona wirbelte zu ihnen herum. Ihre überraschten Gesichter sagten ihr, dass sie zu heftig reagiert hatte. „Er schläft gerade. Ich bringe ihm später etwas.“

„Sie scheint mir etwas … besitzergreifend“, sagte Freya.

„Will nicht einmal, dass wir ihn ansehen“, ergänzte Freddie.

„Er muss verdammt gut gewesen sein“, murmelte Tashi, und die anderen lachten wieder.

Neona eilte ins Klohäuschen, wusch sich dann Gesicht und Hände im Bach und kehrte schließlich an die Feuerstelle zurück, wo Freya neben dem Feuer in einem Topf rührte.

„Wir haben die Suppe für dich und deinen Mann warm gehalten.“

„Er heißt Zoltan.“ Neona blickte zu ihrem Haus hinüber, ehe sie sich hinsetzte.

„Wir haben uns gedacht, es ist am besten, nicht zu vertraut mit ihm zu werden“, murmelte Tashi.

Weil sie glauben, dass sie ihn umbringen müssen, dachte Neona. Glücklicherweise konnte Zoltan sich einfach davonteleportieren, wenn sie versuchten, ihn hinzurichten. Aber nur nachts. Im Augenblick war er vollkommen hilflos, und sie war sein einziger Schutz.

„Hier.“ Freya gab eine Kelle voll Suppe in eine Tonschüssel und fügte dann einen Klumpen klebrigen Reis dazu. „Du musst Hunger haben.“

„Danke." Neona sah sich um. „Wo sind die anderen?"

„Meine Mutter schläft", antwortete Tashi und meinte damit Lydia. „Sie hat die ganze Nacht lang dein Haus bewacht."

„Die Königin ist in der Höhle beschäftigt", fügte Freddie hinzu.

Neona nickte und löffelte sich dann etwas Suppe in den Mund. Bald würde sie allen sagen müssen, dass Zoltan ein Vampir war. Aber sie wartete damit lieber bis zum Einbruch der Nacht, wenn er sich verteidigen oder davonteleportieren konnte, falls die Nachricht nicht gut aufgenommen wurde.

„Also, wie war es?", flüsterte Freya. „Wir wollen es alle unbedingt wissen."

„Wenn es dir nichts ausmacht, darüber zu reden", setzte Freddie mit hoffnungsvoller Miene nach.

Tashi schnaubte. „Als wüssten wir nicht, was sie getan haben. Hat er dir das Hemd vom Leib gerissen?"

Neona benutzte ihren Holzlöffel, um den Klumpen Reis in ihrer Suppe aufzubrechen. „Nichts ist passiert."

„Was?" Alle drei Frauen keuchten entsetzt auf.

„Er war … geschwächt und hatte Fieber. Wegen der Wunde. Er braucht seine Ruhe, geht also nicht ins Haus. Ich pflege ihn wieder gesund." Neona stand vorsichtig auf, um ihre Suppe nicht zu verschütten. „Ich bringe ihm etwas davon. Danke." Während sie zu ihrem Haus ging, unterhielten die Frauen sich leise miteinander.

„Ich glaube das nicht", flüsterte Freya.

„Ich weiß", nickte Tashi. „Er konnte nicht einmal?"

Freddie wirkte enttäuscht. „Ich dachte, er wäre stärker."

Neona waren diese Worte unangenehm. Zum Glück war Zoltans Stolz im Augenblick so tot wie er selbst. Sie schlüpfte ins Haus und zog die Tür schnell wieder hinter sich zu. Er lag immer noch auf Minervas Bett ausgestreckt, kaum sichtbar in der Dunkelheit.

Sie stellte die Suppenschüssel auf den Tisch neben das Tablett mit dem Abendessen, das niemand angerührt hatte. Dann nahm sie eine Kerze vom Kaminsims und eilte wieder nach draußen. Die Frauen verstummten und sahen einander an, als sie sich näherte. Kein Zweifel, dass sie sich über Zoltans Unfähigkeit unterhalten hatten. Höchstwahrscheinlich würde ihre augenblickliche Strategie ihn verärgern, aber es schien ihr der beste Weg, etwas Zeit zu schinden. Man würde ihn nicht umbringen, solange sie noch darauf warteten, dass sie schwanger wurde.

Freddie stand auf und klopfte sich die Hosen ab. „Freya und ich gehen jetzt zur Hütte unseres Vaters, um die Geschenke zu holen. Möchtest du mitkommen?"

„Ich sollte auf Zoltan aufpassen." Neona steckte ihre Kerze am Feuer in der Dorfmitte an. „Wir sehen uns in ein paar Stunden."

Sie eilte zurück in ihr Haus und zündete das Feuer im Kamin an. Dann steckte sie die brennende Kerze in den Halter auf ihrem Nachttisch.

„So. Jetzt kann ich etwas sehen." Sie sah sich nach Zoltan um. Seine Augen waren noch immer geschlossen, und er hatte sich nicht gerührt.

Ihr Blick fiel auf die schwarze Schachtel, die auf dem Nachttisch lag. „Ist das noch ein Geschenk für mich?"

Keine Antwort. Er lag einfach nur da und sah hinreißend aus im Feuerschein, der auf seinem muskulösen Körper und seinem schönen Gesicht schimmerte.

Als sie die schwarze Schachtel öffnete, stockte ihr der Atem. Zwei goldene Ringe. Ein größerer für einen Mann. Ein schmalerer für eine Frau. Davon hatte sie in den Büchern gelesen, die Frederic zurückgelassen hatte. Ein Mann und eine Frau schworen sich bei der Hochzeit einen Eid und tauschten Ringe aus.

Ihr stiegen Tränen in die Augen. Zoltan wollte sie heiraten. War ihm nicht klar, dass Hochzeiten für die Frauen von Beyul-La nie gut ausgingen? Calliopes Mann hatte sie verlassen. Und Zoltans Mutter, Dohna, war gestorben.

Würde Zoltan versuchen, es seinem Vater gleichzutun? Würde er versuchen, sie aus dem Tal und von ihrer heiligen Pflicht wegzulocken?

Erst letzte Nacht hatte sie Tashi dazu ermutigt, bei dem Mann zu leben, den sie liebte. Aber er war ein Dorfbewohner. Ein Sterblicher, der ganz in der Nähe lebte. Sie und alle Töchter, die sie in Zukunft vielleicht bekam, konnten Beyul-La immer noch besuchen und beim Erfüllen ihrer heiligen Pflicht helfen.

Zoltan zu heiraten bedeutete, einen Vampir zu heiraten. Ein Ehemann mit Fangzähnen? Würden ihre Kinder auch Fangzähne haben?

Sie schloss den Deckel der Schachtel und stellte sie wieder auf den Tisch. Es hatte keinen Sinn, sich so etwas auch nur vorzustellen. Sie konnte Beyul-La nicht verlassen. Sie war die einzige Heilerin, die ihnen noch blieb. Alle zählten auf sie.

Ihr stiegen Tränen in die Augen, als sie die glitzernde Uhr ablegte und neben die schwarze Schachtel legte. Dann setzte sie sich auf die Kante ihres Betts und sah Zoltan an.

„Es ist unmöglich", flüsterte sie.

Neona erwachte von einem lauten Quietschen.

Ein paar Sekunden lang lag sie desorientiert im Bett. Sie hatte nicht vorgehabt wieder einzuschlafen, aber nachdem sie alles Essen auf dem Tisch verputzt hatte, hatte sie sich auf dem Bett ausgestreckt und nichts weiter zu tun gehabt, als Zoltan anzusehen.

Sie blinzelte. Sein Bett war leer.

Keuchend setzte sie sich auf.

„Guten Abend." Er lächelte sie an und schraubte dabei eine Flasche mit Blut auf.

Während er trank, musterte Neona ihn von oben bis unten. Er stand neben einer der Holztruhen. Die Box voller Eis und seiner Blutflaschen stand offen auf der Truhe. Er hatte sich seine blauen Hosen wieder angezogen, aber sie waren offen und hingen ihm tief auf den Hüften. Eine Spur dunkler Haare verlief von seinem Nabel bis zum Saum seiner schwarzen Unterwäsche. Sie schluckte heftig und hob den Blick. Die Stichwunde an seinen Rippen war spurlos verschwunden. Kein Zweifel, dass auch die Wunde, die ihm der Pfeil beigebracht hatte, völlig verheilt war.

Sie wagte einen kurzen Blick in sein Gesicht und erstarrte, als sie merkte, dass er sie ebenfalls gemustert hatte. Sie wendete den Blick ab und beschäftigte sich damit, ihren Zopf zu lösen. Die Wildblumen waren ihr herausgefallen und hatten sich auf dem Kissen verteilt, während sie geschlafen hatte. Sie sammelte die verwelkten Blumen ein und ging dann vorsichtig an Zoltan vorbei zum Kamin, wo sie die Blüten in die Flammen warf. Es war noch ein Scheit in die Flammen gelegt worden.

Sie sah Zoltan an. „Bist du schon lange auf?"

„Nur ein paar Minuten." Er trank seine Flasche aus und verzog das Gesicht. „Kaltes Blut." Er steckte die leere Flasche zurück in die Box. Als er den Deckel schloss, erklang das gleiche quietschende Geräusch, von dem sie wach geworden war.

„Natürlich hätte ich auch frisches warmes Blut genießen können." Er drehte sich zu ihr um, und als er sie von oben bis unten betrachtete, verdunkelten sich seine Augen. „Ich bin schrecklich hungrig aufgewacht, und du hast dagelegen, so nah und so süß duftend. Höllisch verlockend für mich."

Sie wich zurück. „Du wolltest mich beißen?"

„Ich bin ein Vampir. Natürlich wollte ich." Er zuckte mit den Achseln. „Aber ich habe es nicht getan. Vertraust du mir jetzt also?"

„Nein!"

In seinen bernsteinfarbenen Augen blitzte es belustigt auf. „Dann bleibt uns nichts anderes übrig, als den ursprünglichen Plan fortzusetzen, um dein Vertrauen zu gewinnen. Zehn Höhepunkte, einer nach dem anderen."

Sie hatte das Gefühl, dass er sie hereingelegt hatte. „Damit war ich nicht einverstanden."

Einer seiner Mundwinkel hob sich. „Ein kleiner Höhepunkt. Davor hast du doch keine Angst, oder?“

„Ich bin eine Kriegerin. Ich lache der Angst ins Gesicht.“

Seine Augen funkelten. „Gut. Dann fangen wir heute Nacht an.“

„Sagt wer?“ Sie reckte ihr Kinn. „Amüsierst du dich über mich?“

Er lächelte noch breiter. „Das würde ich nie tun.“ Er öffnete die Holztruhe und stellte seinen Blutvorrat wieder hinein. Dann zog er einen kleinen Beutel aus seiner Reisetasche. „Kann man hier irgendwo duschen?“

„Ich gehe normalerweise in Frederics Tal, wo der Bach aus Beyul-La aus der Felswand strömt.“

„Ich weiß, wo das ist. Habt ihr Handtücher?“

„Wir können dieses Tal nicht verlassen.“

„Natürlich können wir. Die merken gar nicht, dass wir das Haus verlassen haben. Wir teleportieren uns.“

Sie starrte ihn ungläubig an. „L-lieber nicht.“

„Hast du Angst?“

„Natürlich nicht. Aber ich soll dich hierbehalten.“

„Du sollst mich bewachen. Deswegen solltest du ja mit mir kommen.“ Er trat näher auf sie zu. „Was, wenn ich versuche zu flüchten?“

„Sehr witzig, du kannst ja sowieso flüchten, wann immer du willst.“

„Handtuch?“

„Na schön.“ Sie ging zu einem Regal in der Ecke neben dem Kamin. „Hier. Dann geh halt unter die Dusche.“ Sie nahm ein Leinen-Handtuch von einem Stapel.

Als sie sich umdrehte, stockte ihr der Atem. Er war direkt neben ihr. Und er sah entschlossen aus.

„Was machst du da? Du solltest dich nicht so heranschleichen …“

Er packte sie, und alles um sie herum wurde schwarz. Ein

paar Sekunden später landete sie auf den Füßen und geriet ins Stolpern.

„Vorsicht." Er hielt sie fest.

„Du hast mich erschreckt!" Sie schubste ihn gegen die Brust.

Lächelnd ließ er sie los und trat zurück. „Das ist nur eine der vielen Überraschungen, die dich heute Nacht erwarten."

„Ich war nicht einverstanden!" Sie warf das Handtuch nach ihm.

Er fing es auf und schlenderte den Bach entlang in Richtung der Felswand.

Sie sah sich um. Lieber Gott, sie hatte sich wirklich mit ihm teleportiert. Sie waren im benachbarten Tal, nicht weit entfernt von Frederics Hütte. In der Ferne konnte sie den Wasserfall sehen, der sich aus der Felswand ergoss. Das Gras fühlte sich unter ihren nackten Füßen kalt und feucht an. Sie hatte nicht einmal Zeit gehabt, sich Schuhe anzuziehen.

Als sie auf den Wasserfall zukam, sah sie, wie Zoltan sein Handtuch und den kleinen Beutel auf einen flachen Stein legte.

Er winkte ihr zu, ehe er auf ein Gebüsch zuging. „Ich renne nicht weg. Ich bin gleich wieder da."

Was hatte er vor? Sie kam näher, drehte sich aber schnell wieder um, als ihr klar wurde, dass er sich erleichterte. Sie beugte sich vor, um sich den kleinen Beutel anzusehen. Er war auf die gleiche Weise verschlossen wie seine blauen Hosen. Sie zog an dem kleinen Metallstück und musste lächeln, als es oben an dem Beutel entlangglitt und ihn öffnete.

„Gefallen dir Reißverschlüsse?" Er blieb neben ihr stehen und ließ seine Hose auf den Boden fallen. „Nächstes Mal lasse ich dich an meiner Jeans üben."

„Jeans?"

„Meine Hose." Er faltete sie und legte sie auf den Stein neben das Handtuch. „Möchtest du mit mir duschen?"

„Nein. Alles gut." Sie trat zurück. Als er mit den Daumen

unter den Saum seiner Unterhose fuhr, wendete sie sich schnell ab. Etwas strich ihr über die Zehen, und sie sprang zurück. Dieser Schurke hatte seine Unterhose nach ihr geworfen, als wollte er sie dazu herausfordern, einen Blick zu riskieren.

Na gut. Sie war kein Feigling. Sie tat es. Er hatte sich über den kleinen Beutel gebeugt und nahm zwei der kleinesten Behälter heraus, die sie je gesehen hatte. Und sie waren durchsichtig. Sie konnte eine Flüssigkeit darin erkennen. Als er sich aufrichtete, erhaschte sie einen kurzen Blick auf seine Männlichkeit, ehe sie sich abwendete. Mein Gott, er war riesig.

Sie schluckte heftig. „Die sind interessant. Was ist das?"

„Meine Kronjuwelen."

Sie biss die Zähne zusammen und sah ihn schief an, darauf bedacht, nur in sein Gesicht zu schauen. „In deiner Hand."

„Ah." Er lächelte und streckte ihr die Hand entgegen. „Shampoo und Spülung. Reisegrößen. Möchtest du es mal versuchen?"

„Nein danke." Sie reckte ihr Kinn. „Lachst du über mich?"

„Niemals." Sein Lächeln wurde breiter. „Beobachtest du mich?"

„Niemals." Ihr Blick wanderte an ihm hinab, als er sich umdrehte. Lieber Gott, wie konnten der Rücken und der Po eines Mannes so schön sein?

Er ging zu dem flachen Becken, das sich am Fuß des Wasserfalls bildete. Das Wasser reichte ihm nur bis zur Wade, weil es einen steinigen Pfad hinabrauschte, um sich dann dem Hauptbach im Tal anzuschließen.

Nachdem er seine kleinen Behälter auf einen Stein gestellt hatte, lehnte er sich in den Wasserstrahl, ihr den Rücken zugekehrt.

Sie atmete tief durch, um das Flattern in ihrem Magen zu beruhigen. Trotz der Narben auf seinem Rücken war er herrlich anzusehen. Er hob die Arme, um mit den Händen durch sein glattes Haar zu fahren. Die Muskeln in seinen Armen und seinen Schultern spannten sich dabei an. Auch sein Hintern sah dabei verdammt gut aus.

Ihre Knie gaben fast unter ihr nach. Mit einem erstickten Quietschen fing sie sich wieder.

Er sah sich nach ihr um, als er sich Shampoo in die Hand drückte. „Alles in Ordnung?"

„Ja. Ich – ich wasche dir die Unterwäsche kurz aus." Sie hob die Hose vom Boden auf und ging schnell an den Bach.

Neben dem Wasser kniend tauchte sie seine Unterhose ein und schwenkte sie hin und her. Sie sah sich um. Er schäumte sich die Haare kräftig ein. Seifenspuren liefen ihm den Rücken hinab, um seine Muskeln herum, bis sie seinen Rumpf erreichten.

Sie drehte sich um, atmete tief ein. Wie konnte das Hinterteil eines Mannes so verlockend aussehen? So hinreißend. Sie wollte ihn unbedingt berühren, seine Muskeln unter ihren Händen fühlen.

Sie drückte seine Unterwäsche zwischen ihren Händen aus, um das Wasser auszuwringen. Ein merkwürdiges Gefühl breitete sich zwischen ihren Beinen aus. Ein leeres, sehnsüchtiges Gefühl. Sie presste die Schenkel zusammen.

Sie sah sich um und keuchte leise auf. Er hatte sich zu ihr umgedreht. Seine Augen waren geschlossen, und er hatte sich zurückgelehnt, um sich die Haare auszuspülen. Als er mit den Händen über seine Haare strich, wölbte sich sein Bizeps. Wasser lief in kleinen Strömen seine Brust und seinen Bauch hinab bis zu dem Bereich aus Haaren, der seine Männlichkeit einrahmte.

Er war erregt. Stand hervor. Ihr Mund wurde trocken, und zwischen ihren Beinen sammelte sich Feuchtigkeit.

Er trat auf sie zu, und sie musste noch einmal keuchen, als sie merkte, dass seine Augen jetzt offen waren. Er hatte sie dabei erwischt, wie sie ihn anstarrte. Sie richtete sich stolpernd auf.

„Ist das meine Unterwäsche?“ Er deutete den Bach hinab.

„Oh!“ Vor Schreck musste sie die Hose fallen gelassen haben. Sie stürzte den Bach hinab, schon auf halbem Weg zu Frederics Hütte. „Ich hole sie!“ Sie rannte am Ufer entlang und stürzte sich dann in den Bach, um die Hose zu befreien, die sich an einem Ast verfangen hatte.

Plötzlich erschien Zoltan mitten im Bach, direkt vor ihr. Quietschend fiel sie rückwärts hin und landete auf dem Hintern. Das kalte Wasser reichte ihr bis ans Kinn.

Lachend pflückte er seine Unterwäsche aus dem Ast und half ihr dann beim Aufstehen. „Jetzt wo du ohnehin ganz durchnässt bist, kannst du ebenso gut mit mir duschen.“

„Ich …“ Wieder wurde alles um sie herum schwarz, und dann stolperte sie in das Becken unter dem Wasserfall. „Hör auf damit!“ Sie schlug nach ihm, aber er rührte sich nicht.

Er löste ihre Schärpe und zog ihr dann ihr Gewand aus. Darunter trug sie immer noch das durchsichtige Unterkleid aus weißer Seide.

Zoltan warf ihr Gewand ins Gras und gab dann etwas Shampoo in seine Handfläche. „Sind deine Haare nass?“

Sie lehnte sich unter den Wasserfall, um sich die Haare zu befeuchten, und ließ sich dann von ihm zu einem Stein führen.

„Setz dich.“ Er trat dicht hinter sie. „Mach die Augen zu.“

Sie setzte sich hin, protestierte aber. „Du solltest mich nicht so herumkommandieren.“ Sie drehte sich auf dem Stein, um ihn anzusehen, fand sich aber stattdessen mit der Nase nur ein kurzes Stück von seiner Männlichkeit entfernt wieder. Ihr klappte buchstäblich die Kinnlade herunter. Der kalte Bach hatte seine Erregung etwas eingedämmt, aber der Schaft war noch immer vor Verlangen angeschwollen, schwer und groß.

„Du solltest den Mund zumachen“, sagte er leise. „Ich komme sonst nur auf dumme Ideen.“

Sie schloss den Mund abrupt und funkelte ihn wütend an. „Grinst du schon wieder?“

„Begutachtest du mich schon wieder?“

Sie schnaubte, kehrte ihm dann den Rücken zu und schloss fest die Augen. Aber selbst mit geschlossenen Augen sah sie seine Männlichkeit noch vor sich.

Seine Hände fuhren ihr über den Kopf, seine Finger massierten ihre Schläfen und ihren Nacken. Es fühlte sich himmlisch an. Sinnlich. Sie umklammerte ihre Knie.

„Komm.“ Er half ihr beim Aufstehen und führte sie zurück zum Wasserfall. Dann lehnte er sie zurück, um ihr die Haare auszuspülen.

Als sie sich wieder aufrichtete, war ihr Unterkleid durchnässt und klebte ihr am Körper. Und seine Augen waren rot und glühten.

Er legte ihr eine Hand auf die Brust und fing an, sie sanft zu massieren. „Neona.“

Sie schauderte. „Warum werden deine Augen rot?“

„Das ist ein Zeichen dafür, wie sehr ich dich begehre und lieben will.“ Er vergrub die Nase an ihrem Hals, während er mit den Fingern ihre harten Brustspitzen neckte.

Ohne es zu wollen, presste sie wieder die Schenkel zusammen.

Er küsste einen Pfad ihren Hals hinauf zu ihrem Ohr. „Bist du bereit?“, flüsterte er. Er zupfte behutsam an ihrer Brustspitze und entlockte ihr damit ein Stöhnen. „Bereit für deinen kleinen Höhepunkt?“

Sie klammerte sich an seine Schultern. „Wir dürfen nicht beieinanderliegen. Ich darf nicht schwanger werden.“ Auch wenn sie es auf einmal mehr als alles andere wollte. Sie wollte ihn tief in sich aufnehmen und spüren, wie sein Samen sich aus ihm ergoss und sie mit seiner Hitze füllte. Und ihr die Hoffnung schenkte auf ein kleines Mädchen mit langen dunklen Haaren und bernsteinfarbenen Augen. Aber würde das Kind auch Fangzähne haben?

„Ich werde dich nur anfassen.“ Er glitt mit der Hand unter ihr Kleid und umfasste ihren Po.

Für den Moment wollte sie sich keine Sorgen machen. Sie wollte im Augenblick leben und so tun, als hätte sie die Ewigkeit, um sie mit Zoltan zu verbringen. Selbst, wenn das unmöglich war.

Er stieß mit der Nase gegen ihr Ohr. „Bist du einverstanden?“

Ihr Herz fühlte sich an, als müsste es zerspringen. Sie schlang ihm die Arme um den Hals. „Ja.“

17. Kapitel

Zoltan fühlte sich überglücklich.

Sie hatte Ja gesagt. Er nahm ihr Gesicht in beide Hände und legte die Stirn gegen ihre, um den Augenblick einfach zu genießen. Es würde das erste von vielen Jas sein, das schwor er sich. Er würde sie nicht aufgeben und nicht zulassen, dass ihre gemeinsame Zukunft von einem altertümlichen Lebensstil sabotiert wurde, der sie gezwungen hatte, jahrhundertelang allein und abgeschnitten von der Außenwelt zu leben. Welchen Pakt sie auch geschlossen hatte, was ihre heilige Pflicht auch sein mochte, er würde sie deswegen nicht verlieren. Sie würde ihm gehören. Für immer.

Er küsste sie innig, und sie klammerte sich an ihn, atemlos und bebend unter seinen Berührungen. Als sie nach Luft rang, bewegte er seine Hände ein Stück. Die weiße Seide war so durchnässt, dass sie so gut wie durchsichtig war. Er konnte die Farbe ihrer Brustspitzen erkennen, ein dunkles Altrosa. Er spürte die zusammengezogene Haut und wie die Spitze sich noch verhärtete, als er sanft daran zupfte.

„Warte", flüsterte sie und wich zurück.

Eine Sekunde lang befürchtete er, dass sie es sich anders überlegt hatte, aber sie lächelte ihn nur neckend an. Mit einer flüssigen Bewegung zog sie sich das Unterkleid über den Kopf und warf es ins Gras.

Ihm stockte der Atem. Zum ersten Mal sah er sie vollkommen nackt. Seine Männlichkeit reagierte sofort und wurde hart.

Sie riss die Augen auf. „Du scheinst jetzt keine Schwierigkeiten mehr damit zu haben, in Stimmung zu kommen."

„Das hatte ich nie." Seine rot glühenden Augen tauchten ihren schönen Körper in verschiedene Rosatöne. Er biss die Zähne zusammen, um die Kontrolle zu behalten. „Ich wollte dich, seit du mir in der ersten Nacht eins über den Schädel gezogen und meinen Samen verlangt hast."

Sie sah ihn schief an. „Mir war nicht klar, dass ich einen Vampir verführe."

Er trat auf sie zu, bis die Spitze seiner Härte nur noch eine Handbreit von ihr entfernt war. „Jedes Mal, wenn wir uns begegnen, will ich dich noch mehr."

Ihre blauen Augen funkelten vor Leidenschaft. Sie warf sich ihm entgegen, als er sie in seine Arme zog und ihren Mund eroberte. Sie erwiderte seinen Kuss und vergrub die Hände in seinen Haaren. Er wendete sich ihren Brüsten zu, saugte an den harten Spitzen und zupfte daran, bis sie sich in seinen Armen wand. Seine Erektion presste sich gegen ihren Bauch und wurde immer praller, als ihr schlanker, geschmeidiger Körper sich an ihm rieb.

Als er mit der Hand zwischen ihre Beine fuhr, brachte ihn die Feuchtigkeit dort dazu, zufrieden zu knurren. Seine Kriegerin war keine scheue Maid. Sie rieb sich stöhnend an seiner Hand. Seine Finger waren nass, sodass es ihm leichtfiel, damit zwischen ihre Lippen zu fahren. Er streichelte sie, bis sie wimmerte und ihre Knie unter ihr nachgaben.

Er lächelte. Wenn das so weiterging, würde sie bald dahinschmelzen. Er entdeckte in der Nähe den Stein, auf den er sein Handtuch gelegt hatte. „Komm." Er setzte sich auf das Handtuch und packte ihre Hüften, um sie zu sich hinabzuziehen, bis sie rittlings auf seinen Schenkeln saß, das Gesicht ihm zugewandt.

Sie hielt sich an seinen Schultern fest, der Blick vor Leidenschaft verklärt. „Zoltan."

Er streichelte ihr feuchtes, geschwollenes Fleisch, bis sie wimmerte und ihre Finger in seiner Haut vergrub.

„Du bist so feucht. So süß.“ Er beschleunigte seine Bewegungen und streichelte sie fester.

Sie stöhnte und ließ die Hände zu seinem Kopf hinaufgleiten, um seine Haare zu packen.

Er machte die Beine breit und zwang sie damit, auch ihre weiter zu öffnen. Als er ihre Klitoris berührte, durchfuhr sie ein Beben. Er massierte sie schneller und schneller, in Vampirgeschwindigkeit, bis sie erstarrte und aufstöhnte. Sie ließ sich gegen ihn fallen, und sie pulsierte noch unter seinen Fingerspitzen.

Mit seinem freien Arm hielt er sie dicht an sich, die rechte Hand an ihre feuchte Haut gepresst, sodass er ihr noch weitere Nachbeben entlocken konnte. Jedes Mal, wenn es sie durchzuckte, lächelte er. Sie war so leicht empfänglich für seine Berührungen, so angespannt, dass nur das kleinste Krümmen seiner Finger ihren ganzen Körper zum Schaudern brachte. Leider ließ es ihn auch so schmerzhaft anschwellen, dass er kurz vorm Platzen war.

Sie stöhnte, den Kopf an seiner Schulter vergraben.

„Alles in Ordnung?“, fragte er.

Sie lehnte sich zurück und sah ihn stirnrunzelnd an, die Augen verschleiert und unkoordiniert. „Du hast gelogen.“

„Ich habe dich nicht gebissen.“

Sie schubste ihn sanft gegen die Schulter. „Du hast gesagt, es wird ein *kleiner* Höhepunkt.“

Er grinste.

Ihr Blick wurde weich. „Jetzt grinst du schon wieder.“

„Und du starrst mich schon wieder an.“

„Tue ich nicht. Ich kann kaum geradeaus sehen.“ Sie senkte den Blick und keuchte auf. „Oh mein Gott.“

Es ließ sich nicht verbergen, dass er aufs Äußerste erregt war.

„Ich habe dir bewiesen, dass ich dich lieben kann, ohne dich zu beißen.“ Er packte sie an den Hüften und positionierte sie vor der Spitze seiner Härte.

„Aber ich will nicht riskieren, schwanger zu werden." Sie drückte sanft gegen seine Brust, um ihn aufzuhalten. „Dann würden dich alle umbringen wollen, und du müsstest gehen. Ich will dich nicht verlieren."

Ihr Geständnis brachte seine Gefühle in Aufruhr. Es sorgte auch dafür, dass er sich noch verzweifelter danach sehnte, sie zu lieben. Vielleicht war es an der Zeit, ihr die Wahrheit zu sagen. „Neona, du musst dich nicht darum sorgen, schwanger zu werden."

Sie betrachtete noch immer seine Härte. „Es sieht so unbequem aus. Tut es dir weh?"

„Ja. Wenn ich in dich eindringen dürfte ..."

„Vielleicht kann meine Heilungskraft dir helfen." Sie legte die Hand um seinen Schaft. Als er zusammenzuckte, ließ sie wieder locker. „Hat das wehgetan?"

„E-es fühlt sich gut an." Er stöhnte, als sich ihre Hand wieder um ihn schloss. „So gut."

„Ich bin mir nicht sicher, ob ich dir helfe. Sieh mal, wie die Adern hier hervorstehen." Sie fuhr mit dem Finger eine der Adern entlang.

Er erschauerte. „Lass mich in dich eindringen, ehe ich explodiere."

„Aber ..."

„Du kannst nicht schwanger werden! Mein Samen ..." Er keuchte auf, als sie seine Spitze mit dem Daumen streichelte. „... kommt!" Laut stöhnend erreichte er seinen Höhepunkt und kam auf ihren Bauch.

„Ach herrje!" Sie ließ ihn los und sah ihn erstaunt an, während er immer weiter pumpte, bis nichts mehr ging.

„So ein Mist." Er verzog das Gesicht. Die Kontrolle so zu verlieren wie ein junger Hund. Er wagte es, ihr ins Gesicht zu sehen, um zu prüfen, wie entsetzt sie war.

Sie sah mit vor Staunen weit aufgerissenen Augen auf ihren mit seinem Samen überzogenen Bauch.

„Es tut mir so leid …“, murmelte er.

Sie sah zu ihm auf und grinste. „Du hast so viel davon! Es ist erstaunlich!“

„Nein, ist es nicht.“

Sie fuhr mit den Fingern hindurch, sammelte ein wenig auf und fuhr mit dem Daumen über ihre klebrigen Finger. „Ich habe den Samen eines Mannes noch nie gesehen. Die Vorstellung, dass daraus Leben entstehen kann – das ist wirklich erstaunlich.“

Er atmete zitternd ein. Es war seltsam, aber es erregte ihn, wie sie seinen Samen befühlte. „Neona, ich muss dir etwas sagen …“

„Dein Samen ist wundersam.“

„Mein Samen ist tot.“

Sie blinzelte.

Ihm wurde schwer ums Herz. Würde sie ihn jetzt zurückweisen wie alle anderen Frauen, denen er nahegekommen war? Lieber Gott, bitte nein. Nicht Neona. Sie musste die Eine für ihn sein. „Ich bin ein Vampir. Mein Sperma ist tot. Es tut mir leid.“

Sie sah sich die Flüssigkeit in ihrer Hand an. „Wie kann es tot sein? Du bist doch gerade lebendig. Dein Herz funktioniert. Dein Gehirn funktioniert. Du lebst.“

„Es tut mir leid. Aber die gute Nachricht ist, dass wir uns lieben können, so viel wir wollen, ohne uns Sorgen machen zu müssen, dass du schwanger wirst.“ Er sah sie voller Hoffnung an, aber die verging ihm, sobald er entdeckte, dass ihr Tränen in die Augen stiegen. „Du willst Kinder.“

Sie blinzelte ihre Tränen fort. „Ich weiß, dass es selbstsüchtig von mir ist, aber ich wollte eine Tochter mit deinen Haaren und deinen Augen.“

Aber Neonas Augen wären so viel besser. Er stellte sich einen kleinen Jungen und ein kleines Mädchen vor, mit Neonas schwarzen Haaren und leuchtend blauen Augen, und zum ersten Mal verstand er diesen Schmerz. Vorher hatte er es den Frauen immer übel genommen, dass sie Kinder mehr wollten als ihn selbst. Er wollte an erster Stelle im Herzen einer Frau stehen. „Du könntest dich mit einem Sterblichen fortpflanzen …“

„Nein!“ Sie sah ihn entsetzt an. „Ich will dich! Nur dich.“

Ihre Worte berührten ihn tief, und er nahm sie fest in seine Arme. Sie wollte ihn zuerst. „Und was du zu den anderen gesagt hast, darüber, dass du mich nur als Samenspender willst …“

„Das habe ich gesagt, damit meine Mutter dich akzeptiert. Für sie ist das der einzige Grund, aus dem Männer existieren.“ Neona lehnte sich stirnrunzelnd zurück. „Wahrscheinlich ist es sogar besser, dass wir keine Kinder haben können. Was, wenn sie Fangzähne hätten und Menschen angreifen würden?“

„Würden sie nicht. Die Halb-Vampirkinder, die ich kenne, sind alle überraschend normal. Sie sind tagsüber wach und essen normal …“

„Was? Du hast gerade gesagt, das wäre unmöglich.“

„Ich habe gesagt, mein Sperma sei tot. Aber es ist immer noch möglich.“

Sie riss die Augen auf. „Wie?“

Er packte sie an den Schultern „Würdest du wirklich ernsthaft in Betracht ziehen, ein Kind mit mir zu bekommen? Einen kleinen Vampir?“

Sie biss sich auf die Unterlippe und nickte dann.

„Wir würden uns an einen Ort teleportieren müssen, wo man den Eingriff vornehmen kann.“ Wahrscheinlich könnte er Roman dazu überreden, mit seiner Familie Urlaub in seiner Burg zu machen, und dann könnte Roman es gleich dort erledigen.

Sie ließ die Schultern sinken. „Ich kann Beyul-La nicht verlassen.“

„Es würde nur für sehr kurze Zeit sein. Niemand würde es überhaupt erfahren müssen. Sie wissen auch nicht, dass wir jetzt hier sind.“

Seufzend sah sie auf seine Männlichkeit hinab. „Vielleicht könnte ich dich heilen."

„Liebes, mein Sperma ist seit fast achthundert Jahren tot ..." Er atmete scharf ein, als sie die Hand um seinen Schaft legte und zudrückte. „Aber ein Versuch schadet nicht."

„Ich werde es versuchen." Sie streichelte ihn zärtlich.

Verdammt, er sollte ihr wirklich sagen, dass es nicht funktionieren würde, aber ihre Hand fühlte sich so gut an.

In der Ferne donnerte es, und sie hörte auf. „Wir sollten zurückgehen. In den Bergen ziehen Gewitter sehr schnell auf."

„Wir teleportieren uns in dein Haus." Und dann würde er sich um Höhepunkt Nummer zwei kümmern. Er hatte noch neun vor sich, und er hörte nie auf, ehe eine Aufgabe erledigt war.

Er sammelte ihre Sachen zusammen, während sie sich sein Sperma unter dem Wasserfall abwusch. Sobald sie zu ihrem Haus zurückgekehrt waren, breitete sie ihre Kleider auf den zwei Stühlen vor dem Feuer aus, damit sie trocknen konnten.

„Wir sollten ...", sagten sie beide zur gleichen Zeit und mussten lachen.

„Du zuerst." Zoltan hoffte, dass sie ins Bett springen wollte, genau wie er. Sie war noch immer nackt, und ihr herrlicher Körper machte es ihm schwer, an etwas anderes zu denken.

„Wir sollten zu den anderen ans Feuer gehen", sagte sie. „Damit sie wissen, dass du gefügig bist. So kannst du ihr Vertrauen am besten gewinnen."

Er seufzte. Sie hatte recht. Er brauchte das Vertrauen von allen Frauen der Gruppe. „In Ordnung." Er schlenderte zur Holztruhe hinüber, um sich etwas Sauberes zum Anziehen zu nehmen.

Sie sah ihn mitfühlend an. „Es wird nicht lange dauern. Ich glaube, es wird bald regnen."

Nachdem sie sich angezogen hatten, führte sie ihn nach draußen. Der Wind hatte zugenommen und pfiff durch das Tal.

Das Feuer in der Mitte des Dorfes war die einzige Lichtquelle. Dichte Wolken verdeckten den Mond und die Sterne.

Er entdeckte die anderen fünf Frauen um das Feuer herumsitzend. Sie sahen erst einander an und dann ihn, voller Abscheu. Toll. Sie wollten ihn immer noch umbringen. Er verneigte sich. „Guten Abend."

Die Königin reagierte empört. „Sprich erst, wenn wir dir die Erlaubnis erteilen." Sie bedeutete ihnen, sich zu setzen.

Neona setzte sich und klopfte dann auf den Boden neben sich. Er ließ sich ebenfalls nieder und verschränkte die Beine, sich dessen bewusst, dass jede seiner Bewegungen missbilligend betrachtet wurde.

„Ihr habt das Abendessen verpasst", verkündete die Königin. „Wir haben euch etwas aufgehoben."

„Danke." Neona nahm die zwei Teller an, die man ihr reichte. Einen gab sie argwöhnisch blickend an Zoltan weiter.

Er sah hinab auf den Teller in seinem Schoß. Irgendein Fleisch. Reis. Fladenbrot. Neona riss ein Stück von ihrem Brot ab und benutzte es, um Fleisch und Reis damit aufzunehmen. Er tat es ihr gleich. Als er hochsah, merkte er, dass die anderen Frauen ihn immer noch wütend ansahen.

Was hatte er falsch gemacht? Wie konnte er danach fragen, wenn er nicht sprechen durfte? Er entdeckte Neonas zahmen Leoparden, der es sich in der Nähe im Gras bequem gemacht hatte und ihn mit zusammengekniffenen Augen beobachtete.

Die Königin grollte etwas auf Tibetisch, und Neona verschluckte sich fast an ihrem Essen. Dann schlossen sich auch noch die anderen Frauen an, zeigten auf ihn und schimpften.

Kater, was zum Teufel ist hier los? fragte er Zhan.

Sie sind enttäuscht von dir. Die Katze verzog verächtlich das Gesicht. *Sie haben gedacht, du wärest so männlich, aber du hast dich als Schwächling herausgestellt. Konntest nicht mal einen hochbekommen …*

Was? brüllte Zoltan in Gedanken.

„Was?“ Tashi wechselte ins Englische und starrte Zoltan an. „Was macht er da?“

Lydia richtete den Finger auf ihn. „Er hat mit der Katze kommuniziert! Ich habe ihn gehört!“

„Was?“ Neona drehte sich mit vor Schreck weit aufgerissenen Augen zu ihm um.

Aufgebrachtes Geraune ging um die Feuerstelle.

Lydia stand auf. „Erkläre dich.“

„In Ordnung.“ Zoltan stellte den Teller zur Seite. „Ich bin kein Schwächling. Und Neona kann bestätigen, dass ich sehr wohl meinen Mann stehen …“

„Das meinte ich nicht!“, brüllte Lydia ihn an. „Du hast mit der Katze geredet!“

„Du kannst dich mit Zhan unterhalten?“ Neona beugte sich zu ihm und sah ihn dabei eindringlich an.

„Sicher.“ Zoltan zuckte mit den Achseln. „Ich konnte schon immer mit Tieren kommunizieren. Meine Mutter konnte sich mit Tieren und Vögeln unterhalten, aber ich habe wohl nur die eine Hälfte von ihr geerbt.“

Neona lehnte sich keuchend zurück. Auch die anderen um das Feuer herum wirkten erschüttert. Selbst die Königin sah schockiert aus.

Der Leopard sah ihn zerknirscht an. *Ich hätte dich wohl warnen sollen. Tashi und Lydia können uns hören.*

Zoltan nickte. *Ich verstehe.* Diese zwei Frauen waren noch nie in der Nähe gewesen, wenn er sich mit Zhan unterhalten hatte.

Neona stand stolpernd auf, ihr Teller fiel dabei um und verteilte das Essen über den Boden. Sie war blass geworden, und sie atmete bebend, als sie sich der Königin stellte. „Du hast gesagt, männliche Kinder könnten unsere Gaben niemals erben.“

Die Miene der Königin wurde blass, aber unerbittlich. „Ich habe nicht geglaubt, dass sie es könnten.“

Tränen glitzerten in Neonas Augen, und sie zeigte auf Zoltan. „Er hat die Gabe von Dohna geerbt. Was, wenn Minervas Sohn auch eine Gabe hat? Wie sollen wir das je erfahren, wenn wir ihn weggeben *mussten.*" Sie wurde immer lauter, und ihre Stimme brach an dem letzten Wort.

„Setz dich hin, Neona", zischte die Königin.

„Nein!" Tränen liefen ihr ungehindert über die Wangen. „Wir hätten ihn behalten sollen. Was, wenn er Minervas Gabe hat? Was, wenn er auch mit den ..."

„*Genug!*", brüllte die Königin. „Was getan ist, ist getan."

Neona schüttelte den Kopf. „Hätten wir ihn behalten, wäre Minerva jetzt noch am Leben!" Schluchzend drehte sie sich um und rannte fort.

Donner grollte in der Ferne.

Zoltan sprang auf, um ihr zu folgen, aber die Königin hob eine Hand, um ihn aufzuhalten.

Er knirschte mit den Zähnen. „Sie sollte nicht alleine sein."

Die Königin sah zu den Grabhügeln, wohin Neona gelaufen war. „Das wird sie nicht. Du bist unser Gefangener. Du wirst hierbleiben."

Er hatte die kaltherzige Königin so lange ertragen, wie er konnte. „Ihr habt schon eine Tochter verloren, und die andere leidet."

Nima sah ihn mit einer gehobenen Augenbraue an. „Dann tu deine Pflicht und schenk uns eine weitere Kriegerin."

Das nächste Donnergrollen klang näher, und der Wind wehte stärker.

„Bald wird es regnen." Die Königin stand auf und deutete auf Neonas Haus. „Geh dort hinein und warte auf sie."

„Ich gehe, wohin ich will", sagte Zoltan leise. „Und Ihr könnt mich nicht aufhalten."

Die Frauen erstarrten und sahen ihre Königin besorgt an. Lydia zog das Messer aus der Hülle an ihrem Bein.

Die Königin ging auf ihn zu. „Hast du es so eilig zu sterben, Mann? Ich habe dich bisher nur verschont, weil du Dohnas Sohn bist, die ich sehr geliebt habe.“ Sie zog einen scharfen Dolch aus einer Hülle an ihrem Gürtel. „Aber sie hat uns hintergangen, indem sie dir ein langes Leben geschenkt hat. Das sollte ich heute Nacht richten.“

„Meine Mutter hat euch niemals hintergangen“, sagte Zoltan. „Sie hat nie von diesem Ort gesprochen, eure verdammten Geheimnisse nie verraten und mir nie einen Tropfen von eurem Wasser des Lebens gegeben.“

Wieder ging ein Keuchen ums Feuer. Die Flammen tanzten wild im starken Wind.

Königin Nima betrachtete ihn mit zusammengekniffenen Augen. „Wie konntest du dann so lange leben?“

Es blitzte ganz in der Nähe und beleuchtete kurz die blassen, schockierten Gesichter der Frauen.

„Ganz einfach.“ Zoltan trat zurück, damit er alle Frauen und ihre Waffen im Blick behalten konnte. „Ich bin ein Vampir.“

18. Kapitel

„Ich wusste es!"

Die Königin hob ihren Dolch, zum Angriff bereit. „Du bist ein Spion für Lord Liao!"

Auch die anderen Frauen zogen ihre Messer.

Er streckte die Arme zur Seite aus, damit sie sehen konnten, dass er nicht bewaffnet war. „Ich bin nicht hier, um euch zu schaden. Ich will euch helfen …"

„Du hast dich an meiner Tochter bedient, du Monster!", brüllte die Königin, das Gesicht rot vor Wut. „Ich werde diese Beleidigung nicht tolerieren …"

„Genug!" Er atmete tief durch, um seine wachsende Wut zu beruhigen. „Seid ihr wirklich so eingebildet, dass ihr denkt, es mit Master Han und seiner gesamten Armee aufnehmen zu können? Er hat neunhundert Soldaten!"

Nima starrte ihn hasserfüllt an, während die anderen Frauen besorgte Blicke tauschten. „Hört nicht auf seine Lügen", zischte sie.

„Ihr wollt die Wahrheit?" Zoltan schnaubte. „Wenn ich euer Feind wäre, wäret ihr alle längst tot." Er teleportierte sich hinter Freya, riss ihr das Messer aus der Hand, warf es zur Seite und sauste dann wieder dorthin, wo er gestanden hatte.

„Was?" Freya blinzelte. „Wie hast du …"

„Vampirgeschwindigkeit", erklärte Zoltan. „Ich könnte euch alle entwaffnen …" Er duckte sich zur Seite und fing das Messer, das Lydia nach ihm geworfen hatte, indem er es mit Leichtigkeit aus der Luft pflückte.

Noch ein Blitz zuckte über den Himmel und beleuchtete die schockierten Gesichter der Frauen.

„Wie ich gesagt habe …“ Er befühlte die Messerspitze mit seinem Finger. Sie war tödlich scharf. Und verdammt war er, wenn das nicht eines von den Jagdmessern war, die er als Geschenk in Frederics Hütte gelassen hatte. „Ich bin nicht hier, um euch zu schaden. Ich gehöre einer Gruppe von guten Vampiren an, und wir würden euch gerne dabei helfen, Lord Liao und Master Han zu besiegen.“

„Lächerlich“, murmelte Nima. „Gute Vampire gibt es nicht.“

„Erinnert Ihr Euch an Russell? Den Mann, der Euch das Leben gerettet hat? Er ist ein Freund von mir. Er hat sich Eurer Schlacht angeschlossen in der Hoffnung, Lord Liao zu töten.“

„Er hat ihn angegriffen“, murmelte Freddie. „Aber Liao ist verschwunden.“

Zoltan nickte. „Liao und Han haben besondere Gaben, egal wie schnell und stark ihr sein mögt, mit ihnen könnt ihr es nicht aufnehmen. Da meine Freunde und ich Vampire sind, besitzen wir die gleichen Gaben. Wir sind eure beste Chance, die beiden zu schlagen.“

„Das ergibt irgendwie schon einen Sinn“, murmelte Freya.

„Hört nicht auf dieses Monster.“ Nima deutete mit ihrem Dolch auf ihn. „Er wird eure Gedanken verdrehen, indem er seine böse Gabe zur Gedankenkontrolle benutzt. Ihr habt gesehen, was er Neona angetan hat. Er will sie gegen uns …“

Über ihnen donnerte es so laut, dass alle zusammenzuckten. Ein Regentropfen landete Zoltan mitten auf dem Kopf.

„Neonas Gedanken funktionieren sehr gut ohne meine Hilfe“, sagte er zu der Königin. „Wenn sie Euch infrage stellt, dann, weil Ihr es verdient habt.“

„Du wirst unser Leben hier zerstören!“, brüllte Nima. Weitere Regentropfen platschten um sie herum vom Himmel. Einige landeten zischend im Feuer. „Wir können nicht zulassen, dass du dich in unsere heilige Pflicht einmischst!“

„Was ist eure heilige Pflicht?“, fragte er.

„Das werden wir mit dir nicht besprechen! Verschwinde!“

„Wenn diese heilige Pflicht euch so kostbar ist, werdet ihr unsere Hilfe brauchen, um zu überleben, damit ihr sie weiter ausüben könnt. Lord Liao ist auf der Suche nach euch. Er wird nicht aufhören, bis er euch gefunden hat."

„Er wird uns niemals finden", beharrte Nima. „Wir sind seit Jahrtausenden hier. Niemand kann uns finden!"

„Ich habe euch gefunden! Liao wird es auch tun. Ihr könnt nicht darauf hoffen, im Verborgenen zu bleiben. Moderne Technologie wird das unmöglich machen. Satelliten im Weltraum können euch hier ausfindig machen. Die Zeiten ändern sich, und ihr werdet euch mit ihnen ändern müssen."

Freddie und ihre Schwester sahen sich an. „Unser Vater hat uns gewarnt, dass die Außenwelt sich schnell verändert."

„Frederic hatte recht", sagte Zoltan. „Master Han und seine Armee werden euch finden. Sie sind nicht nur in der Überzahl, seine Soldaten sind auch genetisch verändert worden, um übermenschlich schnell und stark zu sein. Wenn ihr unsere Hilfe nicht annehmt, werden sie euch vernichten."

Ein Blitz erhellte den Himmel und die besorgten Gesichter der Frauen.

„Die Soldaten waren wirklich besonders schnell und stark", rief Tashi über den Wind hinweg. „So ist es ihnen gelungen, fünf von uns zu töten."

„Aber warum sollten diese Vampire uns helfen wollen?" Nima starrte Zoltan wütend an. „Sie wollen etwas von uns."

„Wir wollen das, was wir immer gewollt haben", antwortete Zoltan. „Die Sterblichen vor den bösen Vampiren beschützen."

Die Königin schnaubte. „Das sollen wir dir glauben?"

Der Wind wirbelte um sie herum auf und blies Zoltan seine nassen Haare ins Gesicht. Er strich sie zurück. „Wir sind nicht an eurem Wasser des Lebens interessiert. Wir sind bereits unsterblich."

Die Königin kniff die Augen zusammen. „Bis wir euch töten."

„Versucht es! Mal sehen, was passiert." Er hatte es verdammt satt, mit dieser Frau zu diskutieren. Der Wind peitschte den Regen jetzt fest auf sie hinab. „Aber es wäre leichtfertig von euch, Lord Liao und Master Han ohne unsere Hilfe gegenüberzutreten."

Das Feuer brannte zu einigen winzigen Flammen hinab und zischte dann ein letztes Mal, ehe es sie ganz in Dunkelheit tauchte.

„Ich finde, wir sollten darüber nachdenken …", setzte Freddie an.

„Schweig!", unterbrach Nima sie. „Wir warten den Rest dieses Sturms in der Höhle ab. Geht!" Während die anderen Frauen schon den Bach hinaufrannten, hob sie noch einmal die Hand, um Zoltan aufzuhalten. „Du bist in der heiligen Höhle nicht erlaubt. Warte in ihrem Haus auf Neona."

Zoltan sah den Frauen nach, damit er den Standort ihrer wertvollen Höhle ausmachen konnte. Der Eingang lag am Fuß des höchsten Berges, teilweise hinter großen Felsbrocken verborgen. Er würde sie sich später genauer ansehen müssen.

Er teleportierte sich zu den Grabhügeln und fand Neona am Grab ihrer Schwester, durchnässt bis auf die Haut.

„Komm." Er streckte ihr die Hand entgegen. „Lass uns ins Trockene gehen."

Sie sah zu ihm hoch, ihre Wangen nass von Tränen. „Ein wenig Wasser ist gerade mein geringstes Problem."

Er hockte sich neben sie. „Ich weiß, dass es schwierig ist. Du stellst ein Leben infrage, dass du über zweitausend Jahre lang geführt hast."

Sie wischte sich das Gesicht ab. „Ich fühle mich, als würde ich zur Verräterin werden. Und das sollte falsch sein, aber irgendwie fühlt es sich auch richtig an."

„Reden wir in deinem Haus darüber." Er streckte wieder die Hand aus. „Wir können ja nicht zulassen, dass die Heilerin sich erkältet, oder?"

„Na schön.“ Sie legte ihre Hand in seine. „Aber mir ist nicht nach reden. Ich würde gerne eine Weile allein sein.“

„Das ist auch in Ordnung.“ Er half ihr beim Aufstehen. „Ich lasse dich dort allein und gehe nach Hause, um mir mehr Blut zu besorgen.“

Nachdem er sie nach Hause teleportiert hatte, holte er seine Kühlbox und die Reisetasche aus der Holztruhe. „Ehe ich gehe, sollte ich dich noch warnen, dass die anderen Frauen jetzt wissen, dass ich ein Vampir bin.“

Sie hielt mitten im Ausziehen von ihrer nassen Tunika inne und drehte sich schockiert zu ihm um. „Wie haben sie reagiert? Was haben sie gesagt?“

Er zuckte mit den Achseln. „Die Königin will mich umbringen, aber das wollte sie schon immer, also hat sich da nicht groß etwas verändert. Ich habe ihnen erzählt, dass die guten Vampire ihnen dabei helfen wollen, Lord Liao und Master Han zu besiegen. Da Han eine Armee mit neunhundert Supersoldaten kommandiert, werdet ihr unsere Hilfe brauchen.“

Neona nickte. Sie war blass geworden. „Ich verstehe.“

„Ich komme in ungefähr einer Stunde wieder. Versuch, dich etwas auszuruhen. Du hast eine Menge durchgemacht.“

Sie seufzte. „Ich habe das Gefühl, es wird nur noch mehr kommen. Und nichts wird bleiben, wie es war.“

Er trat auf sie zu. „Einiges wird immer gleich bleiben. Ich werde dich immer lieben.“

In ihren Augen glitzerten Tränen. „Du bist ein guter Mann, Zoltan.“

Er lächelte. „Auch wenn ich die halbe Zeit tot bin?“

Sie lächelte zurück. „Daran gewöhne ich mich langsam.“

„Gut.“

„Dann sehen wir uns später.“ Sie zog die Tunika ganz aus.

Er musste fest schlucken. Ihr seidenes Unterkleid war völlig durchnässt und klebte an ihren Brüsten, sodass ihre harten

Spitzen deutlich sichtbar waren. „Eine Stunde ist zu lange. Ich bin in dreißig Minuten wieder da."

„Kein Grund zur Eile." Sie breitete die Tunika auf dem Tisch vor dem Feuer aus.

„Wir haben immer noch neun Höhepunkte vor uns." Er nahm die Kühlbox und die Reisetasche. „Und ich bin die Art Mann, die nicht aufhört, bis eine Aufgabe erledigt ist." Er grinste über ihren verwirrten Gesichtsausdruck.

Sie schnaufte. „Lachst du mich schon wieder aus?"

„Niemals." Er ließ seinen Blick ihren Körper hinabwandern. „Ich bin zu sehr damit beschäftigt, dich anzuschauen." Er zwinkerte ihr zu und teleportierte sich dann davon.

Als Zoltan in der Küche seiner Burg ankam, war Elsa gerade dabei, zwei Tiefkühlpizzen in den Ofen zu stecken.

„Oh, da bist du ja." Ihr Lächeln wurde schnell zu einem Stirnrunzeln. „Du bist ja vollkommen durchnässt."

„Im Himalaya regnet es." Er stellte seine Kühlbox auf die Anrichte.

„Howard ist oben bei den anderen. Sie haben in der großen Halle Vorräte zusammengetragen. Aber ..." Elsa senkte die Stimme. „Howard ist sauer auf dich."

„Was gibt es sonst Neues?" Zoltan schüttete das Wasser aus der Kühlbox in die Spüle. „Was habe ich jetzt wieder angestellt?"

„Du hast vergessen, ein Satelliten-Telefon mitzunehmen." Elsa lehnte sich gegen die Anrichte und betrachtete ihn neugierig. „Ich habe ihm gesagt, dass du wahrscheinlich andere Dinge im Kopf hattest. Hast du nicht etwas von einer Hochzeitsnacht gesagt?"

„Hab ich?" Er nahm sechs neue Flaschen synthetisches Blut aus dem Kühlschrank und belud damit seine Kühlbox.

„Domokos hat gesagt, er musste für Eheringe bezahlen, die du in der Stadt gekauft hast."

„Domokos redet zu viel.“ Zoltan fing an, Eis in die Kühlbox zu füllen.

„Ach, komm schon.“ Elsa sah ihn entnervt an. „Wir fragen uns alle, ob du wirklich geheiratet hast.“

„Hat er?“, wollte Emma wissen, die gerade in die Küche kam.

„Emma, kannst du morgen Nacht nach Beyul-La kommen?“, fragte Zoltan. „Ich habe den Frauen gerade eröffnet, dass wir ihnen helfen wollen.“

„Ich werde bereit sein. Denk daran, dieses Mal das Satelliten-Telefon mitzunehmen, damit du mich anrufen kannst. Howard ist deswegen ein bisschen angefressen …“

„Mehr als nur ein bisschen“, knurrte Howard, als er die Küche betrat. „Heute nimmst du lieber eines mit.“

„Ja, ich weiß schon.“ Zoltan hatte die Kühlbox fertig befüllt und machte den Deckel zu.

„Stimmt es also?“, hakte Emma nach. „Hast du geheiratet?“

„Wir bereiten uns auf eine Schlacht vor, und das wollt ihr unbedingt wissen?“, fragte Zoltan. Als sie ihn schweigend anstarrten, seufzte er. „Noch nicht. Neona braucht noch Zeit, sich daran zu gewöhnen, dass ich ein Vampir bin.“

Elsa nickte. „Ich weiß noch, wie viel Angst ich hatte, als ich erfahren habe, dass Howard ein Wer-Bär ist.“

„Vielleicht sollten wir sie einigen der anderen Frauen vorstellen“, schlug Emma vor.

Zoltan kam so plötzlich ein Gedanke, dass er einen Schritt zurückwich und gegen den Kühlschrank stieß. Seine verheirateten Vampirfreunde fürchteten alle den Tag, an dem sie ihre Frauen verwandeln mussten. Aber das müssten sie nicht, wenn die Kriegerinnen von Beyul-La den Frauen gestatten würden, etwas vom Wasser des Lebens zu trinken.

Schnell erstickte er diesen Gedanken wieder. Die Königin verdächtigte ihn bereits, heimtückische Pläne zu haben, obwohl er und die anderen Vampire in Wahrheit einfach nur

Master Hans bösem Reich ein Ende bereiten wollten. Und Zoltan wollte zudem dafür sorgen, dass Neona und ihre Freundinnen ihr Leben weiterleben konnten, auch wenn sie hoffentlich eine Ausnahme machen und ihn und alle Kinder, die er und Neona möglicherweise bekämen, in ihrer Mitte akzeptieren würden.

„Alles in Ordnung?“ Elsa sah ihn neugierig an.

„Ja, natürlich.“ Zoltan warf seine leeren Flaschen in den Recycling-Eimer, ließ aber eine in seiner Reisetasche, um darin etwas von dem Wasser des Lebens zu sammeln.

„Du hattest eine Hütte im Nachbartal erwähnt, die wir als Hauptquartier nutzen könnten?“, fragte Howard.

„Ja, Frederics Hütte.“ Zoltan stellte sich eine Flasche Blut in die Mikrowelle, damit er mal wieder etwas Warmes in den Magen bekam. „Da gibt es allerdings weder Strom noch fließend Wasser.“

Howard nickte. „Das habe ich mir gedacht. Ich habe einen solarbetriebenen Stromgenerator, den wir mitnehmen können. Er ist auch leise. Wir wollen unseren Standort schließlich nicht preisgeben.“

„Heute schaffen wir unsere Vorräte bis nach Tiger Town“, sagte Emma. „J. L., Mikhail und Jack sind gerade weg. Angus teleportiert sich heute nach Westen, damit er bei der Klinik in Japan haltmachen und dort noch ein paar Betäubungspfeile abholen kann. Er will so viele von Master Hans Soldaten retten, wie es geht.“

„Die anderen, Robby und Ian zum Beispiel, teleportieren sich mit Angus westwärts“, fügte Howard hinzu. „Und sie bringen die Gestaltwandler mit. In Tiger Town treffen wir uns alle wieder und warten auf dein Okay, dass wir in Frederics Hütte ziehen können.“

„Klingt gut.“ Zoltan nahm seine Flasche aus der Mikrowelle und goss sich das warme Blut in ein Glas. „Ich gehe für ein paar Minuten nach oben. Bin gleich wieder da.“ Er nahm seine Reisetasche und sein Glas mit Blut und teleportierte sich in sein Schlafzimmer.

Er nippte an seinem warmen Blut, während er sich rasierte und noch etwas Kleidung einpackte. Nach einer schnellen Dusche zog er sich an und rief Milan in Budapest an.

„Ich habe versucht, mich mit Ihnen in Verbindung zu setzen, Sir!“, meldete Milan sich aufgeregt. „Die Wissenschaftler …“

„Wie steht es mit dem Landerwerb?“, unterbrach Zoltan ihn.

„Oh, da ist alles in Ordnung. Rajiv hat die Papiere. Er hat gesagt, er benutzt den Vampir-Expressservice, um sie Ihnen zu übermitteln. Aber, Sir, die Wissenschaftler an der Universität sind alle fassungslos! Sie meinen, Sie haben eine neue Spezies entdeckt! Sie rufen mich ohne Unterbrechung an und wollen wissen, wo Sie die Schuppe gefunden haben.“

„Die Schuppe?“

„Ja! Dieses schwarze Ding, das Sie mir gegeben haben“, erklärte Milan. „Die Wissenschaftler haben so etwas noch nie vorher gesehen. Sie haben gesagt, es ist wie eine Kreuzung zwischen einem Schildkrötenpanzer und den Schuppen eines Reptils. Wo haben Sie die gefunden?“

Zoltan schwieg und versuchte, sich einen Reim auf das alles zu machen. *Schildkrötenpanzer? Reptilien? Was zum Teufel?*

„Aber viel größer, als Reptilienschuppen es normalerweise sind“, fuhr Milan fort. „Die Wissenschaftler wollen es der Welt mitteilen, aber sie brauchen noch weitere Informationen. Wo haben Sie sie gefunden? Haben Sie die Kreatur gesehen?“

„Kreatur?“

„Ja! Gemessen an der Größe der Schuppe muss es ein wirklich großes Wesen sein. Wie ein riesenhafter Leguan. Ich weiß nicht, wie Sie so etwas übersehen konnten.“

„Ich habe nichts übersehen.“ Zoltan sah die Höhle wieder vor Augen. Lebte darin etwas Merkwürdiges? Verdammt, aber das Letzte, was er gebrauchen konnte, war eine Bande Wissenschaftler, die Zugang zu Beyul-La verlangte. „Ich glaube, dieses Wesen ist tot. Schon lange. Wahrscheinlich ausgestorben."

„Oh." Milan klang enttäuscht.

„Ich habe die Schuppe im Boden vergraben gefunden", log Zoltan. „Wie ein Fossil. Mehr war nicht in der Nähe. Ich habe den genauen Standort nicht aufgeschrieben. Das war irgendwo in China."

„Oh, verstehe", murmelte Milan. „Ich lasse es die Universität wissen."

Zoltan legte auf und fuhr sich mit der Hand durch das feuchte Haar. Was zum Teufel ging in Beyul-La vor sich? Er musste zurück dorthin und das genauer untersuchen.

Seine Reisetasche unter den Arm geklemmt, teleportierte er sich wieder in die Küche.

„Da bist du ja." Howard und seine Frau aßen am Küchentisch Pizza. Er deutete auf die Anrichte. „Ich habe dir ein Satelliten-Telefon mitgebracht. Damit du es nicht vergisst."

„Danke." Zoltan steckte es sich in die Jackentasche. „Was ist das?" Er öffnete einen Ordner, um sich die Papiere darin anzusehen.

„Hat J. L. aus Tiger Town mitgebracht", erklärte Howard. „Rajiv hat gesagt, das ist etwas, was du wolltest."

„Ausgezeichnet." Es war die Besitzurkunde für das Tal Beyul-La und das umliegende Gebiet. Zoltan stopfte den Ordner in seine Reisetasche.

„Wir haben Besuch!", rief Emma, als sie mit einem Mann im Schlepptau die Küche betrat.

Howard lehnte sich zurück und kniff die Augen zusammen. „Hallo, Russell."

„Er hat Neuigkeiten für uns", verkündete Emma. „Und ich habe ihn überredet, ein Satelliten-Telefon mitzunehmen."

„Erstaunlich", murmelte Howard.

„Was sind die Neuigkeiten?", fragte Zoltan und reichte Russell ein Blier.

„Ich habe Lord Liao gefunden." Russell schraubte die Flasche auf. „Er hat sich zu einem von Master Hans Hauptstützpunkten in der Provinz Yunnan zurückgezogen. Anscheinend hat er Han davon überzeugt, dass es in Tibet etwas gibt, um das es sich zu kämpfen lohnt, denn er ist auf dem Weg zurück dorthin."

„Wir glauben zu wissen, was er dort will", sagte Zoltan. „Die Frauen von Beyul-La haben einen Jungbrunnen. Wasser des Lebens nennen sie es. Einige von ihnen sind mehrere tausend Jahre alt."

„Wow, nicht schlecht." Russell trank von seinem Blier. „Lord Liao ist in ihre Richtung unterwegs, zusammen mit einer neuen Gruppe Soldaten. Zweihundert Mann."

Zoltan zuckte zusammen. Selbst wenn sie alle Vampire und Gestaltwandler zusammenriefen, die abkömmlich waren, wären sie noch immer furchtbar in der Unterzahl.

„Kannst du ihnen folgen?", fragte Emma. „Ruf uns an, so oft du kannst, um uns über ihren Standort auf dem Laufenden zu halten."

Russell nickte. „Werde ich." Er sah Zoltan besorgt an. „Sie kommen schnell voran. In drei oder vier Tagen werden sie in der Nähe von Beyul-La sein."

Zoltan nahm seine Kühlbox und seine Reisetasche. „Dann gehe ich lieber gleich zurück."

19. Kapitel

Neona ging nervös in ihrem Haus auf und ab, zu aufgebracht, um zu schlafen.

Es war ein großer Schock gewesen herauszufinden, dass Zoltan eine Gabe von seiner Mutter geerbt hatte. Was, wenn auch Minervas Sohn ihre Gabe hatte?

„Es tut mir so leid." Neona berührte das Kissen ihrer Schwester. „Ich hätte nicht zulassen dürfen, dass Mutter dir deinen Sohn wegnimmt. Ich hätte schon damals rebellieren sollen." Statt bis jetzt zu warten. Jetzt, wo Minerva nicht mehr bei ihr war.

Neona brannten Tränen in den Augen, die sie wütend wegwischte. Warum hatte sie so lange gebraucht, um die Wahrheit zu sehen? Lag es an Zoltan? Nein, sie hatte bereits vermutet, dass ihre Mutter log. Und sie hatte es gehasst, dass Minerva gezwungen worden war, ihren Sohn aufzugeben. Die Saat der Rebellion hatte schon damals in ihr Wurzeln geschlagen. Zoltans Ankunft hatte sie nur aufblühen lassen. Jedes Mal, wenn sie versuchte, ihm ihre Lebensweise zu erklären, betrachtete sie es durch seinen Blickwinkel, und Dinge, die sie immer akzeptiert hatte, kamen ihr auf einmal merkwürdig vor. Sogar falsch.

Sie ging auf den Kamin zu. Wie mochte es Minervas Sohn gehen? War er glücklich? Oder kam er sich verlassen vor? Ungeliebt? Gott steh ihr bei, sie wusste nicht einmal, welchen Namen er bekomme hatte. Sie musste ihn finden, aber er befand sich dreißig Meilen entfernt in einem buddhistischen Kloster.

Konnte Zoltan sie dorthin teleportieren? Und wenn er es tat, würde sie dann den Mut aufbringen, den Jungen mit zurück in sein rechtmäßiges Zuhause zu nehmen? Die Königin wäre zweifellos wild vor Wut. Es war ein schwerer Verstoß gegen ihre Gesetze, einen Jungen in Beyul-La leben zu lassen. Die Königin tolerierte Zoltan nur, bis er sie geschwängert hatte.

Aber wer hatte sich diese Gesetze ausgedacht? Waren sie Teil des ursprünglichen Paktes, wie die Königin behauptete, oder hatte sie sich erst später dazu entschieden? Hatte sie Männer nur deswegen ausgeschlossen, weil sie sie hasste? Oder fürchtete sie, dass eines Tages ein männliches Kind mit einer Gabe heranwachsen würde, das ihre Position als Regentin infrage stellte?

Sie würde es nie herausfinden. Der Pakt war von den drei ursprünglichen Frauen geschlossen worden – Nima, Dohna und Anjali. Nur Nima war geblieben.

Neona ging immer schneller, je wütender sie wurde, nicht nur auf ihre Mutter, sondern auch auf sich selbst. Jahrhundertelang hatte sie sich für eine mutige Kriegerin gehalten, die stets darum kämpfte, die Geheimnisse von Beyul-La zu bewahren. Aber in Wahrheit war sie ein Feigling gewesen.

Es kam ihr armselig vor, dass sie noch vor ein paar Tagen die Panik übermannt hatte bei der Vorstellung, einen Sohn zu bekommen und zu verlieren. Jetzt war sie erfüllt von neuer, harter Entschlossenheit. Um keinen Preis der Welt würde sie zulassen, dass ihr Kind, egal ob Junge oder Mädchen, weggegeben wurde. Wenn sie beschloss, mit Zoltan Kinder zu bekommen, würde sie nichts davon abhalten!

Nur sein toter Samen. Sie blieb ruckartig stehen. Könnte sie seinen toten Samen heilen? Sie sah ihre Hände an. Wenn sie seinen männlichsten Teil lange genug berührte, konnte sie ihn dann heilen?

Sie atmete scharf ein, als ihr ein neuer Einfall kam. Konnte das Wasser des Lebens seinen Samen zum Leben erwecken? Es war gegen das Gesetz, das Wasser einem Mann zu geben, aber zur Hölle damit. Sie überlegte sich bereits, Minervas Sohn zurückzuholen, damit er bei ihnen lebte. Wenn sie das eine Gesetz brechen konnte, warum dann nicht alle? Warum nicht Zoltan heiraten und alle Söhne und Töchter bekommen, die sie wollte?

Sie spähte hinaus. Es regnete noch, aber bei ihrer Stimmung reichte ein wenig Regen nicht aus, um sie aufzuhalten. Auch eine kleine Armee hätte sie nicht aufgehalten. Sie zog ihre feuchte Tunika wieder an und rannte dann in den Lagerraum, wo sie all ihr Geschirr, die Töpfe, Wäsche, Vorräte, Feuerholz und ihre Medizin aufbewahrten. Sie hatte mit den Jahren genug Zeit in dem kleinen Gebäude verbracht, um sich auch im Dunklen zurechtzufinden. Sie suchte auf dem Regal, wo sich die leeren Schüsseln und Krüge befanden, und wählte eine kleine Tonflasche aus, die mit einem Korken verschlossen wurde.

Wind und Regen peitschten auf sie ein, als sie zur Höhle rannte. Ihre Lederslipper platschten durch die Pfützen, bis sie vollkommen durchnässt waren. Als sie sich dem Eingang näherte, wurde sie langsamer, schlich sich lautlos um die Felsen und horchte nach Stimmen.

Es war ruhig. Sie spähte hinein. Der Thronsaal war gut mit Fackeln ausgeleuchtet, und er war leer, bis auf Zhan, der sich in der Nähe des Eingangs ausruhte. Er setzte sich auf, legte den Kopf schräg und sah sie so neugierig und besorgt an, dass sie ganz gerührt war.

„Guter Kater“, flüsterte sie und streichelte ihm den Kopf. „Erzähl niemandem, dass ich hier war, okay?“

Er stupste gegen ihr Bein.

Die anderen Frauen mussten hinten in der Höhle bei den Jungen sein. Das Gewitter hatte den Jungen bestimmt Angst gemacht und das aus gutem Grund. Sie hatten schon viele ihrer Vorfahren durch Blitzschlag und starke Winde verloren, die zu einem Gewitter gehörten.

Neona zog sich ihre Lederslipper aus, damit sie auf dem Weg zum Becken keine Schlammspur hinterließ. Ihre Tunika tropfte, also zog sie auch die aus und ließ sie am Eingang liegen. Dann rannte sie an dem Bereich vorbei, in dem sie ihre Besprechungen abhielten, und dann am Thron, bis sie das dunkel glänzende Becken erreicht hatte. Sich neben das Wasser hockend zog sie den Korken aus der kleinen Flasche und füllte sie. Dann schloss sie den Korken wieder und eilte zurück zum Eingang.

Ein Blick zurück, und sie stöhnte auf. Sie hatte trotz allem ein paar kleine Pfützen hinterlassen. Zhan trottete zu der größten, ließ sich hineinfallen und rieb dann mit dem Rücken über den Steinboden, bis sein Pelz das Wasser fast ganz aufgesaugt hatte.

Sie lächelte, während sie ihre Tunika und ihre Slipper wieder anzog. Ihre Katze kam zu ihr zurückgerannt und stieß den Kopf gegen ihr Bein.

„Du bist der beste Kater der Welt." Sie umarmte ihn und schlüpfte dann wieder hinaus in den Regen.

Sie rannte nach Hause und versteckte die Flasche dann in der Holztruhe am Fuß ihres Betts. Während des Tages, wenn Zoltan in seinem Todesschlaf lag, würde sie etwas von dem Wasser des Lebens in seine Blutflaschen schmuggeln.

Nachdem sie noch ein Scheit ins Feuer gelegt hatte, schälte sie sich aus den nassen Sachen und rieb sich mit einem Handtuch trocken. Gerade, als sie sich über ihre offene Holztruhe gebeugt hatte, um sich etwas Sauberes zum Anziehen zu nehmen, hörte sie eine Stimme hinter sich.

„Das ist mal ein schöner Anblick. Bleib genauso stehen."

Sie wirbelte herum, die sauberen Sachen an ihre Brust gepresst. „Du bist wieder da."

Zoltan lächelte, während er sich die Schuhe auszog und seine Habseligkeiten auf seine Truhe stellte. „Ich hatte befürchtet, du würdest schon schlafen." Er ließ den Blick über sie wandern, während er sich die Jacke auszog.

Die intensive Art, auf die er sie ansah, brachte ihren Magen zum Flattern. „Ich habe mich gerade bettfertig gemacht."

„Gut." Er zog sich sein T-Shirt über den Kopf und warf es aufs Bett. „Wir haben noch etwas zu erledigen." Er trat mit dunkler werdenden Augen auf sie zu. „Neun weitere Höhepunkte. Neun weitere Positionen."

Sie riss die Augen auf. „Du hast ja wohl nicht vor, das alles in einer Nacht zu erledigen?"

Er öffnete seine Hose. „Ich bin immer stolz darauf gewesen, dass ich nicht aufgebe, ehe eine Aufgabe erledigt ist."

„Verstehe." Ihr pochte das Herz laut in den Ohren. „Na gut, ich möchte deinen Stolz ja nur ungern verletzen."

Seine Mundwinkel hoben sich. „Wie aufmerksam von dir. Man könnte glatt auf die Idee kommen, dass ich dir etwas bedeute."

Ihre Gefühle drohten sie zu überwältigen. „Können wir wirklich zusammengehören, Zoltan? Ein Vampir und eine ..."

„Eine alte Schrulle?" Er lächelte breiter.

Schnaubend warf sie ihre sauberen Sachen zurück in die Truhe. „Sehe ich denn wie eine alte Schrulle aus?"

Während er sie von oben bis unten musterte, verging ihm das Lächeln. Als seine Augen wieder auf ihre trafen, glühten sie rot.

Zwischen ihren Beinen sammelte sich Feuchtigkeit. Allein durch das Wissen, dass sie diesen sofortigen Effekt auf ihn hatte, fing ihre Haut zu kribbeln an. Er ließ seine Hose auf den Boden fallen und trat sie zur Seite. Die Beule in seiner Unterhose war deutlich zu sehen. Vielleicht sollte sie noch heute Nacht anfangen, ihn zu heilen.

Sie griff nach dem Saum seiner Unterwäsche, aber er wirbelte sie zu ihrer hölzernen Truhe herum. Er schloss den Deckel und beugte sie dann darüber, sodass sie sich mit den Händen abstützen musste.

„Was machst du da?" Sie sah über die Schulter nach ihm. Er lehnte sich gegen sie, seine Brust an ihren Rücken gepresst und seine Härte an ihren Po.

„Das ist Stellung Nummer zwei", flüsterte er ihr ins Ohr, während er ihre Beine mit dem nackten Fuß auseinanderschob.

Ihre Knie fingen an zu zittern, und aus ihrer Mitte ergoss

sich mehr Feuchtigkeit. Was auch immer er machte, sie wollte es.

Er fuhr ihr mit den Händen die Arme hinauf und strich ihr dann die Haare über die Schulter, sodass ihr Rücken nackt war. „So schön." Er küsste sie in den Nacken und knabberte sich ihre Wirbelsäule hinab. Die Hände legte er um ihre Brüste und neckte mit den Fingern zart ihre Spitzen.

Sie schauderte und krallte sich fester in das Holz der Truhe.

Er erreichte ihren unteren Rücken und fuhr mit der Zunge die Kuhle dort nach und dann wieder ihre Wirbelsäule hinauf. Stöhnend bog sie den Rücken durch.

Wann würde er sie endlich anfassen? Sie brauchte seine Berührung. Sie rieb ihren Po an seinem Schritt. „Bitte."

Er packte ihre Hüften und hielt sie fest. „Ich liebe das." Er strich mit den Händen zu ihrer schmalen Taille hinauf und dann wieder die Rundung ihrer Hüften hinab. „Du bist so schön."

Ihre Beine bebten, und sie musste die Knie durchdrücken, um nicht zu fallen. „Zoltan", flüsterte sie. „Bitte."

„Ja." Er beugte sich vor, um ihren ganzen Po mit Küssen zu bedecken. Sie keuchte auf, als er mit der Hand zwischen ihre Beine fuhr. Oh Gott, ja. Endlich.

„So feucht."

Seine Finger brachten sie zum Wimmern. Sie waren beharrlich, kühn und besitzergreifend.

„Dieses Mal will ich in dir sein." Er drang mit einem Finger in sie ein.

Sie schrie auf. Er ließ einen weiteren Finger folgen, streichelte sie, kitzelte sie. Sie keuchte nach Luft, stöhnte und wiegte sich gegen ihn. In ihr stieg die Spannung höher und höher, bis sie sich in einem ekstatischen Höhepunkt entlud.

Mit einem weiteren Aufschrei gaben ihre Knie unter ihr nach, doch er hielt sie fest und stützte sie mit seinem freien Arm, während sie noch um seine Finger pulsierte.

Sie war noch immer neben sich, als er sie aufs Bett warf und auf den Rücken drehte.

„Position Nummer drei." Er spreizte ihre Beine und legte sich zwischen sie, sein Gesicht nur ein kurzes Stück von ihrer feuchten, geschwollenen Mitte entfernt.

„Warte!"

Er stützte sich auf die Ellenbogen und hob einen Mundwinkel. „Brauchst du eine Pause?"

„I-ich glaube, wir sollten noch einmal überdenken, was wir …"

„Zehn Höhepunkte, ohne dich zu beißen, dann vertraust du mir. So lautet die Abmachung."

„Ja." Sie atmete tief durch, um ihren rasenden Puls zu beruhigen. „Aber ich glaube, da haben wir ein Problem …"

„Ich finde, es sieht perfekt aus."

Dieser alte Schurke betrachtete dabei ihre Weiblichkeit. Und da sein Gesicht noch immer nur ein kurzes Stück entfernt war, hatte er den besten Blick darauf. Sie hatte sich noch nie so schutzlos gefühlt. Oder so erregt. Zu wissen, dass er sie betrachtete, brachte ihre Haut zum Kribbeln, und ihre Mitte sehnte sich danach, berührt zu werden. „Was für eine Position soll das sein? Willst du mich anstarren, bis ich zum Höhepunkt komme?"

Er lächelte breiter. „Meinst du, das würde funktionieren?"

„Du grinst schon wieder."

„Und du starrst mich schon wieder an." Er kam ihr ein Stück näher. „Du bist so feucht, dass du im Licht der Flammen schimmerst."

Sie musste schlucken, als sich noch mehr Feuchtigkeit aus ihr ergoss. Lieber Gott, es funktionierte. Sie konnte spüren, wie sie sich innerlich immer mehr anspannte.

„Und dein Duft macht mich verrückt", fuhr er fort.

Sie klammerte sich in ihr Laken. „Wie ich bereits sagte, dein Plan hat einen Haken. Es ist nicht mein …" Sie keuchte auf, als sie seine Zunge endlich auf sich spürte.

„Wie hast du gesagt?"

Lieber Gott, so etwas hatte sie sich nie vorstellen können. „Ja, ich ..." Sie zuckte zusammen, als er eine besonders empfindliche Stelle leckte.

„Irgendetwas von einem Haken? Soll ich aufhören?"

„Nein!"

„Das ist mein Mädchen." Er packte ihre Hüften, um sie ruhig zu halten, und saugte dann an ihrer empfindlichsten Stelle.

Sie schrie auf, als sie von einem weiteren Höhepunkt gepackt wurde, der sie erbeben ließ. Als sie wieder klar sehen konnte, lag er neben ihr auf dem Bett.

„Alles in Ordnung?" Er strich ihr die Haare aus dem Gesicht.

„Bist du sicher, dass du mich nicht umbringen willst?"

Er küsste sie auf die Stirn. „Ich versuche nur, dein Vertrauen zu gewinnen. Das waren jetzt drei Höhepunkte, bei denen ich dich nicht gebissen habe."

Sie atmete tief durch, um den Kopf freizubekommen. „So sehr mir dein Plan gefällt, ich glaube nicht, dass er funktionieren wird."

Er erstarrte. „Was?"

„Mir Höhepunkte zu schenken ist nicht der beste Test für deine Selbstkontrolle. *Deine* Höhepunkte sind es, die mir Sorgen machen. Dann würdest du am ehesten die Kontrolle verlieren und mich beißen." Sie setzte sich auf. „Das war das Problem, von dem ich vorhin gesprochen habe."

Er runzelte die Stirn. „Ich hatte am Wasserfall einen Höhepunkt und habe dich nicht gebissen."

„Das stimmt." Sie sah hinab auf seine Unterhose, wo sich der Stoff über seiner Erregung spannte. „Aber ich glaube, ich sollte dich noch einmal testen. Nur um sicherzugehen."

Er schnaufte. „Mit einer geladenen Waffe spielt man nicht. Ich explodiere gleich."

„Du bist mein Gefangener. Ich kann mit dir tun, was ich

will." Sie sah ihn schief an. „Soll ich dich an den Bettpfosten fesseln?"

„Ich werde es schon schaffen, dich nicht zu erwürgen."

„Das ist mein Junge."

Er schnaubte. „Das ist deine Rache, oder? Du willst mich foltern."

Lächelnd zog sie ihm die Unterhose aus und befreite seine erregte Männlichkeit. Ihr stockte der Atem. Er war riesig. Und herrlich prall. Es war also der perfekte Zeitpunkt, um zu versuchen, ihn zu heilen. Nach ein paar Minuten Therapie würde sie ihn zum Höhepunkt bringen und sehen, ob er seine Fangzähne unter Kontrolle hatte.

Sie begann, ihn sanft zu streicheln und legte dann die andere Hand um seinen harten Schaft. Er zischte scharf. Aus seiner Krone perlte ein Tropfen Flüssigkeit, den sie mit dem Daumen verrieb. Er sah wirklich aus, als würde er gleich explodieren. Sie würde sich beeilen müssen.

Mit geschlossenen Augen konzentrierte sie sich auf die heilende Gabe tief in ihrem Inneren. Sie fuhr ihr den Arm hinab und breitete sich mit einem vertrauten Kribbeln in ihren Fingern aus.

Er bebte unter ihr. Kein Zweifel, dass er ein leises Vibrieren spüren konnte. Sie verstärkte ihre Kraft und öffnete sich dann, um alle Krankheit in ihm zu nehmen.

Seine Gefühle rauschten ihren Arm hinauf in ihre Brust. Sie keuchte und riss die Augen weit auf. Das war keine Krankheit. Sofort durchfuhr sie ein elektrischer Strom aus rohem Verlangen und Verzweiflung wie ein Schock. Er schoss in ihre Mitte und entzündete eine Reihe von Beben, die sie so fest erschütterten, dass sie aufschrie und rückwärts aufs Bett fiel.

Mit einem heiseren Aufschrei bäumte sich Zoltan neben ihr auf und kam.

Nur langsam hörte ihr Herz auf zu donnern. Ihre Mitte hörte auf zu pulsieren. Ihre Sicht wurde wieder klar, und sie sah, dass Zoltan neben ihr saß. Er hatte ihr abgelegtes Handtuch genommen und wischte sich damit sauber.

Sie setzte sich auf. „Ist alles in Ordnung?"

Er sah zu ihr hinab, und sie wich keuchend vor ihm zurück. Seine Fangzähne waren herausgesprungen.

„Ich werde dich nicht beißen." Er warf das Handtuch auf den Fußboden. „Ich hatte nicht erwartet, die Kontrolle zu verlieren. Das habe ich vorher noch nie, aber das war der verdammt noch mal heftigste Orgasmus, den ich je gehabt habe. Wie hast du das gemacht?"

„Ich habe versucht, dich zu heilen." Sie zuckte zusammen. „Ich habe gedacht, ich nehme dir den Schmerz, aber ich ... ich glaube, ich habe deinen Orgasmus mit dir geteilt."

Er schnaubte. „Du hast ihn mehr als nur geteilt. Du hast ihn vervielfacht."

„Oh. Das tut mir leid."

Er lachte, und seine Fangzähne glitten wieder zurück. „Du musst dich nicht entschuldigen. *Verdammt.* Das war echt intensiv." Er lachte wieder. „Das ist echt eine Höllengabe, die du da hast. Mein Gott, ich bin am Verhungern." Er eilte an die Box, in der er sein Blut aufbewahrte, und trank schnell eine Flasche leer.

Er stellte die leere Flasche wieder hinein und öffnete sich eine zweite. „Ich weiß, wir sollten gerade kuscheln, und ich sollte dir erzählen, wie sehr ich dich liebe, aber unter diesen Umständen schien es mir besser, dafür zu sorgen, dass ich auf keinen Fall Hunger habe."

Sie lächelte, weil sie wusste, dass er sein Bestes tat, um sie zu beschützen.

Er trank die zweite Flasche halb leer und sah sie dann schief an. „Wenn ich so einen Mega-Höhepunkt überstehe, ohne dich zu beißen, kannst du dich glaube ich wirklich sicher fühlen. Vertraust du mir jetzt?"

Sie ließ den Blick über ihn wandern, wie er herrlich nackt dastand und an seiner Flasche Blut nippte. „Ja."

Er lächelte und trank noch etwas mehr.

Sie zog sich das Laken bis zur Brust und machte es sich dann in den Kissen bequem, genoss den Ausblick und die wohlige Zufriedenheit, die ihr immer noch durch den ganzen Körper zog. „Könntest du mich morgen teleportieren?"

„Sicher." Er nahm noch einen Schluck. „Wohin möchtest du? Paris? Venedig? Meine Burg in Transsilvanien?"

Sie schüttelte den Kopf. „Ein buddhistisches Kloster, ungefähr dreißig Meilen von hier."

„Ah. Du willst den Sohn deiner Schwester sehen." Er schraubte seine Flasche wieder zu. „Meinst du, er hat auch eine Gabe geerbt?"

„Es ist egal, ob er das hat oder nicht. Er ist immer noch mein Neffe. Und wenn er mich akzeptiert, hoffe ich, seine neue Mutter zu werden." Sie biss sich auf die Unterlippe und fragte sich, wie Zoltan darauf reagieren würde.

Sein Blick wurde weich. „Du wirst eine ausgezeichnete Mutter sein."

Seine Worte rührten sie zutiefst. Wie konnte sie diesen Mann nicht lieben? Eine Welle angenehmer Schläfrigkeit erfasste sie. Das Leben war gut. „Wenn Minervas Sohn eine Gabe hat, weiß ich es beim ersten Blick auf ihn. Ich hätte es gleich an deinen bernsteinfarbenen Augen merken müssen, aber mir ist nie eingefallen, dass Männer auch Gaben haben könnten."

„Was meinst du?" Er näherte sich dem Bett und setzte sich neben sie.

„Du hast die gleiche Augenfarbe wie Tashi und Lydia." Neona gähnte und ließ sich tiefer in ihr Bett sinken. „Sie ist ein Zeichen, dass du mit Tieren kommunizieren kannst. Freyas Augen sind grün, das bedeutet, sie kann Pflanzen zum Wachsen und Gedeihen bringen."

„Dann bedeuten deine blauen Augen, dass du Heilerin bist?"

Neona nickte. „Calliope hatte blaue Augen, so wie ich."

„Und deine Mutter hat goldene Augen."

„Winifred auch." Neona gähnte wieder und schloss die Augen. „Sie können mit geflügelten Kreaturen kommunizieren."

„Schlaf ruhig." Er küsste sie auf die Stirn. „Wir sehen uns morgen wieder."

Morgen, dachte sie, während sie langsam einschlief. Mit Zoltan könnte sie eine Ewigkeit lang jeden Morgen neu erleben.

Es war fast Sonnenaufgang, als Zoltan mit seinem Supergehör draußen Stimmen vernahm.

Die letzten paar Stunden hatte er mit Neona in ihrem Bett gekuschelt und zugehört, wie sie im Schlaf leise atmete. Der Regen hatte aufgehört, anscheinend waren die Frauen also aus der Höhle gekommen. Das bedeutete, er hatte vielleicht eine Gelegenheit, sich in die Höhle zu schleichen, ehe die Sonne aufging.

Schnell zog er sich an und steckte sich eine leere Flasche in die Jackentasche. Dann teleportierte er sich hinter Neonas Haus und spähte um die Ecke.

Im trüben Mondlicht entdeckte er die Königin, Lydia, Tashi und den zahmen Schneeleoparden um das Feuer in der Dorfmitte, das jetzt nur noch ein Haufen nasser Asche war. Winifred und Freya kamen gerade aus dem Lagerraum, die Arme voll mit trockenem Feuerholz und Anzünd-Spänen. Sie ließen ihre Last in die Feuerstelle fallen.

Es schien offensichtlich, dass sie ein neues Feuer anzünden würden. Und wahrscheinlich Frühstück darauf kochten. Zoltan sah zum Eingang der Höhle. Das war seine beste Gelegenheit hineinzugehen.

Gerade, als er sich teleportieren wollte, kam eine Gestalt aus der Höhle gerannt. Zoltan erstarrte überrascht. Es war ein Junge. In Beyul-La? Waren nicht alle männlichen Menschen hier verboten?

Die Königin begrüßte den Jungen lächelnd mit einer Umarmung. Was zur Hölle? Warum war dieser Junge willkommen, Minervas Sohn aber musste fortgegeben werden?

Die Frauen besprachen etwas auf Tibetisch. Zoltan konnte es nicht verstehen, aber es war deutlich, dass sie den Jungen mit Worten und Lächeln zu etwas ermutigten. Er nickte und schloss dann die Augen, als wollte er sich konzentrieren. Ein paarmal atmete er tief durch, ehe er Augen und Mund wieder öffnete. Ein Feuerstrahl schoss ihm aus dem Mund, traf auf das Holz und setzte es in Flammen.

Zoltan keuchte auf. Glücklicherweise hörte ihn niemand. Die Frauen hatten zu viel damit zu tun, zu klatschen und dem Jungen zu gratulieren. Die Königin umarmte ihn noch einmal.

Was in aller Welt? Zoltan presste sich an die Steinwand. Seine Gedanken rasten. Wer war dieser Junge? Lebte er in der Höhle? Hatte der Leopard nicht gesagt, dass männliche Wesen dort nicht gestattet waren?

Männliche *Menschen. Mist!* Natürlich war der Junge kein Mensch. Welcher Mensch konnte schon Feuer speien?

Zoltan verspürte das erste Zerren seines Todesschlafes. Das bedeutete, ihm blieben noch etwa sieben Minuten bis Sonnenaufgang. Er konnte später über dieses Durcheinander nachdenken. Erst einmal musste er seine Chance ergreifen und in die Höhle kommen.

Er teleportierte sich an den Eingang und spähte hinein. Niemand war zu sehen. Der riesige Raum wurde von ein paar Fackeln beleuchtet, die in Halterungen an den Höhlenwänden steckten. Das Licht flackerte über die glitzernden rosa und weißen Tropfsteine, die von der hohen Decke hingen.

Er schlich sich hinein. Weit entfernt auf der linken Seite entdeckte er ein Arsenal aus Waffen und Rüstungen. Die neuen Schwerter und Pfeile, die er ihnen geschenkt hatte, waren auch dabei. In der Mitte stand der riesige Thronsessel. Weiter hinten bemerkte er das dunkle, schimmernde Becken. Das Wasser des

Lebens tropfte aus einem Riss in der Felswand in das Becken darunter.

Er hockte sich neben das Becken und füllte seine Flasche. Als er den Deckel wieder aufschraubte, hörte er draußen eine Stimme. Die Königin. Brachte sie den geheimnisvollen Jungen zurück?

Er sah sich um auf der Suche danach, wo der Junge leben mochte. Dort, am anderen Ende des Beckens, führte ein schmaler Gang ins Herz des Berges.

In Vampirgeschwindigkeit raste er den Gang hinab. Es wurde immer dunkler, aber da er in der Nacht ausgezeichnet sah, bemerkte er die scharfe Linkskurve, und danach die nach rechts.

Er blieb staunend stehen. Der Raum vor ihm wurde schwach von ein paar Fackeln beleuchtet. Und er war einfach riesig. Umfasste die Fläche von mehreren Fußballfeldern. So viele Tropfsteine wuchsen entlang der ausladenden Decke, dass sie wie ein riesiger umgekehrter Wald aussah.

Er schlich sich hinein. Lebte der Junge hier? Zoltan bog nach rechts ab, dicht an der Wand entlang, und verbarg sich hinter den Tropfsteinen, die am Rand der riesigen Höhle aus dem Boden wuchsen. Anscheinend waren alle anderen abgeschlagen worden, denn der weite Steinboden war ganz glatt.

Die Stimme der Königin hallte durch den schmalen Gang. Zoltan sah sich nach dem besten Versteck um und teleportierte sich dann in den Tropfsteinwald an der Decke. Sobald er sich materialisiert hatte, schwebte er dicht an die Decke heran. Die meisten Tropfsteine waren über drei Meter lang, er war also in den Schatten zwischen ihnen gut verborgen.

Die Königin betrat den riesigen Raum gemeinsam mit dem Jungen, der fröhlich zur Wand an der linken Seite hüpfte. Dort entdeckte Zoltan eine Reihe Matratzen. Der Junge machte es sich auf einer bequem und zog sich die Decke bis an die Brust.

Die Königin hockte sich neben ihn und deckte ihn lächelnd richtig zu. Zwei weitere Kinder setzten sich auf, zu denen sie sich umsah. Es wurden keine Worte gesprochen, aber Zoltan merkte, dass sie sich trotzdem unterhielten.

Königin Nima eilte zu ihnen herüber und umarmte sie tröstend. Die Kinder klammerten sich an sie, als wäre sie ihre Mutter.

Zoltan runzelte die Stirn, nicht sicher, ob er seinen Augen trauen konnte. Das sollte die kaltherzige Hexe sein, die immer damit drohte ihn umzubringen? Die Großmutter, die Minervas Sohn gnadenlos fortgegeben hatte? Warum war sie hier und bemutterte diese Kinder so zärtlich?

Soweit er es erkennen konnte, waren es zwei Jungen und ein Mädchen. Der Junge, der Feuer gespuckt hatte, sah aus wie ungefähr zwölf, die anderen beiden wirkten halb so alt. In der Reihe lagen noch mehr Matratzen, aber die waren leer. Die Königin machte es sich auf der ersten und größten Matratze bequem, und alle gingen schlafen.

Wieder zerrte der Todesschlaf an Zoltan, und er verlor die Kontrolle über sein Schweben, sodass er ein kurzes Stück absackte. Er schüttelte sich. Bald würde er sich in Neonas Haus zurückteleportieren müssen. Er drehte sich auf der Stelle und sah sich noch einmal in der riesigen Höhle um, damit ihm nichts entging.

Dort, hinter einigen Tropfsteinen, befand sich ein weiterer beleuchteter Gang. Er teleportierte sich zu diesem Gang und schlich sich leise den schmalen Pfad hinab.

Vor ihm lag ein weiterer Raum. Ein viel kleinerer Raum mit nur einer Fackel. Er kam an einem Heuhaufen vorbei, der eine Kuhle in der Mitte hatte, wie ein riesiges Nest. Es war leer. Das zweite war ebenfalls leer. Er blieb stehen. Es gab noch drei weitere Nester. Und in ihnen lagen Eier. Riesige Eier. Zwei im dritten Nest. Drei in dem danach und noch zwei im letzten.

Der Todesschlaf zerrte noch einmal an ihm, aber er schüttelte ihn ab und trat näher an die Eier heran. So groß war kein Vogel. Was zum Teufel war hier los?

Er sah in die zwei leeren Nester. Waren die schlafenden Kinder aus diesen Nestern gekommen? Nein, das konnte nicht stimmen. Seit wann schlüpften Kinder aus Eiern?

Verwirrt teleportierte er sich zu Neonas Haus zurück. Ihm blieb nur noch ungefähr eine Minute, die er brauchte, um seinen Blutvorrat mit dem Wasser des Lebens aufzufüllen. Es waren sechs Flaschen in der Kühlbox. Eine leer und eine weitere halb leer. Er öffnete alle sechs und goss Blut aus den vollen Flaschen in die anderen beiden ab. Bald hatte er sechs Flaschen, die zu ungefähr drei Vierteln voll waren. Er füllte sie mit dem Wasser des Lebens auf, schüttelte sie und stellte sie dann zurück in die Kühlbox.

Nachdem das erledigt war, wanderten seine Gedanken zurück zu den Kindern in der Höhle. Normal waren sie eindeutig nicht. Nicht einmal menschlich. Der älteste Junge konnte Feuer spucken. Und sie schienen alle schweigend mit der Königin zu kommunizieren. Was war ihre Gabe gewesen? Eine besondere Gabe, die sie zur Königin und Winifred zu ihrer Thronerbin machte. Die Fähigkeit zur Kommunikation mit … Vögeln?

Der Todesschlaf zerrte heftiger an ihm, und er stolperte auf Neonas Bett zu. Wie hatten sie sich ausgedrückt? Nicht Vögel.

Geflügelte Kreaturen.

Er sah zum Kamin, der mit diesen merkwürdigen schwarzen Kacheln ausgekleidet war. Schuppen, hatte Milan gesagt. Eine Mischung aus Schildkröten-Panzer und Reptilien-Schuppe. Aber zu groß. Viel zu groß für einen Leguan.

Eine geflügelte Kreatur. Mit Schuppen. Die Feuer spucken konnte?

Er atmete scharf ein. Das konnte doch nicht sein.

Der Todesschlaf nahm von ihm Besitz, und er fiel auf Neonas Bett. „Neona, wach auf.“ Er schüttelte sie an der Schulter.

Sie stöhnte. „Nicht noch ein Höhepunkt …“

„Nicht deswegen." Der Todesschlaf hüllte ihn ein und machte es ihm schwer zu sprechen. Oder auch nur zu denken. „Das große Geheimnis … euer Pakt … beschützt ihr … Drachen?"

Noch einmal aufstöhnend drehte sie sich um.

Ein scharfer Schmerz traf Zoltan in die Brust. Der Schmerz des Todes. So nah bei Neona. Er wich vor ihr zurück, fiel vom Bett und prallte dumpf auf dem Boden auf.

Der Schmerz verging, als er in die Dunkelheit hinabstürzte.

20. Kapitel

Als Neona aufwachte, streckte sie sich träge im Bett und ließ sich noch einmal die Erinnerung an Zoltans Liebesspiel durch den Kopf gehen.

Sie drehte sich um, damit sie ihn ansehen konnte.

Er lag nicht in ihrem Bett. Auch nicht in Minervas. Sie setzte sich auf und keuchte entsetzt, als sie ihn auf dem Boden liegen sah. Was machte er da? Sie erstarrte, als ihr plötzlich eine weitere Erinnerung kam.

Drachen! Er hatte sie nach Drachen gefragt. Sie war noch im Halbschlaf gewesen, als er sie gefragt hatte. Aber dann war es wieder ganz still im Raum geworden, und sie war wieder eingeschlafen.

„Wie hast du es herausgefunden?“, flüsterte sie.

Keine Antwort.

„Warum liegst du auf dem Fußboden?“

Keine Antwort.

Sie versuchte ihn anzuheben, aber er war wie ein Stein. Sie gab auf und schob ihm ein Kissen unter den Kopf. Er war noch vollständig angezogen, musste also von ihr gegangen sein, während sie noch geschlafen hatte.

„Hast du dich in die Höhle geschlichen?“

Keine Antwort.

Seufzend strich sie ihm die Haare aus der Stirn. „Du bist klüger, als es dir guttut. Und schöner auch.“ Sie musste in sich hineinlächeln, als ihr einfiel, dass sie einmal an seiner Intelligenz gezweifelt hatte. „Die Königin wird es aufregen, dass du es weißt, aber ich finde es ganz gut so. Wenn du und deine Freunde unser Tal und unsere Geheimnisse beschützen sollt, dann habt ihr auch das Recht zu wissen, was genau ihr beschützt."

Nachdem sie sich angezogen hatte, nahm Neona die Flasche mit dem Wasser des Lebens aus ihrer Truhe. Dann öffnete sie Zoltans Kühlbox und nahm die Blutflaschen heraus. Vorsichtig öffnete sie das Fenster einen Spalt, darauf achtend, dass Zoltans Körper dabei nicht mit Sonnenlicht in Berührung kam. Sie spähte hinaus. Es war niemand zu sehen.

Sie schüttete einen kleinen Teil aus jeder Flasche aus dem Fenster und füllte sie dann mit Wasser des Lebens wieder auf. „Da." Sie warf ihm einen schiefen Blick zu. „Du bist nicht der Einzige, der herumschleichen und die Regeln brechen kann."

Sie eilte ins Klohäuschen und wusch sich dann im Bach, ehe sie sich den anderen Frauen an der Feuerstelle anschloss. Sie waren alle dort, bis auf Winifred. Freddie war wahrscheinlich in der Höhle. Da sie ebenfalls mit geflügelten Kreaturen kommunizieren konnte, wechselte sie sich mit der Königin dabei ab, auf die Kleinen aufzupassen.

Die Frauen saßen auf Strohmatten, da der Boden vom Regen der letzten Nacht noch immer feucht war. Sie sprachen leise miteinander, als Neona zu ihnen kam und sich hinsetzte. Sie neigte den Kopf zum Gruß und wartete darauf, dass die Königin zuerst sprach. Alle Frauen starrten sie an.

Endlich räusperte Königin Nima sich. „Du kommst spät. Du hast das Frühstück und das Mittagessen verpasst."

„Wir haben dir etwas aufgehoben." Freya gab eine Kelle voll Suppe in eine Schüssel.

„Danke." Neona nahm die Suppe und einen Holzlöffel entgegen. Sie aß, obwohl sie sich die ganze Zeit bewusst war, dass die Frauen sie anstarrten.

Nima kniff die Augen zusammen. „Ich kann keine Bissspuren an ihr entdecken."

Tashi schnaubte. „Er hat sie bestimmt da gebissen, wo die Sonne nicht hinscheint."

Neona verschluckte sich an ihrem Essen. „Wie bitte?"

„Hat das Monster dich etwa nicht gebissen?", fragte Lydia.

Tashi beugte sich vor. „Hat er endlich einen hochbekommen?"

„Natürlich", fing Neona an.

„Er hat dich gebissen?", brüllte die Königin. „Ich sollte ihn umbringen!"

„Er hat mich nicht gebissen!" Neona stellte ihre Schüssel hin. „Er beißt niemanden. Er trinkt falsches Blut aus Flaschen."

„Falsches Blut?", fragte Lydia.

„Ja, er hat einen Vorrat aus seiner Burg in Transsilvanien mitgebracht."

„Er hat eine Burg?" Freyas Augen leuchteten auf. „Wie aufregend!"

„Lass dich nicht so leicht einwickeln", rügte Nima sie grollend.

„Er und seine Freunde wollen uns helfen", beharrte Neona. „Ich weiß nicht, wie wir Liao ohne ihre Hilfe besiegen sollen."

Lydia schauderte. „Ich hasse die Vorstellung, mit diesen Monstern zusammenzuarbeiten."

Nima nickte. „Ich hasse sie auch, aber manchmal braucht es ein Monster, um ein anderes zu töten. Wir werden ihre Hilfe annehmen, aber achtet gut auf jedes Anzeichen darauf, dass sie uns hintergehen."

Lydia seufzte. „Na gut. Verzweifelte Zeiten erfordern wohl wirklich verzweifelte Maßnahmen."

„Eben", stimmte Nima zu. „Es ist immer gefährlich, wenn wir uns am Anfang eines neuen Zyklus befinden. Die Jungen und die verbliebenen Eier sind schutzlos. Wir müssen alles in unserer Macht Stehende tun, um sie zu beschützen, bis sie herangereift sind. Das ist unsere heilige Pflicht."

Alle anderen murmelten zustimmend. Wenn die Jungen erst alt genug waren, sich in ihre Drachengestalt zu verwandeln, konnten sie sich selbst beschützen. Aber im Augenblick waren sie vollkommen abhängig von den Kriegerinnen von Beyul-La.

Neona nahm ihre Suppenschüssel wieder auf und aß weiter. „Wenn Zoltan aufwacht, werde ich ihm sagen, dass wir sein Angebot zur Unterstützung annehmen."

„Solange er unsere Position versteht", fügte die Königin noch hinzu. „Wenn unser Tal wieder sicher ist, müssen die Monster unser Tal wieder verlassen und uns in Ruhe lassen. Dann ist deine Affäre mit Dohnas Sohn vorbei."

Neona aß noch ein paar Löffel Suppe und stellte die Schüssel dann wieder hin. All ihren Mut zusammennehmend, sah sie ihre Mutter an. „Ich werde Zoltan nicht aufgeben. Und wenn ich einen Sohn von ihm bekomme, werde ich den auch nicht aufgeben."

Um das Feuer herum wurde aufgeregtes Gemurmel laut.

Die goldenen Augen der Königin loderten heiß, als sie Neona anstarrte. „Du würdest wissentlich gegen unsere Gesetze verstoßen?"

„Ich stelle unsere Gesetze infrage."

Nima erstarrte, und ihr Gesicht färbte sich rot vor Wut. „Wenn du dich nicht an sie halten kannst, musst du gehen."

„Ich verstehe, wie wichtig unsere heilige Pflicht ist", sagte Neona. „Aber ich glaube auch, dass wir offen für Veränderungen sein sollten. Mir fällt kein Grund ein, warum ich nicht mit Zoltan und meinen Kindern im Nachbartal leben sollte. Und da ich die einzige Heilerin bin, solltet Ihr gewillt sein …"

„Willst du mich erpressen?" Nima fluchte leise. „Ich wusste, dass wir diesem Vampir nicht vertrauen können. Er hat dich verdorben …"

„Ich habe diese Entscheidung ganz alleine getroffen", widersprach Neona. „Ich habe es nicht einmal mit ihm besprochen."

Nima schnaubte. „Du kennst den Mann seit einer Woche, und schon willst du eine Art zu leben abschreiben, die seit über dreitausend Jahren besteht?"

Neona schüttelte den Kopf. „Zoltan könnt Ihr dafür keine Schuld geben. Ich bin schon seit langer Zeit zu diesem Schluss gekommen."

Tashi räusperte sich. „Ich habe auch daran gedacht zu heiraten."

„*Was?*" Ihre Mutter keuchte entsetzt auf.

„Ich liebe einen Bauern aus dem Dorf ...", fing Tashi an.

„Einen Bauern?" Lydia sah fassungslos aus.

„Wir wollen heiraten und Kinder bekommen", fuhr Tashi schnell fort. „Und du könntest bei uns leben, Mutter. Wir könnten ein ganz normales Leben führen."

„Wir sind die unsterblichen Frauen von Beyul-La!", brüllte Nima. „Warum solltest du ein *normales* Leben mit einem armseligen Bauern führen wollen?"

„Ihr braucht mich hier nicht. Ich kann nicht mit den Drachen kommunizieren, so wie Ihr. Oder Winifred."

„Du undankbares Kind. Dir ist eine Gabe zuteilgeworden, und du wirst hierbleiben, wo sie ihren Nutzen hat!", sagte Nima aufgebracht.

„*Kind?*", schrie Tashi. „Ich bin fast fünfhundert Jahre alt! Und was meine kostbare Gabe angeht, alles was ich hier tue, ist manchmal mit dem Esel zu schimpfen, weil er faul ist, oder Neona sagen, was ihre Katze zum Abendessen möchte! Wenn ich die nächsten hundert Jahre noch so weitermachen soll, werde ich verrückt!"

„Dann geh!" Nima stand auf. „Wenn du so nutzlos bist, geh!"

Lydia lehnte sich dicht zu ihrer Tochter heran und flüsterte: „Entschuldige dich!"

Tashi blieb stumm, aber ihr standen Tränen in den Augen. „Ich will unsere heilige Pflicht nicht aufgeben. Meine Schwestern sind gestorben, um dieses Tal zu beschützen, und ich werde erst gehen, wenn es vollkommen sicher ist. Und wenn ich gehe, dann bin ich nur fünfzehn Meilen entfernt. Wenn Ihr

Eure Eule nach mir schickt, werde ich wissen, dass ich gebraucht werde, und sofort kommen."

Nima schnaufte.

Freya streckte die Hand aus und berührte Tashi am Arm. „Ich habe nie gedacht, dass du nutzlos bist. Du kannst wunderschön töpfern. Du erzählst großartige Geschichten, und du hast so eine schöne Stimme. Die Jungen lieben es, wenn du singst. Und ich auch."

„Ich bin dir dankbar, weil du mir erzählt hast, dass Zoltan eine Gabe hat", sagte Neona. Sie stand auf und stellte sich vor ihre Mutter. „Ich gehe heute Abend zum Kloster, um Minervas Sohn zu finden. Und wenn ich kann, bringe ich ihn hierher zurück, in sein rechtmäßiges Zuhause."

Wieder keuchten die anderen Frauen um das Feuer herum laut auf.

Nima kniff die Augen zusammen. „Willst du dich mir jetzt in allem widersetzen?"

„Ich möchte nur tun, was ich für richtig halte."

„Ich entscheide, was richtig ist!"

Neona reckte ihr Kinn. „Wir sollten unsere Unstimmigkeiten erst einmal vergessen. Liao ist auf dem Weg hierher, und unsere erste Priorität muss es sein, das Tal zu beschützen."

„Jetzt willst du mir auch noch sagen, wie ich meine Arbeit zu erledigen habe?" Nima sah sie verächtlich an. „Ich weiß, dass wir mit den Monstern zusammenarbeiten müssen, um unser Tal zu retten und die Jungen zu beschützen, die auf uns angewiesen sind. Ich weiß auch, dass diese Monster unsere Art zu leben vernichten wollen. Und du scheinst zufrieden damit zu sein, ihnen zu helfen." Sie stolzierte in Richtung der Höhle davon.

Als Zoltan aufwachte, setzte er sich auf und fragte sich, warum er auf dem Boden lag.

Dann fiel ihm alles wieder ein. *Drachen.* Er hatte Neona nach ihnen gefragt, kurz bevor er in seinen Todesschlaf gefallen war.

Er ging direkt an seine Kühlbox und nahm sich eine Flasche Blut. Es sah ein wenig heller aus als sonst, wahrscheinlich, weil er das Wasser des Lebens dazugegossen hatte.

„Umbringen kann es dich nicht", flüsterte er zu sich selbst und trank die Flasche leer.

„Du bist wach!" Neona kam ins Haus und lächelte, als er sich zu ihr umdrehte. „Ich habe gute Nachrichten. Die Königin wird dich und deine Freunde akzeptieren. Jedenfalls so lange, bis wir den gemeinsamen Feind besiegt haben."

„Das ist eine Erleichterung." Er stopfte die leere Flasche zurück in die Kühlbox. Soweit er es sagen konnte, zeigte er keine besondere Reaktion auf das Wasser des Lebens. Aber er hatte noch Hunger. Eine Flasche reichte ihm nicht aus. Er nahm eine zweite heraus.

„Ist alles in Ordnung?" Sie betrachtete seine Kühlbox misstrauisch.

„Anscheinend habe ich heute besonders viel Hunger." Wahrscheinlich lag das an all dem Sex. Allein der Gedanke an letzte Nacht reichte aus, um ihn erneut in Erregung zu versetzen. Ließ ihn mehr wollen. Er trank die zweite Flasche leer und fragte sich, wie viel Zeit ihm blieb, ehe Emma anrief.

„Gehen wir heute ins Kloster?"

„Ja. Nachdem meine Freunde angekommen sind, sollten wir dafür Zeit haben, während sie sich häuslich einrichten."

„In Ordnung. Ich …" Neona trat von einem Fuß auf den anderen. „Ich muss dich etwas fragen. Ich bin mir nicht sicher, ob ich es nur geträumt habe. Ich war letzte Nacht so müde …"

„Von all dem Sex?"

Sie nickte. „Ich glaube, du …"

„Ich habe dir drei weitere Höhepunkte geschenkt."

„Ja, aber später dann, bist du gekommen …"

„Ich bin gekommen, und wie. Heftigster Orgasmus seit …"

„Du bist gekommen, hast dich ins Bett gelegt und mich gefragt …"

„Willst du Sex haben?“

Sie blinzelte. „Das hast du nicht gefragt. Du wolltest wissen, ob unser geheimer Pakt mit …“

„Ach, die Drachen. Richtig.“ Er rückte seine Jeans zurecht. Sie waren im Schritt bereits zu eng geworden.

„Findest du das nicht schockierend?“

„Nein. Meine Hosen werden immer zu eng, wenn ich …“

„Ich meinte die Drachen!“ Sie sah ihn entnervt an. „Denkst du immer nur an Sex?“

Er schüttelte den Kopf. „Erst seit ich dich kennengelernt habe. Ich … verzehre mich die ganze Zeit nach dir.“

Ihr Blick wurde weich. „Dein Verstand funktioniert noch gut genug, um herauszufinden, dass wir hier Drachen haben. Warst du nicht schockiert?“

„Doch, schon. Ein bisschen. Dann sind die Kinder Gestaltwandler? Sie werden sich in Drachen verwandeln?“

„Ja. Ungefähr wenn die Pubertät einsetzt.“

Er nickte. „Dachte ich mir. So ist es auch bei den anderen Wandlern, die ich kenne.“

„Andere … Wandler?“

„Werwölfe, Wer-Panther und -Tiger, Wer-Bären …“

Sie keuchte überrascht auf. „Solche Kreaturen gibt es?“

„Wusstest du das nicht? Wahrscheinlich lernst du heute noch welche kennen.“ Er sah auf die Uhr. Wenn er ihr den fünften Höhepunkt besorgen wollte, musste er sich beeilen. „Lass uns zum Wasserfall gehen, um zu duschen.“ Er griff nach seinem Kulturbeutel aus der Reisetasche. „Bring Handtücher mit.“

Sie nahm zwei Handtücher aus dem Regal. „Haben wir denn noch Zeit, ehe deine Freunde kommen?“

„Ja, aber wir müssen uns ein bisschen beeilen.“ Er packte Neona und teleportierte sich mit ihr zum Wasserfall, der aus der Felswand brach.

Sie sah sich um und starrte ihn dann an, als er sich in Vampirgeschwindigkeit auszog. „Warum bewegst du dich so schnell?“

Er löste ihre Schärpe und zog ihr die Tunika aus. „Wenn meine Freunde erst hier ins Tal gezogen sind, werden wir kaum noch Zeit für uns allein haben."

„Oh." Sie sah auf den Wasserfall. „Dann ist das unsere letzte Chance auf eine Dusche."

„Unter anderem", murmelte er, während er Shampoo und ein Stück Seife aus seinem Beutel nahm.

In Vampirgeschwindigkeit war er schon fertig mit dem Waschen, als sie sich nackt zu ihm unter den Wasserstrahl stellte. Er seifte ihr die Haare ein und genoss ihr leises Stöhnen, während er ihr die Kopfhaut massierte. Nachdem ihr Haar ausgespült war, schäumte er die Seife in seinen Händen auf und machte sich an ihren Körper.

Sie lachte. „Du scheinst zu denken, dass meine Brüste besonders schmutzig sind."

„Besonders schön." Er wischte den Seifenschaum von ihren harten Spitzen und küsste sie.

„Du bist der Schöne hier." Sie strich mit den Händen seine Brust und seinen Bauch hinab. „Haben wir Zeit für eine weitere Sitzung, um dich zu heilen?"

Er atmete scharf ein, als sie die eine Hand um seine Hoden legte und seinen Schaft mit der anderen drückte. „Neona." Er packte ihre Hüften. Innerhalb von Sekunden spürte er wieder dieses Kribbeln und dann das Brummen der Vibration. Seine Sicht färbte sich rosig, als seine Augen rot zu glühen anfingen.

„Du wirst so prall", flüsterte sie. „Und hart."

Er stöhnte. „Bist du bereit für Höhepunkt Nummer fünf?"

„Wir müssen sie nicht mehr zählen. Dein Plan hat funktioniert, ich vertraue dir."

Er umfasste liebevoll ihren Po. „Was, wenn ich dir nicht vertrauen kann?"

Sie hielt die Hände still. „Was soll das heißen?"

„Du hast versprochen, im Wald über mich herzufallen, und das hast du bisher nicht gehalten."

„Oh." Ihre Mundwinkel hoben sich. „Stört dich das?"

„Ja! Du solltest nichts versprechen, was du nicht halten kannst."

Sie lächelte breiter. „Muss ich dich bewusstlos schlagen und fesseln?"

„Nein. Ich ergebe mich." Er führte sie aus dem Wasser und nahm sich ein Handtuch. Dann teleportierte er sie gemeinsam auf die Lichtung, auf der sie sich begegnet waren und in der ersten Nacht gekämpft hatten.

„Ich glaube, wir waren ungefähr hier." Er legte das Handtuch hin und streckte sich darauf aus. „Okay, ich bin so weit."

„Das sehe ich." Sie sah seine Männlichkeit schief an. „Du scheinst mir in letzter Zeit viel schneller in Stimmung zu kommen."

„Ich war immer schon in Stimmung. Es kommt nicht jeden Tag vor, dass eine schöne Frau versucht, im Wald über mich herzufallen."

Sie ließ ihren Blick seinen Körper hinabwandern. „Es kommt auch nicht jeden Tag vor, dass ich ein so prächtiges Exemplar finde. Du bist stark und leichtfüßig. Schmucken Antlitzes und …"

„… scheinbar sogar intelligent?", fügte er hinzu.

„Ja." Lächelnd kniete sie sich zu seinen Füßen hin. „Wenn du willig bist, plane ich, deinen Samen zu nehmen."

Er stützte sich auf die Ellenbogen, damit er sie ansehen konnte. „Wie wolltest du es tun?"

Sie fuhr mit den Händen seine nackten Beine hinauf. „Ich wollte dir zuerst die Hose ausziehen. Und die Unterhose."

Er wurde immer härter. „Und dann?"

Sie setzte sich rittlings über seine Beine und kroch näher zu seinem Schritt herauf. „Ich wollte dich anfassen und streicheln, bis du bereit bist." Sie sah seine Härte an. „Aber das bist du schon."

„Ich war in jener Nacht auch hart."

Sie riss die Augen auf. „Wirklich?"
Er schnaubte. „Ich bin schon fast die ganze Woche hart." Er legte sich wieder hin und packte ihre Hüften. „Was hättest du als Nächstes getan?"
„Ich hätte dafür gesorgt, dass ich auch bereit bin." Sie setzte sich über seine Hüften und rieb sich an seiner ganzen Länge.
Er stöhnte. Sie war feucht und mehr als bereit für ihn. „Neona."
„Und dann …" Sie hielt ihn fest und ließ sich langsam auf ihm nieder, um ihn endlich von innen zu spüren.
Er umschloss ihre Hüften fester und zog sie an sich. Sie keuchte auf und wurde ganz reglos.
„Was ist los? Habe ich dir wehgetan?"
In ihren Augen standen Tränen. „Du füllst mich aus."
„Ja." Er biss die Zähne zusammen. Sie fühlte sich herrlich eng an.
„Ich hatte in der ersten Nacht Angst, dass ich mich in dich verliebe. Und ich habe es wirklich getan."
Ihm zog sich das Herz zusammen. „Ist das schlimm?"
Eine Träne lief ihr die Wange hinab. „Beziehungen scheinen für uns nie zu funktionieren. Es endet immer damit, dass wir verlassen werden. Oder in Tod und Zerstörung."
„Wir schaffen es." Er zog sie zu sich hinab und rollte sich über sie, darauf achtend, dass er die ganze Zeit tief in ihr blieb. „Ich liebe dich, Neona. Ich werde dich nie aufgeben."
Sie nahm sein Gesicht zwischen ihre Hände. „Ich liebe dich auch."
Ihre Worte brachten ihn nahe an den Höhepunkt, und er bewegte sich schneller und schneller in ihr, bis er aufschrie und seinen Rücken durchbog. Sie stöhnte unter ihm auf, ihre inneren Muskeln fest um ihn geklammert. Keuchend pumpte er seinen Samen in sie hinein.
Danach hielten sie einander eine Weile einfach nur fest. Er horchte auf ihren Atem und die sanfte Brise, die um sie herum in

den Bäumen raschelte. Es war zu schade, dass sie nicht einfach ewig so bleiben konnten. Aber Gefahr war im Verzug, und sie würden dafür bereit sein müssen.

Er stand langsam auf und half dann ihr hoch. Nachdem er das Handtuch aufgehoben hatte, teleportierte er sie zum Wasserfall zurück. Sie spülten sich ab, aneinandergeklammert unter dem tosenden Wasser.

Ein Vibrieren kam aus seiner Jacke, die er auf einem Stein in der Nähe abgelegt hatte, und er seufzte. Ihr idyllischer Augenblick war vorbei.

Er zog das Telefon heraus. „Ja?“

„Wo bist du gewesen?“, fragte Emma. „Ich rufe seit zehn Minuten an. Wir sind so weit.“

„Gib mir fünf Minuten, dann rufe ich dich zurück.“ Er legte auf.

„Und so fängt es an.“ Neona sah ihn voller Sorge an.

„Wir besiegen Liao. Wir schaffen es. Versprochen.“

21. Kapitel

„Ihr habt uns etwas Neues zum Anziehen mitgebracht?“, fragte Neona, als sie die schwarze Weste betrachtete, die sie aus einer der Taschen gezogen hatte.

„Das sind Kevlar-Westen“, erklärte Emma. „Sie sind kugelsicher und schützen auch vor Messerstichen.“

„Wie wundervoll.“ Lydia nahm sich eine, um sie sich genauer anzusehen. „Dann ist das eine Art moderne Rüstung?“

„Ja.“ Emma nickte. „Es ist uns eine Ehre, an Eurer Seite in der Schlacht gegen Lord Liao und Master Han kämpfen zu dürfen. Bitte nehmt diese Westen als Zeichen unserer Freundschaft an.“

Nima, die die Taschen zuerst ignoriert hatte, zog eine Weste heraus und bewunderte sie. „Wir werden euer Geschenk annehmen. Vielen Dank.“

„Gern geschehen.“ Emma und Lady Pamela lächelten sich an.

Nachdem Zoltan sich und Neona zurück in ihr Haus teleportiert hatte, hatte Neona die anderen Frauen an der Feuerstelle versammelt, um ihnen zu sagen, dass eine Vampirkriegerin bald bei ihnen eintreffen würde. Dann hatte er Emma angerufen, damit sie seine Stimme benutzen konnte, um sich zu ihm zu teleportieren. Alle waren überrascht festzustellen, dass sie nicht allein gekommen war. Mikhails Frau, Lady Pamela, hatte sie begleitet, und beide waren beladen mit Stofftaschen gewesen.

Alles Misstrauen war verflogen, als die Frauen von Beyul-La einen Blick auf ihre Geschenke geworfen hatten. Luxuriöse Badezusätze, Töpfe und Geschirr – Zoltan fand, es war wie Weihnachten. Aber die beliebtesten Beutel waren die mit den Kevlar-Westen.

Emma neigte den Kopf vor Nima. „Wenn Ihr bereit seid, Majestät, können wir mit der Besprechung beginnen."

„Ich bin bereit." Nima nahm ihren üblichen Sitz an der Feuerstelle ein. Zoltan setzte sich neben Neona und nahm ihre Hand in seine.

„Liao ist mit zweihundert Soldaten auf dem Weg hierher", fing Emma an, wurde aber sofort von entsetztem Aufkeuchen unterbrochen.

„Wie viele Krieger könnt ihr uns stellen?", verlangte Nima zu wissen.

„Ungefähr fünfzig", antwortete Emma und hob die Hände, als die Frauen anfingen zu protestieren. „Ich weiß, das klingt schlimm, aber obwohl wir in der Unterzahl sind, haben wir in unserem Kampf gegen Master Han gute Fortschritte gemacht. Mithilfe der Krieger Gottes haben wir den Dämon Darafer zurück in die Hölle gewiesen, und wir konnten einhundert ihrer Supersoldaten wieder zurück in normale Menschen verwandeln."

„Stimmt es, was Zoltan gesagt hat?", fragte Freddie. „Hat Master Han neunhundert Soldaten?"

Emma nickte. „Ja. Aber jetzt, wo Darafer fort ist, kann Master Han keine weiteren erschaffen."

Die Königin schnaubte. „Und wie sollen wir Lord Liao mit seinen zweihundert Soldaten besiegen können?"

„Zermürbungskrieg", entgegnete Emma. „Liao weiß nicht, wo genau sich dieses Tal befindet. Um ganz Tibet abzusuchen, muss er seine Männer in Sucheinheiten aufteilen. Unser Freund Russell ist ihnen auf den Fersen. Immer, wenn wir den Standort eines solchen Suchtrupps erfahren, teleportieren wir uns und greifen an. Wenn Liao dieses Tal findet, wird seine Armee eine sehr viel überschaubarere Größe haben."

Die Frauen nickten anerkennend.

„Eure Strategie ist gut", verkündete Nima. „Wir werden euch bei den Angriffen zur Seite stehen."

„Ausgezeichnet." Emma lächelte. „Dann habt ihr keine Einwände dagegen, dass unsere Männer im Nachbartal ein Lager aufschlagen?"

„Sie dürfen kommen", willigte Nima ein. „Aber sie müssen begreifen, dass sie im Nachbartal zu bleiben haben. Männer sind hier in Beyul-La nicht gestattet." Sie warf Zoltan einen vernichtenden Blick zu. „Für Dohnas Sohn machen wir eine Ausnahme."

„Und das weiß ich zu schätzen." Als er sie anlächelte, sah die Königin ihn noch düsterer an. Er stöhnte innerlich auf. Soweit er es feststellen konnte, wollte seine zukünftige Schwiegermutter ihn immer noch umbringen. Vielleicht würde die Besitzurkunde für das Tal und das umliegende Land ihre Meinung ändern.

„Entschuldigt mich." Er eilte zurück in Neonas Haus, um den Ordner aus seiner Reisetasche zu holen. Als er an die Feuerstelle zurückkehrte, hatte Tashi sich der Aufgabe angenommen, Lady Pamela ins Nachbartal zu führen, damit Pamela die Truppen zusammenrufen konnte.

Er setzte sich zwischen Neona und ihre Mutter. „Euer Majestät, ich habe ein Geschenk für Euch." Er reichte ihr den Ordner. „Das ist die Besitzurkunde für das Tal von Beyul-La und das umliegende Gebiet. Der legale Beweis, dass dieses Land Euch gehört."

Die Königin riss die Augen auf und öffnete den Ordner.

„Danke." Neona drückte ihm den Arm und lächelte ihn an.

„Wer ist das?" Nima deutete auf Rajivs Namen.

„Das ist ein Freund und chinesischer Staatsbürger. Ich musste das Land durch ihn kaufen."

Die Königin schloss stirnrunzelnd den Ordner. „Wie können wir ihm vertrauen? Er könnte uns das Tal stehlen."

„Wird er nicht", versicherte Zoltan ihr. „Er ist der Anführer der Tiger in Tiger Town. Er ist auf unserer Seite."

„Das stimmt", fügte Emma hinzu. „Die Wer-Tiger sind unsere stärksten Verbündeten gegen Master Han."

„Wer-Tiger?“ Freyas Augen leuchteten auf. „Du meinst, es gibt Männer, die sich in Tiger verwandeln?“

Emma lächelte. „Ja. Wir haben eine Gruppe Gestaltwandler auf unserer Seite. Wegen des Wassers des Lebens müsst ihr euch keine Gedanken machen, was sie angeht. Sie können fünfhundert Jahre und länger leben.“

Zoltan bemerkte, wie die Frauen sich untereinander ansahen. Hatten sie vor, ihre Wer-Drachen weiter geheim zu halten?

Nima warf ihm einen wütenden Blick zu. „Du hast ihr vom Wasser des Lebens erzählt?“

„Sie werden alle ihr Leben für Euch riskieren.“ Zoltan sah sie eindringlich an. „Sie haben ein Recht darauf, *alle* Geheimnisse zu erfahren, die hier gewahrt werden.“

Sie kniff die Augen zusammen.

„Wir verstehen, dass Ihr das Wasser des Lebens geheim halten wollt“, sagte Emma. „Wir dürfen nicht zulassen, dass Liao oder Han es findet. Sie würden es benutzen, um den ganzen Planeten in ihre Gewalt zu bringen.“

Nima nickte steif. „Das ist richtig.“

„Ich muss Euch noch diese zeigen.“ Emma öffnete den Reißverschluss an ihrem Rucksack und nahm eine Pistole heraus. „Ich habe jeder von euch eine mitgebracht.“

„Wir haben noch nie Schusswaffen benutzt“, sagte Freddie.

„Keine Sorge. Wir bilden euch aus.“ Emma nahm eine Schachtel mit Pfeilen aus ihrem Rucksack. „Das sind Betäubungswaffen. Und Übungs-Pfeile. Wenn wir einen Suchtrupp angreifen, benutzen wir die echten Pfeile, um so viele Soldaten wie möglich zu treffen. Die Pfeile setzen sie außer Gefecht.“

Die Königin verschränkte die Arme. „Wir sind an Pfeil und Bogen gewöhnt. Oder Schwerter.“

Emma nickte. „Ihr werdet auch eure gewohnten Waffen dabeihaben, für den Fall, dass ihr sie braucht. Aber denkt daran, Hans Soldaten sind unglaublich schnell und stark. Sobald man mit ihnen in den Zweikampf tritt, hat man den Nachteil.“

„Wissen wir“, murmelte Freddie. „Erst vor drei Wochen haben sie fünf von uns getötet.“

„Wir sind entschlossen, keine von euch zu verlieren“, versicherte Emma ihr. „Die beste Art, mit diesen Soldaten fertigzuwerden, ist der Überraschungsangriff, bei dem wir sie mit dem Pfeil bewusstlos machen, ehe sie merken, dass wir da sind.“

„Und dann bringen wir sie um?“, fragte die Königin.

Emma schüttelte den Kopf. „Erinnert Ihr Euch, wie ich gesagt habe, dass wir schon hundert Soldaten wieder zurückverwandelt haben? Das ist unser Ziel. Wir teleportieren die bewusstlosen Soldaten in unsere Klinik in Japan oder die neue, die wir gerade in Tiger Town errichten, und dort können wir ihnen helfen.“

„Warum machen wir uns die Mühe, sie zu retten?“, fragte Lydia.

„Sie sind sterblich“, erklärte Emma. „Und es ist schon immer unsere Mission als Vampire gewesen, die Sterblichen zu beschützen. Die Soldaten stehen unter Master Hans Gedankenkontrolle. Und sie sind von Darafer, dem Dämon, transformiert worden. Sobald wir sie zurückverwandelt und Master Hans Bann über sie gebrochen haben, freuen sie sich, wieder frei zu sein.“

„Wenn sie in der Schlacht sterben, gehören ihre Seelen Darafer“, fügte Zoltan hinzu. „Dann kommen sie direkt in die Hölle.“

Die Frauen zuckten zusammen.

„Deswegen versuchen wir, so viele zu retten, wie wir können. Am Ende zahlt es sich aus, weil die geretteten Soldaten sich normalerweise bereit erklären, uns dabei zu helfen, Han zu vernichten. Da wir so sehr in der Unterzahl sind, werden wir sie eines Tages brauchen.“ Emma zog ein Tablet aus ihrem Rucksack. „Ehe wir ins Nachbartal gehen, würde ich euch gerne noch eine Sache zeigen. Na ja, Winifred und Freya, genaugenommen.“

„Ja?" Freddie und Freya setzten sich auf.

„Vor ein paar Nächten hat Zoltan meinen Mann, Angus, gebeten, nach eurem Vater zu suchen", erklärte Emma. Als die Gesichter der Mädchen aufleuchteten, fügte sie schnell hinzu: „Ich fürchte, ich habe traurige Nachrichten. Frederic ist vor ungefähr sechzig Jahren bei einem Bombenangriff im Zweiten Weltkrieg ums Leben gekommen."

„Oh", flüsterte Freya. „Armer Papa."

Freddie seufzte. „Ich habe mich immer gefragt, was passiert ist. Er hat gesagt, er würde zurückkommen."

„Es tut mir leid." Emma schaltete ihr Tablet an und berührte einige Buttons. „Angus ist es jedoch gelungen, euren jüngeren Bruder, Franklin, aufzuspüren ..."

„Frankie?" Freya keuchte auf. „Er ist noch am Leben?"

Freddie strahlte. „Wie geht es ihm?"

„Das könnt ihr selbst sehen." Emma reichte Freya das Tablet. „Angus hat das für euch aufgezeichnet."

Freddie und Freya quietschten, als die Stimme eines Mannes aus dem Tablet kam.

„Oh mein Gott!" Freya ließ das Tablet fallen.

Freddie stupste mit dem Finger dagegen. „Was ist das für ein Ding? Ist das Frankie?"

„Ich will ihn auch sehen!" Neona huschte um die Feuerstelle herum und hockte sich hinter die beiden Frauen, um ihnen über die Schulter zu sehen.

Freddie beugte sich näher heran. „Er sieht so alt aus!"

Freya wirkte fassungslos. „Wenn wir das Wasser des Lebens nicht hätten, würden wir sogar noch älter aussehen!"

„Ich habe dabei geholfen, ihn auf die Welt zu bringen. Und ich habe ihm früher auch die Windeln gewechselt", erzählte Neona.

„Hast du?" Freya drehte sich zu ihr um.

Neona schnaubte. „Deine Windeln habe ich auch gewechselt."

„Wahrscheinlich kannst du dich besser an ihn erinnern als wir“, murmelte Freddie. „Wir waren noch so jung.“

„Ich erinnere mich an ihn.“ Lydia rutschte näher, damit sie auch etwas sehen konnte.

„Er sagt etwas!“ Freya hob das Tablet auf. „Und wir verpassen es.“

„Ich lasse es noch einmal von vorne laufen.“ Emma streckte die Hand aus und berührte einige Tasten.

Die vier Frauen beugten sich dicht über das Tablet, um sich das Video anzusehen. Zoltan lächelte über die Freude auf ihren Gesichtern. Zu schade, dass die Königin noch immer wie eine schlecht gelaunte Kröte dahockte.

„Hi, Freddie! Hallo, Freya!“, fing Frankies Stimme an.

„Hallo?“, flüsterte Freya zögernd.

„Das ist eine Aufnahme“, erklärte Emma. „Er kann euch nicht hören.“

„Pst.“ Freddie gab ihrer Schwester einen Stoß.

„Angus hat mir versichert, dass ihr diese Aufnahme sehen werdet“, fuhr Frankie fort. „Was für eine Freude es war, zu hören, dass ihr noch immer in Beyul-La lebt und guter Dinge seid. Es hat mir sehr leidgetan, das von Mum zu hören. Wahrscheinlich habt ihr schon von Papa erfahren. Er ist vor sechzig Jahren bei einem Bombenangriff ums Leben gekommen. Ich weiß, er hat versprochen, zu euch zurückzukommen, und das hatte er auch immer vor, aber als der Krieg ausgebrochen ist, war Reisen auf einmal unmöglich, und dann hat er den Krieg nicht überlebt.“

„Er hatte nie vor, uns zu verlassen“, flüsterte Freya.

„Ich war erst sechs, als wir gegangen sind“, sagte Frankie, „aber Papa hat immer von Beyul-La erzählt, ich habe also all seine Erinnerungen daran. Ich weiß noch, dass Freddie an zwei Fingern gesaugt hat und dass Freya erst spät gelernt hat zu laufen, weil es ihr so gefallen hat, von Papa überallhin getragen zu werden.“

„Das stimmt“, murmelte Freddie. „Du warst so ein riesiges Baby.“

„Pst.“ Freya stupste ihre Schwester an, um sie zum Schweigen zu bringen.

„Papa und ich haben andauernd über euch geredet. Es war unser kleines Geheimnis.“ Frankie seufzte. „Ich vermisse ihn immer noch. Ich wollte immer zurückkommen, um euch zu besuchen, aber ich wusste nicht genau, wo ihr seid. Und ich wollte auch niemanden anheuern, der euch findet, weil ihr im Geheimen bleiben müsst. Und dann hatte ich auch immer zu tun. Ich bin der Gärtner in einem riesigen Anwesen hier in England. Ich konnte schon immer gut mit Pflanzen umgehen.“

Freya keuchte auf. „Er hat die gleiche Gabe wie ich!“

Noch ein Sohn, der eine Gabe geerbt hatte. Zoltan sah zur Königin hinüber, die das Gesicht verzogen hatte. Wurde ihr klar, dass die Welt, die sie seit Jahrtausenden kontrollierte, sich langsam veränderte? Hoffentlich würde sie eines Tages lernen, ihm zu vertrauen. Er hatte vor, alles in seiner Macht Stehende zu tun, um das Tal zu beschützen.

„Und meine Familie hält mich auf Trab“, fuhr Frank fort. „Ich habe eine Frau, drei Kinder und fünf Enkelkinder.“

Freddie strahlte. „Wir haben eine Familie dort.“

„Sieh mal!“ Freya deutete mit dem Finger aufs Tablet. „Er zeigt Bilder von ihnen!“

„Angus hat gesagt, er könnte mich zurück zu Papas Hütte teleportieren, wenn ihr einverstanden seid. Vampire, glaubt man so etwas?“ Frankie lachte. „Jetzt habe ich noch ein Geheimnis zu bewahren.“

„Oh ja!“ Freya verschlang ihre Hände ineinander.

„Das wäre wunderbar!“ Freddie sah Emma bittend an. „Wann könnt ihr ihn herbringen?“

Lächelnd nahm Emma das Tablet wieder an sich. „Sobald es hier wieder ungefährlich ist.“

„Danke! Danke!“ Freddie und Freya sprangen beide auf. Grinsend umarmte Neona sie beide.

Zoltan bemerkte, dass die Königin ihre Hände in stummer Wut zu Fäusten ballte. Niemand hatte sie wegen Frankies Besuch um Erlaubnis gebeten.

Emmas Telefon klingelte, und sie nahm ab. „In Ordnung.“ Sie steckte das Telefon in die Tasche, stand auf und schwang sich ihren Rucksack über die Schulter. „Angus sagt, sie sind so weit.“

Nima erhob sich steif. „Ich zeige euch den Weg.“ Sie warf Winifred einen düsteren Blick zu. „Sieh noch einmal in der Höhle nach dem Rechten, ehe du nachkommst.“

„Ja, Majestät!“ Freddie rannte auf die Höhle zu.

Emma sah ihr nach und dann Zoltan fragend an. Er nickte, um sie wissen zu lassen, dass er es ihr bald erklären würde.

Sie folgten der Königin bis zur Felswand. Als sie alle an ihrem Abhang angekommen waren, bemerkte er, dass es im Tal darunter jetzt vor Menschen wimmelte.

Freya betrachtete die Menge. „Sind auch Wer-Tiger hier?“

Emma deutete auf drei Männer, die sich gerade die Kisten mit den Vorräten ansahen. „Der Große Tiger und zwei seiner Anhänger.“

„Wie interessant.“ Freya ließ die Strickleiter die Wand herunter.

Winifred kam gerannt, um sie einzuholen. „Alles in Ordnung“, flüsterte sie der Königin zu. „Wenn sie Euch brauchen, schicken sie die Eule. Zhan bewacht den Eingang. Wenn jemand kommt, lässt er es uns wissen.“

Nima nickte. „Gut.“

„Euer Majestät“, sprach Zoltan sie an. „Ihr und die anderen Frauen werden sich daran gewöhnen müssen, teleportiert zu werden, deswegen zeige ich Euch, wie einfach es ist.“ Er packte Neona und tauchte mit ihr zusammen im Tal unten wieder auf.

Neona winkte den anderen Frauen, um sie wissen zu lassen, dass es ihr gut ging. Sie winkten zurück und fingen dann eine nach der anderen an, die Strickleiter hinabzuklettern. Tashi, die bereits im Tal war, rannte an den Fuß der Felswand, um die Leiter festzuhalten.

Emma tauchte neben ihm auf. „Okay. Was ist in der verdammten Höhle?"

„Der Grund, aus dem sie das Wasser des Lebens trinken", flüsterte Zoltan. „Sie bleiben über Jahrtausende am Leben, damit sie beschützen können, was wahrscheinlich die letzte Gruppe Wer-Drachen auf dem Planeten ist."

Emma keuchte auf. „Willst du mich veralbern? Drachen?"

„Ja. Feuerspeiende Drachen." Er drehte sich zu Neona um. „Ich nehme an, sie können auch fliegen? Habt ihr es deshalb geschafft, so schnell in Transsilvanien zu sein, als meine Mutter in Gefahr war?"

„Ja." Neona trat dichter an sie heran. „Sobald die Dorfbewohner deine Mutter gefangen genommen hatten, hat sie uns per Adler eine Nachricht geschickt. Dann sind wir auf den Drachen zu ihr geritten."

„Dann waren es die Drachen, die das Dorf niedergebrannt haben?", fragte Zoltan.

„Ja." Neona seufzte. „Sie sind unglaublich schnell und wild, wenn sie erwachsen sind, aber jetzt befinden wir uns am Anfang eines Zyklus, sie sind also vollkommen schutzlos. Wir haben drei Kinder und drei verbleibende Nester mit Eiern darin. Wir müssen sie beschützen."

Emma sah immer noch fassungslos aus. „Schnell und wild, sagst du?"

„Sie haben mein Dorf zerstört", murmelte Zoltan.

„Und sie können unglaublich schnell fliegen", fügte Neona hinzu. „Ich nehme an, das ist einer der Gründe, warum wir immer gern ihre Hüterinnen gewesen sind. Du kannst dir nicht vorstellen, was für ein Hochgefühl es ist, hoch oben im Himmel auf dem Rücken eines Drachen dahinzusausen."

„Es klingt wirklich aufregend." Emma nickte langsam. „Könnten es die Drachen sein, hinter denen Liao her ist? Gibt es Gerüchte, die er gehört haben könnte?"

Neona zuckte zusammen. „Das wäre möglich. Die Drachen sind von Natur aus Jäger. Wir drängen sie immer dazu, in der Wildnis zu jagen, aber mit den Jahren ist es durchaus vorgekommen, dass sie eine Kuh oder ein Schaf von einem Bauern gestohlen haben. Zum Glück wissen sie, dass sie das nur tun dürfen, wenn sie Hunderte von Meilen von zu Hause entfernt sind, sodass es schwer wird, sie hierher zurückzuverfolgen."

Emma kniff die Augen zusammen. „Stellt euch vor, wie Master Hans Supersoldaten Dörfer auf feuerspeienden Drachen angreifen. Ich muss Angus davon berichten." Sie rannte los, um ihren Mann zu finden.

Neona sah zu ihrer Mutter hinüber, die noch immer oben auf der Felswand stand und darauf wartete, die Strickleiter herunterzuklettern. „Ich werde ihr sagen müssen, dass das Geheimnis gelüftet ist. Sie wird nicht froh darüber sein."

Zoltan legte ihr einen Arm um die Schultern. „Komm, ich stelle dich ein paar von den anderen vor."

Er führte sie zu der Gruppe, die ihnen am nächsten stand.

„Nicht schlecht, Zoltan!" Phineas winkte ihm zu. „Als ich gehört habe, du hättest einen Stamm Amazonen gefunden, dachte ich nicht, dass sie so heiß sein würden."

Gregori streckte beide Daumen nach oben. „J. L. hat darauf gewettet, dass sie aussehen wie Yeti-Weibchen. Groß, gemein und behaart."

„Aye." Dougal stieß J. L. in die Rippen. „Du schuldest mir zehn Pfund."

J. L. Wang antwortete nicht. Ihm stand der Mund offen, und er starrte die Frauen an, die gerade die Strickleiter hinabkletterten.

„J. L.?“ Howard wedelte mit der Hand vor seinem Gesicht. „Wangster, bist du noch bei uns?“

Dougal schnaubte. „Ich glaube, der ist verschossen.“

„Oh, so was von“, stimmte Phineas zu. „Gefangen im Traktorstrahl einer heißen Braut. Schnell!“ Er wirbelte J. L. herum. „Wir müssen die Verbindung unterbrechen, ehe es zu spät für ihn ist.“

Dougal öffnete einen Flachmann mit Blissky und schwenkte ihn unter J. L.s Nase. „Komm zurück zu uns, Kumpel.“

J. L. blinzelte und flüsterte dann: „Sie ist eine Göttin.“

Zoltan sah sich nach den Kriegerinnen um, sich fragend, welche es J. L. angetan hatte. „Ich möchte euch Neona vorstellen, meine zukünftige Frau.“

Sie sah ihn schief an. „Wann habe ich dem denn zugestimmt?“

Die Männer lachten und schüttelten ihr die Hand.

Howard grinste Zoltan an. „Kein Wunder, dass du dich von ihr hast vermöbeln lassen.“

Zoltan lächelte ebenfalls und führte Neona dann ein Stück fort, damit sie sich in Ruhe unterhalten konnten. „Wir sollten lieber schnell zum Kloster gehen, ehe die Übungen anfangen.“

Sie nickte. „Sobald es sicher ist, will ich Minervas Sohn hierher mit zurückbringen, damit ich seine Mutter sein kann.“

Zoltan nahm sie in die Arme. „Dann bekommt er auch einen Vater.“

In ihren Augen glänzten Tränen. „Habe ich dir schon gesagt, dass ich dich liebe?“

„Ja. Beim fünften Höhepunkt, glaube ich.“

Sie knuffte ihn entrüstet in die Seite. „Du denkst immer nur an Sex.“

„Und an dich.“ Er küsste sie auf dir Stirn. „Gehen wir.“

22. Kapitel

Neona spähte durch das offene Tor des Klosters.

Im Hof war es leer. Der beruhigende Klang singender Männerstimmen drang aus dem kleinen Tempel in seiner Mitte. Eine Steinmauer, die mit Tonziegeln gedeckt war, fasste das quadratische Gelände auf allen vier Seiten ein. An der rechten Mauer verlief eine Reihe aus einstöckigen Gebäuden. Privatzimmer, nahm sie an, wegen der vielen Türen. Links stand eine Reihe niedriger Tische mit Körben voller Reis und Gemüse. Ein paar Hühner pickten auf dem Boden.

Zoltan zog an der Kette neben dem Tor, und über ihnen ertönte eine Glocke. Der Gesang im Tempel verstummte.

Neona zuckte zusammen. Hoffentlich fanden die Mönche es nicht unhöflich, unterbrochen zu werden.

Zwei Mönche, glatzköpfig und in dunkelrote Kutten gekleidet, kamen aus dem Tempel. Sie legten die Hände aneinander und verneigten sich.

Neona verneigte sich ebenfalls.

Der am ältesten aussehende Mönch kam zwei Stufen herunter und steckte die Füße in Schlappen aus gewebtem Gras. Als er auf sie zukam, wanderte sein scharfer Blick immer wieder zwischen ihr und Zoltan hin und her. Im Tempel setzte der Gesang wieder ein.

„Wie kann ich Euch helfen?“, fragte er auf Tibetisch.

Neona verneigte sich noch einmal. „Ehrwürdiger Vater, ich entschuldige mich, Eure Meditation unterbrochen zu haben.“

Der Mönch lächelte freundlich. „Normalerweise schlafen wir um diese Zeit, aber einer unserer jüngsten Brüder hat die Gabe des Hellsehens und hat eine Vision gehabt.“ Er sah sich um. Sein Lächeln verblasste. „Eine Vision von nahendem Unheil.“

Neona fragte sich, ob der junge Mönch gespürt hatte, dass Lord Liao im Anmarsch war. Sie sah Zoltan besorgt an, doch dann wurde ihr klar, dass er keine Ahnung hatte, was sie auf Tibetisch sagten. Sie würde es ihm später erzählen müssen.

Der ältere Mönch legte den Kopf zur Seite und betrachtete erst sie, dann Zoltan. „An Euch kann ich nichts Böses spüren.“ Er richtete den Blick wieder auf sie. „Aber in Eurem Herzen ist Traurigkeit.“

War das so einfach zu erkennen? Neona stählte ihre Nerven, damit sie nicht weinte. „Ja. Ich habe vor drei Wochen meine Zwillingsschwester verloren. Und sie hat vor sieben Jahren ihren Sohn verloren. Es war für sie ein schrecklicher Schlag, von dem sie sich nie richtig erholt hat. Der Junge wurde hierhergebracht …“

„Ah.“ Der Mönch nickte. „Ihr sprecht von Norjee.“

Sein Name war Norjee. Obwohl sie sich heftig anstrengte, stiegen Neona Tränen in die Augen. „Geht es ihm gut? Kann ich ihn sehen?“

„Natürlich.“ Der alte Mönch deutete auf die Gebäude auf der rechten Seite. „Kommen Sie hier entlang.“ Auf halbem Weg zu den Gebäuden blieb er stehen, um mit dem zweiten Mönch zu sprechen, der noch immer auf den Tempelstufen stand. „Bringst du uns bitte Tee und den Jungen Norjee?“

Der zweite Mönch verneigte sich und ging dann die Stufen herunter.

Der erste Mönch führte sie zu der ersten Tür der Gebäude, ließ seine Schlappen auf der ersten Stufe, erklomm dann die zweite und öffnete die Tür.

Neona zog ihre Slipper aus. Zoltan, der alles genau beobachtete, zog ebenfalls seine Schuhe aus und folgte ihr in das Gebäude.

Es war ein kleiner Raum mit einer aufgerollten Matte an der

Wand neben einem Buchregal voll alter Pergamentrollen. In der Mitte stand ein niedriger Tisch. Der Mönch setzte sich mit verschränkten Beinen an den Tisch und bedeutete den beiden, sich zu ihm zu setzen.

Nachdem sie sich hingesetzt hatten, atmete der Mönch tief durch. „Darf ich das so verstehen, dass die Mutter des Jungen ihn nicht unserer Obhut überlassen wollte?"

Neona schüttelte den Kopf. „Es war unsere Mutter, die das Kind hierhergebracht hat."

Der Mönch sah Zoltan an. „Ist dieser Mann der Vater des Jungen?"

„Nein." Neona nahm Zoltans Hand in ihre. „Er ist mein Verlobter. Als ich ihm gesagt habe, dass ich den Sohn meiner Schwester finden und wie mein eigenes Kind aufziehen will, hat er sich bereit erklärt, mir zu helfen."

Der Mönch nickte anerkennend.

Der zweite Mönch kam mit einem Tablett wieder, auf dem eine Teekanne und drei kleine Becher standen. Er setzte das Tablett auf dem Tisch ab. „Ich bringe jetzt den Jungen." Er verneigte sich und ging.

Der alte Mönch schenkte drei Becher Tee ein. „Ich will Euch nicht anlügen. Norjee aufzuziehen war … eine kleine Herausforderung." Er lächelte. „Wir sind hier nur ein Dutzend Ordensbrüder, und manchmal kommt es uns vor, als hätte Norjee mehr Energie als wir alle zusammen."

Neonas Magen verkrampfte sich schmerzlich. „Ist er schwierig gewesen?"

Der Mönch sah sie mitfühlend an. „Bitte versteht mich nicht falsch. Wir lieben den Jungen. Und er liebt uns. Aber wir sind eine Gruppe alter Männer. Wir verbringen unsere Tage mit der Arbeit auf dem kleinen Reisfeld oder bei der Pflege der Tiere. In unserer Freizeit lesen wir, meditieren oder beten. Das sind keine interessanten Zeitvertreibe für einen Jungen wie Norjee, der so voller Leben steckt."

„Ich verstehe.“ Neona trank etwas Tee.

Der Mönch nahm ebenfalls einen Schluck. „Er ist eine Herausforderung und ein Segen zugleich gewesen. Eine Herausforderung, weil es uns schwerfällt, ihn zu überzeugen, seinen Aufgaben nachzukommen. Aber ein Segen, weil er die Welt als einen Ort voller Wunder ansieht, als wäre jede kleinste Begebenheit zum Staunen, und diese Augenblicke sind kostbar für uns. Er ist uns eine Freude.“ Der Mönch seufzte. „Eine Freude, die wir nicht kontrollieren können. Es kam uns sogar falsch vor, es überhaupt zu versuchen. Denn er ist ein Kind mit einer besonderen Gabe.“

Neona erstarrte. „Was für eine Gabe?“

„Er kann mit den Vögeln der Lüfte kommunizieren.“

Sie atmete scharf ein. Er hatte Minervas Gabe geerbt! Er würde in der Lage sein, mit den Drachen zu kommunizieren.

„Schon als er noch ein Säugling war, sind Vögel auf seine Fensterbank gekommen und haben ihm zugezwitschert“, fuhr der Mönch fort. „Erst als er älter war und sprechen konnte, verstanden wir, was geschah. Er war erst drei Jahre alt, als er zum ersten Mal versucht hat wegzulaufen. Er hat behauptet, die Vögel könnten jederzeit wegfliegen, also sollte er so sein dürfen wie sie. Wir hatten schreckliche Schwierigkeiten damit, ihn zum Bleiben zu überreden. Immer wenn er seine Aufgaben erledigen sollte, ist er weggerannt, um den Nachmittag bei einer Adlerfamilie zu verbringen. Die Adlermutter hat ihn nach seinen Eltern gefragt, und im Gegenzug hat er uns nach seinen Eltern gefragt. Warum lebte er nicht bei einer Mutter und einem Vater, so wie die kleinen Adler?“

Die Tür öffnete sich, und der zweite Mönch verkündete: „Er ist nicht in seinem Zimmer. Wir können ihn auf dem ganzen Gelände nicht finden.“

Neona sprang auf. „Er ist weggerannt?“

„Keine Sorge.“ Der erste Mönch stand langsam auf. „Norjee

macht das wenigstens einmal die Woche. Er kommt zurück, wenn er Hunger bekommt."

„Er ist allein im Wald unterwegs?", frage Neona. „Er ist erst sieben Jahre alt!"

Zoltan stand auf und flüsterte: „Was ist los?"

„Er ist irgendwo im Wald", antwortete sie ihm auf Englisch.

„Er ist niemals allein", versicherte der Mönch ihr. „Nicht, solange er mit den Vögeln reden kann. Kommen Sie. Wir rufen ihn."

Sie eilten ans Tor, und der Mönch läutete die Glocke.

Sie sah sich um. Hinter dem Reisfeld wirkten die Wälder bedrohlich dunkel. „Mir gefällt das nicht. Es gibt Wölfe, Bären und Wildkatzen dort."

„Ich werde sehen, was ich tun kann", sagte Zoltan zu ihr.

Das Läuten der Glocke ließ weitere Mönche am Tor erscheinen. Als sie erfuhren, dass Norjee vermisst wurde, kehrten sie in den Tempel zurück, um zu beten.

Nach einigen qualvollen Minuten entdeckte Neona am Waldrand eine Bewegung.

„Da ist er." Zoltan zeigte auf ihn.

Bald darauf konnte sie ihn im Mondlicht erkennen. Eine Fuchsfamilie führte ihn zurück, und mehrere kleine Vögel kreisten über ihnen. Ab und an stürzte sich ein Vogel hinab, um einem Fuchs auf den Kopf zu picken, und die pelzige rote Kreatur machte einen Sprung und fauchte. Der Junge sprang lachend neben ihnen her.

Neona drehte sich zu Zoltan um. „Hast du die Füchse verständigt?"

Er nickte lächelnd.

Der Mönch trat vor. „Norjee, du bist wieder ohne Erlaubnis fortgegangen."

Der Junge verneigte sich. „Es tut mir leid, ehrenwerter Vater. Die Vögel haben nach mir gerufen." Sein Blick fiel auf Neona und Zoltan, und er riss die Augen auf.

Neona blinzelte ihre Tränen fort. Er sah ihrer Schwester so ähnlich. Und er hatte ihre goldenen Augen.

Der Mönch deutete auf sie. „Sie ist wegen dir hier, Norjee."

Der Junge kam langsam auf sie zu, ein hoffnungsvoller Ausdruck auf seiner Miene. „Bist du …?"

Es tat ihr zutiefst weh, ihn enttäuschen zu müssen. „Ich bin deine Tante. Deine Mutter war meine Zwillingsschwester."

Sein Kinn fing an zu beben. „War?"

„Sie ist nicht mehr bei uns." Eine Träne lief Neona die Wange hinab. „Aber sie hat dich immer geliebt."

„D-das habe ich mich immer gefragt." Norjee schniefte. „Die Adlermutter hat mir gesagt, dass ich eine Mutter und einen Vater haben muss. Sie sagt, ich muss aus dem Nest gefallen sein."

Neona lächelte unter Tränen „Ich fürchte, das bist du. Aber ich würde dich gerne zurückbringen." Sie hockte sich hin. „Wenn du mich akzeptierst, wäre es mir eine Ehre, deine Mutter zu sein."

Er rannte zu ihr und schlang ihr die Arme um den Hals. Sie hielt ihn ganz fest und weinte noch heftiger. *Ich werde ihm eine gute Mutter sein, Minerva, das verspreche ich.*

Norjee sah zu Zoltan hinauf. „Wird er mein Papa?"

„Ja." Neona strich dem Jungen die langen Haare aus der Stirn. „Er spricht kein Tibetisch, es wird also etwas dauern, ehe ihr euch unterhalten könnt. Aber er kann mit Tieren sprechen. Er war es, der die Füchse zu dir geschickt hat."

Norjees Augen fingen an zu leuchten, und er lächelte. „Das ist ja toll!"

Zoltan erwiderte sein Lächeln und sagte auf Englisch: „Ich bin wohl auch akzeptiert." Er beugte sich vor und zauste dem Jungen die Haare.

„Wir lassen seine Sachen zusammenpacken", sagte der Mönch.

Neona stand auf. „Ich fürchte, es ist zu gefährlich für uns, ihn heute Nacht schon mitzunehmen. Unser Tal wird vielleicht bald angegriffen."

Der Mönch nickte. „Wir wissen, dass die Bösen kommen. Wir haben darum gebetet, dass der Junge vor der Gefahr verschont bleibt. Ihr müsst Norjee heute mitnehmen."

„Aber ..."

Der Mönch hob eine Hand, um sie zu unterbrechen. „Die Visionen unseres Bruders irren sich nie. Das Böse ist auf dem Weg hierher. Ich werde versuchen, meine Brüder davon zu überzeugen, schon morgen zu evakuieren."

Der zweite Mönch kam mit einem Stoffbeutel zu ihnen. Nach einer Verbeugung reichte er ihn Neona.

„Was ist los?", fragte Zoltan.

„Sie wollen, dass wir Norjee sofort mitnehmen." Sie sah den Jungen besorgt an. „Ich denke, bei den Jungen in der Höhle könnte er sicher sein."

„In Ordnung. Ich teleportiere ihn nach Beyul-La und komme dann gleich zurück, um dich zu holen." Zoltan streckte die Hand nach Norjee aus, aber der Junge schlüpfte an ihm vorbei und rannte zu den Mönchen.

Die Augen voller Tränen, umarmten sie ihn fest und schoben ihn dann auf Zoltan zu. „Friede sei mit dir, Norjee."

„Und mit Euch, ehrwürdige Väter", flüsterte er.

Zoltan nahm den Jungen an den Schultern und verschwand. Die Mönche keuchten erstaunt auf.

„Was für eine Art Mann ist er?" Der alte Mönch schüttelte fassungslos den Kopf. „Ich wusste, dass etwas an ihm anders ist, aber etwas Unheiliges habe ich an ihm nicht gespürt."

„Er ist ein Vampir, aber ein guter Mann", erklärte Neona. „Er und einige andere gute Vampire helfen uns. Es gibt einen bösen Vampir, Lord Liao, der mit einer Armee von zweihundert Mann auf dem Weg zu uns ist."

Die Mönche sahen sich ernst und resigniert an.

„Unser ehrwürdiger Bruder hat uns gewarnt, dass das Böse

im Verzug ist", sagte der alte Mönch. „Wir hatten befürchtet, Norjee nicht beschützen zu können. Ihr habt unsere Gebete erhört, indem Ihr heute zu uns gekommen seid."

Neona seufzte. „Ich habe immer noch Angst, ihn in Gefahr zu bringen."

Der Mönch lächelte sie traurig an. „Euer guter Vampir wird ihn sehr viel besser beschützen, als wir es je könnten."

Zoltan tauchte an ihrer Seite wieder auf. „Bist du so weit?"

„Fast." Sie verneigte sich vor den Mönchen. „Danke, ehrwürdige Väter, dass Ihr Norjee aufgezogen und ihm Eure Liebe und Freundlichkeit gewährt habt."

Die Mönche legten die Hände ineinander und verbeugten sich. „Friede sei mit Euch."

„Wenn es wieder sicher ist, bringe ich ihn ab und an her, um Euch zu besuchen", bot sie an. Als sie die Traurigkeit in den Gesichtern der Mönche sah, fragte sie sich, wie schlimm genau die Vision des Bruders gewesen sein mochte.

Zoltan nahm sie in die Arme, und alles um sie herum wurde schwarz.

In Neonas Haus trank Zoltan hastig eine Flasche Blut.

Er hatte Neona und Norjee an der Feuerstelle abgesetzt, wo sie mit Tashi und Lydia eine Schüssel Suppe aßen. Er hatte sein Blut nicht vor dem Jungen trinken wollen, um ihm keine Angst zu machen.

Ein Sohn. Zoltan trank seine Flasche aus und fing eine zweite an. Vor einer Woche hatte er damit angefangen, einen alten Mord aufklären zu wollen, und jetzt hatte er eine Frau, die er heiraten wollte, und einen Sohn. Er hatte mit den Jahrhunderten Hunderte von Sterblichen beschützt, der Gedanke an diese Art von Verantwortung machte ihm also nichts aus. Im Gegenteil. Statt zahlloser Gesichter hatte er jetzt die Chance, zwei Menschen zu lieben und zu beschützen, die etwas Besonderes für ihn waren. Er lächelte in sich hinein. Wenn er nur ein halb so guter Vater wäre, wie Istvan es für ihn gewesen war, würde es Norjee gut ergehen.

Er betrachtete die zweite, jetzt leere, Flasche. Es musste an dem Wasser des Lebens liegen, das er dazugeschüttet hatte, denn er hatte schon vier Flaschen getrunken und war noch immer hungrig. Es waren nur noch zwei in der Kühlbox übrig. Bisher hatte er keine Wirkung außer dem Hunger bemerkt. Es konnte sein, dass es dauerte. Oder vielleicht machte sein Körper alle Veränderungen während des Todesschlafes wieder rückgängig.

Er nahm die Flaschen heraus und teleportierte sich mit der Kühlbox in die Küche seiner Burg. In Vampirgeschwindigkeit füllte er die Box wieder auf. Dann, zurück in Neonas Haus, goss er ein wenig Blut aus jeder Flasche in eine leere und füllte sie mit seinem Vorrat an gestohlenem Wasser des Lebens wieder auf.

Er trank noch eine Flasche und schloss sich dann den anderen an der Feuerstelle an. Winifred und Freya waren von ihren Schießübungen im Nachbartal wiedergekommen. Die Königin war bei den Drachenkindern in der Höhle.

Lydia backte Fladenbrote am Feuer und lachte darüber, wie schnell Norjee sie essen konnte. Freddie und Freya umarmten den Jungen beide und hießen ihn zu Hause willkommen.

Errötend rutschte er dicht an Zoltan heran und murmelte etwas.

Neona lächelte. „Er ist nicht daran gewöhnt, unter so vielen Frauen zu sein."

Tashi reichte Freddie und Freya je eine Schüssel Suppe. „Ihr zwei seid lange bei den Schießübungen gewesen."

Freya und ihre Schwester lächelten sich an. „Wir haben noch nie so viele edle Krieger gesehen."

Freddie schnaubte. „Krieger? Dich interessierten doch nur die Tiger."

Freya zuckte mit den Achseln. „Ich fand den jüngsten Wer-Tiger sehr gut aussehend. Sein Name ist Rajiv."

„Und du hast es geschafft, in ihre Gruppe zu kommen", sagte Freddie.

„Und was ist mit dir?" Freya gab ihrer Schwester einen Stoß. „Du bist in einer Gruppe mit dem Mann, der dich eine Göttin nennt."

„Wir werden in Gruppen eingeteilt?", fragte Neona.

„Keine Sorge", sagte Zoltan zu ihr. „Wir kommen in die gleiche."

Lydia reichte Freya einen heißen Laib Brot. „Ich fand die Betäubungspistole relativ einfach zu benutzen."

„Ist sie." Freya riss den Laib Brot durch und reichte die Hälfte ihrer Schwester. „Aber ich habe trotzdem darauf bestanden, gründlich zu üben."

Freddie grinste wissend. „Du wolltest deinen zahmen Tiger nur nicht wieder verlassen."

„Wage es nicht, ihn zahm zu nennen." Freya grinste. „Er behauptet, schrecklich wild zu sein."

Lydia schüttelte den Kopf. „Wir bereiten uns auf eine Schlacht vor, und alles, an das ihr denken könnt, sind Männer?"

Freya seufzte. „Ich weiß. Ich gebe Zoltan die Schuld dafür."

„Wie bitte?", fragte er.

„Du hast uns diese Bücher mitgebracht", erklärte Freddie ihm. „Jetzt haben wir den ganzen Kopf voll romantischer Flausen."

„Genau." Freya rührte in ihrer Suppe und bekam einen verträumten Gesichtsausdruck „Ich habe ‚Die Gefahren des leidenschaftlichen Piraten' gelesen. Er hat lange, wallende schwarze Locken und sonnengeküsste bronzefarbene Haut. Genau wie Rajiv. Und die Heldin – sie hat sich auf seinem Schiff, getarnt als Schiffsjunge, versteckt, aber das hat er sofort durchschaut. Er ist sehr klug …"

„Und leidenschaftlich", murmelte Tashi.

„Ich habe ‚Der gestiefelte Herzog' gelesen", verkündete Freddie. „Es geht um einen Herzog …"

„Und seine Stiefel?“, fragte Neona, wobei ihre Mundwinkel verdächtig zuckten.

Freddie nickte. „Er wagt es nicht, seine Residenz zu verlassen, solange seine feinen Reitstiefel nicht auf Hochglanz poliert sind. Er sieht so gut aus, dass die Heldin nur einen Blick auf ihn wirft, ins Stolpern gerät und mit ihren matschigen Schuhen auf seine Stiefel trampelt.“

Freya keuchte auf. „Das ist ja entsetzlich!“

Sie lachten beide.

Emma tauchte dicht hinter ihnen auf und sah Zoltan verärgert an. „Du musst Neona immer noch beibringen, wie man mit der Betäubungspistole umgeht. Sie kann nicht unvorbereitet morgen auf die erste Mission aufbrechen.“

„Das machen wir bald.“ Zoltan deutete auf den Jungen, der jetzt alle neugierig ansah. „Wir haben Norjee zurückgebracht, damit er hier leben kann.“

Der Junge lächelte, als er seinen Namen hörte.

Neona streichelte ihm den Rücken. „Er hat Minervas Gabe geerbt. Er kann mit geflügelten Kreaturen kommunizieren.“

„Zum Beispiel Drachen?“, fragte Emma. Als einige der Frauen erschrocken reagierten, lächelte Emma sie beruhigend an. „Keine Sorge. Euer Geheimnis ist bei uns sicher.“

Ihr Lächeln verblasste, als sie sich zu den anderen ans Feuer setzte. „Angus und ich machen uns Sorgen, dass es die Drachen sein könnten, hinter denen Lord Liao wirklich her ist. Er könnte Gerüchte von ihrer Existenz gehört haben.“

Lydia nickte. „Unsere Drachen fliegen seit Jahrtausenden an diesen Himmeln. Es muss Bauern und Landarbeiter gegeben haben, die sie gesehen oder von ihnen gehört haben.“

„Das haben wir uns gedacht.“ Emma runzelte die Stirn. „Master Han könnte die Kontrolle über sie wollen. Stellt euch vor, wie einfach es für ihn wäre, neues Gebiet zu erobern, wenn seine Soldaten auf feuerspeienden Drachen ritten. Die Dorfbewohner würden sich alle freiwillig ergeben, damit Master Han sie und ihr Zuhause nicht verbrennt."

Freddie verzog das Gesicht. „Wir dürfen nicht zulassen, dass Master Han sie bekommt."

Emma beugte sich vor, die Ellenbogen auf die Knie gestützt. „Erzählt mir mehr von ihnen. Wie viele sind es?"

„Drei Kinder", antwortete Neona. Xiao Fang ist der Älteste. Er ist vor sechs Jahren geschlüpft."

„Sechs?", fragte Zoltan. „Er sieht aus wie zwölf."

„Die Drachenkinder altern doppelt so schnell wie Menschen", sagte Lydia. „Jedenfalls, bis sie die Pubertät erreichen und sich zum ersten Mal verwandeln."

„Xiao Fang kann bereits Feuer speien." Freddie löffelte ihre Suppe leer. „Er wird sich bald verwandeln. Vielleicht noch zwei oder drei Monate."

„Er hatte eine Schwester", fügte Freya hinzu. „Aber ein paar Minuten, nachdem sie geschlüpft ist, ist sie blau angelaufen und konnte nicht atmen."

Freddie seufzte. „Es war schrecklich. Unsere Mutter hat versucht, sie zu retten, aber am Ende sind sie beide gestorben."

„So ist Calliope gestorben?", fragte Zoltan, und die beiden Schwestern nickten.

„Das tut mir so leid", sagte Emma zu ihnen. „Und es gibt noch zwei weitere Kinder?"

„Einen Jungen und ein Mädchen." Neona füllte noch eine Kelle Suppe in Norjees Schüssel. „Sie sind vor drei Jahren geschlüpft, sehen also aus, als wären sie sechs."

„Moment mal." Zoltan richtete sich auf. „Schlüpfen die Eier alle drei Jahre?"

„Ja." Neona sah ihn besorgt an. „Die nächste Gruppe sollte in den nächsten Tagen so weit sein. Zwei Eier."

„Ich hoffe, es sind Mädchen." Lydia reichte Norjee das frische Brot. „Am Ende des letzten Zyklus waren nur noch fünf Weibchen übrig. Deswegen gibt es fünf Nester."

Neona seufzte. „Im Zyklus davor hatten wir fünfzehn Nester."

Zoltan war entsetzt. Die Drachen starben aus.

„Was meint ihr mit Zyklus?", fragte Emma.

„Sie leben ungefähr fünfhundert Jahre", erklärte Neona. „Dann legen die Weibchen ihre Eier und sterben. Die Männchen sterben kurz darauf. Wenn das letzte Männchen nicht überlebt, bis alle Eier geschlüpft sind und die Drachenkinder für sich selbst sorgen können, kann der ganze Schwarm verenden."

„Deswegen haben sie einen Pakt mit uns geschlossen", fügte Lydia hinzu. „Vor dreitausend Jahren, als die ersten drei Frauen hergekommen sind, gab es nur noch einen männlichen Drachen, und er befürchtete, dass er sterben könnte, ehe die Eier schlüpfen würden."

„Der alte Drache hat einen Pakt mit den drei Frauen geschlossen", sagte Neona. „Sie bekamen das Wasser des Lebens und dieses Tal, in dem sie leben konnten. Im Tausch wurden sie die Mütter der neuen Schlüpflinge. Es ist unsere heilige Pflicht, die Jungen zu beschützen, bis sie sich verwandeln und auf sich selbst aufpassen können."

„Und dann kümmern sie sich um uns." Freya benutzte ihr Brot, um das letzte bisschen Suppe aufzutunken. „Sie heben die schweren Steine und helfen uns so beim Bau unserer Häuser. Und sie fangen Esel und Ziegen und bringen sie uns."

„Und das sind die einzigen Drachen, die es noch gibt?", fragte Emma.

„Soweit wir es wissen", sagte Neona. „Vor Tausenden von Jahren gab es sie überall in Europa und Asien. Aber manche werden vom Blitz getroffen und sterben. Und manchmal haben sie Unfälle beim Jagen. Wenn sie sich in hoher Geschwindigkeit herabstürzen, um ihre Beute zu fangen, können sie miteinander oder mit Bäumen zusammenstoßen. Andere werden von Drachentötern erlegt. Es gab eine Zeit, in der Nachzügler aus Europa oder Ost-China hergeflogen sind, um Zuflucht zu suchen. Der letzte aus Europa ist vor über tausend Jahren gekommen."

Zoltan nickte. „Dort sind sie ausgestorben. Ich kann mich nicht erinnern, je einen gesehen zu haben."

Norjee setzte sich plötzlich auf und sah zur Höhle.

Emma atmete scharf ein. „Was war das?"

„Norjee hat die Jungen gehört", flüsterte Freddie. „Ich habe die Gabe, also kann ich sie auch hören. Norjee antwortet ihnen."

Norjee sprang auf und rannte auf die Höhle zu, zur gleichen Zeit, als der älteste Drachenwandler herausgerannt kam.

Die zwei Jungen blieben stehen und sahen einander an. Norjee streckte die Hand aus, um Xiao Fang an der Schulter zu berühren. Der Drachenjunge grinste.

„Was ist hier los?" Die Königin kam finster blickend aus der Höhle. Sie blieb stehen, als sie die beiden Jungen sah.

Neona sprang auf. „Majestät, das ist Minervas Sohn. Norjee. Er hat ihre Gabe."

Nima wurde blass.

„Xiao Fang hat Norjee eingeladen, in der Höhle bei ihm und den anderen Kindern zu schlafen", flüsterte Freddie. „Norjee hat zugestimmt."

Norjee sah sich zu Neona um und grinste sie an. Er rannte auf sie zu, umarmte sie und rannte dann zurück zu Xiao Fang. Die zwei Jungen gingen in die Höhle.

Freddie lächelte, ihre Augen nass von Tränen. „Xiao Fang nennt Norjee seinen Bruder."

Die Königin trat zu ihnen und sah Emma argwöhnisch an. „Haben sie dir jetzt alle unsere Geheimnisse verraten?"

„Wir werden alles in unserer Macht Stehende tun, um die Drachenkinder zu beschützen", versprach Emma ihr.

Nima nickte und starrte dann die anderen Frauen böse an. „Geht in eure Häuser, um euch auszuruhen. Ich werde auf die Jungen aufpassen." Sie marschierte zurück in die Höhle.

„Dann also gute Nacht." Tashi schüttete einen Eimer Asche ins Feuer, um es zu löschen.

„Das erinnert mich an etwas." Emma sah zu, wie die Flammen erstarben. „Von jetzt an kein sichtbares Feuer mehr in diesem Tal oder dem daneben. Liao wird Ausschau nach uns halten, die Täler müssen also dunkel bleiben."

„Das verstehen wir", sagte Freddie zu ihr. „Gute Nacht." Sie und Freya sammelten das schmutzige Geschirr ein und brachten es in den Lagerraum. Lydia und Tashi folgten ihnen mit den Töpfen.

„Wo wirst du deinen Todesschlaf halten?", fragte Zoltan, an Emma gerichtet.

„Tiger Town. Die meisten Vampire teleportieren sich kurz vor Sonnenaufgang dorthin." Sie legte den Kopf zur Seite und blickte in Richtung der Höhle. „Kannst du sie hören, Zoltan?"

„Nein. Ich höre nur Tiere. Die ohne Flügel."

„Vielleicht liegt es daran, dass ich schon eine Telepathin war, ehe ich verwandelt wurde." Emma drehte sich zu ihm und Neona um. „Ich kann sie hören. Jedes Wort."

23. Kapitel

Es war lange nach der Mittagsstunde, als Neona aufwachte.

Sie streckte sich im Bett aus und staunte darüber, wie sehr ihr Leben sich in der letzten Woche verändert hatte. Zoltan lag in seinem Todesschlaf nackt auf Minervas Bett ausgestreckt. Sie lächelte, als sie sich daran erinnerte, wie sie sich vor Sonnenaufgang noch einmal geliebt hatten; Höhepunkt Nummer sechs, hatte er gesagt. Als der Todesschlaf über ihn hereingebrochen war, hatte er sich in Minervas Bett zurückgezogen aus Angst, dass es sie töten würde, wenn sie sich in dieser Zeit berührten. Sie wusste nicht, ob das stimmte, aber es war ein zu großes Risiko, um es herauszufinden.

Sie fragte sich, wie es Norjee ging, und lächelte wieder. Er und Xiao Fang hatten sich sofort angefreundet.

Nachdem sie sich angezogen hatte, holte sie die Flasche mit dem Wasser des Lebens aus ihrer Truhe und füllte noch etwas mehr davon in Zoltans Blutflaschen. Schuldgefühle nagten an ihr, als sie die Flaschen wieder zuschraubte. Es war falsch, ihn auf diese Weise zu täuschen. Am Abend wollte sie ihm die Wahrheit sagen.

Sie strich ihm die Haare aus der Stirn und ließ ihre Hand dann seine breite Schulter entlang und seinen Arm hinabgleiten, bis sie auf seinem muskulösen Bizeps verweilte. Ihr schöner Vampir. Irgendwie würden sie gemeinsam eine Zukunft haben.

Nachdem sie aus der Tür geschlüpft war, machte sie einen kurzen Abstecher ins Klohäuschen und wusch sich dann im Fluss. Hoffentlich waren die anderen bereits auf und hatten in der Höhle ein Mittagessen zubereitet. Die Kinder mussten hungrig sein.

Am Abend zuvor, als die anderen nach Hause gegangen waren, um zu schlafen, war sie ins Nachbartal zurückgekehrt, um an den Schießübungen teilzunehmen. Zoltan hatte ihr noch weitere Vampire und Gestaltwandler vorgestellt, aber es waren so viele gewesen, dass es ihr schwerfiel, sich an die Namen zu erinnern. An Howard erinnerte sie sich. Der riesige Wer-Bär war tagsüber für die Operation verantwortlich. Emma und ihr Mann, Angus, trugen nachts die Verantwortung. Sie hatten alle in sechs Gruppen aufgeteilt, jeweils zusammengesetzt aus drei Vampiren, drei Wandlern und einer Kriegerin aus Beyul-La.

Neonas Team bestand aus Zoltan und zwei Vampiren namens Jack und Dougal. Sie sprachen beide mit merkwürdigen Akzenten, und einer von ihnen trug einen komischen Rock, aber sie kamen ihr sehr freundlich vor. Die drei Wandler in ihrem Team waren Howard und seine Neffen, die Zwillinge Jesse und Jimmy. Howard gab zu, dass die zwei jüngeren Wer-Bären noch in der Ausbildung waren, dass deshalb aber kein Grund zur Sorge bestand. Wenn sie einen Fehler machten, würde er sie einfach unangespitzt in den Boden rammen.

Jimmy und Jesse hatten ihrer Übung zugesehen und immer, wenn sie das Ziel getroffen hatte, gejubelt und ihr etwas aus einer weißen Schachtel zum Essen angeboten. Donuts, wie Howard ihr erklärt hatte. Anscheinend hatten die Wer-Bären einen riesigen Vorrat mitgebracht.

Ehe sie nach Tiger Town aufgebrochen waren, um dort in ihren Todesschlaf zu fallen, hatten die Vampire noch einen Wandler aus jedem Team dorthin teleportiert, wo Russell Lord Liaos Fortschritte überwachte. Als Vampir hatte Russell vor, sich zu seinem Todesschlaf an einen sicheren Ort zurückzuziehen. Tagsüber würden die sechs Wandler Liaos Armee verfolgen, und wenn die Suchtrupps ausgezogen waren, konnten sie sich aufteilen, um ihnen zu folgen.

Aus Neonas Team hatte man Jimmy als Späher ausgewählt. Nach Sonnenuntergang würde er sein Team anrufen, und die drei Vampire teleportierten dann Howard, Jesse und Neona dorthin, wo er sich befand, damit sie zum Angriff übergehen konnten. Zoltan hatte sie angewiesen, sich tagsüber gut auszuruhen, weil sie eine lange Nacht vor sich hatten.

Jetzt, als Neona die Höhle betrat, fand sie dort die anderen Frauen an einem kleinen Lagerfeuer ausgestreckt. Freddie und Freya lasen in ihren Büchern. Nima und Tashi schliefen auf den Matratzen. Lydia füllte Suppe für die Kinder in vier Schüsseln. Neona nahm sich eine fünfte Schüssel für sich selbst und half Lydia dabei, die Tabletts mit dem Essen in die größere Höhle zu tragen.

Irgendwann während des Tages musste Norjee die Höhle verlassen haben, um Pinienzapfen zu sammeln, denn es lagen etwa zwei Dutzend auf dem Höhlenboden, und er und Xiao Fang liefen herum, traten nach ihnen und lachten.

Neona blieb stehen, um auf Norjees Lachen zu lauschen. Selbst Lydia musste über den Klang lächeln. Aber Xiao Fangs Lachen war es, das sie wirklich überraschte. Weil ihre Kehlen zum Speien von Feuer gemacht waren, konnten Drachenkinder nicht reden. Man brachte ihnen bei, Tibetisch und Chinesisch zu verstehen, aber sie konnten nicht antworten. Um zu wissen, was sie dachten, brauchte es jemanden, der die Gabe hatte, sie zu verstehen, wie Nima, Freddie oder Norjee.

Der Klang, der aus Xiao Fangs Kehle kam, war eine merkwürdige Mischung aus Bellen und Röcheln. Nur die Freude in seinem Gesicht ließ sie wissen, dass es ein Lachen war. Wie traurig, dass er seit sechs Jahren auf der Welt war und sie jetzt zum ersten Mal sein Lachen hörte. Sie lächelte Norjee an. Der Junge hatte es an sich, Freude ins Leben der Menschen zu bringen.

Er kam grinsend auf sie zu gerannt. „Ich habe mich schon gefragt, wann du kommst. Ich habe dich vermisst."

Sie stellte das Tablett hin und umarmte ihn. „Ich war die ganze Nacht wach, deshalb habe ich lange geschlafen. Wie geht es dir?"

„Super!“ Er legte Xiao Fang den Arm um die Schultern. „Ich habe jetzt einen Bruder, der ein Drache ist!“

„Das sehe ich.“ Neona deutete auf das Tablett. „Seid ihr beiden hungrig?“

Norjee und Xiao Fang setzten sich nebeneinander hin und aßen. Sie schauten sich immer an, Neona vermutete also, dass sie sich unterhielten. Die anderen zwei Drachenkinder, Huo und Chu, aßen ihre Suppe und warfen Xiao Fang sehnsüchtige Blicke zu. Neona nahm an, dass sie sich ausgeschlossen fühlten.

„Kann ich mit Xiao Fang draußen spielen?“, fragte Norjee.

Lydia schüttelte den Kopf. „Die Königin hat es lieber, wenn die Drachenkinder sicher in der Höhle bleiben.“

„Warum?“, fragte Norjee.

Lydia seufzte. „Weil wir sie beschützen wollen. Sie sind die einzigen Drachen, die es noch gibt.“

„Aber Xiao Fang will frei sein“, wendete Norjee ein.

„Er kann frei sein, wenn er erwachsen ist“, sagte Lydia. „Esst eure Suppe.“

Norjee zog die Stirn in Falten, tat dann aber, was von ihm verlangt worden war.

Während Neona aß, merkte sie, dass Norjee und Xiao Fang sich heimliche Blicke zuwarfen. Die beiden hatten eindeutig etwas vor. „Wann hast du das letzte Mal gebadet, Norjee?“

Er zuckte mit den Achseln. „Weiß ich nicht.“

Neona sah ihn eindringlich an. „Wusstest du, dass Drachen besonders empfindliche Nasen haben? Sie wittern ihre Beute aus meilenweiter Entfernung. Und schmutzige kleine Jungen auch.“

Norjee sah Xiao Fang an, der die Nase rümpfte und grinste. Dann blickte er auch die anderen zwei Drachenkinder an und zuckte schuldbewusst zusammen. „Sie sagen, ich stinke.“

Neona nickte. „Hier in der Nähe ist eine Stelle, wo der Bach eingedämmt ist und ein flaches Becken bildet. Ich bringe dich dorthin, damit du baden kannst. Und wenn Xiao Fang mitkommen will, kann er das gerne tun.“

Norjee setzte sich strahlend auf. „Wirklich?“

„Deiner Mutter wird das nicht gefallen“, murmelte Lydia.

„Ihnen passiert nichts. Ich passe auf sie auf.“ Neona stand auf.

Norjee sprang auf und umarmte sie. „Danke, Mama!“

Ihr Herz machte einen Sprung, und sie erstarrte einen Augenblick, in dem ihr das Wort „Mama“ im Kopf widerhallte. Tränen stiegen ihr in die Augen.

Norjee hakte sich bei Xiao Fang ein. „Gehen wir!“

„Helft mir erst, die Teller zurück ins Lagerhaus zu bringen.“ Neona beugte sich vor, um die Schüsseln einzusammeln, aber Norjee kam ihr zuvor, stellte alle fünf Schüsseln auf ein Tablett und hob es hoch.

Lächelnd deutete sie auf den schmalen Eingang. „Hier entlang. Und ganz leise, damit die Königin nicht aufwacht.“

Als sie die schmutzigen Teller ins Lagerhaus stellten, nahm Neona zwei Handtücher, zweimal saubere Kleidung und etwas Seife. Die Jungen tollten vor ihr her und hielten sich an ihre Anweisung, um das flache Becken ein Stück den Bach hinauf zu finden. Als sie dort ankam, hatten die beiden sich bereits ausgezogen, sprangen im Becken herum und spritzten einander nass.

Sie sah zu den Grabhügeln, die sich den Berg hinauf befanden. „Er ist hier, Minerva. Dein Sohn ist zu Hause.“

Als die Sonne viel tiefer am Himmel stand, ging sie mit den frisch geschrubbten Jungen zurück zur Höhle. „Wegen heute Abend habt ihr alles verstanden?“

Norjee nickte. „Die Königin hat es uns erklärt. Ihr müsst mit den bösen Männern kämpfen.“

„Ja, wir werden die ganze Nacht beschäftigt sein. Wechselt euch ab damit, die Eier zu bewachen. Die Eule der Königin wird bei euch bleiben. Und mein zahmer Leopard, Zhan. Wenn etwas passiert, schickt ihr die beiden ins nächste Tal, um uns zu verständigen. Wir kommen dann sofort.“

„Xiao Fang sagt, du sollst dir keine Sorgen machen. Wir schaffen das." Norjee sah sie besorgt an. „Aber du bist vielleicht in Gefahr."

Sie umarmte ihn. „Ich schaffe das auch. Bei mir sind drei Vampire und drei Männer, die sich in riesige Bären verwandeln!"

Norjees Augen fingen an zu leuchten. „Hier ist es viel lustiger als im Kloster!"

„Sind alle so weit?", fragte Angus.

Neona überprüfte noch einmal ihre Waffen. Ihr Schwert war in seiner Hülle, ihr Köcher voller Pfeile, ihr Bogen ruhte auf ihrer Schulter, und sie hatte sich ihr Messer an die Wade gebunden. In ihren engen Schwertgürtel hatte sie die Betäubungspistole gesteckt, und der Beutel daneben war voller Pfeile. Sie war in schlichtes braunes Leinen gekleidet, hatte darüber die Kevlar-Weste angelegt und die Haare zu einem festen Zopf zusammengenommen.

Angus sah auf die Uhr. „Bald werden die Anrufe ankommen. Wir müssen heute so viele wie möglich außer Gefecht setzen. Sobald Lord Liao merkt, dass seine Männer verschwinden, wird er zum Gegenschlag ausholen. Und dann geht es rund. Seid darauf vorbereitet."

Neona warf Zoltan einen besorgten Blick zu. Er lächelte sie an und drückte ihr die Hand. Es war dunkel, da kein Feuer erlaubt war, aber im Mondlicht gelang es ihr trotzdem, Winifred und ihr Team zu erkennen. Sie stand sehr dicht bei Jin Long Wang. In ihrem Team gab es drei Werwölfe. Freya war in der Gruppe mit den Wer-Tigern.

Ein Telefon klingelte, und Emma antwortete. „Verstanden." Sie legte auf. „Das war Russell. Er hat Liao und den größten Teil seiner Armee ausfindig gemacht. Nachdem ihr euer Ziel neutralisiert habt, teleportiert ihr euren Späher zurück zu Russell, sodass er einem anderen Suchtrupp folgen kann. Dann fangen wir mit Runde zwei an."

Alle murmelten zustimmend und warteten ab.

Neben Neona trat der Wer-Bär Jesse von einem Fuß auf den anderen. „Komm schon, Jimmy, ruf an."

Ein weiteres Telefon klingelte, und alle sahen sich um.

„Das ist meins", verkündete Mikhail und hob ab. „Carlos? Wir sind bereit. Sprich weiter." Er und ein weiterer Vampir packten die zwei Wandler. Pamela griff nach Königin Nima, und alle sechs teleportierten sich davon.

Neona atmete tief durch und sprach ein stummes Gebet für die sichere Rückkehr ihrer Mutter.

Howards Telefon klingelte.

„Ja!" Jesse stieß seine Faust in die Luft. „Das ist Jimmy!"

Howard sah seinen Neffen streng an. „Kein Laut, wenn wir angekommen sind." Er ging ans Telefon und streckte es dann aus.

Dougal trat näher, damit er Jimmys Flüstern hören konnte. Er nahm Jesse und verschwand. Zoltan zog Neona fest an sich, und alles um sie herum wurde schwarz.

Sie landete mitten in einem dunklen Wald. Zoltan drückte ihr kurz die Schultern und ließ sie dann los. Dougal stand ganz in der Nähe. Jesse tat so, als würde er bei seinem Zwilling einschlagen, aber sie hielten ein paar Zentimeter voneinander entfernt inne und grinsten einander an.

Es versetzte ihr einen Stich. Auch sie hatte mit ihrem Zwilling diese Art von Beziehung gehabt.

Jack und Howard tauchten neben ihnen auf.

Jimmy hob die Hände und zeigte an seinen Fingern, dass der Suchtrupp aus acht Mann bestand. Er deutete in ihre Richtung.

Howard bedeutete Zoltan und Neona, ihm zu folgen, und sie schwenkten nach links. Der Rest des Teams ging nach rechts. Schweigend bewegten sie sich voran, bis sie den Feind entdeckt hatten.

Die acht Männer schlenderten dahin und redeten miteinander, ohne zu merken, dass man sie verfolgte. Howard zog seine Betäubungspistole aus dem Gürtel und schlich sich vor den Suchtrupp. Zoltan brachte sich in der Mitte in Position, und Neona übernahm das Ende. Hinter einem Baum versteckt und mit wild klopfendem Herzen zog sie ihre Pistole und suchte sich ein Ziel aus.

Ihr gegenüber brach ein Zweig. Die acht Männer blieben stehen, um sich nach rechts umzusehen. Sofort wurden vier von ihnen mit Betäubungspfeilen beschossen. Zwei weitere zuckten zusammen, als Howard und Zoltan ihre Waffen abfeuerten.

Neona schoss auf ihr Ziel. Er stolperte zurück, schüttelte dann den Kopf und zog sein Schwert. Sie lud schnell einen weiteren Pfeil nach. Zoltan hatte sie gewarnt, dass einige der Supersoldaten so stark waren, dass es mehr als einen Pfeil brauchte, um sie außer Gefecht zu setzen. Der Soldat hob sein Schwert und bewegte sich auf sie zu. Sie schoss wieder. Er geriet ins Schwanken, ließ sein Schwert fallen und fiel dann vornüber auf sein Gesicht.

Nachdem alle acht Mann des Suchtrupps gefallen waren, machte ihre Gruppe sich daran, ihnen Arme und Beine zu fesseln.

„Alles in Ordnung?“, fragte Zoltan sie.

„Ja.“ Sie lud ihre Waffe nach. „Es kam mir relativ leicht vor.“

Er lächelte. „Es wird schwieriger, wenn die Nacht voranschreitet und wir das Überraschungsmoment verlieren.“

Jack und Dougal hoben je einen Soldaten hoch und teleportierten sich mit ihnen davon.

Zoltans Lächeln verblasste. „Das ist der Teil des Plans, der mir nicht gefällt.“

„Ich komme zurecht“, versicherte sie ihm. „Ich habe drei Bären bei mir. Und ich konnte dich besiegen, weißt du noch?“

Er küsste sie auf die Stirn. „Ich bin so schnell wieder da, wie es geht.“ Er griff sich den nächsten Soldaten und verschwand.

Neona half Howard dabei, Schwerter und Waffen der betäubten Soldaten aufzusammeln, während die Zwillinge Donuts verschlangen. Sie fragte sich, wie es den anderen Kriegerinnen erging. Und wie es den Kindern in der Höhle gehen mochte. Sie hatten versprochen, gut auf die Eier aufzupassen. Sie sah auf ihre glitzernde Kätzchen-Uhr. Nach fünf Minuten tauchten die Vampire wieder auf.

„Tut mir leid, dass es so lange gedauert hat", sagte Zoltan zu ihr. „Wir sind zuerst in Tiger Town gewesen, aber in Japan ist es noch dunkel, deswegen haben sie uns die Soldaten dorthin bringen lassen. Sie wollen das Labor dort zuerst auffüllen."

Dougal bückte sich, um noch einen Soldaten aufzuheben. „Meine Frau wird heute Nacht einiges zu tun haben." Er verschwand wieder."

Jack schnaubte. „Er hatte es ziemlich eilig, wieder zu ihr zu kommen." Er teleportierte mit einem weiteren Soldaten davon.

„Seine Frau?", fragte Neona.

„Dougal ist mit Leah verheiratet, der Ärztin, die die Supersoldaten wieder zurückverwandelt", erklärte Zoltan ihr.

„Ehe du gehst", sagte Howard zu Zoltan, „kannst du unseren Späher zu Russell zurückbringen? Wir müssen unser nächstes Ziel ausfindig machen."

Jesse sprang auf. „Ich gehe diesmal. Jimmy ist müde."

„Okay." Zoltan rief Russell an.

„Ruh dich aus, Bro." Jimmy klopfte seinem Zwilling auf den Rücken und reichte ihm die Donut-Schachtel.

Zoltan verschwand mit Jesse und tauchte dann ein paar Sekunden später wieder auf, um sich noch einen Soldaten zu schnappen.

Nach fünf weiteren Minuten waren die letzten Soldaten abgeliefert, und die Vampire teleportierten das ganze Team zurück ins Hauptquartier in Frederics Tal.

Als die Teams eins nach dem anderen von ihrer ersten Runde wieder eintrafen, erstatteten sie Emma Bericht darüber, wie viele Soldaten sie erwischt hatten.

„Zweiundfünfzig!“, verkündete Emma, als alle wieder da waren.

Nachdem sie damit fertig waren, einander zu gratulieren, entschied Neona, dass es ein guter Zeitpunkt war, Zoltan zu gestehen, was sie mit seinem Blutvorrat getan hatte. Sie zog ihn zur Seite. „Ich muss dir etwas über dein Blut in Flaschen gestehen …“

„Ach, das erinnert mich“, sagte er. „Ich sollte nach Hause teleportieren und noch etwas trinken. Ich bin schon wieder hungrig.“

Sie zuckte schuldbewusst zusammen.

„Zoltan.“ Die Königin kam auf sie zu. „Teleportierst du mich in die Höhle? Ich will nach den Kindern sehen.“

„Sicher.“ Er nahm Nimas Arm und lächelte Neona an. „Wir sind bald wieder da.“

Sie seufzte und ging dann im Lager umher und sah nach ihren Freundinnen. Lydia, Winifred und Freya aßen etwas von dem Essen, das die Wer-Tiger früher am Tag zubereitet hatten. Eigentlich sah es so aus, als würden Freddie und Freya mehr flirten als essen. Tashi saß allein auf einem Stein am Flussufer.

„Alles in Ordnung?“, fragte Neona und setzte sich neben sie.

„Mir ist immer wieder mal schlecht.“ Tashi sah zu den Wer-Tigern herüber. „Ich habe etwas von ihrem Essen gekostet. Wahrscheinlich habe ich es nicht vertragen.“

„Wenn dir heute Nacht nicht danach ist, noch mehr zu tun, dann schaffen sie es bestimmt auch ohne dich.“

Tashi tauchte eine Hand ins das kalte Wasser und presste sie sich gegen die Stirn. „Ich komme schon zurecht.“

Neona beugte sich dicht zu ihr und flüsterte: „Könntest du schwanger sein?“

„Vielleicht. Ich bin noch nicht sicher.“

Neona klopfte ihr auf die Schulter. „Du wirst eine wunderbare Mutter.“

„Ich hoffe es.“ Tashi sah sich stirnrunzelnd um. „Ich bin mir nicht sicher, was die Zukunft uns allen bringen wird.“

Nach einer Weile tauchte Zoltan mit Nima wieder auf, die berichtete, dass es den Kindern und Eiern gut ging. Neona ging mit dem festen Plan zu Zoltan, ihm von den Flaschen zu erzählen, aber Jesse rief an, und es war an der Zeit, sich wieder zu teleportieren.

Innerhalb weniger Minuten lagen neun Soldaten bewusstlos da. Die Vampire teleportierten sie nach Tiger Town und brachten Jesse zurück zu Russell.

„Es kommt mir zu einfach vor“, sagte Neona, als sie ins Hauptquartier zurückgekehrt waren.

„Das dauert nicht mehr lange“, warnte Zoltan sie. „Mittlerweile muss Lord Liao wissen, dass seine Suchtrupps sich nicht mehr melden.“

Emma verkündete, dass die Zahl auf einhundertdrei gestiegen war. Es war ihnen gelungen, Lord Liaos Armee zu halbieren.

Im Lager wurde es still, während die Teams auf den Anruf ihrer Späher warteten, sodass Runde drei beginnen konnte.

Neona zog Zoltan fort in den Schutz des nahen Waldes. „Es gibt da etwas, das ich dir sagen muss.“

„Dass du mich liebst?“

Sie lächelte. „Das habe ich dir schon gesagt.“

„Heute noch nicht.“ Er zog sie hinter einen Baum und flüsterte ihr ins Ohr: „Denkst du an Höhepunkt Nummer sieben?“

„Zählst du immer noch mit?“

„Ich habe dir zehn versprochen, und ich halte alle meine Versprechen.“

Sie wich zurück. „Es ist wichtig.“

„Also geht es um Sex?“

Sie schnaubte. Dieser Mann war einfach unersättlich. „Ich muss dir etwas gestehen. Es geht um dein Blut in Flaschen.“ Trotz ihres schlechten Gewissens nahm sie all ihren Mut zusammen. „Ich habe dir etwas von unserem Wasser des Lebens in die Flaschen geschmuggelt. Ich fürchte, du hast deswegen solchen Hunger …"

„Was?" Er sah sie fassungslos an. „Du hast mir etwas unter den Blutvorrat gemischt?"

Sie nickte. „Es war falsch von mir. Ich hätte es dir sagen müssen. Ich verstehe, wenn du deswegen wütend bist …"

Er lachte.

Sie blinzelte. „Du bist nicht wütend?"

„Süße, ich habe mir ebenfalls etwas in die Flaschen gemischt. Liebe Güte, kein Wunder, dass ich so einen Hunger habe."

„D-du hast Wasser des Lebens dazu gemischt? Wo hattest du es her?"

„Ich habe es gestohlen. Habe mich in die Höhle geschlichen und etwas genommen." Er lächelte sie zerknirscht an. „Ich verstehe, wenn du deswegen wütend bist."

„I-ich bin erstaunt. Wir haben es beide getan?"

Er sah sie neugierig an. „Warum hast du es gemacht?"

„Und warum du?"

„Ich habe zuerst gefragt."

Sie seufzte. „Du hast gesagt, dein Samen sei tot. Ich dachte, das Wasser des Lebens kann ihn vielleicht wieder erwecken."

„Ah." Er streckte die Hand nach ihr aus. „Du willst Babys machen."

„Jetzt gerade nicht." Sie stieß ihn spielerisch von sich. „Was war dein Grund?"

„Wir wollten wissen, was mit einem Vampir geschieht, der das Wasser des Lebens zu sich nimmt. Falls Liao oder Han es in die Finger bekommen, wollten wir wissen, was wir zu erwarten haben."

„Verstehe." Sie legte den Kopf zur Seite, um ihn zu mustern. „Wie fühlst du dich?"

Er zuckte mit den Achseln. „Ungefähr so wie vorher. Ich habe nur die ganze Zeit Hunger."

Sie nickte. „Es waren erst zwei Nächte. Vielleicht braucht es noch Zeit, bis die Wirkung spürbar wird.“

Howard pfiff, um ihre Aufmerksamkeit zu erregen. „Jesse hat angerufen. Zeit für die nächste Runde.“

Sie teleportierten sich zu Jesse, der eine Gruppe aus fünf Männern vor ihnen anzeigte und aus zehn hinter ihnen.

„Zwei Gruppen?“, flüsterte Howard.

Jesse nickte, ein panischer Ausdruck in seinen Augen. „Sie sind mit AK-47 bewaffnet.“

Neona wusste nicht, was das sein sollte, aber am Ausdruck auf den Gesichtern der Männer erkannte sie, dass es schlechte Nachrichten waren.

„Diese Männer suchen nicht nach Beyul-La“, murmelte Dougal. „Sie sind auf der Jagd nach uns.“

Howard nickte. „Die erste Gruppe ist der Köder, und wenn wir anbeißen, holt die zweite zum Todesschlag aus.“

Jesse schluckte. „Was machen wir jetzt? Sollen wir lieber verschwinden?“

Howard sah ihn verärgert an.

„Ach ja, richtig.“ Jesse drückte die Schultern durch. „Wir treten denen in den Hintern.“

Zoltan sah Neona besorgt an, aber ehe er etwas sagen konnte, schüttelte sie den Kopf. „Ich bleibe.“

Er verzog das Gesicht. „Wir sollten uns so aufteilen, dass die Vampire ihre Partner sofort teleportieren können, wenn das Feuer eröffnet wird. Ich nehme Neona.“

„Guter Plan“, befand Howard. „Jimmy, du bleibst bei Jack. Jesse, geh mit Dougal.“

„Was ist mit dir?“, fragte Jimmy.

„Ich komme zurecht.“ Howard klopfte seinem Neffen auf den Rücken. „Wir sollten uns zuerst die Zehnergruppe vornehmen.“

Alle stimmten zu und schlichen sich leise durch den Wald, bis sie die zehn Mann hinter sich entdeckt hatten.

Neona stockte der Atem. Diese Supersoldaten waren bis an die Zähne bewaffnet. Nicht nur mit Schwertern und Messern, sie trugen auch die riesigsten Gewehre, die sie je gesehen hatte.

„Das sind Maschinengewehre“, flüsterte Zoltan ihr ins Ohr. „Bleib dicht bei mir, damit ich dich teleportieren kann.“

Sie schlich sich mit ihm gemeinsam vorwärts, verborgen hinter Büschen und Felsen. Als Howard seinen Vogelruf pfiff, befand sie sich mit Zoltan hinter einem Busch. Alle sechs Mitglieder ihrer Gruppe feuerten auf einmal ihre Betäubungspistolen. Neona traf ihr Ziel und wurde von Zoltan sofort hinter einen riesigen Felsen teleportiert.

Maschinengewehrfeuer war die Reaktion. Ihre Hände zitterten, als sie ihre Pistole mit neuen Betäubungspfeilen belud. Sie hatte noch nie eine so schreckliche Waffe gehört. Zoltan feuerte seine Pistole und teleportierte sie dann hinauf in einen Baum. Keuchend hielt sie sich am Baumstamm fest. Unter ihnen prallten Kugeln von dem Felsen ab. Der Busch, hinter dem sie und Zoltan sich gerade noch versteckt hatten, war in Stücke gerissen.

Nur zwei Soldaten waren noch übrig, aber die schossen mit ihren Maschinengewahren im Kreis um sich. Neona schoss genau zur gleichen Zeit auf einen der beiden, als auch vier andere aus ihrem Team ihre Munition abfeuerten. Die Soldaten hörten auf zu schießen, um die Betäubungspfeile herauszureißen, aber es folgten noch mehr. Langsam gingen sie zu Boden.

„Beeilt euch! Nehmt ihre Waffen“, rief Howard.

Zoltan teleportierte sie zurück auf den Boden. Das Team beeilte sich, die Waffen einzusammeln. Als Neona sich einem der Soldaten näherte, packte er ihren Knöchel, riss sie nieder und hob den Arm, das Messer zum Angriff bereit. Sie griff nach seinem Arm, aber er war stärker als sie. Gerade als ihr das Messer in den Arm schnitt, packte Zoltan den Mann im Nacken und zerrte ihn vom Boden hoch.

„Bastard!“ Zoltan schüttelte ihn.

„Deckung!", brüllte Howard, und er und die Wer-Bären-Zwillinge duckten sich hinter die bewusstlosen Soldaten.

Ein Feuerhagel ging aus dem dichten Wald auf sie nieder. Die Fünfergruppe hatte sie erreicht. In Vampirgeschwindigkeit wirbelte Zoltan herum und stellte den Soldaten zwischen sich und die Kugeln. Der Soldat zuckte und bebte, als die Munition seinen Körper durchlöcherte.

Jack und Dougal teleportierten sich hinter zwei der Soldaten, rissen ihnen die Waffen aus den Händen und stachen mit drei Betäubungspfeilen auf sie ein, die sie in der Hand hielten. Die Männer sackten bewusstlos zusammen.

Drei von ihnen schossen noch. Hinter Zoltan verborgen zog Neona ihr Messer und schleuderte es nach einem von ihnen. Sie traf seinen Arm, sodass er seine Waffe fallen ließ. Dann schoss sie mit ihrer Betäubungspistole auf ihn. In der Zwischenzeit hatten Jack und Dougal sich hinter die verbliebenen zwei Soldaten teleportiert, sie entwaffnet und betäubt.

Im Wald war es einen Augenblick still, ehe Jimmy aufsprang und brüllte: „Das war astrein!"

„Aber so was von!" Jesse schlug bei seinem Zwilling ein.

Zoltan ließ den toten Soldaten fallen und half Neona beim Aufstehen. „Alles in Ordnung?"

„Du warst spitze, Kriegerprinzessin!" Jimmy hob seine Hand und wartete darauf, dass sie beim ihm einschlug.

Sie hob den Arm. Er war voller Blut.

„Mist", flüsterte Zoltan. „Ich bringe dich nach Tiger Town, zu einem Arzt."

„Das ist nur ein kleiner Schnitt. Ich komme zurecht, wenn du mich nur in den Lagerraum bringst, wo ich meine Medizin aufbewahre."

„Bist du sicher?", fragte er und sah dann die anderen an. „Wir müssen los."

„Wir kommen hier zurecht." Howard winkte ihn fort. „Geht schon."

Er teleportierte sie an die Feuerstelle in Beyul-La und führte sie dann in das Lagerhaus, wo sie ihre Medizin und das Verbandsmaterial aufbewahrte. Er öffnete ein Fenster, sodass das Mondlicht hereinscheinen konnte.

Sie gab ihm Anweisungen, und er wusch ihr den Arm, trug eine Salbe auf und wickelte fest in einen Streifen sauberes Leinen um ihre Wunde.

„Bist du dir sicher?“ Er sah ihren Arm zweifelnd an.

„Die Salbe funktioniert“, versicherte sie ihm. „Sie hat auch die Blutung aus deiner Wunde gestoppt, weißt du noch? Und sie sauber gehalten.“

„Aber ich heile in meinem Todesschlaf. Du nicht.“ Er führte sie aus dem Lagerraum. „Wir könnten ins Nachbartal gehen. Mikhail hat dort seine Sanitätsausrüstung.“

„Ich heile jetzt seit ungefähr zweitausend Jahren Wunden.“

„Nimm wenigstens etwas gegen den Schmerz.“ Er zog sie dicht an sich. „Ich ertrage den Gedanken nicht, dass du leidest.“

Sie drehte sich um, als sie ein Rufen hörte. Norjee und Zhan kamen aus der Höhle gerannt. Die Eule kam herausgeflogen und stürzte sich in das Nachbartal. Zhan rannte ihr hinterher.

„Was ist los?“, rief sie auf Tibetisch.

Norjee blieb schwer atmend vor ihr stehen. „Die Eier … zwei Eier schlüpfen.“

24. Kapitel

„Was ist los?“, fragte Zoltan.

Neona berichtete auf Englisch: „Zwei Eier sind am Ausschlüpfen. Kannst du ins Nachbartal gehen und Nima oder Winifred herbringen?“

„Kannst du dich nicht um die Eier kümmern?“

Sie schüttelte den Kopf. „Die Schlüpflinge prägen sich auf den ersten Menschen, den sie sehen. Es muss jemand sein, der mit ihnen kommunizieren kann. Beeil dich! Wir warten auf dich.“ Sie nahm Norjee an der Hand und rannte mit ihm gemeinsam zurück in die Höhle.

Zoltan teleportierte sich in Frederics Tal. Es war so gut wie leer, weil fünf der Teams ausgezogen waren. Emma war noch da und koordinierte die Missionen. Ein paar Wandler waren als Wachen zurückgeblieben. Tashi saß auf einem Stein in der Nähe und sah sehr blass aus.

„Emma!“ Zoltan rannte zu ihr. „Wo sind Nima und Winifred?“

„Winifred ist gerade weg“, sagte Emma.

Die Eule landete auf dem Stein neben Tashi, und sie sprang auf. „Stimmt etwas nicht in der Höhle?“

„Zwei Eier schlüpfen“, berichtete Zoltan ihr.

„Oh nein!“, keuchte Tashi auf. „Wir brauchen Nima oder Freddie.“

Emma zuckte zusammen. „Ich habe mein Bestes versucht, damit eine von beiden immer hier ist. Nimas Team sollte jede Sekunde zurück sein. Ich hätte Freddie sonst nicht gehen lassen.“

„Nima muss sofort zurückkommen!“, beharrte Tashi.

„Ich rufe ihr Team an.“ Emma gab eine Nummer in das Satelliten-Telefon ein.

Tashi stöhnte. „Das ist alles meine Schuld. Ich war an der Reihe, aber ich habe mich übergeben, deswegen ist Winifred gegangen.“

„Dafür konntest du nichts“, tröstete Emma sie. „Und wenn du schwanger bist, wie wir vermuten, dann solltest du sowieso nicht in der Schlacht dabei sein.“ Sie legte das Ohr ans Telefon. „Mikhail? Wir brauchen Nima sofort zurück. Okay. Danke.“

Sie legte auf. „Mikhail und Pamela sind in Tiger Town und liefern die letzten Soldaten dort ab. Sie sollten Nima in ein paar Minuten hier haben.“

Tashi wandte sich der Felswand zu. Neonas zahmer Leopard ging an ihrem Rand auf und ab. Zoltan hörte auch die Gedanken des Leoparden.

Keine Zeit! Die Eier schlüpfen in diesem Augenblick!

„Wir haben keine paar Minuten Zeit“, sagte Zoltan. „Die Schlüpflinge prägen sich auf die erste Person, die sie sehen, und es muss jemand sein, mit dem sie kommunizieren können.“

„Das stimmt!“ Tashi verzog das Gesicht und rieb sich den Bauch. „Sie müssen sich schnell prägen, sonst geht ihnen diese Fähigkeit verloren. Einmal ist ein Ei unerwartet geschlüpft, als nur meine Mutter dabei war. Das Baby hat sich auf sie geprägt, aber als sie nicht mit ihm kommunizieren konnte, hat es die Fähigkeit dazu verloren. Nima konnte es überhaupt nicht hören. Dann hat es alle seine Sinne verloren. Das arme Ding hat einfach nur dagelegen und ist gestorben!“

Emma atmete tief ein. „In Ordnung, dann mache ich es.“

„Aber du kannst nicht …“ Tashi keuchte auf, als Emma verschwand. „Was macht sie denn? Die Babys sterben, wenn sie …“

„Sie kann mit ihnen kommunizieren“, sagte Zoltan.

Tashi riss die Augen auf. „Kann sie?“

Zoltan sah sich um und entdeckte Phil mit einigen der jüngeren Werwölfe, die noch in der Ausbildung waren. „Phil, übernimm du hier, bis Angus wieder da ist.“

Phil rannte zu ihm. „Was ist los?“

„Emma muss zwei Drachenjungen beim Schlüpfen helfen.“

„Was?“ Phil sah fassungslos aus.

Zoltan konnte sich vorstellen, dass Emmas Mann noch fassungsloser wäre, wenn er die Konsequenzen erfuhr. „Gehen wir.“ Er griff sich Tashi und teleportierte sie zum Eingang der Höhle.

„Geh du vor.“ Sie rieb sich den Bauch. „Ich komme gleich nach. Ich muss einen Augenblick ruhig sitzen.“

Er sauste den schmalen Gang hinab in die riesige Höhle, in der die Drachenkinder lebten. Norjee und die drei Drachenwandler saßen auf Nimas großer Matratze und sahen besorgt aus.

Norjee sprang auf. „Nima?“

„Sie kommt bald“, antwortete Zoltan, frustriert, weil er wusste, dass der Junge ihn nicht verstehen konnte. Er lächelte den Kindern aufmunternd zu und eilte dann den schmalen Korridor hinab in die Höhle, in der sich die Eier befanden.

Neona drückte sich am Eingang herum, teilweise hinter einer Steinmauer verborgen. Sie sah sich nach ihm um.

„Nima wird bald hier sein.“

Neona zuckte zusammen. „Dann ist es vielleicht zu spät.“

Er spähte in den Raum, der trübe von einer einzigen Fackel ausgeleuchtet wurde. Emma kniete vor einem Nest, in dem sich zwei Eier befanden. Sie waren beide mit Rissen übersät und bewegten sich kaum merklich von einer Seite zur anderen.

Er blinzelte, als plötzlich ein Fuß aus der Schale ragte. Ein winziges Bein streckte sich aus dem Ei und fing an zu treten.

Emma keuchte auf. „Es sieht so menschlich aus.“ Sie warf Neona einen wilden Blick zu. „Was mache ich jetzt?“

„Wenn der Kopf herauskommt, sorg dafür, dass sie dich sehen“, sagte Neona. „Sieh ihnen in die Augen und kommuniziere mit ihnen.“

Ein weiteres Bein platzte durch die Schale, und das Ei fing an zu beben. Zwei Arme kamen heraus, die winzigen Hände zu Fäusten geballt.

„Sieh dich mal an.“ Emma fasste nach den winzigen kleinen Händen. „Toll machst du das.“

Eine kleine Hand öffnete sich und fasste um Emmas Daumen.

„Oh mein Gott“, flüsterte sie.

Das Ei wackelte, und Stücke der Eierschale fielen vom Kopf des Babys. Mit ihrer freien Hand zupfte Emma ihm die Schale aus dem Gesicht.

Neona zog Zoltan zurück hinter die Steinmauer. „Wir dürfen nicht riskieren, dass die Babys uns sehen.“

Er wartete, dann hörte er ein weinerliches Wimmern von Emma kommen.

„Ich kann ihn weinen hören.“ Sie schniefte. „Er ist ein Junge. Ein wunderschöner Junge.“

Neona atmete erleichtert auf und lächelte. „Sie prägen sich aufeinander. Zum Glück.“

Zoltan spähte in die Höhle. Emma zupfte gerade die letzte Eierschale von dem kleinen Jungen. Seine Arme und Beine fuchtelten durch die Luft, aber sein Blick war nur auf sie gerichtet. Sie lächelte ihn an, und Tränen liefen ihr die Wangen hinab.

In dem Moment platzte auch ein Bein aus der zweiten Schale.

„Dein Zwilling kommt“, flüsterte Emma.

Als eine kleine Faust zu sehen war, griff sie danach. Das Ei schüttelte sich heftig, und der Kopf tauchte auf.

Zoltan trat wieder hinter die Steinmauer und wartete.

Emma lachte. „Ich habe ein kleines Mädchen.“

Neonas zahmer Leopard kam zu ihr und Zoltan gerannt.

„Zhan.“ Neona tätschelte ihm den Kopf. „Braver Kater. Danke, dass du auf die Kinder aufgepasst hast.“

Er rieb sich an ihrem Bein und sah dann Zoltan an. *Die Königin ist angekommen. Sie versuchen, dich anzurufen.*

Danke. „Ich bin gleich wieder da." Er teleportierte sich an den Eingang der Höhle. Sein Telefon vibrierte, und er antwortete.

„Ich habe Nima bei mir", sagte Mikhail. „Ich habe versucht, sie davon zu überzeugen, dass sie schneller nach Hause kommt, wenn ich sie teleportiere. Rede weiter."

„Okay. Ich bin hier am Höhleneingang", erzählte Zoltan, „und warte auf euch ..."

Mikhail tauchte mit Nima auf, die sofort in die Höhle rannte. Als Zoltan und Mikhail ihr folgten, drehte sie sich um und starrte sie wütend an. „Männer sind hier nicht gestattet. Geht!"

Mikhail schnaubte und verschwand.

Zoltan folgte ihr, als sie den schmalen Gang hinab in die größere Höhle rannte. Tashi war dort und kümmerte sich um die Kinder. Zhan hatte es sich auf einer Matratze bequem gemacht und ließ sich von Norjee und Xiao Fang streicheln.

„Den Babys geht es gut", sagte Zoltan der Königin.

Sie wirbelte zu ihm herum. „Sie sind schon geschlüpft? Und niemand war hier, auf den sie sich prägen konnten?"

„Emma hat es getan."

„*Was? Meine* Drachen haben sich auf einen Vampir geprägt!" Nima zog ihr Schwert. „Du hast zugelassen, dass ein Monster mir die Kinder raubt? Ich sollte euch alle töten. Ihr zerstört unsere Welt!"

„Genug!" Neona kam in die große Höhle gerannt. „Steckt Euer Schwert ein, Mutter." Sie neigte den Kopf in Richtung der Kinder, die sich ängstlich zusammengekauert hatten. „Nicht hier."

Zoltan böse anstarrend, steckte Nima ihr Schwert wieder ein.

„Gebt den Vampiren nicht die Schuld", sagte Tashi, die die

zwei jüngsten Kinder an sich gedrückt hatte. „Freddie musste früher wieder los, weil ich krank geworden bin. Ihr und Freddie seid nur sehr kurze Zeit gemeinsam fort gewesen."

„Genug Zeit für diese Monster, unsere Babys zu stehlen", zischte Nima.

„Emma hat die Babys gerettet." Neona deutete auf den Raum mit den Eiern. „Seht selbst."

Zoltan folgte Nima und Neona den schmalen Tunnel hinab in den Raum der Eier.

Emma hatte die Babys in ein sauberes Nest gelegt. „Sollte ich sie nicht baden? Und ihnen Windeln anlegen? Mit was füttert man sie?"

Nima schnaubte. „Meinst du, wir lassen dich unsere Drachenjungen stehlen?"

Emma sah zu ihr auf. „Ich tue, was immer ich tun muss. Ich bin jetzt ihre Mutter."

Nima gab einen verächtlichen Laut von sich. „Wie kannst du dich um sie kümmern? Du bist die halbe Zeit tot."

„Ich werde dir helfen", bot Neona an. „Die Babys mögen Ziegenmilch. Wir haben hier im Tal ein paar Ziegen. Ich werde sie melken."

„Danke." Emma erstarrte plötzlich und sah ihre Babys an. „Was ist los? Ich kann sie weinen hören!"

Alle stellten sich um sie herum.

„Sie können nicht atmen!", rief Emma. „Oh Gott, sie werden schon ganz blau."

Neona streckte die Hand nach einem von ihnen aus. „Vielleicht kann ich ..."

„Nein!" Nima riss sie zurück. „Das ist mit Xiao Fangs Schwester auch passiert. Als Calliope versucht hat, ihr zu helfen, sind sie beide gestorben."

Neona verzog das Gesicht. „Wir können sie nicht einfach sterben lassen."

Emma keuchte verzweifelt auf. „Ich muss sie retten."

„Wir können nichts tun“, rief Nima. „Oh Gott, wir werden sie beide verlieren!“

„Nein!“ Emma nahm ein Baby in den Arm und bemühte sich dann, auch das andere hochzunehmen. Zoltan beugte sich vor, um ihr zu helfen.

„Ich bringe sie zu einem Arzt.“ Emma stand auf. „Leah weiß, wie man Gestaltwandler behandelt.“

„Du kannst die Drachen nicht aus ihrem Zuhause fortbringen!“, rief Nima.

„Und ob ich kann.“ Emma verschwand und nahm beide Babys mit.

Nima war furchtbar empört. „Sie wagt es, sie uns zu stehlen! Wohin bringt sie die beiden?“

„Nach Tiger Town“, erklärte Zoltan. „Dort befindet sich Leah. Sie ist eine brillante Ärztin und Genetikerin. Sie kann herausfinden, was mit den beiden nicht stimmt.“ Er betrachtete die fünf Nester. Nur noch zwei Eier waren übrig. „Ich würde sagen, es liegt an zu viel Inzucht.“

Neona nickte. „Darüber machen wir uns schon lange Sorgen, aber man kann nicht viel machen. Sie sind die einzigen Drachen, die es auf der Welt noch gibt.“

„Vielleicht fällt Leah etwas ein. Wir haben ein paar ausgezeichnete Wissenschaftler auf unserer Seite. Sie werden ihr Bestes tun, um zu helfen.“

Neona lächelte und hakte sich bei ihm ein. „Danke.“

„Du dankst ihm auch noch? Diese Vampire machen alles kaputt.“ Empört marschierte Nima davon. „Ich gehe in mein Haus. Ich will nicht gestört werden.“

Er sah der Königin nach und murmelte dann: „Wie sollen wir nur den Rest der Nacht ohne sie überstehen?“

Neona warf ihm einen schiefen Blick zu.

„Endlich allein.“ Er schlang die Arme um sie. „Danke. Danke, dass du an mich geglaubt hast. Und an meine Freunde.“

Sie legte den Kopf an seine Schulter. „Danke, dass ihr uns geholfen habt.“

Er führte sie in die große Höhle. „Ich muss Angus erzählen, was passiert ist.“

Neona nickte. „Ich bleibe hier bei Tashi und versuche, die Kinder zum Schlafen zu bringen.“ Sie gähnte. „Es war für uns alle eine lange Nacht.“

Zoltan teleportierte sich ins Nachbartal. Alle Teams waren zurückgekehrt. Lydia erklomm gerade die Strickleiter an der Felswand, um nach Hause zurückzukehren. Freddie und Freya gingen in Begleitung von J. L. und Rajiv ebenfalls zur Felswand.

„Wir sind für heute Nacht fertig“, verkündete Angus stolz. „Insgesamt haben wir uns einhundertdreiundfünfzig Soldaten geschnappt.“

„Fantastisch.“ Zoltan lächelte. Lord Liao blieben weniger als fünfzig Soldaten übrig. „Liao muss fuchsteufelswild sein.“

„Aye.“ Angus grinste. „Wie geht es Emma? Ich habe gehört, sie ist ins nächste Tal gegangen. Irgendwas über schlüpfende Eier.“

Zoltan legte Angus die Hand auf die Schulter. „Ich habe Neuigkeiten für dich.“

Angus' Lächeln verblasste. „Geht es Emma gut?“

„Mit ihr ist alles in Ordnung. Wusstest du, dass sie mit den Drachenkindern kommunizieren kann?“

„Aye. Was ist passiert, Mann? Sag es mir endlich.“

„Die Küken sind geschlüpft und haben sich auf Emma geprägt. Sie glauben, sie sei ihre Mutter.“

Angus blinzelte. „Sie … haben Emma adoptiert?“

„Ja. Und sie hat die beiden adoptiert. Einen Jungen und ein Mädchen.“

Angus blinzelte wieder. „Wir haben … Kinder?“

Zoltan nickte. „Aber sie sind plötzlich sehr krank geworden. Sie konnten nicht atmen. Emma hat sie nach Tiger Town teleportiert.“

„Hol's der Teufel", murmelte Angus. „Die Kleinen konnten nicht atmen?" Er schüttelte sich. „Ich muss zu ihr. Sag Robby, er hat das Kommando." Er verschwand.

Zoltan ging zu Robby MacKay herüber, um ihm die Nachricht zu überbringen, dass zur Familie MacKay jetzt zwei Drachenwandler-Babys gehörten. Während alle auf die frischgebackenen Eltern anstießen, teleportierte Zoltan sich zurück in Neonas Haus.

Sie war dort, nackt, und wusch sich gerade an einer Schüssel Wasser.

„Wow", hauchte er, als sie sich das Haar zusammennahm und den Nacken mit einem Waschlappen abwusch.

Sie wirbelte zu ihm herum. „Du bist wieder da."

„Gerade rechtzeitig." Er nahm eine Flasche gepanschtes Blut und trank sie leer.

Lächelnd sah sie ihm beim Trinken zu. „Ich frage mich, ob dein Samen schon wiederbelebt ist."

„Es gibt nur eine Möglichkeit, das herauszufinden." Er ließ seinen Blick über ihren süßen Körper wandern, blieb dann aber an dem Verband an ihrem Arm hängen. „Wie geht es dir? Hast du Schmerzen?"

„Ein wenig." Sie ging zum Bett und lockte ihn mit dem Finger. „Ich nehme an, Höhepunkt Nummer sieben wird mich davon ablenken können."

Sie errötete, als seine Augen sich rot färbten. „Ich nehme an, da hast du recht."

25. Kapitel

Erst spät am Nachmittag wachte Neona wieder auf.

Sie sah zu Zoltan herüber. Nach Höhepunkt Nummer sieben war sie fest eingeschlafen. Er musste sich danach nach Hause teleportiert haben, denn seine Kleidung war sauber und sein Gesicht frisch rasiert. Sie spähte in die Box, in der er seine Blutflaschen aufbewahrte. Sechs neue Flaschen und eine halb volle Flasche mit Wasser des Lebens. Während alle anderen schliefen, musste er sich in die Höhle geschlichen haben, um mehr Wasser zu schöpfen, das er mit seinem Blut vermischen konnte.

Die Frauen von Beyul-La tranken nur einmal im Monat einen kleinen Becher voll, um nicht zu altern. Zoltan nahm jede Nacht mehr als das zu sich. Bisher behauptete er, keine Wirkung zu spüren.

Neona betrachtete ihn eingehend. So schön wie immer. Es könnte eine Woche oder mehr dauern, ehe er die Wirkung bemerkte. Oder es könnte sein, dass seine vampirische Gabe der Heilung die Wirkung während seines Todesschlafes ungeschehen machte.

Sie zog sich an und eilte zum Klohäuschen. Während sie sich anschließend im Bach wusch, ertönte der Alarm. Jemand schlug die alte Kuhglocke am Eingang der Höhle.

Die Frauen rannten in die Höhle hinein.

„Sie sind fort!“, verkündete Winifred. „Xiao Fang und Norjee sind nicht mehr da.“

„Was?“, brüllte Nima. „Du solltest auf sie aufpassen. Wie konntest du …“

„Es tut mir leid“, schluchzte Freddie. „Ich war so müde, dass ich eingenickt bin.“

„Natürlich bist du müde gewesen“, kam Freya zu ihrer Verteidigung. „Wir sind die ganze Nacht wach gewesen.“

„Wahrscheinlich sind sie irgendwo im Tal“, sagte Neona. „Vielleicht am Becken, wo sie gestern gebadet haben. Dort hat es ihnen sehr gefallen.“

„Ich sehe nach.“ Lydia lief den Bach hinauf.

„Ich sehe nach, ob die anderen Kinder etwas wissen.“ Nima rannte in die Höhle.

Freddie beugte sich dicht zu Neona und senkte ihre Stimme. „Huo und Chu werden der Königin nichts verraten. Sie haben Angst vor ihren Launen. Aber mir haben sie es gestanden.“

Neona musste schlucken. „Was haben sie angestellt?“

„Sie waren eifersüchtig, dass Xiao Fang und Norjee sich so eng angefreundet haben. Also haben sie Norjee erzählt, dass er hier nicht erwünscht ist. Dass seine eigene Großmutter ihn fortgegeben hat, weil er ein Niemand ist.“

Neona zuckte zusammen.

„Das war grausam“, flüsterte Freya.

Tashi berührte ihren Bauch. „Wenn ich einen Sohn bekomme, gebe ich ihn nicht fort.“

„Sie haben Norjee gesagt, dass wir nur besondere Kinder hierbehalten, wie die Drachenwandler“, fuhr Freddie fort. „Sie haben gesehen, wie er aus der Höhle geschlichen ist, als sie geschlafen haben. Dann ist Xiao Fang traurig geworden und ihm nachgegangen.“

Lydia kam zurück. „Sie sind nicht am Bach.“

„Wir werden das ganze Tal durchsuchen müssen“, sagte Tashi.

Neona seufzte. „Ich fürchte, Norjee wird versuchen, in das einzige andere Zuhause zurückzukehren, das er kennt.“

„Das Kloster?“ Freddie verzog das Gesicht. „Aber das ist dreißig Meilen von hier!“

„Ich weiß. Aber er weiß, dass er dort geliebt wurde.“ Neona blinzelte sich die Tränen fort. Sie hätte dem Jungen sagen sollen, wie sehr sie ihn liebte. „Ich hätte mehr Zeit mit ihm verbringen müssen."

„Mach dir keine Vorwürfe", sagte Lydia. „Wir befinden uns im Krieg."

Tashi zuckte zusammen. „Da draußen sind noch immer fünfzig Soldaten."

Neona nickte. „Wir müssen die Jungen finden. Lydia und Tashi, könnt ihr das Tal absuchen? Freddie und Freya, kommt ihr mit mir? Ich will zum Kloster gehen."

Freddie nickte. „Im Tal nebenan werden noch Wandler wach sein. Wir könnten sie um Hilfe bitten."

„Ja!" Freyas Augen fingen an zu leuchten. „Rajiv und seine Freunde werden uns helfen."

Die drei Frauen gingen in die Höhle, um sich ihre Pfeile, Bögen, Schwerter und Messer zu nehmen.

„Wohin wollt ihr?", verlangte Nima zu wissen.

„Ich glaube, dass die Jungen auf dem Weg zum Kloster sein könnten", erklärte Neona. „Wir bringen sie zurück."

Nima kniff die Augen zusammen. „Das wäre gar nicht erst passiert, wenn du den Jungen nicht hergebracht hättest."

„Den *Jungen*?" Neona ballte vor plötzlich in ihr aufsteigender Wut die Hände zu Fäusten. „Dieser Junge ist Euer Enkel! Das alles wäre nicht passiert, wenn wir ihn nicht verlassen hätten! Oder ihm das Gefühl gegeben hätten, er wäre wertlos!"

Sie stapfte mit Freddie und Freya aus der Höhle. Am Abhang der Felswand entdeckten sie, dass jemand die Strickleiter heruntergelassen hatte, ein sicheres Zeichen, dass die Jungen das Tal verlassen hatten.

Die drei Frauen kletterten die Leiter hinab. Neona entdeckte Howard ein Stück entfernt und rannte auf ihn zu.

„Hast du zwei Jungen gesehen?", fragte sie. „Norjee und der älteste Drachenjunge sind weggelaufen."

„Oh nein“, antwortete Howard bestürzt. „Wir haben den Eingang zu eurem Tal nicht überwacht. Ihr seid unsere Verbündeten. Wir bewachen die Grenzen des Tals, falls irgendwelche von Liaos Männern sich hierher verirren.“

Neona seufzte. Zweifellos war Norjee ein Experte im Weglaufen. Er hatte es im Kloster schon regelmäßig getan. „Könntest du ein paar Wandler entbehren? Wir müssen die Jungen finden. Wir glauben, dass sie nach Westen unterwegs sind, auf das buddhistische Kloster zu.“

Howard winkte einige seiner Wandler zu sich. „Rajiv, bring deine Männer mit.“

Freya lächelte Rajiv an, als er mit zwei Wer-Tigern zu ihnen geschlendert kam.

„Wie gut seid ihr im Spurenlesen?“, fragte Howard.

Rajiv warf einen Seitenblick auf Freya und reckte sein Kinn. „Wir sind die Besten.“

„Schnappt euch ein paar Waffen“, wies Howard sie an. „Und Wanderzeug. Ihr geht mit den Frauen. Bringt sie mit den zwei vermissten Jungen sicher wieder zurück.“

„Zwei Jungen werden vermisst?“, fragte Rajiv.

Howard nickte. „Und einer von ihnen ist ein Drachenwandler. Wir dürfen nicht zulassen, dass der Feind ihn findet.“

Eine Stunde später teilte sich der Pfad, dem sie westwärts gefolgt waren.

Die zwei älteren Wer-Tiger trennten sich, einer ging nach Norden, der andere nach Süden, während die anderen darauf warteten, dass sie zurückkamen und Bericht erstatteten.

Rajiv öffnete seinen Rucksack und reichte Freya eine Flasche Wasser. Da die anderen Wer-Tiger nur Chinesisch verstanden, hatten sie alle zu dieser Sprache gewechselt. „Rinzen und Tenzen finden schon etwas heraus. Sie sind die besten Spurenleser, die ich kenne.“

„Ich kann mir nicht merken, welcher von beiden wer ist.“

Freya nippte an ihrem Wasser und reichte die Flasche dann an ihre Schwester weiter. „Sie sehen sich so ähnlich."

Rajiv lächelte. „Sie sind Zwillinge. Bei Wer-Tigern kommt das häufig vor."

Freddie trank etwas Wasser und reichte die Flasche dann an Neona weiter. „Und wer von den beiden ist jetzt der Große Tiger?"

Rajiv zuckte zusammen. „Das ... na ja, das ist ..."

„Ich glaube nicht, dass sie hier entlang sind", rief Rinzen, als er zurückgejoggt kam.

„Lasst uns auf dem GPS nachsehen." Rajiv zog sein Satelliten-Telefon heraus. „Der südliche Pfad führt zum Kloster. Die Jungen müssen dort entlanggegangen sein."

Tenzen kam kopfschüttelnd zurück. „Ich kann kein Anzeichen von ihnen entdecken."

„Würde Norjee überhaupt wissen, wo er langgehen muss?", fragte Freya. „Er ist noch nie zuvor von Beyul-La zum Kloster gewandert. Außer als er ein Baby war und unsere Königin ihn dorthin gebracht hat."

„Das stimmt." Freddie deutete auf den nördlichen Pfad. „Er könnte leicht falsch abgebogen sein."

„Du hast recht", stimmte Rajiv zu. „Er hat kein GPS."

„Das nicht, aber er hat etwas ebenso Gutes." Neona sah in den Himmel hinauf. „Er könnte die Vögel nach dem Weg gefragt haben. Und was würden die ihm sagen?" Sie senkte den Blick auf den Abhang, der vor ihnen lag.

„Sie hätten ihm den direkten Weg genannt", sagte Freddie „Luftlinie."

Neona nickte. „Ihr könnt euch aufteilen und die Pfade nehmen, die nach Norden und Süden führen. Ich nehme den direkten Weg nach Westen."

„Ich gehe mit dir", sagte Tenzen.

„Ich gehe nach Süden", bot Freddie an. „Rinzen kann mitkommen."

„Dann gehen Freya und ich nach Norden." Rajiv sah auf die Uhr. „Wenn wir in einer Stunde keine Spur von den Jungen finden, kehren wir hierher zurück."

Nach vierzig Minuten auf steinigem und hügeligem Gelände taten Neona die Beine weh. Dieser Weg mochte für einen Vogel schnell sein, für Menschen war er jedoch sehr schwer.

„Gehen wir in die richtige Richtung?", fragte sie Tenzen noch einmal.

Er sah auf sein GPS. „Ja. Brauchst du Wasser?" Er nahm seinen Rucksack ab und reichte ihr eine Flasche.

„Danke." Sie nahm einen Schluck und drehte den Verschluss dann wieder zu. Sie hatten den steinigen Gipfel eines Hügels erreicht. Der Weg hinunter würde viel leichter werden.

Als sie den Berg hinabkletterten, vernahm sie den Klang von rauschendem Wasser. Im Tal musste es einen Bach geben.

Sie traten aus dem Wald, und Neona blieb verzweifelt stehen. Es war mehr als nur ein Bach; es war ein breiter, rauschender Fluss.

Tenzen wischte sich den Schweiß von der Stirn. „Der Pfad, der gen Süden führt, hat wahrscheinlich eine Brücke."

Sie näherten sich dem Ufer, sich an Steinen und gefallenen Bäumen vorbeischlängelnd. Vor einem Monat, als der Schnee geschmolzen war, musste der Fluss hier hindurchgerauscht sein, mit genug Kraft, um Findlinge zu bewegen und Bäume zu entwurzeln. Jetzt stand der Fluss nicht mehr so hoch, aber er strömte immer noch schnell. Ihre Nerven spannten sich an bei dem Gedanken, dass die Jungen versucht haben könnten, ihn zu überqueren.

„Ich habe etwas gefunden", rief Tenzen ein Stück den Fluss hinab.

Sie rannte zu ihm. Ein frischer Fußabdruck am matschigen Ufer. Von einem kleinen Fuß. „Sie sind hier entlanggekommen?"

Er nickte und deutete auf ein weiteres Paar Fußabdrücke.

Sie seufzte erleichtert. „Sie gehen den Fluss hinab."

Tenzen bedeutete ihr, ihm zu folgen. „Wahrscheinlich suchen sie nach einer Stelle, an der sie den Fluss sicher überqueren können."

Nach zehn Minuten breitete das schmale Tal sich zu einer weiten Wiese aus. Der Fluss wurde langsamer und breiter, bis er nur noch eine Fußlänge tief war.

„Dort!" Tenzen zeigte auf etwas.

Ihr Herz überschlug sich fast vor Erleichterung. Ein Stück den Fluss hinab wateten Norjee und Xiao Fang durch den Fluss. Das Wasser umspülte ihnen die Beine.

Neona rannte auf sie zu. „Norjee! Xiao Fang!"

Sie blieben stehen und sahen sich um.

„Norjee!" Sie trat in den Fluss. „Bitte komm mit mir. Komm nach Hause."

Er ließ den Kopf hängen. „Da will mich niemand haben."

„Ich schon! Viele von uns wollen dich dort." Ihr stiegen Tränen in die Augen. „Ich liebe dich! Wäre ich den ganzen Weg gekommen, um dich zu finden, wenn ich das nicht täte?"

Norjees Kinn fing an zu beben. Xiao Fang legte ihm eine Hand auf die Schulter.

„Komm mit nach Hause." Sie watete auf ihn zu, blieb dann aber erschreckt stehen. Am gegenüberliegenden Ufer, im Wald, war etwas Metallisches im Licht der untergehenden Sonne aufgeblitzt. Schwerter. Es waren Soldaten im Wald.

Tenzen fluchte leise hinter ihr.

„Beeilt euch", rief sie den Jungen zu.

Eine Gruppe berittener Soldaten preschte aus dem Wald ans Flussufer.

Die Jungen rannten so schnell auf sie zu, dass das Wasser aufspritzte. Angst und Zweifel erfüllten sie. Wie konnten sie und die Jungen zu Fuß den Soldaten zu Pferd entkommen? Als die Jungen sie erreicht hatten, griff sie die beiden an den Händen und rannte auf Tenzen zu.

„Rennt weiter.“ Tenzen reichte ihr seinen Rucksack und zog sein Schwert. „Ich halte sie auf.“

Ein Mann gegen eine Truppe? Neona sah sich um, als sie sich den Rucksack aufsetzte. Ein Dutzend Reiter kam über den Fluss galoppiert.

Sie rannte mit den Jungen auf den Wald zu. Vielleicht konnte sie die beiden in den Bäumen verstecken, während sie die Reiter ablenkte. Sie sah sich wild nach einem Baum um, auf den die Jungen klettern konnten.

Das Scheppern von Schwertern drang vom Flussufer zu ihnen.

Sie entdeckte einen passenden Baum. „Hier entlang.“ Sie schnappte sich die Jungen.

Norjees Keuchen ließ sie zum Fluss sehen. Tenzen war gefallen. Vier Soldaten lagen tot neben ihm. Mit einer blutbeschmierten Hand zog er sich ein Messer aus der Brust, dann ließ er es leblos neben sich fallen.

Sie musste fest schlucken. Der arme Mann hatte keine Chance gehabt. Die acht verbliebenen Soldaten kamen direkt auf den Wald zu.

„Beeilt euch.“ Sie zerrte an den Jungen und führte sie zu dem Baum, den sie ausgesucht hatte. „Ich möchte, dass ihr euch da oben versteckt.“ Sie hob Norjee hoch, damit er den niedrigsten Ast erreichen konnte.

„Ich will dich nicht allein lassen“, protestierte Norjee.

„Ich komme zurecht.“ Sie half auch Xiao Fang in den Baum und wühlte dann in ihrem Rucksack. Das Satelliten-Telefon war nicht da. Tenzen musste es bei sich behalten haben.

Sie reichte Norjee den Rucksack. „Da drinnen ist Essen und Trinken. Versteckt euch in der Baumkrone. Kommt erst wieder heraus, wenn es sicher ist.“

Der Boden unter ihren Füßen vibrierte, als die Reiter auf sie zugaloppiert kamen. Sie rannte ostwärts. Ein Pfeil sauste an ihrem Kopf vorbei und grub sich in einen Baumstamm dicht neben ihr. Sie duckte sich hinter einen anderen Baum, war aber innerhalb von Sekunden umstellt.

„Wo sind die anderen?“, verlangte ein Soldat zu wissen. Der zusätzliche Streifen auf seinem Ärmel ließ sie vermuten, dass er der Anführer war.

„Ich hatte nur noch einen Mann bei mir.“ Sie starrte ihn wütend an. „Und ihr habt ihn umgebracht.“

„Er hat uns angegriffen.“ Der Anführer drängte sein Pferd näher an sie heran.

Sie wich zurück, als die Spitze seines Schwertes nahe daran kam, ihre Brust zu berühren.

„Wo sind die anderen?“, wiederholte er. „Da waren zwei Jungen im Fluss.“

„Warum greift ihr uns an?“, fragte sie. „Wir sind nur Bauern hier aus der Gegend.“

Er schnaubte verächtlich. „Mit Schwertern?“ Er deutete auf einen seiner Männer. „Nimm ihr die Waffen ab. Fessele sie.“

Der Soldat stieg ab und ging auf sie zu.

Sie sprang zurück und zog ihr Schwert. „Lasst mich in Ruhe. Geht eurer Wege, und ich lasse euch ziehen.“

Der Anführer lachte. „Du willst uns drohen?“ Er deutete auf seine Soldaten. „Worauf wartet ihr?“

Sechs weitere Männer stiegen von ihren Pferden und gingen auf sie zu.

Sie wich zurück und schwang ihr Schwert nach ihnen. Wenn sie die Soldaten alle damit beschäftigen konnte, sie selbst einzufangen, vergaßen sie vielleicht die Jungen. Drei der Soldaten bewegten sich hinter sie. Sie wirbelte herum und durchschnitt die Luft mit ihrem Schwert. Die Männer kreisten sie ein und kamen ihr immer näher.

„Na gut.“ Sie stach ihr Schwert in den Boden. „Ich ergebe mich. Bringt mich zu eurem Herrn.“

Einer der Soldaten stürzte sich auf sie, seine Faust zielte auf ihr Gesicht. Sie blockierte seinen Schlag und trat ihm zwischen die Beine. Aufheulend krümmte er sich zusammen.

„Ich sagte, ich ergebe mich“, zischte sie. „Ich reite mit euch zu eurem Herrn.“

Zwei der Soldaten packten sie. Sie waren eindeutig Supersoldaten. Aus ihrem Griff konnte sie sich nicht befreien.

„Haltet sie still.“ Der Soldat, den sie zwischen die Beine getreten hatte, stürzte sich wieder auf sie. „Schlampe!“ Er schlug ihr fest ins Gesicht.

Sie trat wieder nach ihm, aber er wich aus und sah sie spöttisch an. „Vielleicht sollten wir unseren Spaß mit ihr haben, ehe wir sie mit zurücknehmen.“

Sie erstarrte. Die Sonne stand tief am Himmel, aber es konnte noch eine Stunde dauern, bis sie unterging und die Vampire aufwachten.

Der Soldat öffnete seine Hose. „Haltet sie still.“

Sie biss die Zähne zusammen. Auch das würde sie durchstehen. Sie musste einfach.

Ein Feuerstrahl schoss aus dem Baum, in dem die Jungen sich versteckt hatten. Der Soldat schrie auf, als die Flammen von ihm Besitz nahmen. Er rannte kreischend davon und fiel dann zu Boden, wo er zappelte. Der Gestank nach verbranntem Fleisch erfüllte die Luft. Sein Schreien wurde zu einem Wimmern und dann folgte nur noch eine unheimliche Stille.

Neona wehrte sich noch einmal heftig, aber die zwei Soldaten hielten sie fest.

Die anderen Soldaten umstellten vorsichtig den Baum. Das Feuer hatte einige der Blätter verbrannt, sodass die zwei Jungen jetzt sichtbar waren.

Der Anführer trieb sein Pferd vorwärts. „Erstaunlich. Einer von ihnen muss ein Drache sein. Oder vielleicht beide.“ Er winkte mit der Hand. „Kommt runter. Wir tun euch nichts.“

Norjee und Xiao Fang sahen sich an, rührten sich aber nicht.

Der Anführer seufzte. „Sie brauchen einen Anreiz. Jetzt.“

„Ja, Sir." Einer der Soldaten, die Neona festhielten, presste ihr ein Messer an die Kehle.

„In Ordnung, Jungs", sagte der Anführer. „Kommt runter, oder wir schlitzen ihr die Kehle auf."

Norjee und Xiao Fang kamen heruntergeklettert.

„Fesselt sie", befahl der Anführer. „Ich will sie zurückbringen, ehe Lord Liao aufwacht."

Neona und die beiden Jungen wurden gefesselt und wie Reissäcke über die Pferderücken geworfen. Sie machten sich auf den Weg zurück Richtung Fluss. Neona erhaschte einen Blick auf Tenzen, der in einer Lache aus seinem Blut lag, und ihr stachen Tränen in den Augen. Er war umsonst gestorben.

Nach einem langen Ritt hielten die Männer die Pferde an und stießen Neona und die Jungen zu Boden. Sie keuchte auf, als ihr klarwurde, wo sie sich befanden. Das Kloster. Lord Liao und seine Armee aus fünfzig Mann hatten es erobert.

Die Soldaten zerrten sie und die Jungen hoch und marschierten mit ihnen durch das Tor in den Hof. Ihr zog sich der Magen zusammen, als sie die zwei älteren Mönche in Blutlachen daliegen sah. Norjee schrie auf, und Xiao Fang fing an zu zittern.

Sie tat so, als würde sie stolpern, damit sie den Kopf auf ihre Höhe senken konnte. „Sagt kein Wort zu denen", flüsterte sie. „Bleibt stark."

Norjee nickte wimmernd.

Ein Soldat riss sie hoch und schubste sie auf die Gebäude auf der rechten Seite zu. Ein weiterer Soldat öffnete die erste Tür, und sie wurden alle in den kleinen Raum dahinter geschoben.

Es war der gleiche Raum, den sie erst vor zwei Nächten besucht hatte. Sie sprach ein stummes Gebet für die Mönche. Kein Wunder, dass sie so darauf aus gewesen waren, Norjee fortzuschicken. Hoffentlich hatten die anderen Mönche sich in Sicherheit bringen können, ehe Liao gekommen war.

Die Soldaten banden sie los und gingen, die Tür hinter sich

schließend. Sie kauerte sich an die rückwärtige Mauer und zog die beiden Jungen eng an sich. Beim Anblick ihrer bebenden Körper schnürte sich ihr die Kehle zu.

Die Tür öffnete sich, und der Anführer kam hereingeschlendert. Als er sie musterte, senkte sie ihren Blick. „Du musst also eine dieser legendären Kriegerinnen sein, die die Drachen hüten." Er schnaufte verächtlich. „Dachtest du, das wäre ein Geheimnis? Wie wollt ihr eine Bande fliegender Drachen geheim halten? Dachtest du, eure leeren Drohungen bringen die Bauern zum Schweigen?"

Er ging vor ihr in die Hocke, damit er ihr in die Augen sehen konnte. „Die Bauern haben vor uns viel mehr Angst. Wenn wir mit dem Tod drohen, halten wir uns daran."

Sie blieb stumm und drückte den Jungen die Schultern.

„Welcher ist der Drache?", fragte der Anführer leise.

Die Jungen vergruben die Gesichter an ihr.

„Es gibt keine Drachen", antwortete sie. „Das sind alberne Märchen, die die Dorfbewohner erzählen, damit die Kinder gehorchen."

Der Anführer presste die Lippen zusammen, während er sich aufrichtete. „Wir haben das Feuer gesehen. Einer dieser Jungen hat Feuer gespuckt."

„Dieser Soldat wollte mich vergewaltigen. Die Götter haben Feuer vom Himmel geschickt, um ihn zu bestrafen."

Der Anführer lachte auf. „Sehr witzig." Er drehte sich um, hatte dann plötzlich sein Schwert gezogen und richtete es auf ihre Brust.

Sie presste sich an die Mauer. Die Jungen klammerten sich an sie. Beide atmeten schwer.

„Welcher ist der Drache?", brüllte der Anführer.

Sie musste schlucken.

„Keine Angst vor dem Sterben, was?" Er steckte sein Schwert weg. „Na schön. Vielleicht motiviert es dich, wenn wir die Jungen in Gefahr bringen."

Ihr Herz machte einen Sprung.

Der Anführer sah auf die Uhr. „Lord Liao wird in dreißig Minuten aufwachen. Zu der Zeit werden wir beide Jungen hinrichten."

Die Jungen erstarrten, und sie umklammerte ihre Schultern noch fester.

Der Anführer seufzte. „Aber ich fühle mich heute milde gestimmt. Ich werde dich einen von ihnen retten lassen. Deine Entscheidung. Wir sehen uns in dreißig Minuten." Er stolzierte aus dem Raum und schloss die Tür hinter sich.

Sie atmete tief durch, um ihren rasenden Puls zu beruhigen. Der Soldat musste davon ausgehen, dass sie sich in jedem Fall entscheiden würde, den Drachen zu retten.

„Müssen wir sterben?", flüsterte Norjee.

„Nein." Sie nahm die beiden Jungen an den Händen. „Wir kommen da gemeinsam durch. Verstanden?" Sie sah erst den einen an, dann den anderen.

„Sie haben die ehrwürdigen Väter umgebracht." Norjee stiegen Tränen in die Augen. „Sie wollen uns umbringen."

„Ich werde nicht zulassen, dass sie euch etwas tun."

Norjee zog seine Hand aus ihrer und stolperte in die hinterste Ecke. „Du kannst nur einen retten. Du musst Xiao Fang retten, weil er etwas Besonderes ist." Norjee ließ sich auf den Boden fallen und fing an zu weinen. „Ich muss sterben! Ich bin ein Niemand!"

„Nein!" Neona rannte zu ihm und nahm ihn fest in die Arme. „Für mich bist du etwas ganz Besonderes, Norjee. Du bist mein süßer, schöner Junge. Du bist der Sohn meiner geliebten Schwester. Du bist der Sohn, nach dem ich mich immer gesehnt habe."

Norjee klammerte sich schniefend an sie.

„Ich liebe dich, Norjee." Sie rieb ihm den Rücken und küsste ihn auf den Kopf. „Ich werde dich immer lieben."

Xiao Fang hockte sich neben sie und umarmte sie beide.

Norjee machte ein Geräusch irgendwo zwischen einem Lachen und einem Wimmern. „Xiao Fang sagt, er liebt mich auch."

„Na siehst du." Neona wischte Norjee die Tränen vom Gesicht. „Selbst die Drachen wissen, dass du etwas Besonderes bist."

Tief durchatmend sah sie sich um. Sie hatten dreißig Minuten, um zu fliehen. Es gab nur eine Tür, die zweifellos bewacht wurde. Ihr Blick landete auf dem Fenster: Es war mit einem dekorativen Holzgitter versperrt.

Sie ging schnell dorthin, legte die Finger um das Gitter und drückte so fest sie konnte. Es gab nicht nach. Von außen war eine schwere Stange davor angebracht. Selbst wenn es ihr gelingen sollte, das Gitter zu zerstören, würde die Stange immer noch bleiben, und sie teilte das Fenster in zwei winzige Durchgänge, zu klein, um dadurch zu entkommen.

Der Himmel verdunkelte sich, als die Sonne immer tiefer am Horizont stand. Bald würde Lord Liao aufwachen, aber mit ihm auch alle guten Vampire.

Ihr stockte der Atem, als ihr auf einmal ein Gedanke kam. „Norjee, komm her."

Er rannte zu ihr. „Ja, Mama?"

„Du bist so besonders, dass du derjenige sein wirst, der uns rettet."

„Bin ich?"

„Du kennst die Vögel, die hier in der Gegend leben, nicht?"

Er nickte. „Sie sind meine Freunde. Besonders die Adlerfamilie."

„Ruf sie." Sie schob den niedrigen Tisch unter das Fenster und stellte Norjee darauf, sodass er bis ans Fensterbrett reichte. „Ruf die Adler. Ruf deine Vogelfreunde. Sag ihnen, sie sollen ins Tal der Drachen fliegen und den Menschen dort sagen, dass wir hier im Kloster gefangen gehalten werden. Wir sind in schrecklicher Gefahr, und sie müssen uns befreien."

Norjee strahlte. „Das kann ich machen!“

Sie lächelte und streichelte ihm den Rücken. Xiao Fang stand neben dem Tisch und lächelte ihn aufmunternd an.

Neona sah zu, wie der Himmel sich verdunkelte. Ihr Schicksal würde sich jetzt in weniger als dreißig Minuten entscheiden.

26. Kapitel

Neona ging immer unruhiger auf und ab, je dunkler es in dem kleinen Raum wurde.

Norjee hatte ihr versichert, dass die Adler auf dem Weg nach Beyul-La waren. Er und Xiao Fang saßen nebeneinander an eine Wand gelehnt und warfen sich Blicke zu.

Sie hockte sich vor die beiden. „Unterhaltet ihr euch?"

Norjee nickte. „Ich habe ihm gesagt, es tut mir leid, dass ich weggelaufen bin und so viel Ärger gemacht habe. Er hat gesagt, dass es ihm leidtut, dass die Königin und die anderen Kinder gemein zu mir sind. Ich habe ihm gesagt, er hätte mir nicht folgen dürfen, aber er sagt, er will bei mir sein."

Sie lächelte. „Du hast Freude in sein Leben gebracht. Ich habe ihn noch nie lachen gehört, ehe du gekommen bist."

Norjee stiegen Tränen in die Augen. „Er sagt, wir sind Brüder, weil wir uns so ähnlich sind. Er hasst, dass die Königin will, dass er immer in der Höhle versteckt bleibt. So wie ich es gehasst habe, immer hier im Kloster festzusitzen. Wir wollen beide frei sein. Ich war hier mit ein paar alten Männern gefangen, und er ist gefangen mit ein paar alten Frauen."

„Wie bitte?"

Norjee zuckte zusammen. „Na ja, du bist … ganz schön alt."

Schnaubend zerzauste sie Norjee die Haare, und dann zauste sie auch Xiao Fang die Haare. „Ihr zwei Schlingel."

Eine Träne lief Norjee die Wange hinab. „Wenn dir oder Xiao Fang wegen mir etwas passiert …"

„Uns passiert nichts." Sie wischte ihm die Träne fort. „Ich werde nicht zulassen, dass jemand dir etwas antut."

Sie stand auf und sah sich im Raum nach etwas um, das sie

als Waffe benutzen konnte. Ihr Blick landete auf dem niedrigen Tisch unter dem Fenster. Sie drehte ihn auf die Seite, stellte den Fuß auf eines der Tischbeine und riss fest an einem der anderen. Es brach so ab, dass eine spitze, aufgesplitterte Kante daran war. Mit genug Kraft konnte sie damit einen Soldaten erstechen. Oder Lord Liao. Sie steckte es unter ihre Tunika, sodass es von ihrer Schärpe gehalten wurde, die sie sich um die Hüfte gebunden hatte.

Die Tür ging auf, und ein Dutzend Soldaten kam hereinmarschiert. Zu viele, um sie alleine anzugreifen. Sie fesselten ihr die Hände vor dem Körper und schleiften sie und die Jungen dann ins Freie. Nur noch ein schmaler Streifen Sonnenlicht war geblieben, auf dem Hof hatte man deswegen schon Fackeln entzündet. Die zwei toten Mönche hatte man wie Müllsäcke zur Seite geschafft. Fliegen umschwirrten sie und die Blutlachen, die den harten Boden befleckten.

Die Soldaten schoben sie und die Jungen die Stufen hinauf in den Tempel. Es war dunkel darin, bis auf die Kerzen am niedrigen Altar vor einem Podest, auf dem eine vier Fuß hohe Buddha-Statue aus Messing ruhte. Der Raum war ein großes Quadrat, die Decke von runden Holzsäulen gestützt, die rot angemalt waren.

Man stieß sie gegen die rechte Wand.

„Setzen“, befahl der Anführer.

Sie setzte sich, und die Jungen ließen sich dicht neben ihr nieder. Die Tür zum Tempel war noch offen, die Luft, die hineinwehte, wurde immer kühler, als die Nacht hereinbrach.

Im Raum wimmerte jemand leise.

Sie kniff die Augen zusammen und entdeckte Menschen an der gegenüberliegenden Wand. Andere Gefangene.

Das Dutzend Soldaten kniete vor dem Altar. Ein Keuchen wurde hinter dem Podest mit der Buddha-Statue laut, das so ähnlich klang wie das Keuchen, das sie bei Sonnenuntergang hörte, wenn Zoltan aus seinem Todesschlaf erwachte.

Eine rote Seidenrobe wurde sichtbar, als Lord Liao um den Buddha herumtrat. Er war dünn, sein Gesicht fahl, sein Haar ein langer Zopf, der ihm den Rücken hinabfiel. Er wendete sich zu seinen Soldaten um, die sich verbeugten, bis ihre Stirn den Boden berührte. „Wir sind hungrig, Ding." Er deutete mit der Hand auf den Anführer.

Neona wurde ganz anders beim Anblick von Liaos langen gelben Fingernägeln, die sich bogen wie tödliche Klauen. Zoltan ist auch wach, rief sie sich in Erinnerung. Die Vampire würden bald kommen.

Der Anführer, Ding, stand auf. „Heute haben wir eine besondere Überraschung für Eure Eminenz. Eine der Kriegerinnen von Beyul-La."

Liao leckte sich die Lippen. „Ausgezeichnet. Ihr Kriegerblut wird uns Kraft verleihen."

Neona drehte sich der Magen um. So sehr sie den Gedanken hasste, von diesem Monster auch nur angerührt zu werden, wäre es das Beste, für den Augenblick zu kooperieren. Sich von ihm beißen zu lassen, würde alle Pläne, die Jungen hinzurichten, zumindest hinauszögern. Und sie musste Zeit schinden, damit Zoltan und seine Freunde zu ihrer Rettung kommen konnten.

„Wir haben sie mit zwei Jungen gefangen", fügte Ding hinzu. „Wir glauben, bei einem handelt es sich um einen Drachen."

Liao lächelte, dass seine gelben Zähne aufblitzten. „Endlich. Wir haben, was Master Han begehrt. Er wird es jetzt nicht mehr wagen, uns zu eliminieren." Er wedelte seine langen Fingernägel durch die Luft. „Bringt uns die Kriegerin, damit wir unseren Durst löschen können."

Zwei Soldaten packten sie und rissen sie hoch. Die Jungen klammerten sich an sie.

„Ist schon gut", flüsterte sie. „Bleibt hier."

Die Jungen ließen sie los, und die Soldaten führten sie an den Altar. Sie drehte ihre gefesselten Hände, bis es ihr gelang, eine

Hand in ihre Tunika zu stecken. Ihre Finger legten sich um den Pflock. Wenn Liao versuchen sollte, sie umzubringen, würde sie sich wehren.

Ein dritter Soldat stellte sich hinter sie, nahm ihre Haare zurück und neigte ihren Kopf, sodass ihr Hals frei lag.

Liao musterte sie und legte dann den Kopf in den Nacken. Fangzähne sprangen hervor, gefährlich und scharf. Er ging auf sie zu und brüllte plötzlich vor Ekel. „Sie stinkt nach einem anderen Mann! Wir wollen unser Essen frisch!"

„Entschuldigt, Euer Eminenz." Ding verneigte sich. „Wir haben sie gerade erst gefangen." Er deutete auf die Gefangenen an der Wand. „Bringt eine andere."

Die Soldaten zerrten eine junge Frau an den Altar. Ohne sie auch nur anzusehen, stürzte Liao sich auf ihren Hals und vergrub seine Fangzähne darin. Die Frauen kreischten.

Neona versuchte, sich zu befreien, damit sie Liao den Pfahl durchs Herz treiben konnte, aber die Soldaten zogen sie zurück und schleuderten sie gegen die Wand. Die Jungen schlangen die Arme um sie und hielten sie fest.

Sie stöhnte innerlich auf, als sie sah, wie die arme Frau schlaff und reglos wurde, nur noch von den Soldaten gestützt, die sie festhielten.

Draußen wurden Schreie laut, und die Luft füllte sich mit dem Knattern automatischer Waffen.

Neonas Herz machte einen Sprung. Zoltan und seine Freunde mussten angekommen sein, aber auf sie wurde geschossen.

„Wir werden angegriffen!", brüllte Ding. Er und die Soldaten rannten hinaus. Liao griff sich ein Schwert, das hinter der Buddha-Statue gelegen hatte, und folgte ihnen, die Tür hinter sich zuknallend.

Neona rannte zur Tür, aber sie ließ sich nicht öffnen. Sie musste von außen verbarrikadiert worden sein. Sie rannte hinter den Buddha, um nachzusehen, ob Liao noch weitere Waffen dort gelassen hatte. Doch sie fand nichts weiter als eine seidene Matratze auf dem Boden. Sie umrundete den Buddha und kniete sich dorthin, wo die Frau auf dem Boden lag. Sie lebte noch.

Neona atmete tief durch und presste ihre gefesselten Hände auf die Wunde der Frau. Sie schloss die Augen, um sich zu konzentrieren, und schrie auf, als sie einen reißenden Schmerz spürte, als würden Zähne sich in ihren Hals graben. Sie biss die Zähne zusammen und wartete darauf, dass es verging. Langsam wurde der Schmerz zu einem dumpfen Pochen.

Sie öffnete die Augen. Die Wunde schloss sich, und die Frau war wach und sah sie schockiert an.

„Jetzt kann dir nichts mehr passieren", sagte Neona zu ihr.

„Bist du ein Engel?", flüsterte die Frau.

„Nein."

„Das ist meine Mama!" Norjee rannte zu ihr, um sie zu umarmen, und sie streichelte ihm die Wange.

Sie stand auf und streckte ihre gefesselten Hände über eine der Altar-Kerzen, bis das Feuer sich genug durch das Seil gebrannt hatte, dass sie ihre Hände voneinander lösen konnte. Sie zog den primitiven Pflock aus ihrer Tunika und sah zur Tür. Draußen tobte eine Schlacht, und sie verpasste alles.

Sie ging das ganze Gebäude ab auf der Suche nach einem Ausweg. So sehr sie auch kämpfen wollte, ihre erste Priorität musste die Sicherheit der Jungen sein. Sie musste ihnen helfen zu entkommen.

Draußen hörte das Schießen auf, und das Scheppern von Schwertern setzte ein. Die Tür sprang auf, und Liao und sein Dutzend Soldaten kamen hereingerannt. Die Hälfte von ihnen schloss die Tür und stemmte sich schwer atmend dagegen.

Neona schlich sich an der im Dunkeln liegenden Wand entlang, bis sie wieder bei den Jungen war. Die verletzte Frau vor dem Altar kroch hinter die Buddha-Statue.

„Sie haben alle unsere AK-47“, brüllte Ding. „Diese Bastarde können sich hinter unsere Männer teleportieren und sie bewusstlos machen.“

„Und es sind Tiger und Bären da draußen, die die Männer in Stücke reißen!“, rief ein anderer Soldat.

Ding fiel vor Liao auf die Knie. „Rettet uns, Herr. Teleportiert uns fort.“

„Wohin denn?“, brüllte Liao. „Wir können nicht zurück zu Han. Nicht, nachdem wir zweihundert seiner Männer verloren haben! Er bringt uns um!“

„Wir könnten in eines seiner Lager …“, fing Ding an.

„Und uns verstecken?“ Liao ging vor dem Buddha auf und ab. „Uns feige zusammenkauern, bis Han uns gefunden hat?“ Er blieb stehen und kniff die Augen zusammen. „Wir brauchen jemanden, der stärker ist als Han. Jemanden, der uns beschützen kann.“

„Der Einzige, der stärker ist als Han, ist der Dämon“, sagte Ding.

„Ganz genau.“ Liao verzog das Gesicht. „Darafer hat mir Anweisungen hinterlassen, wie man ihn aus der Hölle zurückbeschwört. Dazu braucht es ein Dutzend Männer. Deswegen habe ich mich immer mit einem Dutzend von euch umgeben.“

Die Soldaten wurden blass.

„A-aber es ist verboten, den Dämon zurückzubringen“, rief einer der Soldaten.

„Han hat es verboten, weil er Darafer fürchtet“, knurrte Liao. „Er kann einen Dämon nicht kontrollieren. Aber wenn wir Darafer zurückbringen, wäre er uns verpflichtet. Han würde es dann nicht wagen, uns anzurühren!“

Neona musste schlucken.

„Dämonen sind schlecht“, flüsterte Norjee neben ihr. „Die Väter hatten Angst vor ihnen.“

Sie nickte. Irgendwie musste es ihr gelingen, das zu verhindern.

Liao winkte seinen Männern. „Schnell. Schneidet euch in die rechte Handfläche und benutzt das Blut, um ein Pentagramm auf den Boden zu zeichnen."

Als die Männer zögerten, brüllte Liao sie an. „Beeilt euch! Es funktioniert nur, wenn das Blut von zwölf Männern benutzt wird."

Die Männer schnitten sich in die Hände und schmierten Blut in der Form eines fünfzackigen Sterns auf den Holzboden.

„Jetzt sammelt euch darum. Presst eure Hände aneinander, um den Kreis mit Blut zu versiegeln." Liao lächelte, als die zwölf Männer sich beeilten, ihre Position einzunehmen. „Wiederholt gemeinsam diese Worte. *Oh, mächtiger Luzifer, erhört unser Gebet. Erfüllt unsere Bitte, wir flehen Euch an.*"

Die Männer wiederholten die Worte.

„*Öffnet die Tore der Hölle und entsendet uns Euren unheiligen Diener, den Dämon Darafer.*"

Neona bekam eine Gänsehaut, als die Männer ihren Sprechchor begannen. Wie konnte sie das verhindern? Vielleicht, wenn sie den Zwölferkreis brach.

„Bleibt hier", sagte sie zu den Jungen. Sie nahm ihren Pflock in die Hand und schlich sich auf den Kreis zu.

„*Öffnet die Tore der Hölle und entsendet uns Euren unheiligen Diener, den Dämon Darafer*", riefen die Männer im Einklang.

Draußen schepperten weiter die Schwerter, und die Verwundeten schrien.

In der Mitte des Kreises erschien eine schwarze Wolke. Sie warf sich auf den Soldaten, der ihr am nächsten war, und stach ihm in den Rücken. Mit einem Aufschrei ging er zu Boden. Die schwarze Wolke wurde dünner und durchsichtiger.

„Schlampe!" Liao warf sie mit Vampirkraft zurück und übernahm schnell den Platz des gefallenen Soldaten.

Sie flog nach hinten und prallte gegen die Mauer. Ihr Kopf

schlug heftig auf. Schmerz explodierte wie helle Blitze in ihrem Kopf, und sie ging zu Boden.

„Mama!“ Norjee krabbelte auf sie zu. Xiao Fang war direkt hinter ihm. „Mama, wir müssen sie aufhalten.“

Sie kämpfte gegen den Schmerz an und setzte sich auf. Der Raum drehte sich um sie herum.

„Öffnet die Tore der Hölle und entsendet uns Euren unheiligen Diener, den Dämon Darafer.“

Die schwarze Wolke hatte sich wieder verdichtet und fing an zu wirbeln.

„Muss sie aufhalten.“ Sie stand stolpernd auf.

Die schwarze Wolke nahm menschliche Gestalt an. Oh Gott, war sie zu spät?

Xiao Fang rannte auf sie zu und stieß einen Feuerstrahl aus. Liao brüllte auf, als die Flammen ihn einhüllten. Der Junge rannte um den Kreis herum und spie Feuer, bis daraus ein riesiger brennender Ball geworden war, in dem die Körper der Soldaten sich schreiend wanden.

Xiao Fang hörte auf. Er zitterte am ganzen Körper und sah entsetzt aus über das, was er getan hatte. Norjee rannte zu ihm und zog ihn sanft zurück.

Plötzlich wurden die Flammen in die Mitte des Kreises gezogen. Ein Dutzend verbrannter Leichen blieb auf dem Boden zurück. Liaos Körper zerfiel zu Asche. Das Feuer in der Mitte nahm menschliche Gestalt an und verlosch dann rauschend.

Ein Mann stand dort, ganz in Schwarz gekleidet, mit langem schwarzem Haar und scharfen grünen Augen. Er strich sich Asche vom Ärmel seines langen schwarzen Mantels und sah die Toten zynisch an. „Was hat das so lange gedauert?“

Sein Blick richtete sich auf Xiao Fang, und sein Mund verzog sich zu einem freudlosen Lächeln.

Die Türen sprangen auf, und Zoltan kam mit einigen seiner Vampirfreunde und den Gestaltwandlern hereingestürmt. Sie blieben mit einem Ruck stehen.

„Darafer“, knurrte Dougal.

„Ich bin wieder da-ha“, säuselte der Dämon. Dann machte er eine Geste, mit der er sie alle zurück aus der Tür schleuderte.

Er ging auf Xiao Fang zu.

„Nein!“ Neona rannte zu dem Drachenwandler, aber mit nur einer Handbewegung schleuderte Darafer sie zurück.

Sie prallte wieder gegen die Wand und schlug heftig mit dem Kopf dagegen. Als sie zu Boden ging, standen ihr Sterne vor den Augen, die ihr das Sehen schwer machten. Aber sie sah es trotzdem. Und ihr stockte der Atem vor Schreck.

Darafer packte Xiao Fang und verschwand.

27. Kapitel

„Wird sie wieder gesund?“, fragte Zoltan zum fünfzigsten Mal.

Nachdem er Neona bewusstlos im Tempel gefunden hatte, hatte er sie direkt in die Klinik in Tiger Town teleportiert. Dougal war mit Norjee gefolgt.

„Sie hat vielleicht eine Gehirnerschütterung“, sagte Leah, während sie vorsichtig Neonas Kopf betastete. „Keine sichtbaren Blutungen. Keine Verletzungen des Schädels.“

Zoltan nickte. „Sie hat einen sehr harten Schädel.“ Als die Ärztin ihm einen schiefen Blick zuwarf, fügte er hinzu: „Ich meinte das als Kompliment. Sie ist zäh wie Leder. Wie ... gutes Leder.“ Er zuckte zusammen. Er war so angespannt vor Sorge, dass er wie ein Idiot vor sich hin brabbelte.

Leah lächelte, als sie nach Neonas Puls tastete. „Ihre Vitalzeichen sind kräftig.“

„Sie ist kräftig. Kräftig wie ein Ochse.“ Er stöhnte innerlich. Jetzt verglich er die Liebe seines Lebens auch noch mit einem Ochsen. „Sie ist sehr mutig. Und schön.“

Leah löste den Verband von Neonas Arm.

„Wie geht es der Schnittwunde?“, fragte er. „Ich wollte sie damit schon herbringen, aber sie fand es nicht notwendig. Wir haben ihre hausgemachte Medizin benutzt.“

„Wirklich?“ Leah untersuchte die Wunde. „Ich würde diese Medizin gerne sehen. Diese Wunde verheilt extrem gut.“

„Das ist, weil sie brillant ist. Und mutig. Und schön.“

Leahs Mundwinkel zuckten. „Das hattest du schon erwähnt.“

Er nahm Neonas Hand in seine. „Sie ist eine Heilerin. Sie macht etwas Magisches, aber bei sich selbst kann sie das nicht.

Also hat sie vielleicht starke Schmerzen.“ Er drückte ihr die Hand. „Kannst du irgendetwas tun? Ich will nicht, dass sie Schmerzen hat.“

„Dann versuch, ihr nicht die Knochen zu brechen“, murmelte Leah. „Ihr Vampire könnt eure eigene Kraft einfach nicht einschätzen.“

„Oh.“ Er ließ ihre Hand fallen und tätschelte sie dann behutsam. „Wird sie wieder gesund?“

Als er aus seinem Todesschlaf aufgewacht war und erfahren hatte, dass sie und die Jungen gefangen genommen worden waren, hatte er geglaubt, er müsste sterben. Ihm war furchtbar elend zumute geworden, und er hatte nach Luft schnappen müssen. Jahrhundertelang hatte er mit der Angst gelebt, dass ein Sonnenuntergang kommen würde, an dem er nicht wieder aufwachte. Jetzt fürchtete er sich davor, ohne Neona an seiner Seite aufzuwachen. In dem Fall wäre es ihm egal, ob er selbst je wieder aufwachte.

Es war keine Zeit geblieben, sich der Verzweiflung hinzugeben. Angus hatte seine Hilfe gebraucht, um einen Angriffsplan zu erstellen. Zoltan und die anderen Vampire hatten mehrere verzweifelte Minuten damit verbracht, alle Gestaltwandler und Kriegerinnen in den Wald in der Nähe des Klosters zu teleportieren.

Als ihre Armee schließlich stand, hatten sie angegriffen. Er hatte alle seine Angst in Wut umgewandelt und sich in die Schlacht gestürzt. Niemand hatte sich mehr Gedanken darum gemacht, die Supersoldaten am Leben zu lassen. Sie waren durch den Feind gepflügt mit dem Ziel, Lord Liao zu töten und Neona und die Jungen zu retten.

Leider war es ihnen nicht ganz gelungen. Der Drachenjunge wurde vermisst.

„Sie kommt zu sich.“ Leah beugte sich über Neona. „Kannst du mich sehen?“

Neona blinzelte und sah zu der Ärztin hoch.

„Ich bin Doktor Kincaid, aber nenn mich bitte Leah." Sie lächelte. „Ich glaube, du kennst schon meinen Mann, Dougal."

Neona befeuchtete ihre trockenen Lippen. „Zoltan?"

„Ich bin hier", flüsterte er.

Sie drehte sich zu ihm um und lächelte.

Er atmete erleichtert aus. „Ich dachte, ich würde dich verlieren."

„Niemals."

„Willst du mich heiraten?" Er zuckte zusammen. „Das wollte ich nicht so herausplappern. Antworte jetzt nicht. Ich bringe dich an einen romantischen Ort und schenke dir Blumen, und dann lieben wir uns ..."

„Ja."

„Ja, wir lieben uns?"

Ihre Mundwinkel zuckten. „Schließlich schuldest du mir noch drei Höhepunkte."

„Genau. Darum kümmern wir uns, sobald deine Ärztin sagt, dass du okay bist."

Leah schnaubte. „Könnt es nicht abwarten, was? Ich sehe dann mal nach meinen anderen Patienten." Sie schlenderte davon.

Neona sah ihr nach. „Wo bin ich hier?"

„Tiger Town, Provinz Yunnan, China", antwortete Zoltan. „In der Klinik, in der die Ärzte auch die Supersoldaten wieder normal machen." Er deutete auf die aufgereihten Bahren, auf denen die Soldaten in Stasis lagen, während die Medikamente wirkten.

Neona drehte sich zu ihm um. „Geht es Norjee gut?"

„Alles in Ordnung. Er wartet draußen." Zoltan rannte zur Tür der Klinik und winkte Norjee herein.

„Mama!" Der kleine Junge rannte zu ihr ans Bett.

Sie bemühte sich, sich aufzusetzen, und Zoltan half ihr dabei.

Norjee grinste, als er etwas auf Tibetisch zu ihr sagte, dann rannte er nach draußen und führte einen Wer-Tiger ins Zimmer.

Neona keuchte auf. „Tenzen?“

Der Wer-Tiger erklärte ihr lächelnd etwas auf Chinesisch.

Sie riss die Augen auf und sah dann Zoltan an. „Die Wer-Katzen haben neun Leben! Er lebt jetzt sein drittes.“

Zoltan nickte. „Als er aufgewacht ist, hat er uns auf dem Satelliten-Telefon angerufen. Wir haben ihn auf dem Weg zur Schlacht abgeholt.“

Norjee hielt ihre Hand und erzählte ihr noch etwas. Seine Augen füllten sich mit Tränen, und sein Kinn fing an zu beben. Zoltan runzelte die Stirn. Er würde ein wenig Tibetisch oder Chinesisch lernen müssen.

Neona umarmte den Jungen und flüsterte ihm tröstliche Worte zu. Dann wendete sie sich wieder an Zoltan. „Norjee gibt sich selbst die Schuld dafür, dass Xiao Fang in Gefangenschaft geraten ist. Wisst ihr schon etwas Neues?“

Er schüttelte den Kopf. „Höchstwahrscheinlich hat Darafer den Jungen zu Master Han gebracht. Russell ist jetzt auf der Suche nach Hans Lager. Wir werden alles tun, was wir können, um Xiao Fang zu retten.“

Neona übersetzte seine Antwort für Norjee. Er antwortete und eilte dann mit dem Wer-Tiger aus dem Zimmer. Sie richtete sich wieder an Zoltan. „Norjee will uns helfen, gegen Master Han zu kämpfen. Tenzen hat angeboten, ihn im Bogenschießen zu unterrichten.“

„Wir werden einen siebenjährigen Jungen nicht kämpfen lassen.“

„Ich weiß. Aber es schadet nicht, ihm zu zeigen, wie er sich selbst verteidigen kann. Und er ist so aufgebracht, dass ich glaube, es ist am besten, ihn zu beschäftigen.“

Zoltan setzte sich auf das Bett neben sie. „Ich muss dir noch mehr erzählen. Darafer wird in der Lage sein, die Gedanken des Drachenjungen zu lesen. Er wird von den anderen Kindern und den Eiern erfahren. Und er wird genau wissen, wo er sie finden kann.“

Sie keuchte auf. „Dann ist es in Beyul-La nicht länger sicher."

„Ich fürchte, wir werden die Drachen an einen anderen Ort bringen müssen."

„Oh mein Gott. Meine Mutter bekommt einen Anfall."

„Was gibt es sonst Neues?"

Sie zuckte zusammen. „Um deine neue Schwiegermutter wird dich wirklich niemand beneiden."

Er zuckte mit den Achseln. „Damit komme ich schon zurecht." Er erstarrte plötzlich. „Heißt das, du willst mich wirklich heiraten?"

„Ich habe doch Ja gesagt."

Er blinzelte. „Ich dachte, du meinst Sex."

Sie sah ihn schief an. „Du denkst immer, dass wir über Sex reden."

Er grinste. „Dann heiratest du mich?"

„Ja." Ihre Mundwinkel hoben sich. „Du grinst schon wieder."

Er küsste ihr die Hand. „Es kommt nicht jeden Tag vor, dass ein Vampir das Herz einer Kriegerprinzessin gewinnt."

Eine halbe Stunde später befand Zoltan sich in der Höhle in Beyul-La, während Neona in Tiger Town blieb und die Blutuntersuchungen und Röntgenaufnahmen gemacht wurden, auf die Leah bestand.

Die Königin saß steif auf ihrem Thron, während er ihr erklärte, warum das Tal dringend evakuiert werden musste. Wie erwartet explodierte sie vor Wut.

„Das ist alles deine Schuld!", brüllte sie. „Du und deine Freunde zerstört unsere Welt! Warum könnt ihr uns nicht in Ruhe lassen?"

„Wenn wir euch hier in Sicherheit zurücklassen könnten, würden wir es tun", antwortete Zoltan. „Aber es besteht kein Zweifel daran, dass Darafer und Master Han wegen der Drachen herkommen werden. Sie können nur beschützt werden, indem man sie an einen anderen Ort bringt."

„Wie kann ich damit rechnen, dass ihr sie beschützt?", schrie Nima. „Xiao Fang konntet ihr auch nicht helfen!"

„Wir werden ihn finden", beharrte Zoltan. „Russell versucht, das Lager von Master Han ausfindig zu machen. Darafer hat den Jungen wahrscheinlich dorthin gebracht."

„Was werden sie mit ihm machen?", fragte Freya.

Nima ballte die Hände zu Fäusten. „Wenn sie meinen Drachen foltern ..."

„Sie werden ihn gut behandeln", sagte Zoltan und hoffte, dass es stimmte. „Höchstwahrscheinlich werden sie gut zu ihm sein, um zu versuchen, ihn für ihre Seite zu gewinnen."

Nima schnaufte verächtlich. „Xiao Fang ist ein guter Junge. Er wird sich nie auf ihre Seite stellen."

Zoltan atmete tief durch. Wenn Xiao Fang Widerstand leistete, würde Master Han vielleicht zu Drohungen und sogar Folter greifen. Der Junge musste gerettet werden, ehe es so weit kam. „Wir werden Xiao Fang retten. Aber im Augenblick haben wir noch die Chance, die anderen Kinder zu retten. Und die Eier. Wir müssen diese Chance ergreifen, ehe es zu spät ist."

Winifred seufzte. „Er hat recht."

Lydia nickte. „Wir müssen alles tun, was nötig ist, um sie zu beschützen."

Die Königin trommelte mit den Fingern auf der Armlehne ihres Thronsessels. „Und wohin wollt ihr unsere Drachen bringen? Wenn dieser Dämon so mächtig ist, an welchem Ort dieser Welt wären sie dann noch sicher?"

„Wir haben einen Ort", sagte Zoltan. „Die Dragon Nest Academy."

Keuchend sprang Nima auf. „Dort gibt es ebenfalls Drachen?"

Er schüttelte den Kopf. „Sie ist nach ihren Gründern benannt, Roman und Shana Draganesti. Es ist eine Schule für

Hybrid-Kinder und Gestaltwandler, wo sie in Sicherheit sind und sie selbst sein können. Es kommt mir passend vor, dass Dragon Nest zum Zufluchtsort für Eure Drachen werden würde. Natürlich seid Ihr jederzeit eingeladen, dort bei den Kindern und den Eiern zu leben."

Nima kniff die Augen zusammen. „Dann würdest du mich mitnehmen in dieses Nest der Drachen? Ich muss weiterhin die Hüterin dieser Drachen sein."

Er nickte. „Selbstverständlich. Mit Eurer Erlaubnis beginnen wir gleich heute Nacht mit der Evakuierung."

Nima seufzte schwer. „Uns bleibt wohl keine andere Wahl."

„Wie geht es den Kleinen, die Emma mitgenommen hat?", fragte Tashi.

„Sehr gut", antwortete Zoltan. „Ich habe sie in Tiger Town gesehen, ehe ich hergekommen bin. Emma war gerade dabei, eines von ihnen mit der Flasche zu füttern."

„Was hatten sie?", fragte Nima.

„Anscheinend hatten sich nach Jahren des Ausbrütens in einem Ei ihre Lungen verschlossen. Sie brauchten ein wenig Hilfe dabei, ihre Lungen zum Arbeiten zu bringen. Leah hat ihnen einen Schlauch durch die Kehle eingeführt und sie beatmet. Das war alles."

Nima seufzte erleichtert auf. „Gott sei Dank."

Er verließ die Höhle und rief Angus auf seinem Satelliten-Telefon an. Eine Gruppe Vampire tauchte am Eingang der Höhle auf. Es war leicht gewesen, Freiwillige zu finden, um Nima, die zwei Drachenkinder und die fünf Eier quer durch Europa bis zu der Schule zu teleportieren, die sich am Fuß des Adirondack-Gebirges im Bundesstaat New York befand. Nachdem sie Dragon Nest wieder verlassen hatten, würden die Vampire sich weiter westwärts teleportieren, immer dem Mond nach, bis sie wieder in China angekommen waren.

Jack hatte sich freiwillig gemeldet, damit er einen Zwischenstopp in Venedig einlegen konnte, um nach seiner Frau und seinem neugeborenen Kind zu sehen. Connor hatte sich freiwillig gemeldet, damit sie in Schottland haltmachen konnten. Ians Frau und seine Tochter lebten in der Dragon Nest Academy, deswegen wollte er ebenfalls mitkommen. Robby und Jean-Luc hatten sich angeboten, damit sie in Texas haltmachen konnten, um nach ihren Familien zu sehen. Phineas wollte in Wyoming vorbeischauen, um nach seiner Frau und den Zwillingen zu sehen. J. L. kam mit, um seine Familie in San Francisco zu besuchen.

Ihr erster Zwischenstopp würde Zoltans Burg in Transsilvanien sein. Sobald die Sonne dort untergegangen war, machten sie sich auf den Weg.

Die restlichen Vampire teleportierten sich zurück ins Kloster, um alle Waffen und Supersoldaten einzusammeln, die überlebt hatten. Später wollten sie nach Tiger Town zurückkehren, um dort in ihren Todesschlaf zu fallen. Die Gestaltwandler wollten in Frederics Tal und Beyul-La bleiben, um Ausschau nach Darafer zu halten, falls er ihnen einen Überraschungsbesuch abstattete. Da Nima nicht dort sein würde, konnten die Männer beide Täler bewachen.

Eine weitere Stunde verging, ehe Zoltan die Zeit fand, in Neonas Haus vorbeizusehen und zwei weitere Flaschen des gestreckten Blutes zu trinken. Er nahm das schwarze Schmuckkästchen an sich und teleportierte sich zurück in die Klinik in Tiger Town.

Neona ruhte sich aus, und ein schlafender Norjee lag zusammengerollt am Fußende ihres Betts. „Wie ist es gelaufen?“, flüsterte sie. „Haben sie die Drachen in Sicherheit gebracht?“

„Ja. Wie geht es dir? Was haben die Röntgenaufnahmen ergeben?“

„Alles in Ordnung. Ich bin bald wieder gesund.“

„Das ist gut.“ Er hockte sich auf ihre Bettkante und öffnete das Schmuckkästchen. „Ich habe die hier mitgebracht.“

Sie lächelte. „Aber wir sind noch nicht verheiratet.“

„Ist mir egal." Er nahm den Damenring heraus und steckte ihn ihr an den Finger. „Hier wimmelt es nur so von männlichen Wer-Tigern, und wahrscheinlich sind die alle gerade auf der Suche nach einer Partnerin. Und hier im Raum bei dir liegen ungefähr dreißig Soldaten. Die müssen alle wissen, dass du vergeben bist."

Sie schnaubte spöttisch. „Sie sind bewusstlos."

„Aber sie träumen von dir."

Ihr Blick wurde weicher. „Ist das so?"

„Ja. Jeder Mann träumt von der perfekten Frau, und das bist du."

Sie seufzte. „Ich liebe dich, Zoltan. Und ich liebe diesen Ring." Sie hob die Hand, um ihn zu bewundern. „Er passt perfekt."

Er versuchte, sich den Herrenring anzustecken, aber er passte nicht über seinen Knöchel. „So ein Mist."

Sie beugte sich zu ihm. „Ich liebe einen Mann mit großen Händen."

Er sah zu ihr. „Jetzt reden wir aber wieder über Sex?"

Sie sah ihn kokett an.

Aufstöhnend sah er sich im Raum um. „So ein Mist. Heute können wir nichts machen."

„Morgen schon."

„Das ist eine Verabredung. Höhepunkt Nummer acht. Und neun." Er beugte sich vor, um sie auf die Stirn zu küssen. „Bis morgen."

Er streichelte Norjee die Schulter und teleportierte sich dann in seine Burg. Das Evakuierungs-Team war mit Nima, den Kindern und den Eiern bereits angekommen. Die Vampire tranken Blut aus Flaschen in der Küche. Die Eier lagen in weiche Decken gehüllt in Wäschekörben. Domokos hatte Pizza bestellt, die sich die Kinder schmecken ließen, und Nima drehte den Wasserhahn an der Spüle an und aus, scheinbar fasziniert von den Wundern der modernen Technik.

Zoltan teleportierte sich zum Juwelier, landete aber zu seinem größten Erstaunen auf dem Dorfplatz. Was zur Hölle? Er hatte zum ersten Mal in seinem ganzen Leben ein Ziel nicht getroffen. Er ging zum Juwelier hinüber und trat ein. Eine zweite Überraschung. J. L. war bereits dort und versuchte, mit Janos zu reden.

„Oh, Gott sei Dank bist du hier“, sagte J. L. zu ihm. „Ich kann diesen Mann nicht dazu bringen zu verstehen, was ich meine.“

„Wahrscheinlich, weil er kein Englisch spricht“, murmelte Zoltan.

„Ich habe auf die Uhren gezeigt und deinen Namen gesagt“, erklärte J. L. „Freddie hat von einer Uhr geschwärmt, die du Neona geschenkt hast, deswegen dachte ich, ich schenke ihr genauso eine. Und Rajiv möchte Freya auch eine schenken. Aber dieser Typ versucht nur, mir Hello-Kitty-Quatsch anzudrehen. Ich habe ihm gesagt, dass du deiner Freundin auf keinen Fall etwas so Billiges schenken würdest.“

Zoltan knirschte mit den Zähnen. „Das war alles, was er zu der Zeit noch auf Lager hatte.“

„Du meinst – du hast …“

„Ja. Und Neona liebt sie sehr.“

J. L. schnaubte. „Könnte schlimmer sein. Du hättest sie als Geschenk in einer Cornflakes-Schachtel finden können.“ Er drehte sich zu Janos um und lächelte. „Ja. Die beiden.“ Er reichte seine Kreditkarte über den Tresen.

„Was kann ich für Euch tun, Mylord?“, fragte Janos auf Rumänisch, während er J. L. abkassierte.

Zoltan öffnete die kleine Schmuckschachtel. „Dieser Ring muss weiter gemacht werden.“

Janos' Miene leuchtete auf. „Dann heiratet Ihr wirklich? Wir bekommen eine Gräfin auf der Burg?“

Zoltan nickte. „Wenn alles gut geht.“

J. L.s Telefon klingelte, und er hob ab. „Verstehe." Er legte auf und seufzte „Das war Angus. Russell hat gerade Bericht erstattet. Darafer hat den Drachenwandler in Master Hans Lager in Myanmar gebracht. Dreihundert Soldaten marschieren jetzt nach Beyul-La."

28. Kapitel

Am nächsten Abend wachte Zoltan in seinem Bett in der Burg auf.

Er rasierte sich schnell und stieg unter die Dusche. Heute würden die Vampire und Gestaltwandler entscheiden müssen, wie sie mit Master Hans Armee von dreihundert Mann umgehen wollten. Und wenn alles gut ging, würde er auch noch Zeit für die Verabredung finden, die er Neona versprochen hatte.

In der Küche trank er eine Flasche Blut, während er eine Kühlbox mit weiteren Flaschen bestückte. Vom Essen der Drachenkinder waren noch Schokoladenkekse übrig. Die würden Neona und Norjee vielleicht schmecken. Dann erinnerte er sich an Zhan, ihren zahmen Leoparden. Er füllte Thunfisch in einen Plastikbehälter. Die Kühlbox war voll bis zum Rand, als er sich nach Beyul-La zurückteleportierte.

Und daneben landete. Er sah sich um. Er war in Frederics Tal, nahe der Felswand.

Verdammt. Lag es am Wasser des Lebens? In der Schlacht konnte er sich so einen Fehler nicht erlauben.

Hey! Zhan kam auf ihn zugetrottet. *Wie geht es Neona? Ich vermisse sie.*

Zoltan lächelte den Leoparden an. *Es geht ihr gut. Ich habe dir etwas zum Essen mitgebracht.* Er nahm den Plastikbehälter aus der Kühlbox und stellte den Thunfisch vor den Kater.

Ich liebe dieses Zeug! Zhan stieß mit dem Kopf gegen Zoltans Bein und machte sich dann daran, alles mit Genuss zu verschlingen.

Zoltan streichelte der Katze den Kopf. *Da Neona fort ist, habe ich mir Sorgen gemacht, dass du nichts zu essen bekommst.*

Die Katze sah hoch und leckte sich das Maul. *Die anderen Frauen füttern mich. Und die Wer-Tiger geben mir auch was zu essen. Sie finden mich niedlich.* Er machte sich wieder über sein Futter her.

Zoltan schnaubte belustigt. Dieser Schlingel ließ es sich in beiden Tälern gut gehen und bekam wahrscheinlich doppelt so viel zu essen, wie er gewöhnt war. *Mach so weiter, und du wirst zu dick zum Jagen.*

„Zoltan!" Howard kam auf ihn zu. „Wir haben uns schon gefragt, wann du wiederkommst. Kannst du die Kriegerinnen bitten, zu uns zu kommen? Angus möchte in dreißig Minuten eine Besprechung abhalten."

„In Ordnung." Zoltan teleportierte sich in Neonas Haus und stellte seine Kühlbox neben die alte, die jetzt bis auf eine Flasche halb voll mit dem Wasser des Lebens leer war. Er hatte vorgehabt, seine neuen Blutflaschen ebenfalls damit zu versetzen, entschied sich aber dagegen. Er konnte es sich nicht leisten, seine Teleportation aufs Spiel zu setzen. Und Neonas Wunsch, dass sein Samen wieder zum Leben erwachte, war wahrscheinlich ohnehin vergebens.

Er fand die verbliebenen vier Frauen in der Höhle und ging mit ihnen zur Felswand. Er schwebte hinab, während die Frauen die Strickleiter hinunterkletterten. Angus hatte alle vor Frederics Hütte versammelt. Das Evakuierungs-Team war zurück von seiner Weltumrundung, aber sie sahen völlig erschöpft aus.

„Habt ihr Xiao Fang schon gefunden?", fragte Freddie, während sie sich auf einen Stein am Flussufer setzte.

„Er könnte mit Hans Armee reisen", antwortete Angus. „Oder er ist in einer von Master Hans Militärbasen versteckt. In einem Augenblick werde ich um Freiwillige bitten, damit wir uns Hans Gelände in Myanmar ansehen können, falls sie Xiao Fang dort gelassen haben."

Angus wartete, bis alle sich hingesetzt hatten, ehe er fortfuhr.

„Erst einmal kann ich euch berichten, dass Nima, die Drachenkinder und die Eier sicher in ihrem neuen Zuhause angekommen sind. Master Han weiß davon nichts, also ist seine Armee noch immer auf dem Weg hierher. Russell folgt ihnen gerade, und Carlos ist ihnen tagsüber auf den Fersen. Sie schätzen, dass die Armee in drei Nächten hier sein wird. Damit haben wir heute und morgen, um uns vorzubereiten."

Carlos' Adoptivsohn und Lehrling, Emiliano, hob seine Hand. „Wenn die Drachen in Sicherheit sind, warum verschwinden wir dann nicht einfach? Würde Master Han dann nicht aufgeben und nach Hause gehen, wenn er die Drachen hier nicht findet?"

„Da ist immer noch das Wasser des Lebens", antwortete Angus. „Han mag nichts davon wissen, aber wir können nicht riskieren, dass er in Beyul-La einfällt und die Kontrolle darüber übernimmt."

„Und wir müssen früher oder später gegen ihn kämpfen", ergänzte Howard. „Wenn wir diese dreihundert Mann vernichten können, bleiben Han nur noch vierhundert übrig."

Lydia schnaubte. „Und wie sollen wir dreihundert Mann vernichten? Wir sind nur fünfzig."

„Wir haben schon zweihundert vernichtet", rief Freya ihr in Erinnerung.

Angus nickte. „Wir benutzen eine ähnliche Strategie. Laut Russell hat Hans Armee dieses Mal keine Suchtrupps entsendet. Brauchen sie nicht, sie wissen ja genau, wohin sie wollen. Sie kommen schnell voran, haben also nur wenig Gepäck dabei. Um dreihundert Mann zu versorgen, schicken sie Plündertrupps in die Dörfer, an denen sie vorbeikommen."

„Dann greifen wir diese Plündertrupps an?", fragte Howard.

Angus nickte. „So möchte ich es machen, aber ich muss euch warnen. Russell sagt, die Plündertrupps sind zwanzig bis fünfundzwanzig Mann stark, und jeder ist mit einer AK-47 bewaffnet."

„Wir haben doch im Kloster ein paar AK-47 konfisziert", sagte Jesse. „Wir könnten sie einfach über den Haufen schießen!"

„Das müssen wir vielleicht", gab Angus zu. „Aber mir wäre es immer noch lieber, sie alle lebendig zu fassen und wieder in normale Männer zurückzuverwandeln. Wenn wir nur vier oder fünf dieser Plündertrupps gefangen nehmen können, haben wir seine Armee auf zweihundert Mann zusammengestaucht."

„Und dann?", fragte Jimmy. „Wir sind so was von in der Unterzahl. Und wir können mit unseren Pfeilen nur einen nach dem anderen umlegen."

„Gäbe es einen Weg, sie alle auf einmal zu betäuben?", fragte Zoltan.

Angus war nicht wohl bei dem Gedanken. „Ein so starkes Gas hätte das Risiko, sie alle umzubringen. Und uns. Es wäre schwer, es im Freien zu kontrollieren."

„Wie wäre es mit einem geschlossenen Raum ..." Zoltan stockte der Atem, als ihm eine Idee kam. „Was ist mit der Höhle? Sie ist groß genug für zweihundert Soldaten. Wir könnten sie dort drinnen einsperren."

„Warum sollten sie da reingehen?", fragte Jimmy.

„Sie sind wegen der Drachen hier, richtig?", antwortete Zoltan. „Darafer wird von Xiao Fang wissen, dass die Drachen in der Höhle leben."

„Dann würde die Armee direkt zur Höhle gehen", dachte Angus laut vor sich hin. „Wie sperren wir sie ein?"

„Ich könnte so eine Art Fallgatter improvisieren", bot Howard an.

„Aber was ist mit dem Wasser des Lebens?", fragte Lydia. „Es ist in der vordersten Höhle. Sie würden direkt daran vorbeikommen."

„Könnten wir es ablassen?", fragte Angus.

Lydia schüttelte den Kopf. „Es wird durch eine Quelle gespeist. Das Wasser würde das Becken wieder füllen."

„Wir müssen jeden Monat einen Becher trinken, sonst fangen wir an zu altern“, sagte Freya.

„Wir könnten es verstecken“, schlug Howard vor. „Wir bauen einen Boden darüber und bedecken ihn mit Sand und Steinen.“

„Und wir lassen den Bereich im Dunkeln“, fügte Jesse hinzu. „Dann rennen sie einfach daran vorbei, ohne es zu bemerken.“

„Sobald die Soldaten gefangen sind, werden sie in Panik ausbrechen“, warnte Angus. „Es wäre zu gefährlich, sich zu ihnen zu teleportieren.“

J. L. hob die Hand. „Blendgranaten. Der Lichtblitz macht sie blind und der Knall taub. Wir können welche benutzen, die mehrmals hochgehen, und Tränengas. Dann werden sie so schwindelig und desorientiert, dass man sie einfach mit den Pfeilen abschießen kann.“

Robby nickte. „Gute Idee, aber wir müssen sehr vorsichtig sein. Unser Seh- und Gehörsinn ist noch empfindlicher als ihrer.“

„Dann gehen wir also wieder rein, um sie mit unseren Pfeilen zu beschießen, und bringen sie dann – Moment.“ Angus zuckte zusammen. „Die Kliniken sind schon fast voll. Wo sollen wir zweihundert zusätzliche Soldaten unterbringen?“

„Wir könnten sie einfach in der Höhle lassen“, schlug Zoltan vor. „Wir können Leah und ihr Team in die Höhle teleportieren, die Soldaten in Stasis versetzen und mit der Behandlung anfangen. In ein paar Wochen können die Soldaten die Höhle dann vollkommen normal wieder verlassen.“

„In Ordnung. Wir kümmern uns später um die Details.“ Angus sah sich alle noch einmal an. „Ich möchte, dass die Frauen und die Wandler die Höhle übernehmen. Vampire – ihr kommt mit mir. Los!“

In den nächsten paar Stunden waren alle beschäftigt. Howard und die anderen Wandler kletterten die Felswand hinauf nach Beyul-La, wo sie daran arbeiteten, das Wasser des Lebens zu tarnen und eine Falltür zu bauen, die hinabfallen und die Höhle verschließen sollte.

Zoltan teleportierte sich mit Angus und den anderen Vampiren zu Hans Gelände in Myanmar. Nur ein paar Soldaten waren dort, die sich leicht ausschalten und nach Tiger Town bringen ließen. Xiao Fang war nirgends zu sehen.

Russell rief an und gab ihnen den Standort eines Plündertrupps durch, also teleportierten die Vampire sich dorthin. Nach einigen angespannten Minuten, in denen sie dem Kugelhagel ausweichen mussten, gelang es ihnen, dreiundzwanzig Soldaten gefangen zu nehmen. Eine Stunde später wiederholten sie die Mission und fassten weitere zweiundzwanzig. Zwischen den Missionen teleportierte Zoltan sich nach Tiger Town, um Neona und Norjee die Schokoladenkekse zu bringen. Sie waren in einem der Gästehäuser untergebracht, weil jedes Bett in der Klinik belegt war.

Nach der dritten Mission entschied Angus, dass es für eine Nacht genug war. Zoltan nahm seine Kühlbox und ging zurück nach Tiger Town. Gott sei Dank hatte es nur noch einmal Probleme bei seiner Teleportation gegeben. Er hatte sich in einen Baum teleportiert, um dem Kugelhagel zu entgehen, und mit den Füßen den Ast nicht getroffen. Er konnte sich gerade noch an einem anderen Ast festhalten, um nicht zu fallen.

Es war nach drei Uhr morgens, und Norjee schlief auf einer Matratze im Gästehaus. Fast ganz Tiger Town schlief ebenfalls. Zoltan führte Neona leise durch das Labyrinth der Gebäude.

„Wohin gehen wir?", flüsterte sie.

„Ins Badehaus. Ich habe es mit Jia so abgesprochen, das wir es für uns allein haben."

„Wer ist Jia?"

„Sie hat hier die Verantwortung, solange der Große Tiger fort ist. Sie ist seine Cousine." Zoltan führte sie die Stufen hinauf zu einem kleinen Gebäude und zog sich an der Tür die Schuhe aus.

„Ich konnte sie noch nicht kennenlernen. Es ist hier sehr hektisch, seit die ganzen Soldaten hergebracht werden." Neona trat ebenfalls aus ihren Schuhen. „Welcher ist der Große Tiger? Rinzen oder Tenzen?"

„Keiner von beiden. Sie sind Rajivs Onkel. Er ist der Große Tiger."

Neona keuchte auf. „Rajiv? Aber er ist noch so jung. Ich glaube nicht, dass Freya davon weiß."

Zoltan zuckte mit den Achseln. „Ich bin mir sicher, er wird es ihr sagen, wenn er dazu bereit ist." Er führte sie in das Badehaus, schloss dann die Tür und legte den Riegel vor. „Ich hatte dir eine Verabredung versprochen. Ich hoffe, du bist hiermit zufrieden."

Sie sah sich um. „Es ist sehr hübsch." Im Zentrum des Raumes befand sich eine große versenkte Badewanne. Die Oberfläche des Wassers schimmerte im Licht zweier Kerzen.

Sie kniete sich hin, um das Wasser zu berühren. „Es ist warm."

In Vampirgeschwindigkeit zog Zoltan sich die Kleider aus. Sie richtete sich langsam auf und sah ihm zu. Dann lächelte sie, als er auf sie zukam.

„Dich werde ich nicht so schnell ausziehen Es macht mir zu viel Spaß." Er löste die Schärpe an ihrer Taille und befreite sie langsam von ihrer Tunika.

Sie strich mit der Hand seine Brust hinab. „Ich habe es genossen, dir zuzusehen. Wäre ich ein Vampir, würden meine Augen jetzt rot glühen."

„So ungefähr?" Er legte die Hände auf ihre nackten Brüste, und seine Sicht verfärbte sich rosa. Seine Erregung wuchs bei dem Gedanken, ihr Höhepunkt Nummer acht und neun zu schenken. Er neckte ihre harten Brustspitzen und zupfte vorsichtig daran.

„Ich will dich. Jetzt." Sie zog sich ihre Hose aus. „Eigentlich will ich dich seit letzter Nacht. Seit du uns aus dem Kloster gerettet hast."

„Habe ich dir schon gesagt, was für schreckliche Angst ich hatte? Ich dachte, ich hätte dich verloren." Er stieg in die Badewanne und zog sie zu sich hinein. „Ich habe mich verzweifelt danach gesehnt, dich in den Armen zu halten."

Sie schlang ihm die Arme um den Hals. „Ich wusste nicht, wie sehr ich dich liebe, bis ich fürchten musste, dich niemals wiederzusehen."

Er küsste sie heftig, und sie küsste ihn zurück. Er konnte ihr nicht nahe genug kommen. Konnte sie nicht genug küssen. Oder genug berühren. Er hob sie an, sodass er ihre Brüste mit dem Mund liebkosen konnte. Dann hob er sie noch ein Stück weiter, bis sie auf dem Rand des Beckens saß und er zwischen ihre Beine tauchen konnte. Innerhalb von Sekunden schrie sie auf, und ihre Mitte pochte an seinen Lippen.

Mit einem zufriedenen Knurren drang er in sie ein. Sie schlang Arme und Beine um ihn. Seine Geschwindigkeit war schnell und heftig, aber sie drängte ihn, ihr noch mehr zu geben. Verzweiflung trieb ihre Leidenschaft an. Er pumpte härter, schneller, tiefer, und sie bäumte sich gegen ihn auf und begegnete jedem seiner Stöße.

Stöhnend packte er ihre Hüften und presste sich eng an sie. Sie schrie auf und kam ebenfalls, gerade, als er seinen Höhepunkt erreichte.

Sie ließen sich in das Becken sinken, aneinandergeklammert, während sie wieder zu Atem kamen. Und sie hielten einander auch noch fest, als das Wasser langsam kälter wurde.

Irgendwann jedoch zerrte die erste Welle des Todesschlafes an Zoltan. „Die Sonne wird bald aufgehen."

Sie nickte. „Wann kommt die Armee in Beyul-La an?"

„Übermorgen Abend. Kann ich dich überreden hierzubleiben, wo es sicher ist?"

„Nein." Sie küsste ihn. „Ich komme mit dir."

Die Nacht brach herein, und alle befanden sich an ihren verabredeten Plätzen.

Russell bestätigte, dass die Armee auf dem Weg in Frederics Tal war. Zoltan wartete mit Neona oben an der Felswand. Lydia, Freya und Freddie waren bei ihnen und dazu Angus, Robby und J. L. Tashi war in Tiger Town und half Emma dabei, sich um die Drachenbabys zu kümmern.

Zoltan drückte Neona die Hand, dann legten sie ihre Waffen an. Die Vampire benutzten Betäubungspistolen. Die Frauen hatten Pfeil und Bogen, ihre Pfeilspitzen waren mit dem gleichen Betäubungsmittel getränkt wie die der Vampire.

Mit seinem Supergehör konnte Zoltan hören, dass die Soldaten den Hügel hinabkamen. „Nur noch ein paar Sekunden", flüsterte er.

Neona zog ihren Bogen straff. Er legte seine Pistole an.

Sobald die Soldaten aus dem Wald kamen, ließen Zoltan und seine Kumpane die erste Salve los. Sie trafen acht Ziele und luden dann nach. Weitere acht fielen.

„Runter!", brüllte Angus, ehe kurz über ihren Köpfen ein Kugelhagel niederging.

„Verschwinden wir", befahl Angus, und jeder Vampir nahm sich eine Kriegerin und teleportierte sich mit ihr davon. Sie hatten ihre Aufgabe erledigt und die Soldaten zu der Felswand gelockt, die der beste Zugangspunkt zu Beyul-La war.

Zoltan tauchte mit Neona neben der Feuerstelle wieder auf. *Verdammt noch mal.* Sie hätten neben dem Eingang zur Höhle auftauchen sollen. Er nahm sie hoch und sauste in Vampirgeschwindigkeit mit ihr zur Höhle.

„Was zum Teufel sollte das?", fragte Angus. Er und die anderen waren an der richtigen Stelle angekommen.

„Lange Geschichte", murmelte Zoltan.

Eine Reihe Explosionen wurde am Ende des Tals laut. Hans Armee verhielt sich genau wie erwartet. Sie hatten Granaten benutzt, um die Felswand zu sprengen. Jede Sekunde würden die Soldaten ins Tal strömen.

„Ihr wisst, was zu tun ist?", fragte Angus die Frauen.

„Ja", flüsterte Lydia. „Wir schreien ‚Rettet die Drachen' und rennen zur Höhle."

„Fangt an zu schreien, sobald sie in der Nähe von Nimas Haus sind", sagte Zoltan. „Sobald sie Neonas Haus erreicht haben, müsst ihr in der Höhle sein."

Sie nickten. In der Nacht zuvor hatten die Vampire die Reichweite der AK-47 ausprobiert, um sicherzugehen, dass die Frauen außer Schussweite der heranziehenden Armee sein würden.

Zoltan drückte Neona die Schulter. „Pass auf dich auf." Er und die anderen drei Vampire schlüpften in die Höhle.

Da sie die Soldaten schnell in die Höhle locken wollten, schien es ihnen am besten, sie in dem Glauben zu lassen, dass nur ein paar verängstigte Frauen sie bewachten. Dann würden sie direkt darauf zuhalten, den schnellen Sieg vor Augen.

Zoltan wartete, die Hände zu Fäusten geballt, während er sich vorstellte, wie eine Armee direkt auf Neona zuhielt. Er und die anderen Vampire hatten in der Nacht zuvor noch mehr Plündertrupps unschädlich gemacht, Hans Armee bestand jetzt also nur noch aus etwa hundertneunzig Mann.

Er hörte die Frauen aufschreien und anschließend jemanden auf Chinesisch brüllen. Dann explodierte etwas auf einmal so laut, dass er ihre Stimmen nicht mehr hören konnte. Sein Herz machte einen Sprung. Hatten diese Schweine eine Rakete oder so etwas auf die Frauen abgefeuert? Er stürzte auf den Eingang der Höhle zu.

Die Frauen standen davor und sahen mit bestürzten Mienen aufs Tal hinaus.

„Neona!", brüllte er. „Beeil dich!"

Sie und die anderen Frauen rannten hinein, und er packte sie.

„Was ist los?" Es schmerzte ihn, die Tränen in ihren Augen zu sehen.

„Sie haben mein Haus hochgehen lassen!", rief sie.

„Verschwinden wir!", rief Angus.

Sie teleportierten die Frauen davon, ehe die Soldaten die Höhle erreichen konnten. Der vereinbarte Landepunkt war im Wald über den Grabhügeln.

Zoltan landete mit Neona hinter Minervas Grab. Rasch drückte er sie nach unten, damit sie flach auf dem Boden lagen. Unten im Tal waren die Soldaten im Anmarsch auf die Höhle. Aus den Ruinen ihrer Häuser stieg Rauch empor.

„Was ist los?", flüsterte Neona. „Wir sollten doch im Wald sein."

Er zuckte schuldbewusst zusammen. „Mit meiner Teleportation stimmt etwas nicht. Ich glaube, es liegt am Wasser des Lebens."

Er rutschte an den Rand des Grabes und spähte hinab ins Tal. Wie erwartet rannten viele der Soldaten direkt in die Höhle, in der Hoffnung, die Ersten zu sein, die die Drachen fanden, damit ihnen die Ehre zuteilwurde, Master Han gefällig gewesen zu sein. Um sie in die zweite, größere Höhle zu locken, hatten die Wandler die leeren Nester dorthin geschleppt und ein Tonband versteckt, von dem Babygeschrei ertönte.

Einige der Soldaten blieben draußen vor der Höhle. Es war die Aufgabe der Wandler, sie ins Innere zu treiben. Die Wandler hatten sich in den umliegenden Wäldern versteckt und feuerten mit ihren AK-47 auf den Boden vor den Soldaten. Die Soldaten zogen sich in die Höhle zurück, blieben aber im ersten Raum. Ein mächtiges Brüllen brachte den Wald zum Beben, und drei große Grizzlybären, drei Tiger und zwei Panther kamen auf die Höhle zugerannt. Die Männer schrien auf und liefen in die zweite Höhle.

Sie hatten eine Falltür an der Decke des Höhlengangs befestigt. Ian schwebte verborgen an der Decke. Sobald alle Soldaten die Höhle betreten hatten, würde er das Seil durchtrennen, und die schwere Tür würde hinabschwingen, den einzigen Zugang versperren und die Männer alle in der Höhle einsperren.

Zoltan stand auf und half dann Neona dabei, sich aufzurichten. Das Tal war leer bis auf die Wandler in Tiergestalt, die vor dem Eingang der Höhle umherstrichen.

Angus und die anderen kamen aus dem Wald, um sich ihm bei den Grabhügeln anzuschließen.

„Stimmt etwas nicht mit deiner Teleportation?", fragte Angus.

Zoltan seufzte. „Ich komme klar. Mach dir keine Gedanken."

„Ich mache mir aber Gedanken. Du kommst nicht mit uns anderen in die Höhle."

„Angus ..."

„Ich meine es ernst, Kumpel." Angus sah ihn finster an. „Wenn du nur ein paar Schritte danebenliegst, könntest du in der Felswand wieder auftauchen." Er drehte sich um und sah sich den Rest der Vampire an. „Jack, du übernimmst für ihn."

In Vampirgeschwindigkeit trug Robby eine große Tasche aus dem Wald und verteilte daraus Ohrstöpsel und Gasmasken mit Augenschutz an Angus, J. L., Dougal und Jack. Ein Set behielt er für sich selbst, dann teilte er die Blendgranaten aus.

Zoltan fluchte innerlich, als die fünf Männer sich bereit machten, ohne ihn zu teleportieren.

Russell stieß einen lauten Fluch aus. „Ich habe Han nicht bei der Armee gesehen. Hat irgendjemand ihn entdecken können? Er hat immer diese dämliche goldene Maske auf."

„Ich habe nach Xiao Fang Ausschau gehalten", seufzte Freya. „Aber ich konnte ihn nicht sehen."

Unten im Tal kehrten die Wandler wieder in den Wald zurück, um menschliche Gestalt anzunehmen. Als sie wieder angezogen waren, rannten sie zu den Grabhügeln, um sich den anderen anzuschließen.

Ian nahm neben ihnen Gestalt an. „Die Falltür ist geschlossen! Sie sind alle drinnen."

Die fünf Vampire verschwanden. Zoltan wusste genau, was

sie taten, weil er eigentlich bei ihnen sein sollte. Sie würden sich dicht an die Decke teleportieren und sofort schweben, um nicht abzustürzen, dann würden sie die Blendgranaten abwerfen und sich wieder ins Freie teleportieren.

Neona keuchte. „Dort taucht jemand auf!“ Sie zeigte auf die Feuerstelle.

Zoltan wirbelte herum. Han war im Tal aufgetaucht, und er hatte Xiao Fang dabei. Entweder waren sie der Höhle entflohen oder gerade erst angekommen.

„Han!“ Russell teleportierte sich hinab und zog eine Pistole.

Zoltan sauste den Hügel hinab.

Han drehte sich zu Russell um, den Jungen wie einen Schild vor sich haltend.

Zoltan rannte zu ihnen und positionierte sich hinter Han. Er fluchte leise darüber, dass seine einzigen Waffen die Betäubungspistole und ein Messer waren. Er schoss einen Pfeil auf Han und warf dann sein Messer nach ihm.

Han erstarrte, als beides seinen Körper traf, dann verschwand er und nahm Xiao Fang mit.

„Verdammt!“ Russell schüttelte die geballte Faust gen Himmel.

Angus und die anderen vier Vampire tauchten an der Feuerstelle auf. Als sie ihre Gasmasken abnahmen, knallte es laut im Inneren des Berges. Die Blendgranaten waren losgegangen.

„Han war gerade noch mit Xiao Fang hier“, sagte Zoltan zu ihnen. „Er ist verletzt, aber er konnte entkommen.“

Angus seufzte.

„Armer Xiao Fang“, flüsterte Freddy. „Er muss so eine Angst haben.“

J. L. klopfte ihr auf die Schulter. „Wir bringen ihn zurück.“

Das Knallen im Berg verstummte.

„Bereit?“, fragte Angus die anderen vier Vampire. „Wir schießen so viele Pfeile wie es geht auf die Soldaten. Wenn es aussieht, als würden sie sich von den Blendgranaten erholen, werfen wir mehr Tränengas nach. Und dann schießen wir weiter."

Eine laute Explosion erschütterte den Erdboden. Der Berg grollte.

„Was zur Hölle?", fragte Zoltan.

„Diese Idioten!", brüllte Angus. „Sie versuchen, sich aus dem Berg zu sprengen."

Weitere Explosionen erklangen, als die desorientierten und rasenden Soldaten weitere Granaten losgehen ließen. Der Berg bebte. Felsen begannen zu fallen.

„Lauft!" Zoltan packte Neona und rannte mit ihr in Vampirgeschwindigkeit zu den Grabhügeln. Neben ihm trugen auch die anderen Vampire die Frauen in Sicherheit. Die Gestaltwandler kamen gleich nach ihnen. Der Boden bebte unter ihren Füßen.

Zoltan blieb nahe am Wald stehen und setzte Neona ab. Sie sahen sich nach dem grollenden Berg um. Laut donnernd brach er in sich zusammen und begrub die Männer darin unter sich. Der Aufprall war stark genug, um den Boden, auf dem sie standen, erneut zum Zittern zu bringen.

Zoltan packte Neona, als sie neben ihm ins Stolpern geriet. Qualm und Schutt erhoben sich in die Luft und versperrten ihnen die Sicht, und doch starrten sie alle weiter, wie gelähmt vor einem Berg, der plötzlich nur noch halb so hoch war wie vorher.

„Hol's doch der Teufel", flüsterte Angus.

„Der Teufel wird sie wirklich holen", sagte Robby. „Ich glaube nicht, dass da unten jemand überlebt hat."

„Verdammter Mist noch mal." Angus riss sich die Gasmaske ab und warf sie auf den Boden. „Wir haben versucht, sie zu retten."

„Unser … unser Wasser des Lebens", flüsterte Lydia. „Es ist fort. Wir können es nicht mehr erreichen."

„Oh mein Gott!", rief Freya aus. „Jetzt werden wir altern!"

„Die Drachen können nie zurückkommen", fügte Freddie hinzu. „Ihre Heimat ist zerstört. Und unsere Heimat mit ihr."

Zoltan zuckte zusammen, als er die Tränen auf ihren Gesichtern sah.

„Was machen wir jetzt?", schniefte Freya.

Lydia seufzte verzweifelt. „Ich denke, ich werde bei Tashi und ihrem Bauern leben müssen."

„Aber dann wären wir getrennt", protestierte Freddie.

„Das ist das Ende von Beyul-La", flüsterte Neona.

Zoltan schloss kurz die Augen. Was hatte er diesen Frauen nur angetan?

„Und wir haben nicht einmal Xiao Fang gerettet", murmelte Freddie.

„Aber er lebt noch", sagte J.L. zu ihr. „Wir alle leben noch. Und wir haben die Bösen besiegt."

„Wir haben es denen gezeigt!", rief Jimmy.

„So was von!", rief Jesse.

„Sie haben es sich selbst gezeigt, diese armen Teufel", murmelte Angus und betrachtete den zusammengefallenen Berg.

„Wir haben alles verloren." Lydia brach neben den Grabhügeln zusammen, wo ihre Mutter und zwei ihrer Töchter unter der Erde lagen. „Wofür sind sie gestorben? Nach dreitausend Jahren ist alles vorbei."

Neona schniefte, als ihr mehr Tränen die Wangen hinabliefen.

Zoltan zog sich das Herz in der Brust zusammen. Es war seine Idee gewesen, die Soldaten im Berg einzusperren. Jetzt hatten die Drachen ihre Heimat verloren. Seine geliebte Neona hatte ihre Heimat verloren. Alle Frauen von Beyul-La hatten ihre Heimat verloren und ihr Wasser des Lebens noch dazu.

Königin Nima hatte die ganze Zeit recht gehabt. Er hatte ihre Welt zerstört.

29. Kapitel

Drei Tage später

Neona erwachte mit einem Ruck und setzte sich auf ihrer Matratze im Gasthaus in Tiger Town auf.

War sie wieder eingeschlafen? Seit der Schlacht von Beyul-La schien sie sich nicht hinlegen zu können, ohne in einen tiefen Schlaf zu fallen. Sie hatte den Verdacht, dass ihr Verstand sich so vor einer Realität schützte, die sie nur schwer akzeptieren konnte.

Das Leben, das sie seit zweitausend Jahren lebte, war vorbei. Jia, die Wer-Tigerin, war sehr freundlich gewesen, als sie und die anderen Frauen vor drei Tagen angekommen waren. Jia hatte gesagt, sie könnten in Tiger Town bleiben, solange sie wollten.

Neona stand auf und ging hinüber ans Fenster. Die Sonne würde bald untergehen. Wo hielt Zoltan seinen Todesschlaf? In seiner Burg? Wenn die Nacht hereinbrach und er aufwachte, würde er sich dann zu ihr teleportieren?

Sie hatte ihn seit zwei Nächten nicht gesehen. Nachdem er sie in Tiger Town abgesetzt hatte, war er mit den anderen Vampiren zurückgekehrt, um die Soldaten einzusammeln. Ein paar von ihnen lagen bewusstlos in Frederics Tal. Zoltan war kurz vor Sonnenaufgang mit ernster Miene in das Gästehaus zurückgekommen.

„Ich liebe dich“, war alles, was er gesagt hatte, ehe er in seinen Todesschlaf fiel. Sie hatte Norjee zum Frühstück gebracht und dann in die Schule. Danach hatte sie Emma mit den Drachenbabys geholfen und war dann am Nachmittag eingeschlafen. Als sie aufwachte, war es nach Sonnenuntergang, und Zoltan war verschwunden. Er hatte ihr eine Nachricht hinterlassen.

Ich gebe nie auf, ehe ich eine Aufgabe zu meiner Zufriedenheit erledigt habe. Ich werde die Dinge wieder in Ordnung bringen. Denk daran, dass ich dich liebe.

Was meinte er damit, dass er die Dinge in Ordnung bringen würde? Sie hatte die Nachricht wieder und wieder gelesen und versucht, ihre Bedeutung zu entziffern. War er in seine Burg zurückgekehrt, um dort die Dinge in Ordnung zu bringen? Wollte er, dass sie und Norjee dort bei ihm lebten? Oder arrangierte er es so, dass er hier bei ihr in Tiger Town leben konnte? Warum hatte sie nichts mehr von ihm gehört?

Sie ging in dem kleinen Raum unruhig auf und ab. Sie hätte eines dieser Satelliten-Telefone behalten sollen, damit sie ihn anrufen konnte. Tashi hatte eines mitgenommen, als die Vampire sie und ihre Mutter in das Dorf teleportiert hatten, in dem ihr Bauer lebte.

Freddie und Freya waren noch in Tiger Town. Sie halfen Emma mit den Drachenbabys, da Emma tagsüber in ihren Todesschlaf fiel.

Neona bückte sich, um Norjees Matratze zusammenzurollen. Er schien zufrieden zu sein. Er ging in Tiger Town mit den anderen Kindern zur Schule und lernte Selbstverteidigung und Bogenschießen. Nachts weinte er noch und machte sich Sorgen um seinen Freund Xiao Fang. Sie wusste, dass er hierbleiben wollte, um mitten im Geschehen zu sein und nichts von der laufenden Suche nach Xiao Fang zu verpassen.

Es war interessant in Tiger Town, aber nachdem sie sich jahrelang selbst versorgt hatte, störte Neona der Gedanke, auf die Wohltätigkeit der Wer-Tiger angewiesen zu sein. Jia versicherte ihr, dass sie sich ihren Lebensunterhalt als Heilerin verdienen konnte, aber Neona fühlte sich trotzdem unwohl. Sie war es gewöhnt, in alle Richtungen nur Berge und Täler zu erblicken. Rauschende Bäche und kühle frische Bergluft. Tagelang war sie durch den Wald gestreift, auf der Jagd, und ihr zahmer Leopard an ihrer Seite.

Sie sorgte sich furchtbar um Zhan. Als sie sich aus Beyul-La teleportiert hatten, hatte sie nach ihm gerufen und gerufen. Er war nicht gekommen. Ging es ihm gut? Fand er genug zu essen?

Und wo zur Hölle war Zoltan? Sie konnte schon hören, wie ihre Mutter schadenfroh verkündete, sie habe ja die ganze Zeit gewusst, dass man ihm nicht vertrauen könne. Er hatte sie verlassen.

Nein! Sie schüttelte den Gedanken ab und verließ das Gästehaus.

Als sie sich dem großen Innenhof näherte, entdeckte sie dort Norjee mit zwei Dutzend anderen Kindern, die von Rinzen und Tenzen in Kampfkunst unterrichtet wurden. Norjee winkte ihr grinsend zu. Sie lächelte zurück und musste lachen, als Tenzen dem Jungen einen Klaps auf den Kopf gab, weil er nicht aufgepasst hatte.

Sie schlenderte hinüber zur Treppe, die den Berg hinabführte. Vor ihr lag der Fluss Mekong und das Dorf, das aus den Häusern der Wer-Tiger bestand, die auf Stelzen am Flussufer errichtet waren. Der Himmel war in Orange und Rosa getaucht, als die Sonne hinter dem Horizont verschwand.

Ihre Augen füllten sich mit Tränen, die sie wegblinzelte, verärgert darüber, wie emotional sie in letzter Zeit geworden war. Sie hatte Heimweh, das war alles. Sie vermisste ihre Schwester, ihr Tal, ihren zahmen Leoparden, ihr Haus, ihre Art zu leben. Wie bald würde sie jetzt anfangen zu altern? Würde sie ein Vampir werden müssen, wie Zoltan, um mit ihm gemeinsam ewig zu leben? Würde sie die Fähigkeit verlieren müssen, tagsüber am Leben zu sein? Würde sie auch die Sonne verlieren?

Als wollte sie Salz in ihre Wunde streuen, verschwand die Sonne in diesem Moment ganz und ließ sie in der Dunkelheit zurück. Eine Träne lief ihr die Wange hinab. Wie viel musste sie noch verlieren? Hatte sie nicht schon genug verloren?

Wer-Tiger waren um sie herum damit beschäftigt, Fackeln anzuzünden. Und sie stand still inmitten des Gemenges und fragte sich, ob Zoltan irgendwo aufgewacht war. Wo war er? Verlor sie auch ihn?

„Da bist du ja!“, rief Leah sie.

Neona wischte sich schnell das Gesicht ab und drehte sich zu der Ärztin um.

Leah kam lächelnd auf sie zu. „Ich bin ins Gästehaus gegangen, um nach dir zu sehen, aber du warst nicht da.“

„Stimmt etwas nicht?“

Leah schüttelte den Kopf. „Wir haben in letzter Zeit so viel zu tun gehabt, weil die Klinik aus allen Nähten platzt, sodass ich mehrere Tage für deine Bluntuntersuchung gebraucht habe.“ Sie atmete tief durch. „Ich habe Neuigkeiten für dich. Du bist schwanger.“

Neona blinzelte. „Was?“

„Irrtum ausgeschlossen.“

Neona atmete scharf ein und legte sich eine Hand auf den Bauch. „Ich bekomme ein Kind?“

„Ja.“ Leah senkte die Stimme. „Ich wollte es dir unter vier Augen erzählen. Ich nehme an, Zoltan ist nicht der Vater.“

„Doch, das ist er.“

Leah starrte sie entgeistert an. „Aber wie? Sein Sperma ist tot.“

„Er hat von dem Wasser des Lebens getrunken.“ Neona strahlte. „Oh, mein Gott! Es hat funktioniert!“

Leah trat näher an sie heran. „Wo ist dieses Wasser des Lebens? Kann ich eine Probe davon bekommen?“

„Es ist fort. Begraben unter einem Berg aus Schutt.“ Neona

stockte der Atem. Was, wenn Zoltan versuchte, es wiedergutzumachen? Er könnte dabei ums Leben kommen! „Entschuldige mich."

Sie rannte zu Emmas Zimmer. Schwanger! Kein Wunder, dass sie so viel schlief und immer emotional wurde. Sie würde ein Kind bekommen! Sie musste Zoltan schnell finden.

Sie platzte in Emmas Zimmer. „Ich brauche …"

„Rate mal?" Freya zog sie ins Zimmer. „Als Emma aufgewacht ist, hat sie mich und Freddie eingeladen, bei ihr und Angus im Stadthaus in London zu leben!"

„Und in ihrer Burg in Schottland!", fügte Freddie noch hinzu.

Emma trank gerade eine Flasche synthetisches Blut leer. „Ich bin verzweifelt. Ich brauche Hilfe. Angus tut, was er kann, aber wir sind beide nur nachts wach."

Freya lachte. „Das hättest du sehen müssen, Neona. Gestern hat Angus den kleinen Jungen hochgehoben, und er hat sich über Angus' ganzen Kopf übergeben. Der Ausdruck auf seinem Gesicht war so lustig!"

„Wessen?", fragte Freddie grinsend. „Der von Angus oder dem Baby?"

„Beide!" Freya drehte sich wieder zu Neona um. „Und während wir in England sind, können wir unseren Bruder besuchen, Frankie!"

„Und unsere Familie dort", ergänzte Freddie nickend.

„Das ist ja wunderbar", sagte Neona. „Emma, ich …"

„Oje." Emma drehte sich zum Kinderbettchen um. „Aiden weint schon wieder." Sie hob das männliche Baby hoch. Sein Mund war offen, aber es kam nur ein leises Röcheln heraus.

„Sie haben die Kinder Aiden und Amy genannt", erklärte Freya.

„Wir bezahlen euch ein gutes Gehalt." Emma setzte sich in einen Stuhl und steckte Aiden ein Fläschchen in den Mund. „Und Angus hilft euch, Ausweispapiere zu bekommen."

„Emma“, versuchte Neona es wieder.

„Und weißt du was?“, fragte Freya. „Tashi hat auf dem Satelliten-Telefon angerufen und uns alle zu ihrer Hochzeit eingeladen!“

„Zoltan ist verschwunden!“, brüllte Neona, und alle wurden still.

Emma runzelte die Stirn. „Ich dachte, er wäre in seine Burg zurückgekehrt.“

„Das war vor zwei Nächten! Seitdem habe ich nichts mehr von ihm gehört.“

„Hier.“ Emma reichte das Baby und die Flasche an Freddie weiter und nahm dann ihr Telefon. „Ich rufe Howard an. Er arbeitet dort als Sicherheitschef.“ Sie gab ein paar Zahlen ein und wartete. „Howard, ist Zoltan bei dir?“ Sie schwieg, um zuzuhören, und Neona griff nach dem Telefon.

„Howard, ich habe seit zwei Nächten nichts von Zoltan gehört. Wo ist er?“

„Ich dachte, er wäre bei dir“, sagte Howard. „Er war vor zwei Nächten hier. Hat seinen Ehering beim Juwelier abgeholt und gesagt, dass er irgendeine Aufgabe für dich erledigen muss. Ich dachte, er redet von eurer Hochzeit.“

„Er ist nie zurückgekehrt!“, rief Neona.

„Ich überprüfe das und melde mich dann wieder.“ Howard legte auf.

Neonas Hand zitterte, als sie das Telefon sinken ließ. „I-ich fürchte, er ist …“

„Ich rufe Angus an. In Japan müsste es immer noch dunkel sein.“ Emma nahm das Telefon und gab eine Nummer ein. „Angus, wir brauchen dich hier, sofort. Nein, es geht nicht um eine volle Windel. Es geht um Zoltan. Er wird vermisst.“

Angus tauchte auf und steckte sein Telefon in die Tasche. „Wo ist Zoltan?“

„Wissen wir nicht.“ Emma sah ihn genervt an.

„Ich fürchte, dass er wieder zum Berg gegangen sein könnte“, sagte Neona. „Er hat mir eine Nachricht hinterlassen, dass er die Dinge wieder in Ordnung bringen wolle. Ich glaube, er versucht, zum Wasser des Lebens zu kommen."

Angus zuckte zusammen. „Das wäre verrückt."

Emmas Telefon klingelte, und sie nahm ab. „Ja, Howard? Er ist nicht in Budapest oder in der Burg", wiederholte sie und hörte dann immer verzweifelter aussehend weiter zu. „Ich verstehe. Sobald die Sonne dort untergeht, holen wir dich ab."

Sie legte auf. „Ehe Zoltan gegangen ist, hat er dem Hauptgärtner einen Besuch abgestattet und sich bei ihm Schaufeln und eine Spitzhacke geliehen."

Neona wurde schwer ums Herz.

Freyas Telefon klingelte. „Tashi! Was? In Ordnung, danke." Sie legte auf. „Tashi und ihr Verlobter sind nach Beyul-La gegangen, um den Esel und die Ziegen von dort zu holen. Sie haben deinen zahmen Leoparden gefunden."

Neona keuchte auf. „Wie geht es ihm?"

„Er hat am Berg gegraben." Freya verzog das Gesicht. „Er hat Tashi gesagt, dass er Zoltan gestern dort drinnen gehört hat. Er ist darin gefangen!"

Angus rannte aus dem Zimmer und rief nach den anderen Vampiren.

Neona sank zu Boden.

„Wir trommeln schnell einen Rettungstrupp zusammen", versicherte Emma ihr.

„Ich verstehe das nicht", sagte Freddie. „Er ist ein Vampir. Warum teleportiert er sich nicht einfach frei?"

Neona brannten Tränen in den Augen. „Es funktioniert bestimmt nicht mehr. Ich fürchte, er ist wirklich in Schwierigkeiten." Sie stand auf, ihre Beine zitterten. „Ich muss gehen."

„Ich komme mit dir." Freya folgte ihr auf den Hof hinaus, wo Angus schon eine Gruppe Vampire zusammengetrommelt hatte. Rinzen, Tenzen und Rajiv schlossen sich ihnen an, die Arme voller Schaufeln und Hacken.

Angus ging unruhig auf und ab.

„Worauf warten wir noch?“, fragte Freya.

„Es ist immer noch Tag dort“, erklärte Rajiv ihr.

Norjee kam auf Neona zu gerannt. „Was ist los? Wo wollt ihr hin?“

„Wir müssen Zoltan finden.“ Neona kniete sich vor ihn hin. „Bleib du hier und iss mit deinen Freunden zu Abend. Vielleicht kannst du auch bei einem von ihnen schlafen.“

„Ich will mit!“

Sie zauste ihm die Haare und blinzelte ihre Tränen fort. „Ich möchte aber, dass du hierbleibst. Ich komme so schnell ich kann mit Zoltan zurück.“

Norjees Kinn fing an zu zittern. „Du kommst wieder?“

„Ja!“ Sie umarmte ihn. „Ich habe dich lieb.“

„Es ist so weit“, verkündete Angus.

Neona winkte Norjee zu, als ein Vampir sie davonteleportierte.

Neona tat der Rücken weh, als sie einen weiteren Felsbrocken die Reihe hinabreichte.

Sie hatte niemandem im Rettungstrupp gesagt, dass sie schwanger war, aus Angst, sie würden darauf bestehen, dass sie sich faul an den Rand setzte, während die anderen arbeiteten. Die ganze Nacht hatten sie geschuftet. Die Vampire hatten noch mehr Wandler ins Tal teleportiert, wie Howard und seine Neffen, die mit ihm in der Burg geblieben waren.

Sobald sie angekommen war, war Zhan zu ihr gerannt gekommen. Tashi und ihr Verlobter befanden sich immer noch im Tal, und Tashi hatte ihr alles wiederholt, was Zhan zu erzählen hatte. Zoltan hatte in der Nacht zuvor mit dem Leoparden gesprochen. Es war ihm gelungen, ein Loch freizulegen, durch das er entdeckt hatte, dass die große Höhle zwar eingestürzt, ein kleiner Bereich um das Wasser des Lebens herum aber noch intakt war. Er hatte sich dort hineinteleportiert und die Holzdecke über dem Wasser des Lebens aufgebrochen. Während er mit seiner Spitzhacke auf die Bedeckung eingeschlagen hatte, war der Berg durch die Vibration ins Rutschen geraten. Felsen waren hinabgestürzt und hatten das Loch verschlossen. Er hatte sich nicht mehr hinausteleportieren können. Zhan hatte angefangen zu graben, um zu versuchen, ihn zu befreien. Am Abend hatte Zhan öfter nach Zoltan gerufen, aber Zoltan war stumm geblieben.

Die Vampire versuchten, auf seinem Telefon anzurufen. Selbst wenn er nicht abnahm, konnten sie das Geräusch als Leitsignal benutzen, zu dem sich ein Vampir teleportieren konnte. Aber es gab kein Geräusch. Sie versuchten, sich mit der vampirischen Gedankenkontrolle mit ihm in Verbindung zu setzen, aber auch da gab es keine Antwort. Die besorgten Blicke, die sie einander zuwarfen, ließen Neona das Schlimmste befürchten. Es war Nacht. Zoltan müsste am Leben sein. Er sollte sie hören können.

Sie legte sich die Hand auf den Bauch. Hatte sie ihn verloren? War das Kind das Einzige, was von ihm noch blieb?

Sie wartete schweren Herzens, während der Rettungstrupp überlegte, wo sich am besten ein Loch öffnen ließ. Dann bildeten sie eine Reihe und entfernten vorsichtig die Felsbrocken, darauf achtend, dass der Boden sich nicht bewegte, sodass die Decke über Zoltan nicht einstürzen konnte.

Als es Morgen wurde in Tiger Town, teleportieren die Vampire sich widerwillig davon. Neona blieb, gemeinsam mit den Wer-Bären und Wer-Tigern, und sie arbeiteten weiter. Kurz bevor der Sonnenaufgang Beyul-La erreichte, fingen Freya, Tashi und ihr Verlobter ein paar Fische im Bach und fanden in der Ruine des Lagerraums eine Pfanne. Sie entzündeten ein Feuer in der Feuerstelle und kochten für alle.

„Wir haben es!“, brüllte Howard. Alle hielten inne, als er mit seiner Taschenlampe in das kleine Loch leuchtete. „Ich sehe ihn! Zoltan, kannst du mich hören?“

Keine Antwort.

„Mist." Howard schob weitere Felsbrocken zur Seite, um das Loch zu erweitern. Jimmy, bring mir das Seil. Ich klettere runter."

„Dann nimmst du den Berg mit", knurrte Jimmy. „Du wiegst doch eine Tonne."

„Ich gehe." Neona stürzte zu ihnen. „Ich bin leichter. Und wenn er verletzt ist, kann ich ihn heilen."

Neona band sich ein Ende des Seils um die Taille und steckte die angeschaltete Taschenlampe unter das Seil, sodass der Lichtkegel abwärts zeigte. Sie stieg in das Loch und ließ sich von den Wer-Bären in die Höhle hinabsenken.

In dem kleinen Lichtkreis konnte sie Zoltans Beine sehen. Er regte sich nicht. Angst breitete sich in ihrem Körper aus.

Sie landete und sah hoch. „Es ist nicht weit. Ungefähr so hoch wie das Dach eines unserer Häuser." Sie löste das Seil von ihrer Taille.

„In dem Fall ..." Howard sprang und landete dumpf neben ihr. Jimmy folgte. Jesse und die Wer-Tiger blieben oben mit dem anderen Ende des Seils.

Während Howard mit der Taschenlampe die kleine Höhle ausleuchtete, kniete Neona sich neben Zoltan. Er lag neben dem Becken mit dem Wasser des Lebens. Bretter und Schutt lagen in der Nähe angehäuft, von denen er das Becken befreit hatte. Sie tastete nach einem Puls an seinem Hals. Er war noch am Leben. Knapp.

Tränen stachen ihr in den Augen. Sie hatte ihn nicht verloren. „Er lebt."

„Mein Gott, so eine Erleichterung. Er muss einen Vorrat Blut dabeigehabt haben. Ah, hier ist es." Howard richtete das Licht seiner Taschenlampe auf einen Plastikbeutel für Blut. Er war offen, aber zur Seite geworfen, und das Blut war zu einer kleinen Lache ausgelaufen. „Merkwürdig. Warum hat er es nicht getrunken?"

„Ich glaube, das hat er“, sagte Jimmy und beleuchtete eine weitere Lache. „Sieht aus, als hätte er es ausgekotzt.“

„Was?“ Howard sah es sich genauer an. „Das ergibt doch überhaupt keinen Sinn.“

Neona betastete Zoltan von Kopf bis Fuß. Keine gebrochenen Knochen. Keine sichtbaren Verletzungen. Ihre Sicht verschwamm vor Tränen. Ihr Zoltan lebte und war in Sicherheit.

Das Loch über ihnen erhellte sich, als die Sonne im Tal aufging.

„Mist“, murmelte Howard. „Jetzt fällt er in seinen Todesschlaf. Dann können wir nicht mehr sagen, ob er uns doch noch wegstirbt.“

Neona fühlte noch einmal seinen Hals. „Es geht ihm gut. Er hat noch einen Puls.“

„Was?“ Howard presste die Finger gegen seine Halsschlagader. „Heiliger Vater! Wie kann er noch am Leben sein?“

Neona betrachtete das Becken neben ihnen. „Das Wasser des Lebens. Er hat es getrunken, um zu überleben.“ Sie schöpfte etwas Wasser mit der hohlen Hand und hob Zoltans Kopf an. Das Wasser tröpfelte ihm in den Mund und lief ihm das Kinn hinab.

„Wach auf, Zoltan! Du musst an einer Hochzeit teilnehmen. Und dich um einen Sohn kümmern. Und es gibt einen Drachenjungen, der immer noch gerettet werden muss!“ Sie schöpfte noch mehr Wasser in die Hand und versuchte es wieder. Dieses Mal öffnete sich sein Mund.

Howard sah hinauf zum Loch über ihnen. „Holt uns einen Becher. Oder eine Schüssel. Schnell!“

Ein Zinnbecher wurde zu ihnen hinabgeworfen, und Howard fing ihn. „Okay.“ Er reichte ihn Neona weiter.

Sie tauchte ihn in das Wasser des Lebens und hielt ihn Zoltan dann an den Mund. Er trank.

„Alter!“ Jimmy sprang zurück. „Er lebt, obwohl Tag ist!“

Zoltan öffnete flackernd die Augen und sah Neona an. „Du bist hier.“

„Ja.“ Sie neigte den Becher, und er trank noch etwas Wasser. Eine Träne lief ihr die Wange hinab. „Ich weiß nicht, ob ich dich umarmen oder dich anschreien soll. Wie konntest du dein Leben so aufs Spiel setzen? Weißt du denn nicht, wie sehr ich dich liebe?“

„Dein Haus, dein ganzes Tal ist zerstört. Ich dachte, ich könnte für dich wenigstens einen Weg zum Wasser des Lebens finden.“

Sie stellte den Becher hin und hielt ihn fest an ihrer Brust. „Du dummer Mann.“ Tränen liefen ihr das Gesicht hinab. „Ich dachte, ich hätte dich verloren.“

„Ich habe versucht, mich nach draußen zu teleportieren“, flüsterte er. „Aber ich konnte nicht.“

„Ich weiß.“ Sie streichelte ihm über das Haar.

„Ich habe Hunger. Das Blut funktioniert nicht mehr für mich.“

„Gebt uns etwas von dem Fisch!“, brüllte Howard.

Nach ein paar Minuten wurde ein Paket herabgeworfen, und Howard fing es auf. Der Fisch war in ein Stück Stoff eingeschlagen. Er reichte es Neona, und sie öffnete den Stoff.

Zoltan setzte sich auf und starrte das Licht über ihnen an. „Es ist Tag. Ich kann das Sonnenlicht sehen.“

„Stimmt, Alter“, sagte Jimmy. „Und gleich kriegst du was Richtiges zu essen.“

Zoltan sah den Fisch misstrauisch an. „Ich habe seit fast achthundert Jahren nichts gegessen.“

„Hier.“ Lächelnd brach Neona ein Stück Fisch ab und steckte es ihm in den Mund.

Während er kaute, riss er die Augen erstaunt auf. „Das ist gut.“ Er nahm sich noch ein Stück Fisch und aß es. „Ich bin mir nicht sicher, was mit mir passiert ist.“

Howard kniete sich vor ihn hin. „Ich glaube, du bist wieder ein Mensch. Na ja, ein unsterblicher Mensch, so wie Neona.“

„Krass, Alter!" Jimmy stieß seine Faust in die Luft. „Du hast dich geun-untotet."

Neona fing wieder an zu weinen.

Zoltan sah sie verwirrt an. „Wolltest du unbedingt einen Vampir?"

„Ich nehme dich, wie auch immer ich dich bekommen kann." Sie schniefte und berührte ihren Bauch. „Und das Baby auch."

Zoltan blinzelte.

„Du bist schwanger?" Howard sprang auf. „Was arbeitest du denn dann die ganze Nacht?"

„Ich wollte sichergehen, dass das Baby einen Vater hat", schluchzte Neona. „Ich hatte solche Angst, dich verloren zu haben."

Zoltan schlang die Arme um sie. „Mich kannst du nicht verlieren. Ich gebe nie auf, ehe eine Aufgabe erledigt ist, weißt du noch?"

Jimmy schnaubte. „Sieht ganz so aus, als hättest du die Aufgabe erledigt. Ich meine, sie ist ja schwanger, nicht?"

Howard gab seinem Neffen einen Stoß gegen die Schulter. „Klettere das Seil hoch. Bring ihnen noch etwas zum Essen. Er ist am Verhungern, und sie isst für zwei."

„Jawohl, Sir!" Jimmy salutierte und kletterte das Seil hinauf.

Schniefend schlang Neona die Arme um Zoltans Hals.

Howard räusperte sich. „Ich lasse euch zwei dann mal allein." Er kletterte das Seil hinauf, und seine Neffen zogen ihn ins Freie.

„Du bist wirklich schwanger?", flüsterte Zoltan.

Sie nickte und wischte sich die Tränen aus dem Gesicht. „Ich weine jetzt so leicht. Ich fühle mich dabei albern und schwach."

„Du bist die stärkste Frau, die ich je gekannt habe. Du hast mich geheilt, nicht nur meinen Körper, sondern mein Herz. Ich liebe dich, Neona."

„Ich liebe dich auch." Sie schmiegte sich an ihn. „Ich dachte, ich hätte dich verloren."

„Du kannst mich nicht verlieren." Er küsste sie auf die Stirn. „Ich schulde dir noch immer den zehnten Höhepunkt."

Sie lachte. „Denkst du immer noch an Sex?"

Lächelnd sah er zum Loch im Fels hinauf. „Dein Kater freut sich, dass es uns gut geht. Er will bei uns wohnen. Und bei Norjee. Und dem Baby."

Neona seufzte. „Das wird herrlich."

Sein Lächeln verblasste. „Es tut mir so leid, dass du dein Haus verloren hast. Ich werde versuchen, es für dich wieder aufzubauen."

„Ich brauche das Haus nicht mehr." Sie berührte seine Wange. „Wo immer du bist, wird mein Zuhause sein."

Er zog sie fest an sich. „Und mein Zuhause ist in deinem Herzen."

– ENDE –

Deutsche Erstveröffentlichung

Kerrelyn Sparks
Vampirzähmen leicht gemacht

Vampire? Gibt's nicht. Davon ist Dr. Leah Chin überzeugt. Bis auf der Party von Romatech Industries plötzlich ein umwerfend attraktiver Untoter in einem Kilt vor ihr steht. Dougal Kincaid und seine Artgenossen brauchen dringend ihre Hilfe als Wissenschaftlerin. Aber wie soll sie Wesen trauen, die überhaupt nicht existieren dürften - selbst wenn einer von ihnen ihr sonst so vernünftiges Herz völlig aus dem Takt bringt?

ISBN: 978-3-95649-648-6
9,99 € (D)

Deutsche Erstveröffentlichung

Kerrelyn Sparks
Fluch und Vorurteil

Was die Nacht verspricht:

ISBN: 978-3-95649-579-3
9,99 € (D)

In der Nähe von Howard Barr fühlt sich Elsa zart und zerbrechlich. Kein Wunder, denn Howard ist ein Bär von einem Mann – im wahrsten Sinne des Wortes. Vor ihren Augen verwandelt er sich, und Elsa wird plötzlich mit der Existenz von Gestaltwandlern und Vampiren konfrontiert. Statt jedoch die Beine in die Hand zu nehmen und davonzulaufen, trifft sie sich weiterhin mit dem attraktiven Gestaltwandler, der eine wilde Sehnsucht in ihr weckt. Erst als sie von dem tödlichen Fluch erfährt, der auf ihrer Liebe liegen soll, ist Elsa verunsichert und geht auf Distanz. Dummerweise ist Howard aber einfach viel zu sexy, um ihm auf Dauer zu widerstehen ...

Deutsche Erstveröffentlichung

Gena Showalter

Broken Hearts: Brennende Sehnsucht

ISBN: 978-3-95649-591-5
9,99 € (D)

Auf jeder Party punkten, reihenweise Typen abschleppen und die weibliche Konkurrenz locker abhängen: Keine Frage, Harlow ist die Flirt-Queen von Strawberry Valley. Bis ein Schicksalsschlag sie aus der Bahn wirft und sie entschlossen einen Schlussstrich unter ihre wilde Vergangenheit zieht. Jetzt will sie nichts mehr von Oberflächlichkeiten wissen. Zu dumm, dass sie sich ausgerechnet in Beck Ockley verknallt. Der ist zwar theoretisch der perfekte Kandidat: umwerfend sexy, Millionär, verboten charmant. Aber leider total allergisch gegen jede Art Bindung. Dabei knistert es wahnsinnig zwischen ihm und Harlow und er scheint ihre Gefühle zu erwidern ... Sein rätselhaftes Verhalten fasziniert sie immer mehr. Erst als sie erfährt, was wirklich dahintersteckt, begreift sie, worauf sie sich eingelassen hat ...

Deutsche Erstveröffentlichung

Gena Showalter

Atlantis – Der Nymphenkönig

Für eine Berührung des Nymphenkönigs würden Frauen alles tun. Alle, bis auf die Menschenfrau Shaye. Obwohl sie füreinander bestimmt sind, wehrt sie sich mit allen Kräften gegen die magische Bindung, die ihnen vorbestimmt ist. Aber nun, da er sie gefunden hat, wird keine andere Frau ihn jemals wieder zufriedenstellen können. Und Valerian wird erst ruhen, wenn er Shaye in einer sinnlichen Eroberung bezwungen hat und sie wahrhaft die Seine ist ...

ISBN: 978-3-95649-647-9
9,99 € (D)